英雄山河

1942年的衢州之约

周立文 著

光明日报出版社

图书在版编目（CIP）数据

英雄山河：1942年的衢州之约 / 周立文著.
北京：光明日报出版社, 2025. 8. -- ISBN 978-7-5194-
8915-1

Ⅰ. I25
中国国家版本馆CIP数据核字第20252XZ268号

英雄山河 ： 1942年的衢州之约
YINGXIONG SHANHE ： 1942 NIAN DE QUZHOU ZHI YUE

编　　著：周立文	
策　　划：衢州市委宣传部	
责任编辑：章小可	责任校对：房　蓉
版式设计：谭　锴	责任印制：曹　诤

出版发行：光明日报出版社

地　　址：北京市西城区永安路106号，100050

电　　话：010-63169890（咨询），010-63131930（邮购）

传　　真：010-63131930

网　　址：http://book.gmw.cn

E-mail：gmrbcbs@gmw.cn

法律顾问：北京市兰台律师事务所龚柳方律师

印　　刷：北京华联印刷有限公司

装　　订：北京华联印刷有限公司

本书如有破损、缺页、装订错误，请与本社联系调换，电话：010-63131930

开　　本：170mm×240mm	
字　　数：450 千字	印　　张：26.25
版　　次：2025年8月第1版	印　　次：2025年8月第1次印刷
书　　号：ISBN 978-7-5194-8915-1	
定　　价：78.00元	

· 1942年4月21日，20位杜立特突袭队员在衢州汪村空军第13总站防空洞前合影 ·

英雄们，我又看见了你们

同时看见了你们守护的山河

|目 录|

序章一

|水亭门的歌声|

宏大的乐音在你的心灵深处回荡，那是正义之歌、勇气之歌和友谊之歌！

*

一场大雨过后，阳光穿透轻薄的云层，投射到水亭门斑驳的石墙上。衢江静静地流淌着，江边的树木被一夜的雨水冲洗得一派鲜绿。三艘游轮泊靠在岸边，一艘小型拖船从水面上驶过，插在船头上的小红旗迎风猎猎飘展。

早起的人们或者在跑步，或者在跳舞、打太极拳。城门内，消防队正在布置一场灭火演习，拼起的长条桌上摆放着一沓沓宣传单。

我顺着江流的方向走到礼贤桥。桥边，一名手持遥控器，哼着小曲儿的男子，正在放船模。两只小船像黑色的精灵游弋在江面上，船尾翻起细碎的白浪。

我知道，附近还有一条礼贤街。1942 年 6 月 1 日，浙赣会战中，右路日军先头部队在空袭、炮轰衢州南城门的同时，把礼贤街一带的所有建筑全部放火烧毁。我好像闻到了那股永远飘不散的硝烟味和焦煳味。

跨过礼贤桥，树草茂密的严家淤岛尽在眼底。两匹放开缰绳的马，一玄一栗，在草地上踱着步，时而低头吃草，时而抬头看天。一只白鹭突然从树林中飞起，翅膀带动的气流直达我的脸颊。

礼贤桥东侧有两段经过修缮的老城墙，穿过城墙中间的通道，可以看见一排白墙青瓦的徽派楼群，楼顶的飞檐向上尖尖地翘起，仿佛要和白云来一个轻吻。

城墙和衢江之间是一个小广场，平滑的路面上仍残留着些微雨水。上几级台阶，见一老人正挥舞着扫帚一样的大笔，蘸水在地面上习字。标准的颜体！他写的是："钱塘平湖富春江，海定波宁绣江山。"

我正要上前和老人搭话，却听见从不远处传来一阵歌声——一群穿红着绿的女子排成两列，正在练习合唱：

> 大道之行也，天下为公。
>
> 选贤与能，讲信修睦。
>
> 故人不独亲其亲，不独子其子。
>
> 使老有所终，壮有所用，幼有所长，
>
> 矜寡孤独废疾者，皆有所养，
>
> 男有分，女有归……

这段歌词来自《礼记》。——衢州有礼！拥有千年南孔的衢州有礼！

我想起在衢州街头，可以经常看到摘自《论语》的一段话："知者不惑。仁者不忧。勇者不惧。"

仁者——常怀不忍之心也。"能行五者（恭、宽、信、敏、惠）于天下，为仁矣。""志士仁人，无求生以害仁，有杀身以成仁。"（《论语》）

智者——"是非之心，智之端也。"（《孟子》）"知有所合谓之智。"（《荀子》）明辨是非，且能认清大势者，方可称为智。

勇者——"得事理则必成功，必成功则其行之也不疑，不疑之谓勇。"（《韩非子》）"见义不为，无勇也！"（《论语》）

歌声未歇，忽闻天空的轰鸣声。抬头望去，一架银鹰正穿云破雾，自东北向西南飞去。我期待着第二架、第三架，甚至是一个候鸟般的机群，首尾相接，挤满半边天空，在这个静好的清晨，向衢州城发出另一般问候。

此刻，在某一栋高楼，某一扇打开的窗户前，会不会有一名女子探出身来，向高高在上的那片银色不停地挥手？

——如杭州女子许希麟。一如林徽因。

又一阵歌声从云端传来。蓝天白云之上，仿佛有无数双明亮的眼睛，正深情地注视着衢州和衢江。

> 飞！飞！飞！我的身体似小鸟飞，
>
> 飞来飞去很得意。

我有时飞到日本土地上，

吓得鬼子无处躲藏……

这首 80 年前的歌，歌词出自一位衢州少女之手。林维雁当时正在省立衢州中学读书，她报名参加了学校的抗日宣传队。抗战之初，衢州中学由 200 多人组成了几个宣传队、歌咏队和战时剧团，到衢州附近各县乡巡回演出。他们经常演出的曲目有《大刀进行曲》《铁血歌》《黎明曲》《钱江潮》《孤山梅》等。

在江山市档案馆，我们看到过另一首由朱剑蓉作词、戎启英作曲的歌曲《不让敌人到江山》。

……如今战局是一天天紧张，

渡钱江窥浙赣，敌人迟早终必来进犯。

大家不要再因循、苟且、偷安，

兄弟们，姐妹们，起来，赶快起来，

精诚团结，勠力同心，

拼将血肉作城防，不让敌人到江山。

水亭门始建于东汉。据《衢州地名志》："古城外码头水坪上建有卷雪亭，衢江水从亭下流过，故俗称其为水亭门。"

水亭门已经在衢江边静立千年。它俯视着舟楫来往，倾听着三越之音。它告诉人们：衢州，曾经是一个大码头！

唐代诗人孟浩然夜宿衢州亭，面对一片辉煌，赋诗以赠友人：

清夜衢州万井灯，

乱如平地起波澜。

不似杭州繁锦里，

乍开乍合夜将阑。

在这个清晨，我却在想——

衢州城，曾经有过多少个这样的夜晚，这样的清晨？

曾经有多少硝烟和炊烟，从水亭门的流丹飞檐上飘过？

曾经有多少英雄豪杰，在水亭门那向阳的一面，高高举起忠诚和誓言？

由水亭门向东，为水亭街。衢江和衢州的半部历史，就深藏在三街七巷之间。朱雀野草，乌衣夕阳，在一个伟大的时代焕发出新的光彩。

柴家巷、宁绍巷、黄衙巷、皂木巷、进士巷……必须走遍粉墙青瓦、摆满鲜花的小巷，你才能真正领略衢州的风味、风度、风格。

衢州有烂柯山。衢州有围棋。走过水亭街，不时地能碰见围棋馆——国际围棋交流中心、忆江南围棋博物馆……

在一条小巷里，有一幅壁画：二童子身着一红一蓝，嘴唇涂得通红，黑白子已将他们面前的棋盘占据一半；拄着斧柄的樵夫，在一旁凝神关注着。山中方一日，世上已千年！

那个砍柴人也许没有想到，当斧柯烂尽时，无复时人，在他经过的石桥上，"犹自凌丹虹"；在他看不见的地方，一直在下一盘大棋。

衢州，是一个黑白分明的地方。

继续向东。在水亭街最东头的府山公园内，白墙黑檐的天王塔高高耸立着，风铃静默悬垂。

"先有天王塔，后有衢州城""不见天王塔，眼泪滴滴答"——天王塔是衢州人心中的纪念，是衢州人无论走出多远都要回头一望的理由。

有一天，衢州人发现在天王塔对面，新出现了一个杜立特行动纪念馆。

2023年11月15日，习近平总书记在旧金山演讲时向美国友人做了介绍。

"日本偷袭珍珠港后，1942年美国空军16架B-25轰炸机奔袭日本，由于油料不足，杜立特中校等飞行员在中国弃机跳伞，中国军民奋勇救助，日军竟因此屠杀了25万中国平民。……美国人民也没有忘记殊死营救美国军人的中国人民。浙江衢州有一个杜立特行动纪念馆，当年获救的美国军人的后代经常来到这里，向见义勇为的中国人民表达敬意。我相信，血与火铸造的中美两国人民友谊一定能够代代相传。"

在重庆，有抗战空军纪念园。背靠南山，面对长江的这个纪念园，在孙中山先生手书"志在冲天"的碑刻下，埋葬了158名飞行员，他们都是为保卫武汉、长沙和重庆而牺牲的，他们中有中国人，也有美国人和苏联人。这座墓地曾经遭受过3次劫难，墓与碑尽毁，烈士尸骨四散。直到良知得以恢复，我们才知道疯狂所应付出的代价！

在云南昆明，在湖南芷江，有飞虎队纪念馆。正是在昆明，飞虎队首次迎战日军飞机，并取得了4比0的战绩。正是在芷江，第14航空队的官兵们，与中国人民一起，见证了一个伟大的胜利。

在南京，有抗日航空烈士纪念馆，4000多名牺牲在中华大地上的中、美、苏等国飞行员的名字，镌刻在一方方黑色的大理石上……

而衢州杜立特行动纪念馆，却有着另一种内涵、另一重意义。

走进杜立特行动纪念馆，你将重回1942年，去重温那段难忘的、血与火的历史。

那一年，4月18日。80名气贯长虹的美国飞行员，以"壮士一去兮不复还"的气概，第一次把炸弹投到了东京，使阴云笼罩的富士山顽石崩裂，使暮春的上野樱花震落。

那一年，4月19日。英勇、纯朴、善良，且长期遭受日本侵略者残害和凌辱的中国百姓，在浙赣皖闽的大山里、湖海边、庄稼地里，救起四处飘落、走投无路的杜立特突袭队员，护送他们进入安全地带，并为他们制衣疗伤，给了他们重上蓝天，再立战功的机会。

在纪念馆的大堂里，我看见了一座群像雕塑。这是一个写实作品，模板是1942年4月21日，第一批到达衢州的20名美国飞行员在汪村防空洞前的合影。他们刚刚经历了三天三夜的奔波和磨难，有的头上缠着纱布，有的胳臂用绷带绑着，但他们神态安详，目光坚定，不失英武之气。

他们从大黄蜂号航母上起飞的时候，相约"中国见""衢州见"。那个时候，他们中几乎没有一个人到过中国，对衢州更是茫然无知。在美国出版的中国地图上，很难找见这个位于浙西南的美丽小城。

但飞行员知道，衢州和东京是两个世界，一边是光明，另一边是黑暗；一边是"拯救"的代名词，另一边意味着死亡。

"衢州见！"——带着赴死的决心飞临东京上空的飞行员，没有几个人相信自己真的能够到达衢州。但有上天和中国人民双重保佑着他们，使他们最终完成了衢州之约，尽管他们的轰炸机几近全部坠毁。

衢州之约是君子之约、生命之约，它以两大同盟国之间的相互信任为纽带，以共同反抗法西斯日本为基石，牢不可破。

在纪念馆里，不远处的一面墙上，是另一种群英会。他们中有收留并精心照料重伤员查尔斯·奥扎克的廖诗原，有冒着巨大风险一路护送 15 号机飞行员的麻良水、赵小宝夫妇，有以微弱之躯背起两米"巨人"雅各布·曼奇的毛继富，有被泰德·劳森称为"我见过的最忠实的人"的陈慎言，有翻山越岭"十八里相送"罗伯特·格雷的刘芳桥，还有周仁贵、朱学三、徐明哲、曾健培、刘同声、章以铨、任超民、洪漪……

还有很多人的照片不在上面——郑财富、俞火土、张振华、韩成龙、余富安、杨德裕、许尚标、许尚友、孔宪灯、王小富、朱绣芳、方德灶、吕德云、魏汉民、曾高阳、王木寿……他们中有的人可能就没在这个世界留下影像，甚至没留下名字。

不需要信物和护照，不需要市场一样的讨价还价，一句"我是美国人"，一句"我们轰炸了东京"，就是最好的通行证和救命符。飞行员相信中国人会以自己的牺牲和付出，来换取他们的生命和自由，而事后证明，中国人——他们中大多是普通平民，做得比他们想象的更好。

如果为这些中国军民塑一座群像，也许将会把一条水亭街站满。

走进杜立特行动纪念馆，宏大的乐音在你的心灵深处回荡，那是高山与大海、中国人民与美国人民、军人与平民，共同奏出的一首抗击敌人的英雄交响曲。

那是正义之歌、勇气之歌和友谊之歌！

序章二

|三个女子的伤痛|

"每一次起飞都可能永别，每一次落地都必须感谢上苍。"

*

"每一次起飞都可能永别"

那是一个树木葱茏的夏天。周日。年仅 19 岁的小学校长许希麟乘火车从杭州前往临平的学校。她一直望着窗外，却想不到"她在楼上看风景，看风景的人在看她"。几天后，她便收到了那位年轻人的来信。

他叫刘粹刚，空军飞行员，正在笕桥航空学校学习。

希龄女士：

　　初遇城站，获睹芳姿，娟秀温雅，令人堪慕；且似与余曾相识者！初余之注意女士，而女士或未之觉也。车至笕桥，匆促而别，然未识谁家闺秀，如是风姿，意不复见，耿耿此心，望断双眸，而盈盈倩影，直据余之脑蒂，挥之不能去。

　　月余以来，不复得见女士之影迹，伫探为劳，积劳积思，望穿双眸。余自愧形秽，非浮薄之徒、猎艳者流，余不敢求女士之爱我，余当求女士之怜我可也。

　　余幼读旧都，毕业于潞河高中，十七年入东北大学理学院，专攻土木，一年后适黄埔中央陆军军官学校在东北招生，余因目睹日人在东北之暴行，毅然应考，决志入伍；旋又见一·二八上海空军之失败，乃又转习航空，庶将来能尽此国民之义务也。

　　今特甘冒嫌疑，致函女士，女士阅毕之后，其见怜于我耶？抑或见耻于我耶？余则毫不顾及，惟耿耿此心，表尽苦肠。余之爱慕女士，有非以言语表所能形容者，翘企厚望，敬待佳音，女士其能复我耶？呜呼！

敬祝玉体健康！

刘粹刚是够唐突和冒昧的，他把许希麟的名字都写错了，竟然也敢求爱。他还做出了更大胆的举动：一次，他驾驶着练习机，低空飞至临平学校，吓得小学生们四散奔逃。见许希麟毫无反应，他又飞到许家的房顶上，一边进行各种特技表演，一边喊话。许希麟的弟弟最喜欢看这种热闹，但母亲却嗔怪道："你不要做了个校长，尾巴就翘到天上去了！"

在刘粹刚写出第 19 封求爱信后，首先是父亲许琳夫被感动了。在父亲的劝导下，许希麟终于和"每一次起飞都可能永别，每一次落地都必须感谢上苍"的飞行员建立了恋爱关系。

1934 年 1 月 28 日，两人第一次见面。

1934 年夏，两人在杭州天香楼订婚。

1935 年夏，两人结婚。

刘粹刚深知自己战斗在云天，胜败与生死，都在一瞬间，因此他格外珍惜与许希麟的爱情。两人迁居南昌后，刘粹刚倾其所有，背着许希麟以 500 块大洋为她买了一辆福特轿车，从美国运到香港，再从香港运到南昌。此举轰动一时。

刘粹刚开始频繁出征。每一次飞上空中战场之前，他都会给许希麟写一封类似绝命书的信。

今日情势非常紧张，中国民族求生存，势必抗战到底。我工作非常忙迫，从早上四点钟到晚上八点钟都在飞机场里，身体虽受些痛苦，但是我们精神上却很愉快……

我的麟！我亲爱的麟！真的，假如我要是为国牺牲，杀身成仁的话，那是尽了我的天职！因为我生活在现代的中国，是不容我们偷生片刻的……

我的麟，您静静地等着吧，等我们恢复失地、击退倭奴之后，那就是我们胜利荣归团聚时。我亲爱的麟，您静心地等待着吧！

许希麟没能等到他胜利归来。1937 年 10 月 25 日，刘粹刚奉命掩护陆军进攻山西娘子关，在高平县失事遇难。他把最后一颗照明弹发出，协助两架僚机降落；他本可以跳伞求生，但为了保住飞机，他选择了迫降。

刘粹刚与高志航、乐以琴、李桂丹并称"空军四大天王"。他多次参加空战，先后击落敌机 11 架。

许希麟获知丈夫牺牲，痛不欲生。一个月后，她吞下了多枚银圆，想以此终结余生。

被救起后，她继续投身于教育事业。她创办的粹刚小学，专门招收空军在职和遗族的子弟。在她学校的礼堂里，挂满了为国捐躯的空军烈士的遗照。

"我们灵魂流血，炸成了窟窿"

笕桥，杭州东郊的一个小镇，被称为"中国空军的摇篮"。从 1931 年至抗战初期，笕桥航空学校共培养出了 500 多名素质很高的飞行员和航空机械师。著名的"八一四空战"——中国空军初期最漂亮的一仗，就发生在这里。

1937 年 8 月 14 日，空军第四大队从河南周口调防至杭州，正赶上日军的 9 架九六式陆上攻击机前来轰炸，在队长高志航的率领下，飞机未及加油即匆促升空迎战。

> 当时我担任高志航的僚机，向他报告："飞机经过长距离飞行，油不多了。"高志航坚定地回答："万一断油，就和日本鬼子同归于尽！"
>
> 在滂沱大雨中，第四大队的战鹰一架接着一架呼啸着离开跑道，直刺云天。
>
> （龚业悌：《"八一四"空战的回忆》，见《第二次国共合作在浙江》）

经过 30 分钟的战斗，英雄们击落日机 3 架，击伤 1 架。因为这次战斗，国民政府把 8 月 14 日定为中国空军节。

抗战时期，中国空军每天都在参与高强度的空战。日军出动的飞机往往是中国空军的 5 倍以上，大规模的空战导致超过 2/3 的中国战机遭到不同程度的战损。

中国飞行员的誓言，就写在笕桥航空学校的照壁上："我们的身体、飞机和炸弹，当与敌人兵舰、阵地同归于尽！""中国没有被俘的飞行员！"

中国空军在实力悬殊的情况下，一直在同日军战斗、周旋，伤亡惨重。至 1940 年年末，中国第一代飞行员几乎全部以身殉国。他们中间包括林徽因的弟弟林恒。

1937 年北平沦陷后，梁思成、林徽因一家开始逃难。12 月 24 日夜，当他们行进到湘西的晃县（今湖南新晃）时，林徽因病倒了；她因感冒不治而导致肺炎，高烧达 40 摄氏度。

一片漆黑的小镇上，万籁俱寂，寒风阵阵。梁思成搀扶着林徽因，后面跟着一双年幼的儿女和小脚的外婆，挨家挨户去找住处，但他们连一个空余的床位也找不到。

正当他们站在街头不知何去何从的时候，忽然从一座房子里传来了小提琴的演奏声。在这样一个偏僻之地，听见了小提琴声，并且拉的是西洋乐曲，令他们大为诧异。他们走过去，敲开房门，见到了 8 位空军学院的学员。年轻的飞行员们听说了他们的困境，立刻把房间让给了他们，自己则到别的同学处，两人一张床挤着睡。

这批航校学员一共有 20 人。他们久闻梁思成、林徽因的大名，便时常来看望他们。林徽因告诉他们，她弟弟也是飞行员，和他们年龄差不多。分别的时候，林徽因与年轻人依依不舍，并相约昆明再见。

他们果然又见面了。在昆明，林徽因的客厅不再是"太太的客厅"，而是变成了"飞行员的客厅"。这批飞行员成了梁思成、林徽因家里的常客。

一年后，飞行员们要毕业了，因为战乱，他们的家长不能前来，于是他们请梁思成、林徽因作为他们共同的家长，参加毕业典礼。

飞行员们每一次作战或训练归来，第一件事就是去看望他们的"家长"。

有一天，林徽因收到一份公函和一个包裹。这是他们中的第一个牺牲者，阵亡通知书发给了林徽因。林徽因尚未从悲痛中走出来，第二份、第三份阵亡通知书接踵而至。1940 年 9 月，曾在晃县的雨夜里拉小提琴的黄栋权，在重庆璧山的空战中以身殉国。每一个飞行员的噩耗，都在林徽因的心里炸出一个黑洞！

1941 年，那 20 位飞行员中的最后一个——林耀，在战斗中左肘被击穿。在养伤期间，他受到林徽因无微不至的关怀和照顾。归队前夕，他来到李庄向"家长"告别，并把他最喜欢的留声机留给了林徽因。

林徽因说："你还是带上它吧！"

林耀说："我已经不需要它了。"

一语成谶，没过多久，林耀便英勇牺牲了。

1941 年 3 月 14 日，林徽因的弟弟林恒在成都上空击落一架日机后，被敌人击中头部，壮烈牺牲。林徽因悲伤至极，病倒在床上。3 年后，念念不忘的林徽因含泪写出了一首诗《哭三弟恒》：

> 三年了，你阵亡在成都的上空，
> 这三年的时间所做成的不同，
> 如果我向你说来，你别悲伤，
> 因为多半不是我们老国，
> 而是他人在时代中碾动，
> 我们灵魂流血，炸成了窟窿……
>
> 弟弟，我已用这许多不美丽言语
> 算是诗来追悼你，
> 要相信我的心多苦，喉咙多哑，
> 你永不会回来了，我知道，
> 青年的热血做了科学的代替；
> 中国的悲怆永沉我的心底。

林恒和林耀如果能再多活一年，不知道他们能否见到杜立特和他的战友们，相互拥抱或拍拍肩膀？

如果他们的生命更长一些，不知道他们有没有参与轰炸东京的机会？

"无鸟的夏天"

著名华裔作家韩素音曾经随军官丈夫生活在战时的重庆。她在回忆录中描写了那个"无鸟的夏天"。

日军对重庆的轰炸从 1939 年开始，持续到 1941 年，气势越来越凶。冬天的浓雾一消散，日军的轰炸机就来了。在整个闷热的夏天，直至晚秋，挨炸已经成为重庆人日常生活的一个部分。

> 人们就在防空洞里度过一整天。有时候炸弹落到近处，我们逐渐地能够辨别出那种特别的呼啸声。轰炸机有时候一天来五六次，有一回多达 20 次。1941 年有一天，日军飞机不停歇地来了七天七夜。很多人死掉了，有被炸死的，有被闷死在防空洞里的，尤其是婴儿，很多死于酷暑、衰竭和痢疾。

1941 年，韩素音的丈夫唐保黄被任命为驻英代理武官，他们定于 12 月 9 日出发，经香港、檀香山和纽约前往伦敦。正在收拾行装的他们，听到了日军偷袭珍珠港的消息。

珍珠港遭偷袭，意味着日军对重庆、昆明等地的轰炸宣告结束，日本人不得不把一半枪口转向太平洋。

重庆人纷纷从防空洞里钻出来，奔走相告。媒体加班加点，大街上很快开始叫卖号外。唐保黄也买了一份号外回家。唱片机一整天都在播放《圣母马利亚》。

> 约翰·甘萨在《亚洲的内幕》中披露，《圣母马利亚》是蒋介石最喜欢的曲子，他每天午睡的时候都要播放一遍。
>
> 国民党政府官员们相互祝贺，好像已经获得了巨大胜利似的。从他们的立场来看，这的确是一场胜利。他们一直在等待着这件事，美国终于要同日本开战了！现在中国的战略重要性更加增大了。

现在美国非支持蒋介石不可了，这意味着美国的金元将流入政府官员的口袋中，流入军队司令的口袋中，胡宗南将能得到用来攻打延安的枪炮……

（韩素音：《无鸟的夏天》）

12月9日，在被侵略者蹂躏了10年之后，蒋介石才随美英等国对日宣战。宣战当日，国民政府即获得了5000万英镑的贷款。

在纽约，韩素音发现美国人正在大喊大叫，要求把日裔美国公民全部监禁起来，扔到海里去。在美国人看来，没有比珍珠港事件更不可饶恕的了。听见他们的议论，韩素音心里十分难受："我总要想起中国，想起中国人曾经经受过，而且正在经受的苦难。那苦难比美国人所经受的，不知要深重多少倍啊！"

令她宽慰的是，她看出了同时显现"神经质和卓越才能"的美国人，"正如他们曾经完全袖手旁观一样，他们也能全力投入这场战争"。

| "巧日" 与 "皓日" |

皓日，光明的日子！为了这一天，中国人付出了 25 万人的牺牲。

*

　　查浙赣皖闽 1942 年档案，时而能看到两个词："巧日"和"皓日"。

　　民国时期拍发电报，价格昂贵，为节省费用，故用古诗词平水韵的韵目代替日期。巧日即 18 日，皓日即 19 日。

　　按照美方计划，由杜立特中校率领一支由 16 架 B-25 组成的轰炸机队，以日本人惯会的闪电偷袭方式，还报珍珠港之仇，打乱日军在太平洋和南亚等地的进攻部署，同时让野蛮而又张狂的日本人明白，东京从此将不再是万里晴空。

　　在企业号航母与北安普敦号、文森斯号、盐湖城号、纳什维尔号等巡洋舰、驱逐舰和潜艇的护卫下，大黄蜂号航母负责将轰炸机和飞行员运送至离东京 400 海里处，于 4 月 18 日夜间起飞实施轰炸。轰炸完成后，飞机将飞往中国的衢州、丽水等地机场加油，然后飞往目的地重庆。

　　美国军方同时决定，16 架轰炸机将留在中国，组队继续对日本本土实施轰炸。因此在 B-25 被吊上大黄蜂号之前，低空轰炸用不上的器械和部件，如诺顿投弹瞄准器等，全部拆除单独运往中国。

　　1942 年 4 月 18 日，"巧日"有巧有不巧。

　　清晨 7 时 38 分，大黄蜂号的瞭望塔发现，在离特遣舰队 12.8 海里处，有一艘日军监测船日东丸，特遣舰队发了上百发炮弹才将其击沉。日东丸在沉没之前，已经向东京发出了电报。

　　米切尔舰长给了杜立特两种选择：要么立刻起飞，要么放弃行动。

　　杜立特果断地说，我们立刻出发！

　　此时此地，特遣舰队离东京尚比计划起飞的距离远 150~200 多海里，起飞时间提早了 10 小时。

　　飞行员意识到，他们将一去不回：完成轰炸任务后，B-25 最多只能飞到距中国海岸 200 海里处；他们或者将牺牲于敌国的土地上，或者将葬身于海底。

"海军一下子变得战战兢兢，提前了 10 小时把我们踢走。离东京 810 英里——大家都知道会完蛋，噢，好吧。"5 号机驾驶员戴维·琼斯的话，表达了突袭队员心中的无奈和绝望，"在战争中早已有过成千上万次的突袭，而这次任务的唯一不同之处在于，在起飞的时候我们就知道回不来了。"

所幸他们迎头撞见的，是过分张狂的日本人和不设防的城市，因此他们在东京上空没有遭遇像样的炮火。

特遣舰队在到达预定的时间和水域之前被日军机舰发现，这一点美国军方不可能想不到。那么预案呢？好像只有一个：牺牲掉包括杜立特在内的 80 名飞行员。听起来很残酷无情，但现实就是这样。

幸好在飞往中国的途中，飞机遇上了强劲的顺风，飞行员这才看到生还的希望。

因此当杜立特走上西天目山后，口口声声地说要"感谢上帝"；而 9 号机机长哈罗德·沃森，也说飞行员遇到了"上帝之手的帮助"。

B-25 在"皓日"，一个微雨的清晨或放晴的中午，抵达衢州和丽水的机场，加油后继续飞行，赶上蒋介石和宋美龄在重庆为他们举办的晚宴——

这可能成为现实，但最终证明只是一种假设。

"迟到"的飞行员偏偏是晚上飞临中国，而且遇上华东地区的大面积降雨，有的地区甚至暴雨如注，可见度几乎为零；加上通报、协调不够及时，弃机跳伞成为唯一的选择。

> 整个晚上，在中国东南部，农民和渔民，他们的妻子和孩子，都会听到飞机坠毁时的爆炸声，看到山顶上燃烧的火焰和浓烟，看到圆圈状的白色幽灵从云层间降落……
>
> 雨终于停了。在新的一天里，美国人发现他们降落到了有些像落基山脉的，覆盖着松树的山麓。山峰之间是水稻田和长满柑橘树的山谷。他们知道他们降落到了世界的另一边。
>
> 那些种植水稻和水果的人，那些在海边或河流里捕鱼的人，以前从未见过西方人、轰炸机、夹克、卡其裤、降落伞和柯尔特点 45 手枪。当那

些奇怪的生物突然出现时，中国人认为他们太大了，他们的脸和皮肤像他们携带的幽灵云一样白，像死人一样白。中国东南部的农场、城镇和村庄没有电话，甚至没有收音机，但这些农业省有幸拥有一个不可思议的、世代口传的通信系统。关于从天上掉下了大鼻子的、毛茸茸的洋人的消息，很快传遍了整个王国。

（克雷格·尼尔森：《最初的英雄》）

飞行员孤独地飘然而下，如同一根羽毛，一片树叶，一滴雨水。他们不知道自己将会落在什么地方，遇见什么样的人；那些人是手捧鲜花，还是用黑洞洞的枪口瞄准他们。

他们的躯体看上去很轻，其实比陨石还重。

出发前，杜立特就说，你们或者像英雄一样归来，或者像天使一样归来。

吊在降落伞下的飞行员，无法在英雄和天使（也许应该称为"殉道者"）之间做出抉择！

杜立特突袭队的 15 架轰炸机在华东地区 500 公里的范围内坠毁（包括迫降后自毁）。

浙江 6 架——

2 号机　由胡佛驾驶的 2 号机坠毁于鄞县（现宁波市鄞州区）咸祥镇南头村的棉田里。

咸祥镇镇长朱绣芳为飞行员指出了一条安全路线。他们被村民舒德仙、舒玉林带至游击队驻地，再由游击队护送至宁海。

宁波市警察局局长兼鄞县县长俞济民派武装人员带领飞行员转移，并请刘同声陪同当翻译。

3 号机　由格雷驾驶的 3 号机坠毁于遂昌县柘德乡（现柘岱口乡）北洋村的大坞山上。机枪手法克特跳伞身亡。

机长格雷沿溪而下，来到遂昌县洋溪乡（现西畈乡）湖岱口村，被乡长刘佐唐及刘家村村民营救，村民刘芳桥护送格雷至王村口区上定办事处。投弹手阿登·琼斯被遂昌县际岱乡坑西村黄雄忠、黄贵高等村民营救。

副驾驶曼奇在江山县廿七都（现江山市双溪口乡）东积尾村被保长曾高阳等村民营救。村民毛继富将受伤的曼奇从山上背下来，并安排他在家中住了一夜。

领航员奥扎克受重伤，他被江山县张村乡龙头店村廖诗原、廖诗清兄弟营救，在廖家疗养5天后被护送至江山县城。

10号机　由乔伊斯驾驶的10号机坠毁于浙皖交界处的连岭语源塘。

机长乔伊斯降落于歙县石南乡（现狮石乡）杨柏坪山顶，被社公坪山顶村村民杨德裕接到家中住了一夜，第二天由乡公所派人护送至淳安县城。

另4名飞行员被遂安县政府和枫树岭、巧塘等地村民营救。

15号机　由史密斯驾驶的15号机迫降于象山县檀头山岛附近海面上。飞行员泅水上岸后，来到大王宫村。渔民麻良水夫妇安排他们在家中住了一夜。

次日，麻良水等村民开船穿过日军封锁线，将飞行员送至南田自卫队驻地小百丈。自卫队第二分队队长郑财富派兵护送飞行员转移至三门县城。

7号机　由劳森驾驶的7号机迫降于象山县南田岛大沙村附近海边。5名受伤的飞行员被郑财富带领的自卫队和大沙村渔民营救，并护送至三门县城。

次日，陈慎言等人将飞行员接到临海，安排在恩泽医院治疗。劳森在那里接受了截肢手术。

6号机　由霍尔马克驾驶的6号机迫降于象山爵溪乡附近海面。

投弹手迪特尔、机枪手菲茨莫里斯溺水身亡。驾驶员霍尔马克等3人被日伪军抓获。霍尔马克被枪杀，副驾驶米德尔在监狱里被日军虐待致死，领航员尼尔森被关押至日本投降。

江西6架——

14号机　由希尔格驾驶的14号机坠毁于广丰县（今上饶市广丰区）壶峤乡一个名叫苦坑的地方。

机长、突袭队副总指挥希尔格被法雨乡（现下溪镇）村民洪礼臣等人营救。西姆斯被杨村村民官文清等人营救。艾尔曼被吴村乡（现吴村镇）私塾先生林国元带到纪家祠堂住一夜，次日由村民纪宪祥、纪奇谋等送往乡公所。马西亚也在吴村乡被村民营救。

5号机　由琼斯驾驶的5号机坠毁于广丰县（现上饶市广丰区）铜钹山。

机长琼斯被玉山县瑞岩镇村民营救，并送往下镇火车站。副驾驶威尔德降落于浙赣交界处的大坞山上，由江山县苏源村裁缝毛光孝带至玉山县湘坛村，再由保长刘志孟、大学生刘咸祺送至下镇火车站。

投弹手特鲁洛夫、机枪手曼斯克降落于江山县长台镇，被小学生朱王富、保长徐尚志、教师周仁贵等人营救。周仁贵雇车将飞行员送到县城。领航员麦克格尔被徐明哲、周玉环等村民营救。

9号机　由沃森驾驶的9号机坠毁于宜黄县梅杏乡的山坡上。

5名飞行员被当地村民营救。为安全起见，他们没有前往衢州报到，而是经南城、吉安、衡阳，直接前往桂林。

12号机　由鲍尔驾驶的12号机坠毁于婺源县梅林乡的江北湾上。5名飞行员降落于浙江省遂安、淳安两县（现杭州市淳安县），被县政府和村民营救。

机枪手杜奎特降落在遂安县荷家坞砚家村，腿上受伤。村民王木寿将其带回家住了一夜，次日送往乡公所。

13号机　由迈克尔罗伊驾驶的13号机，坠毁于鄱阳湖畔都昌县界内。机组5名成员在鄱阳县朗埠等村获救，并由当地驻军护送至鄱阳县城。

16号机　由法罗驾驶的16号机坠落于南昌章江门外1.5公里的潮王洲（日占区）。

5名飞行员全部被俘，驾驶员法罗和机枪手斯帕茨被日本人枪杀，副驾驶海特等3人被判处终身监禁，日本投降后获救。

安徽2架——

1号机　由杜立特驾驶的1号机坠毁于宁国县（现宣城市宁国市）豪天关对面的山顶上。

杜立特降落于於潜县白鹤镇（现杭州市临安区天目山镇），被浙西青年营官兵营救。

其余 4 名飞行员在浙江省临安县各乡镇，被青年教师朱学三、村民张根荣、临安县监察委员张间等人营救。苕云区区长李关安亲自将领航员波特等 3 人护送至西天目山。

浙西行署专员贺扬灵派人将飞行员安全送抵衢州。

11 号机　由格兰宁驾驶的 11 号机坠毁于歙县黄备下村西约 1 公里的大圣堂山坳里。

机长格兰宁、副驾驶雷迪下山后来到小洲村，村民张建华等人护送其前往歙县县城。另外 3 名飞行员分别在深渡、樟潭、棉溪等乡镇，被村民方德灶、吕德云等营救。

曾健培、魏汉民等人配合县政府接待飞行员，并安排将他们送至衢州。

福建 1 架——

4 号机　由霍尔斯特罗姆驾驶的 4 号机坠毁于崇安县（现武夷山市）岚谷乡岑阳山坳一带。机长霍尔斯特罗姆被江西省上饶县甘溪乡甲长韩成龙等村民营救。

其余 4 人分别被崇安县岚谷等乡镇村民营救。县长吴石仙带上牧师当翻译，亲自下乡把飞行员接至县城。

那些幸运的飞行员，有的被有组织地营救（像在浙江遂安），有的被"相对有组织"地营救（像三门游击队所做的），但这种情况屈指可数，大多数是普通百姓的自发行为。

政府和军队在后期转移和保护飞行员阶段，则起到了至关重要的作用。从各降落点到衢州，从衡阳到桂林、重庆，一切安排得稳妥而又有序，没有一名飞行员在被营救之后，再受到任何伤害。

1942 年的中国，正如中国远征军顾问团团长佛兰克·多恩所言："我们的盟友是一个地方，而不像是一个国家；这个政府现有的经济崩溃了，它的货币系统，只能依靠不计后果的多印纸币的权宜之计来维持。数百万人死于战争、疾病和饥饿，被迫逃离家园，或者被残忍的敌人所奴役。"

哈佛大学研究员詹姆斯·斯科特说："一些年来，美国领导人没做过什么能赢得中国人好感的事情。日本人在中国烧毁村庄，屠杀了成千上万的男人、女人和孩子，美国一直在袖手旁观。美国把重点放在了击败德国人上，向英国提供了几乎全部的 130 亿美元的租借计划，而中国分享到的美国军械、飞机和坦克的份额，只有 6.18 亿美元，仅占 4.6%。"

美国情报部门的一份情报指出："具有讽刺意味的是，我们未能给中国更广泛的援助以抗击我们目前的敌人日本，其中真正的原因应该在于我们的心态。我们害怕德国，蔑视日本。我们沉浸在不断的希望中，想和日本人修补关系。这个谬误来自我们总是关注欧洲那些我们所熟悉的问题，而不是东亚地区遥远异国的冲突。"

而一位飞虎队战士发现，他们升空迎战的和轰炸武汉、重庆的日军飞机，"使用的都是美国出口的燃油"。而日军的很多武器，也是用美国的废旧钢铁制造出来的。

太平洋战争爆发后，史迪威认为，有机可乘的蒋介石"会拿美国人当傻子耍；他会拖延、搪塞并给出承诺，但不会做任何事情；他寻求的是不动一兵一卒而跟随盟军获得胜利"。

尽管此时美国在太平洋上正处于弱势，但它对可能帮助它的盟友缺乏最基本的信任，它既想依靠中国，又在提防中国。

但中国人民终于让美国人看到了自己心底的坦荡和为了打败共同敌人所愿付出的代价。

对中国的抗战，美国总统罗斯福一再给予高度评价。他说，如果没有中国的抵抗，日本将能调动更多的力量到其他战场，可能轻易占领澳大利亚和印度，并推进到中东，与德国形成掎角之势，彻底切断地中海航线，并包围苏联。中国的抗战对阻止日本实现其全球战略目标至关重要。

英国首相丘吉尔虽然对蒋介石颇有微词，但他不得不承认，在同日本人交战的军队里，中国军队算是最成功的。

"皓日"，光明的日子。1942 年 4 月 19 日，仅仅这一天，通过几十名飞行员，就足以使美国人改变长期形成的自私和谬见。

——希尔格发现，小学生们迎见他们，都会"停下来等我们走过去"，"用坚定的目光望着我们"。希尔格一定能够理解中国小学生目光中的含义。

怀特说，中国人如此贫穷，却从没想到靠出卖我们去换取巨大的利益，原因就一个：我们也是打日本鬼子的。

西姆斯说，任何种族都可能很好地回报哪怕是一点儿的真诚、善良和谦卑，但只有中国人的回报是如此丰厚。

"皓日"，光明的日子。为了这一天，中国人付出了25万人的牺牲。

浙赣战役结束后，蒋介石发电给罗斯福："在东京意外地遭受美国轰炸后，日军在美国飞行员着陆的沿海地区展开报复攻击。日军屠杀了这些地区的男女老幼。我再重复一遍：日军屠杀了这些地区的每一个男人、女人和儿童。"

在回忆录中，陈纳德将军这样写道："为了进行报复，日军从沿海向内陆推进了200英里，扫荡了20000平方英里的中国占领区：机场被彻底摧毁；成百的村庄，只要有一点儿被怀疑是营救过我们飞行员的，都遭到了洗劫；靠近机场的城镇被夷为平地……3个月内，25万中国军人和平民惨遭屠杀。"

通过这场大营救，罗斯福和美国人民，终于重新认识了中国和中国人民——他们从未想过"不动一兵一卒而跟随盟军获得胜利"；在第二次世界大战中，他们坚持的时间最长，付出的代价最大。

美方曾经向中国拨付了一笔专款，用于突袭队成员在中国被营救、转移和治疗等方面的费用，几天后美国人发现，这笔款项被原封不动地退了回来。

而迫降在海参崴的8号机，苏联要求美方每月为飞行员支付30000卢布的"拘禁费"。

同为盟友，姿态差异何其大！

风雨天目山

来不入死关，去不出死关。
铁蛇钻入海，撞倒须弥山。

　　*

　　刘火金当天目山镇文化站站长 30 余年，做了几件大事：牵头修缮多处历史建筑，组建了天目山农民艺术团，组织了上百场乡村文化活动。但还有一件事他没干完，退休多年后，他依然对此耿耿于怀。那就是开设一个与杜立特、与营救美国飞行员有关的展室。

　　房子是现成的。传说中的水碓早已无存，但那个风雨之夜杜立特敲过门的那所房子依然完好。房子已收归集体，且进行了维护和修缮，2015 年还委托浙江农林大学设计院进行了展陈设计，但此后展陈工作便一直停滞不前。

　　刘火金家与那所房子都在盛村，是一栋三层洋楼；和其他村民的住房不同的是，刘火金把自家的院落搞得像一个文化广场。带走廊和桌椅的亭子下经常坐满了村民，他们在里面喝茶、打牌、唱歌。

　　雨从早晨下起，午后突然大起来。在前往盛村的路上，远望西天目山雨雾蒙蒙，一派沉苍。一片片竹林从模糊的车窗外一闪而过，寒风吹落的树叶铺展在积水的路面上。

　　我们先到刘火金家，再由他领着去看那栋房子。房子位于村子的东北角边上，原为两间两层，后加建了两间。修缮时外墙用水泥包起，又抹上白灰，焕然一新。但从路那边的几间老房子，能够想象出它当年的样子：厚厚的黄泥墙，茅草的屋顶，木栅的窗口离地不足半米——这和我见过的大多数农舍不一样，它们大都把窗户开得较高。

　　刘火金翻过近门码放的一堆竹材，用从村委会取来的钥匙把中间的门扇打开。进屋以后，他用手指着南边第三个窗户说："杜立特敲的就是那个窗户。"刘火金听当事人说过，杜立特敲了几下，见没有反应，便动手掰窗棂。

这和杜立特本人的回忆有出入，他说他是"敲房门"。

夜晚敲门的人

一九四二年四月十八日，天气阴霾，山里的白昼显得分外地短促。五点一过，屋外已经是漆黑一团，雾气从门窗的缝隙里透进来，春寒逼人。饭后，天气越来越坏，暴风夹着骤雨，一阵紧似一阵。

这时，我正在一盏昏暗的煤油灯下，处理一件不关紧要的公务，偶尔听到一阵低沉的发动机声。起初我还以为是风刮树林的呼啸，过后，这声音不绝地在山四围回荡，时远时近，我确信这是一种重轰炸机上发出来的吼声，立刻打电话给防空哨和住在附近的部队机关，寺院和居民，（要求）提高警觉，施行灯火管制和派出必要的警戒机。机声一直在左近盘旋，约莫有二十分钟，忽然一声巨响，落在不远的山外，消逝了。屋外除了风雨交作的喧扰，再也听不出其他声息。

这一夜，大家都以这怪机声做话题，打发坏天气带来的不愉快之后，怀着不安和诧异的心进入睡乡。

（贺扬灵：《杜立特降落天目记》）

四月十八日傍晚，雨意浓浓，山雾蒙蒙。我们正在大会堂参加文娱晚会，突然警报响了。我们习惯地从窗上拉下黑幕，灯泡套上黑纱。未几警报解除，会场恢复光明，文娱节目照常进行。稍后，警报又鸣，大家又是放下黑纱，遮住电灯。跟着响起紧急警报，微闻机声，全场熄灯、灭火，闭气静坐，等待突变。这样反复几次后，突然远处轰然一声。我们以为敌机又在捣乱，就继续开我们的晚会。

（陈鹤亭：《东京上空 30 秒》，见《第二次国共合作在浙江》）

贺扬灵和陈鹤亭，当时都在天目山。前者任浙西行署专员，后者在天目山浙江省干部训练团浙西分团工作。

那个清冷的风雨之夜，深深地留在了他们的记忆中。

杜立特于晚9点15分（机上显示时间）下达跳伞命令，他本人应该是9点30分以后跳出舱门的。

"我们只能跳伞了。"杜立特说，"跳伞的顺序是伦纳德、布雷默、波特、科尔，我是最后一个。"

"听明白了吗？"见所有人都不吭声，他又喊了一句。

"是的，中校。"只有伦纳德答了一声。

自动驾驶打开后，飞行员在几分钟内相继跳出舱门。轮到科尔的时候，杜立特帮他松开了副驾驶座的降落伞，然后拍拍他的肩膀说道："一会儿见，迪克！"

科尔回答："衢州见，中校！"

科尔对当时的情景感受深刻。"我真的吓傻了！在一架即将坠毁的飞机上，下面的一片黑暗虚空，即将把我卷入那片陌生的土地。"

这是杜立特第三次面临弃机跳伞。15年前在南美，他跳伞时伤到了脚踝，因此在即将落地的时候，他把膝盖曲起，以减缓冲击。

杜立特降落在浙江省於潜县（现属杭州市临安区）白鹤镇（现天目山镇）盛村附近。

幸运的是他降落在一片柔软的稻田里，不幸的是那稻田刚施过肥。他爬起来时身上湿淋淋的，并且沾满了大便。

他走到田埂上，脱下灌满臭水的靴子，扔进稻田的水里。走了几步，他感觉有点儿硌脚，再想想不知还有多少这样的路等着他去走，便蹚水把靴子捡回来，重新套在脚上。

他判断一下方位，意识到这里应该是中国军队的控制区。如果航向再偏离一些，他就有可能落入虎口。

他走进最近的一个村子。看见有个农舍窗口微微透出灯光，便上前去，一边敲门，一边连声喊道："Lu shu hoo megwa fugi（我是美国人）！Lu shu hoo megwa fugi！"

"我听到里面有动静，然后是门闩被插上的声音。后来里面灯就灭了，又恢复了死寂。"杜立特后来回忆道。

邱林当时不到10岁，杜立特敲的就是他家的门。邱林是纪永信的养子。多年之后他回忆说，听见敲击声，养父走过去，看见有个怪模样的人正在掰窗户，"咔吧"一声，窗栅被弄断了一根。邱林则吓得用被子把头蒙上。

杜立特见村民怕他，没再去敲第二家的门。风吹着，雨打着，他浑身湿冷，总得找个地方避避……

有一座小房子门虚掩着，他走进去，发现靠墙有一个细长的箱子，放在两个锯木架上。他探头看了一眼，发现里面有一具僵冷的尸首。他吓了一跳，出门往田野上走，于是他看见了那个水碓。

他在水碓里度过了漫长的一夜，不断地做着体操以抵御风寒。

天刚蒙蒙亮，纪永信便起来喂牛。他走到自家房屋东头，忽然发现田里有一堆白花花的东西，像冒起的水泡。他感觉诧异，便走近了去瞧。那是一个用很大一块白布做的，伞一样的东西。村民们听说了，纷纷跑来看，邱林和养母也跟在后面。纪永信等几个村民把那东西抬到了纪永成家。

大约7点，同村赤坞里的吴银宝，随阿公吴叶盛来到自家的水碓。打开水碓房门时，他们看见墙角下躺着一条汉子。

水碓，一种舂米工具。一般是建在河溪上，它的工作原理是：以流进水车的水转动轮轴，再拨动碓杆上下舂米。吴叶盛所建碓房是供全村使用的，村民用完后，会留下一些碎米冲抵使用费。爷孙俩是来收米的。

吴银宝回忆说，开始以为是一个讨饭佬睡在里面，仔细看又不像。这人长得、穿得和我们都不一样，是个外国人。那人看见我们后，叽里呱啦地说了一通，我们哪里听得懂？阿公见他可怜，就到外面田里抱来稻草给他当铺盖。我和阿公走出碓房，他也跟出来了，继续用双手比画着什么。

杜立特随着吴氏爷孙向村里走。途中遇见一个白滩溪人，是吴叶盛的老熟人。吴便把杜立特交给了白滩溪人。

杜立特这回灵机一动，他掏出笔记本，在上面画了一列火车。白滩溪人好像明白了，于是带杜立特又走了1000多米，眼前出现一个大宅院。杜立特感觉那地方怎么看都不像是车站。

这里是浙西青年营的驻地。

浙西青年营的前身是1938年在绍兴成立的抗日自卫青年营，是贺扬灵任绍兴专区主任时组建的 3 个营之一，主要由青年学生组成。1939 年，贺扬灵升任浙西行署专员，次年便把青年营调到了西天目山，驻扎在临安县（今杭州临安区）白滩溪。它是由浙西行署掌握的地方武装。

"Lu shu hoo megwa fugi。"杜立特对一位军官说。

没想到对方回了他一句英语。于是杜立特告诉他，他是美国飞行员，跳伞落到了这里。见对方不相信，杜立特提出带他们去看降落伞。

他原路返回那片稻田。那位军官带着十几名荷枪实弹的士兵跟在后面，像押解一名俘虏。

还没走到地方，杜立特便停住了脚步。他有些不相信自己的眼睛——降落伞不见了。

气氛立刻变得紧张起来。"你的降落伞呢？"军官用鄙夷的眼神盯着他。

杜立特急眼了，他跳着脚，不住地大喊着，好像是说：明明就掉在这里的，怎么会不见了？还有望远镜！——他用双手比出望远镜的样子。"你不信，去问问那家人，我昨晚敲过他们家的门。"

军官于是派人去问。派去的士兵很快就回来了。

"他们说昨晚根本没有听到过响动，"中国军官告诉他，"他们说他们没有听到飞机，也没有看到过降落伞。他们说你在撒谎。"

这位军官受够了。他命令士兵上前缴了杜立特腰间那把点 45 口径的手枪。但就在这时，两名前去搜查农户房子的士兵抱着杜立特的降落伞走了出来。

"那位中国军官微笑着向我伸出手，表示友好。——我就这样正式地被中国接纳了。"杜立特说。

此前，纪永信等人正在纪永成家的阁楼上研究那块白布。有人跑来告诉他们，外面正在找这件东西，赶紧送过去。于是降落伞被抬出来，送到了田边。

"我从纪永成家出来，跟着大人走到自家地头。一个外国人站在那里，鼻子高高的，有些秃顶；身上湿漉漉的，沾了很多脏东西。看见降落伞，他十分高兴，过来要和我们拥抱。"邱林说。

杜立特得知面前的这位军官叫李守廉，浙西青年营营长。

李营长安排好杜立特后，立刻打电话给浙西行署专员贺扬灵。

"回到军营，他们让我吃饭，洗澡。我把身上的衣服也脱下来洗了，但那股臭气怎么也洗不掉。"杜立特说。

这一天，最兴奋的是盛村的孩子们，他们纷纷跑到那片稻田里，寻找杜立特掉落的东西。他们捡到了子弹和牛肉干。

樱花与枫

雨忽然又下大了。离开盛村，我们还要去两个地方，一个是禅源寺，一个是留椿屋。

禅源寺位于西天目山南麓，昭明和旭日两峰之下。1269 年春天，元朝高僧高峰云游来到此地，他见狮子岩拔地千尺，奇木林立，乃"造岩西石洞，营小室如舟"。同时念出一偈：

> 来不入死关，去不出死关。
>
> 铁蛇钻入海，撞倒须弥山。

这话，好像是留给 600 多年后到来的杜立特们的。

禅源寺佛法传系为南禅五大宗派之一的临济宗，日本佛教临济宗把禅源寺视为祖庭，但禅源寺最后一次被毁，即出自日军之手。时间是 1941 年 4 月 15 日。

是日，先有汉奸放火烧山指引，后有日军出动 7 架轰炸机轰炸。日机轮番投弹 30 多枚，其中有数枚燃烧弹。禅源寺顿时陷入一片火海，万卷经书被焚，古印度所赠的 100 多颗猫儿眼珠宝瞬间成灰。日军还炸死了 47 人，其中包括几名中学生。

两棵当年被炸出大窟窿的老树，如今依然枝繁叶茂地挺立在寺院后边，演绎着不死的神话。

当时，禅源寺不仅是浙西行署所在地，也是浙西抗日救亡运动的指挥中心，各种机构纷纷迁入。1939 年 1 月，《浙江日报》和《民族日报》相继在这里创刊。

重建的禅源寺，重楼叠阁，朱甍碧瓦，楣梁斗角，蒙蒙雨雾遮不住其辉煌之色。禅院内的宣传栏内有一幅大展板，上列两件大事——"周恩来天目之行""营救美国飞行员"。

1939 年 3 月，浙江省主席黄绍竑到浙西行署主持行政会议，时任国民政府军事委员会政治部副主任周恩来，于 3 月 22 日前来拜会黄绍竑，商讨联合抗战事宜。黄绍竑安排他下榻留椿屋。24 日，浙西第一临时中学在禅源寺百子堂举行开学典礼，周恩来受邀做了一个半小时的演讲。

当杜立特登上西天目山时，禅源寺唯余残砖烂瓦。浙西行署办公地也上移至潘庄，即留椿屋。

两层的留椿屋系 1932 年上海怡和洋行的潘志铨为父亲养老所建，为一栋西洋式别墅。有椿无萱，说明潘已经丧母。

龟背般的石墙依山而筑，屋顶掩映在竹林中。留椿屋与禅源寺隔一道深谷相望，晨昏之际，打开门窗，一定能够听见木鱼、风铃和众鸟的和鸣。

1947 年，贺扬灵出版《杜立特降落天目记》一书，回忆他与杜立特的第一次见面。

> 那个短小精悍的美国朋友一上来就握着我的手，说了许多感激的话；一面又夸说自己的运气和上帝的保佑，才不至于降落在敌人控制区里。他率直地介绍自己叫杜立特，领导这次轰炸东京的就是他。那个高个子叫科尔，是一位得力的助手。最后他又幽默地介绍了他的靴子……

> 他说得那么认真，滔滔不绝，叫你怎么也不相信他是经过 20 小时风雨和饥饿迫害的人物……餐后他们都洗了澡，换上他们陌生而我们穿惯了的服装，拖着布鞋蹒跚而行，还满口的"顶好""顶好"，引得我们哄堂大笑。

留椿屋的楼梯在户外，位于小楼右边，虽经翻修，仍为旧时格局。1942 年 4 月 20 日午后，贺扬灵在会见、宴请了飞行员之后，宾主在楼梯前的空地上合影。副机长理查德·科尔、领航员亨利·波特、投弹手弗雷德·布雷默、机械师兼机枪手保罗·伦纳德，一个不少，都在照片内，这是飞离大黄蜂号航母后，1 号机组的第一张"全家福"。客为上，主为下，贺扬灵很低调很谦让地站在右侧的最边上。

站在中间位置的科尔笑得最为灿烂。也许他知道，自己的生命将会很漫长——

他是 80 名突袭队员中最后去世的,活了 103 岁!

飞行员走出潘庄前往隐蔽的住宿地时,贺扬灵送到门外。杜立特忽然看到门口有两株樱树,他用手拨弄了两下树枝,说道:

"日本人的命运就像他们崇拜的樱花一样,容易开,也容易凋谢。"

樱花从花蕾初绽到满树繁华,往往只需三四天。一旦花朵过半,又当风和日丽,很快便一派灿烂。但盛期一过,如霞似雪的花朵迅疾凋落,有时一夜之间只剩光秃秃的树枝。

被指斥"诗情感多虚伪"的郑孝胥,曾以诗自喻他的汉奸命运:

昨日雪如花,今日花如雪。

山樱如美人,红颜易消歇。

在日本,樱花不仅是一种花,更是"物哀"的附着物。在江户时代,樱花与武士道精神紧密相连,象征着悲壮和生命的瞬间闪光。

留椿屋前除了那两株樱树,还有两棵百年老树,其中一棵是巨大的枫树。时当初冬,枫叶红黄参半,飘落的叶子几乎将地面完全覆盖。

枫树经历过 1942 年的风雨,也见证了中美人民之间的生死之交。

浙西行署有一台 15 瓦的发报机,这在当时算是比较先进的通信工具了。杜立特用它向美国陆军航空兵司令阿诺德发出了第一份关于东京大轰炸的报告:

美国华盛顿空军司令阿诺德中将君鉴:

我方已轰炸东京成功。因中国方面天气恶劣,故至现在为止,飞行员五人安全,飞机恐已尽损坏。

行动指挥官杜立特中校

一九四二,四,十九

21 日,这份电报由正在美国访问的中国外交部长宋子文,转交给了阿诺德。

"我的另一只手表呢？"

波特降落在青云乡碧淙村的山岭上。他裹上降落伞在避风处睡了一夜。第二天天刚亮，他看见不远处有一个村子。

波特走进村子时，雨又下起来了。缠绕、飘动在屋顶上方的，不知是浓雾还是炊烟。

在村头，波特遇见一位老人。老人不明白波特在说什么，便进屋拿出纸笔，写出一行字给波特看。波特当然看不懂，他灵机一动，从包里掏出了一张地图。

听说村里来了一个外国人，村民们纷纷围拢过来。他们接过地图，你递给我，我传给你，终于有一个人看懂了。他指出了波特现在所在的位置。

一位村民说，离这里最近的城市是杭州，但被日本鬼子占据着。

"杭州？"波特没听说过，他说他要去衢州或者重庆。

半个多小时后，波特听见有人喊他的名字，抬头看见布雷默正从他刚刚走过的路上跑来。

布雷默的到来令波特很兴奋，但也引起了村民们的警觉。

一位村民从背后抱住布雷默，从他的枪套里抽走了手枪和刀，另几个人则开始对波特进行搜身……

那天清晨，教书先生朱学三正在用早餐，几位乡亲跑来说："碧淙村那边发现了两个高鼻子、蓝眼睛的外国人，说话哩哩啰啰。昨晚听到飞机坠毁的巨声，会不会是德意日轴心国家的降落伞部队？"

"你会说英语，快过去看看吧。"村民们说。

朱学三知道自己的英语水平一般，但考虑到可能出现了误会，便跟着几位村民前往碧淙村。

朱学三跟着村民们走了一里多地。他看见从义冢畈那边，有一群人手持步枪，押着一高一矮两个外国人，向他迎面走来，其中一人被反剪着双手，另一人步履艰难，看上去像是受了伤。

朱学三事后得知：4月18日傍晚，波特和布雷默跳伞后，随风飘落到碧淙溪畔。第二天清早，他们进村时被村民发现，报告了保长俞根生。俞根生开枪警告，下掉了其中一人的手枪，并命人将他捆绑起来；另一人因为有伤在身，就没有捆绑他。这会儿，俞根生带领乡丁，正要把两人押送到西天目山去。

朱学三上前来了一句"How do you do"，波特和布雷默眼睛突然一亮，异口同声地道：

"我们是美国人！"

"我们轰炸了日本东京！"

"我们是跳伞下来的……"

> 误会初释，我热情地请他们到我家去洗尘，又让俞保长到区里报告。这两位飞行员在我家厅堂里饮着清澈的天目新茶，乡亲们抱着新奇的心情前来看热闹，真是人山人海，挤满了厅堂。大家满面笑容以表友好，两位飞行员的惶惑和惊恐也逐渐消失了。这时经人提醒，我立即端出现成的中国式肴馔来待客。可是他们不会使用筷子用膳，饭菜夹不到嘴边，惹得大家哈哈大笑。我请家母煮了一小锅鸡蛋，请他们剥而食之，他们这才津津有味地饱餐了一顿。
>
> （朱学三：《临安军民护送美国飞行员》）

苕云区区长李关安接报迅速赶来。之前，他已经接到了要求搜寻、营救美国飞行员的电话通知。

见到区长，乡丁们把枪支和刀子，还有导航手表、现金等还给了飞行员。

"我的另一只手表呢？"波特有两只手表，另一只汉密尔顿手表，是1940年圣诞节母亲送给他的礼物。

见没人搭腔，波特只好作罢。

李区长决定，由自己带队，护送两位飞行员前往浙西行署，并让朱学三随同当翻译。

转过一个山口，忽然有个人跑到波特跟前，从口袋里掏出了汉密尔顿手表，悄悄地塞给了他。

行至东社村，过了乌石桥，忽听一阵锣鼓声和放土铳的声音。

"你们在干什么？"区长问道。

"搜山！"

"既然搜山，为什么不上山去？"

"那个外国人有枪，弄得不好，我们要倒霉的。"

波特和布雷默告诉朱学三，可能是他们的另一位飞行员。朱学三遂向李关安建议，让村民们停止放枪和敲锣打鼓，让两位飞行员喊话，看看是不是他们的同伴。

等喧闹声停下来，波特和布雷默连喊了几声，便见从山脚下的树丛中钻出一个人，他张开双臂，踩着田埂飞奔而来。

伦纳德向战友讲述了自己的遭遇。

他跳落在东社村燕子坞的山坡上："我好像掉进了地狱。我向山下爬了20英尺，找不到出路；又往山上爬了20英尺，也一样走投无路。只好回到原处，用降落伞裹着身子，靠在一簇竹子上蒙头大睡。"

天亮后，他走下山坡，四处寻找战友，不想遇上了4名持枪的中国人。伦纳德说：

"其中一人喝令我举起手，另外3人用步枪瞄着我。我掏出点45手枪。其中一人开了枪，我也开了两枪。4个人转身就跑，我也转身跑上山。一个半小时后，我看见一大群人从山谷间走来，领航员波特和投弹手布雷默走在前面。我以为他们被俘了，便重新将子弹上膛。"

伦纳德发现，他们在一起很友好的样子，而且两人还在不停地喊他的名字。于是他大喊着从山上飞跑下来……

翻过尚志岭，前面便是白滩溪。在凉亭里休息的时候，他们听到一个好消息：杜立特和科尔已获救，被送往西天目山去了。

在1号机5名飞行员中，科尔的故事相对乏味。

他跳落于临安县高梁山。他的降落伞倒挂在一棵大树上，因此落地时没有受伤。

"我以为可以找到一条公路，然后走到加油站，用那里的电话求救……我们所有人都没有出过美国，甚至在执行任务之前从未离开过家。我一直以为世界上的其他地方都像美国一样。"

他当然找不到电话，路也是树草丛生的山间小径。

那天清早，射干村村民张根荣尚未起床，忽听外面传来孩子们的喊声："日本佬！日本佬！"张根荣穿上衣服，走出门去，他先看见了几个牧童，接着发现一个高鼻梁的黄毛已走到跟前。张根荣是一个挑夫，经常挑货出入日占区，他感觉这个人不像日本人，便上前打招呼，并把他领到隔壁保长王伊妹家。

> 王家的正堂悬挂着孙中山画像，张根荣指给飞行员看，没有反应。给茶，不喝；给饭，也不吃。飞行员掏出香烟，带过滤嘴的，当地人从未见过。他用打火机点着了香烟，旁观者看着"洋火"发奇，联想到前一天晚上高梁山上的"鬼火"，心想原来是打火机发出的。那些带牛奶味的饼干，令一辈子吃土货的人感到特别腥气。
>
> （王国林：《1942：轰炸东京》）

临安县监察委员张间家住射干村，王保长回家后，便带科尔去见张间。张间向科尔示意，日军在 50 公里以外，请他放心。见科尔急着要走，张间便一路陪同，一直把他送到白滩溪青年营。行至一个僻静荒凉处，科尔有些慌，他掏出 1 美元递给张间，让他回去。虽然张间感觉到飞行员并不信任他，但他坚持继续陪同科尔。

途中进入一个小院子，科尔抬头看见了院子里飘扬的中国国旗，他心里这才彻底踏实起来。

科尔说："我被送到一个军事站点，上面有国旗，我明白自己处于未被日军占领的中国。因为语言不通，军人带我走进一座房子。桌上有一张素描，画的是 5 个人从飞机上跳伞。我指着其中的一个降落伞说，这个就是我，我要见画这张画的人。军人带我走进另一座房子，我看见杜立特正在屋里整理衣服。"

"直到敌人无条件投降！"

伦纳德、波特和布雷默于下午 5 点来到鲍庄，浙西行署已经派人在此迎候。俞根生带领 3 名乡丁返回，而朱学三则被留下来继续当翻译。

当晚贺扬灵的宴请，他和李关安也被邀请入席。

宴会上，有一道菜是老鸭煲。在飞行员看来，那就是一大锅汤里漂着一只死鸭子。这也能吃？飞行员皱起眉头议论起来。

"不许评头论足！"杜立特警告说，"有什么就吃什么，不要引起麻烦。现在你们在这里是客人。"

朱学三在天目山逗留了 3 天。他本来是要和李关安一起回苔云的，但李关安说，你在天目山读过书，这里的情况熟，就留下来再陪他们玩几天吧。朱学三给飞行员当了两天的导游，5 个人都给他留下了姓名和地址。

> 杜立特正讲得起劲时，贺扬灵的女儿贺绍英轻手轻脚地进来，依偎在父亲身上。杜立特明白小女孩的身份，笑嘻嘻地走上去，抚弄她的头发，抱着她举得高高的，向他的伙伴伸出大拇指……
>
> （王国林：《1942：轰炸东京》）

1990 年的那次访问，波特又见到了当年曾经被杜立特高高举起的小女孩——贺扬灵之女贺绍英……

贺绍英没再见过杜立特。2012 年 4 月，她随团访问美国，又一次见到了科尔。20 日，她来到阿灵顿国家公墓，杜立特就安葬在那里。贺绍英在墓碑前跪下献花之后，把父亲所写的《杜立特降落天目记》打开，请杜立特阅读。

杜立特中间去了一趟豪天关，两天后才回到西天目山。21 日，浙西行署在朱陀岭大礼堂正式举行欢迎会。参加者不仅有官兵和干训班学员，还有老师、中小学生和僧人。

陈鹤亭当时在场。他记得到会的，除了杜立特外，还有"一位是领航员，一位是机枪手"。

同在浙西行署工作的林泽，概括了杜立特演讲的大意：为了轰炸东京，给日本以最大威胁，一新世界视听，美国集中飞行员，准备了一个多月，讨论各种设想，拟订作战方案，决定用航空母舰输送，从北太平洋水道偷偷靠近东京时起飞，不料在离东京还远的海面上，被日本侦察机发觉，只得一面报告本国，一面提早起飞，改变计划，先飞北海道，由北而南，穿过东京投弹……这是第一次轰炸，投下宣传片多，炸弹不多，威胁性强于破坏性，目的在于显示美国的优势，摇撼日本本土的人心。

不知是杜立特信口开河，还是林泽笔记做得不好，这段话里错谬之处甚多。

杜立特还说："这次轰炸只是一个开头，我相信以后还会有第二次、第三次，以至无数次地向日本本土实施轰炸，直到敌人无条件投降！"演讲结束后，士兵和学生一起拥上前，把杜立特抬起扔向半空，再一起接住。

贺扬灵带飞行员们游览了山上的几个主要景点。在参观禅源寺时，杜立特听说寺院500多间佛殿和僧舍，是一年前被日军轰炸和焚烧的，他义愤填膺地说，日本人就是这样不人道！

晚上，贺扬灵陪同杜立特观看了由民族剧团演出的话剧《雷雨》。

4月23日，杜立特一行由赵秘书带人护送前往衢州，于26日到达。

告别时，杜立特把一封感谢信递给贺扬灵。信中说，此次我们到达天目山，承蒙赐予种种款待和协助。我谨代表我本人和各位同伴，向阁下、赵秘书以及其他贵方同事致以衷心的谢意。此次经过贵国，得获机会与你们携手打击敌人，我等深感荣幸，并盼此仅为无数次打击之开端，更盼于不久的将来，能自贵国将侵略者驱逐出境，而建立满意与永久之和平。

科尔说："离开天目山后，沿途百姓给我们献花，撑伞，供米糕和茶水。晚饭有鸡蛋和鸡肉。有一程乘船，经历了一天一夜。船夫的妻子、宝宝都在船上，他们将我们五人隐藏在帘子后面，通过缝隙可以看见日军巡逻船的灯光。"

赵秘书回到西天目山后，给贺扬灵写了一个报告。

本月二十三日职奉命护送美国航空队杜立特中校等五人赴衢州，当日下午抵於潜，下榻观山简师。周专员、沈县长设宴招待，晚由简师同学举行欢迎会。

次日上午九时离於，中午抵车埠小学校进午餐。小学生集合献花，并请杜中校讲演……

二十四日下午五时抵分水。钟县长鸣炮郊迎。饭罢，即连夜舟赴桐庐。

二十五日晨四时泊岸，晨五时启碇，下午四时泊严东。

二十六日晨九时抵兰溪。徐县长电衢州机场，派汽车来迎……

詹姆斯·斯科特的《轰炸东京——1942，美国人的珍珠港复仇之战》讲述了一段小插曲：

在步行途中，气喘吁吁的杜立特实在是走不动了，一位中国军官跑进村里，牵了一头驴子来。杜立特绕着驴子看，当他走到它的屁股后面时，驴子一尥蹶子，正好踢到了杜立特的胸口上，他疼得按住胸口，躺在地上打滚儿。

"它还会咬人！"中国军官又补充了一个注意事项。

杜立特于4月26日下午抵达衢州机场，他得知有20名飞行员已先期到达，前一天有9人已送往重庆。另有13号机5人，自江西鹰潭直接转赴重庆。包括他们和已知迫降于苏联的飞行员，至少已有35人获救。

杜立特焦虑多日，终于稍稍松了一口气。

杜立特与赵福基握手言别，两人的心中都有一种失落感。抗战胜利后，他恳请美国政府资助赵福基到美国留学，获得了批准。

1942年5月，贺扬灵收到了由中国战区美军司令魏德迈转来的，美国空军总司令阿诺德的感谢电。

贺扬灵将军勋鉴：

敬启者。兹谨附敝国空军总司令阿诺德上将谢函一件，敬希登照，并深信阁下必将继续与吾人合作，以完成合力击溃共同敌人之坚决工作，实所盼祷。专此，敬颂

勋绥

中国战区美军司令　魏德迈

贺扬灵将军勋鉴：

　　前承阁下暨贵部惠予敝国空军人员珍贵协助，无任感荷。兹代表美国空军，深达最敬谢忱，即希登照。

　　由于阁下暨贵部果敢人士之协助，益增敝国空军人员打击敌人之勇气与决心。似此精诚合作，洵为贵我两大国争取最后胜利共同志愿之铁证也！专奉达敬颂

　　勋祺

美国空军总司令　阿诺德

豪天关对面的那个山顶

杜立特，飞行的代名词！冒险的代名词！

*

当第一批炸弹和燃烧弹降临东京后，最遭全日本恨的美国人大概有两个：一个是富兰克林·罗斯福，另一个就是詹姆斯·杜立特。

让日本人咬牙切齿的，还有两样东西：美国海军大黄蜂号航母和 B-25 轰炸机。日本人不惜血本到处寻找、追踪大黄蜂号，1942 年 9 月 15 日，终于在圣克鲁斯海上将其击沉。

而战后日本人才知道，将它的主要城市夷为平地，并在广岛、长崎投下原子弹的，并非 B-25，而是 B-29 战略轰炸机。它们不再是从某艘航空母舰上，而是从中国的成都和太平洋的岛上起飞；它们不再是 16 架，而是 300 架、500 架。

日本人掩饰住内心的无限恐慌，开始向杜立特吐口水，称杜立特只"做了一点点"（Do Little）。

此时，正坐在西天目山留椿屋里喝茶的杜立特，一会儿向同伴们伸出大拇指，一会儿把喊着"放我下来""放我下来"的贺扬灵的小女儿，高高举过头顶。

> 大家围坐在一张朱漆圆桌的四周，纵谈轰炸的经过。杜立特还从口袋里抽出一张地图，我看到地图上画着许多红圈和直线，杜立特告诉我这是指示要轰炸的目标——东京、大阪、名古屋、横须贺等地，以及预备降落的中国空军基地，如衢州、玉山和丽水，并且特别在重庆做了一个触目的记号。
>
> 杜立特的谈话是激奋的，他说到紧要的地方，用一个手势加强语气的力量。
>
> （贺扬灵：《杜立特降落天目记》）

兴奋过后的杜立特，很快便陷于沮丧。他的感觉不是只做了一点点，简直糟透了！

伦纳德看出了他的郁郁寡欢。杜立特带出来的 79 个兄弟大多生死未卜，原本打算留在中国的轰炸机也几乎全部坠毁——即便是对美国这样的军事强国而言，16架中程轰炸机，也算是一个巨大损失。

杜立特，就是飞行的代名词，就是冒险的代名词。

> 如果对心跳加速、惊心动魄的冒险的渴望可以遗传，那么很明显，詹姆斯·哈罗德·杜立特（他讨厌喊他"哈罗德"）从父亲那里继承了很多东西。弗兰克·杜立特 19 世纪 90 年代从马萨诸塞航行到旧金山，然后前往阿拉斯加，都是为了他的淘金梦。如果性格的力量可以遗传，那一定来自母亲罗莎·谢帕德，她是一位有强烈意见和顽强意志的女人，她在弗兰克在阿拉米达做木工的时候嫁给了他。吉米父母的照片揭示他们的矛盾：弗兰克看起来完全属于他的时代，有着抹油的头发和八字胡，而罗莎似乎是不朽的，她的存在充满了力量。
>
> （克雷格·尼尔森：《最初的英雄》）

出生于美国加州阿拉米达的杜立特，有一双灰色的眼睛，给人以性情温和的感觉。他个子很矮，只有 5 英尺 4 英寸，比拿破仑还矮 2 英寸。在官方记录中，他的身高都是虚报的。杜立特曾经随父亲在阿拉斯加的诺姆生活过几年，那是一个破烂不堪的小镇，除了帐篷和小木屋，没几栋像样的房子。痢疾、伤寒、酗酒和抢劫，就是诺姆的代名词。他曾目睹一个好朋友在街上被六七只野狗撕得粉碎。

担心杜立特在阿拉斯加学坏，1908 年，母亲罗莎带着他返回了加州，在洛杉矶附近找个地方住下。那年杜立特 11 岁。

杜立特经常挨同学欺负，于是他开始学习拳击。

"我发现如果你脚上动作快，瞅准对手的鼻子，就很容易让对手流血，这样就能够先发制人。"这是杜立特的打架经验，许多年后，他肯定也很想这样去揍日本人。

一位叫弗罗斯特·贝利的英语教师指出了他的问题："你一打架就变得狂怒。

如果你动了气，最终会输掉战斗，因为你让情绪而不是理智控制着身体。"

经过老师指点，杜立特很快便打遍中学无敌手。1912年，他参加太平洋海岸业余拳击赛，获得了105磅轻量级的冠军。

16岁那年，他遇见了约瑟芬·丹尼尔斯，也就是乔。杜立特开始猛追这位洛杉矶工艺高中的同学。乔有一头乌黑的头发，人长得很漂亮；学习成绩也好，门门功课得A。而杜立特呢？拿到C都纯属偶然。

被杜立特追了好几年，乔不为所动，乔的父母更是看不上杜立特。

为了赢得乔的好感，杜立特尝试着改变自己。"我开始梳理我的头发，系领带，关注自己的穿着，并注意在她面前说话的方式。"

高中毕业时，杜立特向乔求婚。

"你觉得我疯了吗？我永远不会嫁给一个整天想着打架的男人！"乔说。

"我会放弃搏击。我要去阿拉斯加挖金子，挣到钱就寄给你。"

杜立特哄女孩很有功夫，在他的死缠烂打下，乔终于答应同他交往。

1914年春天，为了兑现承诺，杜立特又去了阿拉斯加。他空手而回。这时他才意识到，"进入大学的吉米·杜立特才会明智得多"。

他先进入洛杉矶大专，再进入加州大学伯克利分校学矿业。其间，他和乔结了婚。

杜立特自幼便渴望着在天空飞翔。第一次世界大战爆发后，杜立特终止了学业，报名参军。1918年1月28日，21岁的杜立特终于登上了一架柯蒂斯JA-4飞机，实现了他的第一次飞行。第一天，他就遇见了两架飞机相撞，一名学员当场死亡。但杜立特并没给吓到。

"我对飞行的热爱，就从那天的那一时刻开始。"杜立特说。

让他遗憾的是，他未能参加第一次世界大战。他一直在当教练员，只能眼见学员们一个个走上战场。

在以后十几年里，杜立特充分展示了自己的飞行天才。

1922年9月4日，在空军进行的一次试验中，他驾驶一架DH-4B飞机从佛罗里达的帕布罗起飞，历时21小时19分钟，一口气飞到加州的圣迭戈，首次实现了跨越美国大陆的飞行。他因此获得了"飞行优异十字勋章"。

他带职学习，到麻省理工学院进修航空科学专业，获得了博士学位。

1925 年 10 月 26 日，杜立特参加了施耐德水上飞机竞赛。飞行员要绕着一个31 英里长的三角形转上 7 圈，总飞行里程 217 英里。杜立特从未驾驶过这种飞机，他沿着赛道以 232 英里的时速飞行，比上一年的纪录快了 55 英里。第二天，他创造了水上飞机直道飞行的世界纪录——平均时速 245 英里。

"当杜立特的飞机紧贴评委的看台飞过时，评委们甚至能够感受到螺旋桨的气流。"一家媒体报道说。

杜立特在码头上滑行降落后，陆军航空兵司令帕特里克立刻上前向他表示祝贺。甚至连陆军部部长德怀特·戴维斯都发来了贺电："你凭借自己出众的航空技术赢得了胜利，陆军部为你感到骄傲！"

1926 年，经军方批准，杜立特接受柯蒂斯公司的聘请，前往智利和阿根廷推销飞机。他发现，表演飞机特技比打拳击挣钱多多了。

1930 年，杜立特心有不甘地从空军退役，到壳牌石油公司工作。他的工资提高了 3 倍。

"我在 1930 年离开美国空军的唯一原因，是我的母亲和岳母都病了，而父亲和岳父都已经不在，我需要照顾两位老人。而且，只靠军队的工资是不够用的。"杜立特解释说。

但他并没停止飞行。1932 年，他创造了每小时 476 公里的世界纪录。

1936 年，他在不到 12 小时的时间内，完成了横跨美国大陆的飞行……

杜立特几乎赢得了每一次的飞行创速比赛。他因表演诸如向外滚桶翻一类的特技飞行动作，多次荣获绝技飞行奖。

1929 年，杜立特完成了世界首次仪表飞行。他研究出的进行仪表（盲目）飞行所必备的技术和设备，填补了航空史上的一项空白。

当然，他也因不断地违反纪律，冒险飞行，多次受到处罚。

有一天，妻子告诉杜立特，著名新闻摄影师汤普森一直跟着她，准备抓拍杜立特坠机身亡那一刻，乔和两个孩子的凄惨反应。

杜立特听后心情沉重，他长时间地凝视着妻子，然后说道："我将退出飞行竞速比赛。"

1940 年 7 月，杜立特被召回部队。

"当杜立特在 1930 年离开陆军航空兵队，成为壳牌石油公司的航空部主任时，空军失去了一名真正的男人。但这并不会太久，因为现在我让他回来了。杜立特是一个引人注目的人物。"阿诺德在一封信里说。

杜立特被派往企业，先是明尼阿波利斯，后是底特律，他的任务是"让航空工业和汽车工业结合起来"，以满足即将到来的战争的需求。

珍珠港事件发生当日，他给老上司、美国陆军航空兵司令阿诺德将军写了一封信，他说，作为一个有着 7730 小时飞行经验的老飞行员，我要求加入战斗部队。

阿诺德的电话很快就打来了："吉米，你多长时间能赶到华盛顿？明天行吗？"

杜立特一到华盛顿，便发现他已经被提升为中校。

这一天是 1942 年 1 月 17 日。阿诺德给了他一个重大的，并且要求极端保密的任务，杜立特称它为自己"有生以来最重要的军事任务"……

杜立特是行动的策划人之一，从机型的确定和改装，到飞行员的选择和集训，他都是主要领导者。可是阿诺德并没打算派杜立特去执行这一任务，因为开战伊始，正是用得上杜立特的时候，阿诺德担不起失去他的责任。

一向喜欢冒险的杜立特，怎能错过这一次的机会。

"将军，在我看来，我比别人更了解这个项目。你要求我调试飞机、培训人员，我都已经做到了。他们是与我共事过的最棒的一群小伙子。我希望你能授权让我来领导这次任务。"杜立特向阿诺德主动请缨。

阿诺德皱起了眉头："我需要你留下来为我工作。我可负担不起让你执行每一项你参与筹划的任务。"

事实上，阿诺德一直在犹豫，没想好合适的人选，毕竟这次突袭太重要了，而且参与人员都有可能一去不回。他不想在战争刚刚开始就失去杜立特这样的飞行天才。

杜立特软磨硬泡，他对理由的强调使阿诺德口服心服。

"好吧，如果米弗（米勒德）·哈蒙同意，我就同意。"阿诺德的态度出现了松动。

哈蒙准将是阿诺德的参谋长，他的办公室就在同一层楼。

当杜立特推门而入，向他请战时，哈蒙竟然把球踢了回去：如果阿诺德将军同意，我就没意见。

幸亏杜立特跑来得快，因为他刚离开，阿诺德的电话就打给了哈蒙，让他不要同意杜立特的请求。他听见哈蒙回答："我已经答应了他呀。"

杜立特已经成为突袭队的领队，但没有飞机给他驾驶，所有准备参战的轰炸机，都确定了机长和驾驶员。

也该他有飞机开。神秘行动让很多志愿者异常兴奋，但也产生了巨大压力。第一个扛不住的，是驾驶员弗农·斯丁基，他因焦虑彻夜难眠，患上了严重的溃疡病。怀特诊断后，认为他已经不适合参加这项行动。斯丁基心有不甘地退出了。

杜立特说："好吧，不用再找人了，我来接手这架飞机。"

杜立特是突袭队员中唯一到过中国的。1933 年，他偕夫人乔来到中国，访问了北京和上海，他的身份是飞机推销员兼特技飞行员，他与中国的一些空军将领见了面。

这次是他第二次来到中国——以十分狼狈的方式。

在风雨天目山，作为领导者，杜立特时刻都在关注着队员们的命运；作为一个视飞机、飞行如生命的飞行员，当下他心里最放不下的，是他驾驶的 1 号机。

4 月 20 日，中国方面查询到 1 号机坠落的准确地点——位于浙皖之间的豪天关附近。

豪天关，古称豪堑关、豪迁关。《读史方舆纪要》云："天目西麓有豪迁关，路通孝丰及南直宁国县。"

"你的飞机找到了，你要不要去看一下？"贺扬灵问杜立特。

"要的，要的！我想马上去那边看看！希望我们的照相机还能找到，并且没有损坏，"杜立特说，"还有我应该找找刮胡子的刀子，这几天它已经长得不成样子了，幸好我老婆不在。"

当天下午，浙西行署雇人力车送杜立特前往豪天关，由行署秘书赵福基陪同。赵福基骑着从鬼子那里俘获的东洋马在前，杜立特和伦纳德乘车在后，向天目山深处走去。

豪天关所在的毛坦村，属于安徽省宁国市云梯乡。云梯乡与临安的横路乡一山之隔，域内最著名的关口，为南宋时皖南八大抗敌关隘中的两个——千秋关和铜岭关。豪天关名气不大，因为美机坠毁事件，因为大名鼎鼎的杜立特，开始广为人知。

汽车在迂回曲折的山路上行驶了 17 公里，来到毛坦村，再步行到豪天关。关口树木丛生，但石头的门柱依然完好。那里好像很久无人光顾了。关口对面，便是 1 号机坠落的山头。

老村支书余显林在前引路，我们开始爬坡。陡峭的山坡上无路可走，只能拨开连钩带刺的树枝，迂回而行。地面上覆盖着薄泥和潮湿的树叶，踩上去一打滑，很容易扭伤脚踝；好在灌木浓密，不至于翻滚下山。每攀爬十几步，就得停下来休息片刻，否则就喘不过气来。

71 岁的老支书则如履平地，很快便只闻其声，不见其影。"他整天在这山林里转悠，走惯了。"女副乡长雷何环说。

约 1 公里的山坡，等爬上去，已经是眼冒金星，两腿酸软。

山顶的那片平地早已长满了灌木和野草。旁边新建的一座电信发射塔，在风中发出轻微的嗡嗡声。

我想起一张老照片。1942 年 4 月 20 日下午，杜立特是坐在这片平地的哪个角落垂头丧气的呢？

杜立特后来说："再没有比飞行员看到自己的飞机残骸更伤心的事了。这可是我参战后的第一项空袭任务，我参与了从策划到实施的全过程，可是怎么会这样糟？我认为我是一个罪人，一个失败者……"

杜立特把遍地碎片翻检了一遍。很多东西被当地人拿走了。这架陪伴他和战友们度过几个月的 B-25 轰炸机，到处是卷曲的金属、缠绕在一起的电线，到处是玻璃碴子。杜立特感觉到，在恶劣的天气下，其他轰炸机的命运也不会好。

一抹夕阳下，远山淡影中，杜立特越想心情越糟。他坐在飞机翅膀的残骸边，沮丧地低下头，苦苦地沉思着，久久不愿离去。

其实杜立特曾经设想过更糟糕的结果——被炮火击中或被日军俘虏。在大黄蜂号航母上，当飞行员问他时，他回答说："我不打算被俘虏。我 45 岁了，已经度过了完整的一生。如果我的飞机受损，并且没有任何战斗或逃跑的机会，我会让机组成员跳伞，然后我开着轰炸机撞向我能找到的最好的军事目标。"

飞机在中国的山头上撞毁，这是杜立特事先没有想到的。

陪同前来的伦纳德上来拍照，他把杜立特最失意的那一刻记录了下来。

豪天关，杜立特的伤心之地！

杜立特就坐在那里，正对着机身上白色的五角星和两个巨大的英文字母 U.S.。右边的乱草丛中躺着另一块残片，好像也是从飞机翅膀上分离出来的。他的背后是低矮的灌木和草，看不到今天这样的郁郁葱葱。

"中校，你猜回国后会发生什么？"伦纳德问。

"我猜会审判我，并把我送进利文沃斯堡的监狱。"杜立特答道。

"不，长官，我告诉你，他们将晋升你为将军。"伦纳德说，"而且授予你一枚国会勋章。"

杜立特苦笑着，抬头望了伦纳德一眼。

"中校，你放心吧！我认为他们会再给你一架飞机。到那时，我还是要求做你的机组成员，与你一起再度遨游蓝天！"

杜立特被战友的一席话感动了，他觉得伦纳德的这种表态，是对飞机驾驶员的最大信任。

等杜立特终于站起身来，天光已然暗淡。赵秘书找到一个农家，准备在那里过夜。农家没有可给他们睡的床，只好抱来稻草打地铺。杜立特疲惫至极，很快便睡着了。在睡梦中他听见粗重的喉音，感觉旁边有个东西，用手一推，才发现是一头猪。然后，他与猪各占各的地盘，两不相扰地继续睡了。

22 日，杜立特回到潘庄后，贺扬灵告诉他，已经有 4 个机组的人员到达衢州。郁闷了两天的杜立特，这才稍显轻松了些。

伦纳德的判断果然无比正确。

杜立特回国后，发现因他们的大轰炸，全美国已经狂欢了将近一个月。人们兴奋地说："以前是我们流血，现在轮到他们了！"

由于保密工作做得好，人们还不知道 16 架轰炸机，除了迫降在苏联远东的那一架，其余的已全部坠毁。但很显然，明白真相的总统和军方，也没有将责任归到杜立特的头上——坠机与过度保密，与提前被敌舰发现有关。

必须承认，伦纳德很懂得政治心理学。美军在太平洋和东南亚节节失利，正需要能够提振人民信心的正能量，怎么可能处理甚至是审判杜立特呢？

杜立特于 5 月 18 日抵达华盛顿安德鲁斯空军基地，美国陆军航空兵司令阿诺德带他去见了马歇尔将军，并让他明天在宾馆等车来接他。

第二天，来接他的车子上，后排坐着马歇尔和阿诺德。

"我们要去哪里？"杜立特问。

"吉米，我们要去白宫。"阿诺德答道。

"去白宫干什么？"

"总统将亲自给你颁发奖章。"

走进白宫后，一位官员将他引到休息室，他惊喜地发现，他的夫人乔已经在里面坐着了。夫妻俩眼含热泪，紧紧拥抱。他们是47天前在旧金山告别的，当时乔还不知道杜立特将去进行一次什么样的冒险，还能不能回来。

"是阿诺德将军安排我来华盛顿的。"乔说。

下午1点，他们走进总统办公室。罗斯福总统坐在轮椅上向杜立特致意，并说："吉米，任务完成得很出色，达到了我们所希望的一切。"

马歇尔将军宣读了嘉奖令之后，总统把勋章挂在了杜立特的脖子上。

云梯乡千秋村为安徽省唯一的畲族自治村。这里已经成为一个以田园风光和民族特色文化为主题的旅游景点。在畲族风情园里有一个展室，我们在那里看到一件1号机的残骸，系发动机的部件。

关于1号机残骸的处理，贺扬灵有一段回忆："这是一架具有历史意义的残机，是第一次轰炸东京的最好纪念物。它曾经带领15架其他的飞机，在东京上空警告日本军阀：他们所造成的血的恐怖，必须用血来偿还。1943年秋天，浙江省主席黄季宽（绍竑）先生巡视到浙西时，我们把它安置到天目山忠烈祠前面的广场，也是奉安它的忠魂。"

1990年9月1日，一场洪水过后，毛坦村村民朱炳根在离坠机点很远的沟壑中，发现了这件残骸。据判断它应该是在运输过程中掉落的，被掩埋后又被洪水冲了出来。

接到朱炳根报告后，村民组长曹文华开拖拉机将残骸拉至乡政府。经中国航空博物馆鉴定，确认为B-25轰炸机的残骸。

有一首畲族民歌这样唱道：

爬山歌，爬山坡，
山上有树也有草。
风吹树叶响，
鸟飞展翅膀。

爬山歌，爬山坡，
路上有石也有沙。
脚起泡，腿发软，
心中却充满力量！

畲族人自称"山哈"，意为"居住在山里的人"。杜立特可能并没意识到，他在
天目山做"山哈"数日，世界之势正在悄然发生转移——

日本鬼子的好日子已经不长了！

从檀头山岛到三门

这是一群默默无闻的英雄。他们可能被一时忽略，但不会被永远遗忘。

麻才兴在石浦的和义路开了一家理发店。我进门时，店里正有一位顾客。麻才兴一边忙着给客人剪发，一边和我聊他的父母。他还拿出一本杂志给我看。

那是 2005 年第 2 期的《象山党史》，封面是赵小宝坐在桌边的照片。她身着灰蓝色衬衫，袖子略微卷起，花白的头发剪得很短，向后梳拢得很整齐。在她手底的桌面上摊放着几张照片。

赵小宝就是在石浦去世的，在麻才兴弟弟家。晚饭后，赵小宝洗碗，收拾厨房。临睡觉前，她忽然说浑身发冷，儿媳扶她上床，并盖上一床厚被子。一躺下她就再也没能起来。急忙送往附近的台胞医院，医生告知脑血管已经破裂。第二天中午，赵小宝停止了呼吸。

那是 2009 年 2 月底。遗体告别仪式于 3 月 2 日举行。

浙江省委宣传部、统战部，浙江省外事办，以及宁波市和象山县，均发来唁电，或上门向赵小宝的家人表示慰问。

赵小宝一家搬来石浦已经 30 多年了。檀头山岛老家的房子多年前就废弃了。

"只有过年或者清明节扫墓，我们才回去。檀头山岛有十几个村子呢，我们大王宫村位于东南最边缘，不通客船。我们都是几家合着花 600 元钱租一条船，当天往返。"麻才兴说，大王宫村也已空空，除了两家夏天才有游客的民宿和两对难舍故土的老人，村民们都"黄鹤一去不复返"了。

记得十几年前，我曾乘坐渔船去过一次檀头山。那是一个阴天，大雾茫茫，波涛汹涌，两三只海鸥鸣叫着，一直在船边盘旋。中途船夫把拖网抛下海去，拖行了45 分钟，拉上来的一半是垃圾，一半是鱼虾，最大的一条鱼不到 500 克。

在那个炎热的中午，我们不是泡在海水里，就是坐在姐妹滩的凉棚下面。傍晚时突然下起了大雨，雨声和潮声汇聚成惊心动魄的喧响。

那时候听说过麻良水和赵小宝，但没想到多年以后，我会来寻觅他们的足迹。

麻家兄弟每一次回到故宅都要做两件事：一是砍去院内、屋里齐膝深的灌木和杂草，二是给父母亲上坟。赵小宝和早她20年去世的丈夫麻良水，合葬在大王宫村外的祖坟地里。

石浦，这个东海边的古镇，距象山县城47公里，距三门县城56公里。

"古城那边有一个关于我母亲的展览，你要不要去看看？"麻才兴问。

"当然要。"

等客人离去，麻才兴到院子里推出电动车，让我坐在后面，向"渔港古城"驶去。他虽已年逾古稀，但依然身手矫健，一路上骑得很稳。

海边的马路上车流如水，行人如织。港口内帆樯林立，在风涛声中，视野内的两座岛屿好像在微微颤动。

"我们一家三代打鱼。我儿子前几年花200多万元买了一条渔船。但钱不好挣了，船一年得有半年闲着。"

麻才兴还有一个学医的女儿，在宁波一家医院上班。

古城依山而建，白墙黑瓦。离景区入口不远处有一个院子，内有3栋两层小楼。木楼梯、木地板，走上去咯吱咯吱响。

我们刚走到二楼展室门口，便听见了赵小宝的声音。方言，完全听不懂。那是赵小宝接受采访的一个视频。好在上面有字幕。

"东洋兵咋不见他（们）恨呀！他（们）这（些）人多么地坏，把我们的老百姓这样地杀，咋不恨呀！东洋兵把我小舅舅，还有几个人，赶到船上用火油烧，烧得熬不住了，往水里跳，他们就用机枪扫死……"

在隔间的展厅，我还读到这样一段文字：

> 明代倭患，象山受害最烈。为抗倭寇，军民合力，浴血奋战，史迹昭昭。其间，抗倭名将谭纶、俞大猷、戚继光、卢镗、孙宏轼等多次率部来象抗击，智剿王家槛倭巢，攻据昌国卫之敌，涌现出忠义肝胆千户易绍宗，舍身成仁百户秦彪兄弟，"有城即有我"的义士赵乾修、王永希、朱汀父子等杰出人物。

据《象山县志》，倭寇对象山的袭扰，主要集中在明嘉靖年间（1522—1566），甚至几度攻陷象山县城。倭寇常常以南田岛和檀头山岛为据点，"焚民居，掠妇女、财物"，所到之处"积尸遍野"。

动荡的岛屿

风声、雨声和海潮声，使小小的檀头山岛处于动荡和不安之中。大王宫村一片漆黑，村里人早早便上床睡觉。新婚夫妇麻良水和赵小宝家依然亮着灯光。

"我刚吃好晚饭，海岛落寂只闻涛声。男人们在间里烛光下打麻将，我在屋里拾掇。忽听屋外有飞机轰鸣声，我开门去张望，见一架很大的飞机贴着海面，径直向我家（大王宫村）飞冲而来。村前海面上有一座小山，那架飞机一拐弯就被小山遮住，看不见了。我刚一进门就听见比打雷还大的一记沉重炸响，打麻将的男人们都惊站起来说，一定是那架飞机跌下来了。"赵小宝回忆说。

不一会儿，南山那边出现情况：有人打着手电筒，摇摇晃晃地向大王宫村走来，电光穿透雨幕，像鬼火一样闪闪烁烁。

"有土匪，快跑呀！"不知是谁大喊了一声。村里一阵骚动，人们扶老携幼往山里跑。麻良水一家也跟着跑，躲藏在离家不远的后门头山一丛茅秆旁。

过了个把小时，不见村里有什么动静，赵小宝的父亲赵家木壮着胆子进村看情况。回来后，他说在离村子不远的岩头旁有几个高鼻子的人，好像是外国人。——赵父曾作为船员撑船去上海卖过虾皮，见过外国人。

一家人跨进家门，并未发现异常，那几个"高鼻子"也不见了，于是赵小宝收拾床铺准备睡觉。突然，麻良水听见从猪圈里传出窸窸窣窣的声音。

"有偷猪贼。"麻良水压低声音对赵小宝说。

"不会吧，没听见猪叫呀。"赵小宝嘴上这么说，心里也有些发慌。

"我去看看。"麻良水抓起靠在墙上的鱼叉，走到院子里。一家人跟在后面。

猪圈旁堆着稻草。麻良水先是轻轻地用鱼叉去挑稻草，草垛里突然伸出一只手，手里还捏着几枚钱币。

麻良水弄不懂是什么意思，他继续把稻草挑开。他们简直不敢相信自己的眼睛：草垛里躲着几个浑身湿漉漉的怪人！赵小宝吓得"呀"了一声，躲到丈夫的身后。

"你们是什么人？自己走出来吧！"麻良水喊道。

"就是刚才我看到的那几个洋人。"赵父说。

"这几个外国人都挤缩成一团。我男人用手去拉，他们吓得往后靠，谁都不肯出来。后来硬是把他们给拖了出来。"赵小宝说。

一共 4 个人，个个人高马大，他们身穿皮衣，头戴遮耳帽。见到村民，他们一边叽里咕噜地说，一边用手比画着。见过世面的麻良水听明白了：他们和那架坠落在海上的飞机有关。于是麻良水夫妇把他们请进屋去。

> 他们来到一所带羊圈的小房子。走近时，灯熄了。他们上前敲门，并用在大黄蜂号航母上学的中国话喊叫，但无人应答。他们只好作罢，准备在布满粪便的羊圈里挨过那个风雨之夜。
>
> 正当他们准备睡一会儿，屋里的灯又亮了，男主人打开门走了出来。他摇着灯笼，盯着飞行员看。虽然他完全听不懂飞行员的中国话，但还是把他们领进了家门。
>
> （克雷格·尼尔森：《最初的英雄》）

赵小宝说起过，一家人出门时慌慌张张，忘记熄灯了，飞行员可能是冲着灯光来的，他们敲门的时候，家里并没有人。

猪圈里养着两头猪，不知飞行员是怎么把它认作羊圈的。

"他们不知道该拿我们怎么办，拿出一个金属罐子，里面装有很多 1 英尺来长的竹签，上面有字。之后他们摇晃那个罐子，直到有两根竹签掉了下来。那人看了竹签上的字。显然那竹签上的字帮了我们的大忙。中国人用古老的占卜方式决定了我们的命运。"塞勒说的这个插曲，赵小宝已经不记得了。

见飞行员浑身精湿，赵父用稻草生起了一堆火，让他们烤衣服。赵小宝和母亲则赶紧去做饭。她们煮了半锅米饭，飞行员记得他们还吃到了鸡蛋、虾皮和蔬菜。

吃完饭后，飞行员继续比画着，在布满灰尘的地上涂涂画画，村民们一个个挤过来看，但谁也看不明白。有人喊来私塾先生俞茂金。俞先生也不懂英文，但他灵机一动，比画一个飞着飞着掉下来的动作，飞行员纷纷点头，连说"OK，OK"。

很多村民跑来看热闹。"这些人大都第一次见到白人，他们的好奇心没边没沿儿。"怀特说，"我们无法确定他们的政治派别，但他们的友好是毫无疑问的。"

一群衣衫褴褛、鼻子邋遢的孩子也挤在人群的后面，有个很聪明的孩子带了一本书来。

"给你们看看这本书。"孩子说。

当飞行员接过书时，他们眼前一亮——那上面的年历带有地图、国旗和中英日对照的文字。

飞行员和村民找到了沟通的办法。怀特拿过书，先指指美国国旗，再通过翻找单词告知村民他们是什么人，做了什么事。

"当村民听到我们轰炸了东京的消息时，他们简直乐翻了天……见我们的衣服在一边晾着，他们纷纷把自己身上的衣服脱下来，给我们穿上。"飞行员说。

飞行员被告知，他们目前在一个岛上，这是附近唯一没有日伪军巡逻的岛屿。附近两座灯塔中的一座，仍控制在中国人的手里。

村民们说，既然你们也是打日本鬼子的，我们一定会想办法把你们送到安全地带。

一位飞行员拉住麻良水，着急地对他比画着，他先伸出四根手指，再伸出一根手指。麻良水明白了，和他们一起的还有一个人。

于是飞行员在前引路，麻良水在后跟随，他们在大门头附近的一块礁石旁，寻见了另一名飞行员。5个人又蹦又跳地抱在了一起。

赵家只有一张空闲的竹榻。麻良水夫妇把它搬出来，安排洋人睡觉。人多床窄，飞行员只能两两对面，紧挨着躺下去。

飞行员说："这家人把房子让给我们住，他们则到羊圈里过夜。"

这5位洋人，是杜立特突袭队15号机组的成员：驾驶员唐纳德·史密斯、副驾驶格里芬·威廉姆斯、投弹手兼军医托马斯·怀特、机枪手兼机械师爱德华·塞勒，后来找到的那位是领航员霍华德·赛斯勒。

登上大黄蜂号航母后，杜立特再次提醒飞行员，他们随时可以选择退出；同时他命令每天对飞机进行检查和保养，一旦发现问题，"要么修好，要么推到海里去"。

在一次检查中，塞勒把右侧引擎储油罐里的油放光后，发现在拔出的塞子上吸附着两个马蹄形的金属片，它是用来固定引擎的游星减速器的。这是一种灾难性的故障，可能导致机毁人亡。

塞勒惊出一身冷汗。他必须把飞机的引擎拆开，但这件事他从未做过。他报告了杜立特和史密斯。海军的水手们立刻在飞机周围搭起了一个配有链式起重机的三脚架，把重达 2000 磅的气旋引擎撑起来。

当塞勒打开引擎的后半部分时，他立刻陷入零件的汪洋大海。他把拆下的螺母和螺栓一一包装好，生怕它们掉到海里去……

"像这样的大修，之后通常要试飞看看一切是否真的运行良好，当然我们没办法这样做。"塞勒说。

15 号机总算正常起飞了。它轰炸的目标，位于日本第六大城市神户，有 100 多万人口。

> 日本认为美国永远不会袭击它的城市这个念头，在神户充分暴露出来。飞行员发现，这里重要的工厂和企业都没有任何伪装，天空也同样空空如也，没有战斗机，没有阻航气球，甚至没有防空炮火。它任由"黄色炸药"（15 号机）低鸣着飞向它的目标。
>
> （詹姆斯·斯科特：《轰炸东京——1942，
> 美国人的珍珠港复仇之战》）

怀特在日记中写道："非常漂亮而有趣的乡村，阶梯状的稻田界线分明，一直分布到山顶。唯一出现的飞机是一架从我们头顶飞过的商业客机。我们飞过了几个机场，但没有看见一架轰炸机。"

史密斯紧盯仪表盘。"嘿，你打算什么时候才投弹？"他冲着怀特喊道。

"已经投完了。"怀特回答。

事后得知，15 号机并未找到原定目标。一枚炸弹落到了西出附近的建筑群，炸毁了11座房屋，致一人死亡；另一枚炸弹摧毁了南坂濑川附近的两座房屋。等发现了川崎造船厂里正在建造的飞鹰号航母时，他们已经无弹可投了。

史密斯是飞行高手，到达中国海岸时，仪表盘显示还剩下200加仑燃油，可以再飞两小时。导航员收不到地面信号，史密斯还发现，飞机的左引擎吱吱嘎嘎地响了起来。他决定在海上迫降。

机组人员解开降落伞，套上救生衣，同时把橡皮艇准备好。史密斯注视着下方，他发现了一座小岛，附近的海面浪涛较小。他减慢速度，抬高机头，飞机尾翼接触水面的时候，柔软地震荡了一下，接着像船一样向前"游动"了几十米。机头的玻璃整流罩破碎了，海水灌了进来。

留给飞行员的，是8分钟的逃生时间。飞行员分别从机顶和机尾的舱口爬出，只有怀特不顾战友的呼喊，仍在不停下沉的飞机里抢救医疗设备。

他们爬进了漏气的救生筏。救生筏被什么东西划了一个缺口，有些漏气，为减轻重量，赛斯勒独自一人游向海岸。"我不断地被海浪拍下去，再被身上的救生衣浮起来，吐一口咸水抬头看看大家都在哪儿，再继续往前游。"

"救生筏翻了3次，最后一次我索性不坐了。我穿着救生衣游在水里拖着筏子。"怀特在日记中写道，"潮汐差点儿把我卷走，但最终我们上了岸。"

飞行员在海浪中搏斗了两个多小时，终于上岸了。他们找了一个低洼处，相互挤在一起，但身上依然冷得很。

他们站到高处，看见雨雾中有灯光，他们相信那是一个渔村，便打着手电筒，向那个方向走去……

飞行员万万想不到的是，在这样的夜晚，他们竟然为自己找到了一张床铺。"没有弹簧，没有床，没有枕头……那天我记得的最后一件事，是格里芬带着睡意说，等战争结束后，他会回来，靠向中国人卖弹簧床挣钱。"怀特写道。

那一夜，麻良水和赵小宝几乎没合眼。他们一边听着外面的动静，一边商议该怎么办。

早餐是每人一碗红薯粥。饭后，麻良水和赵小宝把飞行员带到了甲长俞友桂家中。飞行员拿出地图，指着上面的几个地方：重庆、衢州、三门和渔山岛。

渔山岛已被日军控制，衢州和重庆太远，俞友桂和村民们商定，尽快把飞行员送往三门。

日军就驻扎在 8 公里外的石浦，白天出行有很大危险。大王宫有一个山洞叫天打洞，比较隐蔽，麻良水和村民们把飞行员藏到那里。俞友桂派了几位村民在洞外，时刻观察着海上的动静。

获知有飞机迫降海上的日军，当天便进村挨家挨户地搜查，但一无所获。

麻良水从邻居家借来一条张网船，准备待夜色降临，他与甲长派出的林阿方等村民把飞行员送往南田岛。

南田岛又名牛头山，岛岸曲折，林木茂密。虽然南田岛距石浦只有 3 公里，但驻扎在石浦的日军未能真正控制该岛，岛上的游击队十分活跃。

赵小宝和村里几位妇女找来渔民的破旧衣衫，让飞行员套在皮衣外边，又用锅灰把脸涂脏，装扮成渔民的样子。

赵小宝又找来一小块肥皂，递给丈夫——船桨涂上肥皂，摇起来就不会发出吱吱呀呀的声音了。

临行前，飞行员送给麻良水夫妇两个指南针、一块手表、一支钢笔，还有 3 枚硬币——好像他们预知赵小宝将生出 3 个儿子。

赵小宝一直视硬币为家中珍藏。许多年以后，她把硬币分给儿子每人一枚。现在，它们已经传到了孙子的手上。

村里人人都知道麻良水等村民营救过美国飞行员，知道麻良水家里有飞行员馈赠的纪念品，但人人对此守口如瓶。

"中国的心！"

"你父亲是怎么到檀头山岛来的？"

"他是船老大，经常在这一带打鱼。"

"认识你母亲后，就和她结了婚？"

"对，我父亲是上门女婿。"

"那年你母亲 19 岁？"

"是的，虚岁 19。"

"你母亲说，她的小舅舅是被日本鬼子用机枪扫死的。"

"小时候听母亲讲过。"

"你父亲和游击队有联系吗？"

"三门县自卫大队的那些人，像陈镕、郑财富，和我父亲都是老乡。俞火土是我父亲的表兄，父亲就是通过他把美国飞行员送到游击队的……"

告别了麻才兴，来到三门县档案馆。我们向馆长包正浩和杜立特行动研究者章宏晓提出了两个问题：

郑财富是谁？以后还有关于他的记录吗？

余富安是谁？他后来怎样了？

郑财富，就是电影《东京上空 30 秒》里那个遇事不慌不乱的游击队长。

"Me—Charlie." 他自我介绍道。

泰德·劳森回到美国后，对查理一直念念不忘："我从未见过像他那样坚毅的面孔。他个头并不魁梧，但却让人感觉到力量强大。他的脸上毫无表情，仿佛一副神情冷峻的铁面具……他穿着一条看似美国样式的旧裤子、一双厚重的鞋子、一件厚军上衣，头上没戴帽子。他湿漉漉的头发草草地梳向后面。在场的中国人似乎对他都十分恭敬。"

两年之后，劳森在《东京上空 30 秒》后记中，再次提及郑财富。

> 我不时地想起查理，希望他还活着——假如他最终被日军逼入困境，不知他又会拉多少日本鬼子陪葬。查理一定会和他们战斗到最后一刻。查理就是中国的心！

在临海，修女玛丽对飞行员说，你们运气真好，遇见了查理。日本人组织了一个百人搜索队，正在抓捕你们。只有查理的游击队才能够帮助你们逃脱，因为他们熟悉每一个藏身之所和秘密通道，他们有一套代码和信号系统。

章宏晓说，有人依据劳森提供的一张名片，把查理说成是陈驼海，绝对不是！陈驼海另有其人。在大营救的过程中，7 号机、15 号机，都与郑财富有关。他不仅第一时间赶到现场，而且把几个相关村子的保甲长召集起来，说服他们全力营救美国飞行员。三门的大营救十分惊险，是由军民共同参与的，随时可能有战斗和牺牲。

檀头山岛和大沙村，原属三门南田区。南田区四都六乡，早在 1941 年 5 月即已沦陷，并成立了维持会。南田区由南田、高塘、檀头山、鹤浦等 8 个岛屿组成。驻守在石浦的日军，乘快艇 10 分钟就能赶到，经常停泊于南潮港的日舰，也封锁着这一带的海面。

南田无国军正规部队，按浙江省军管区和省保安司令部的建议，收编南田游击队为自卫大队，其第二大队在南田开展游击活动，队长是陈镕，又名陈利生。郑财富是第二分队队长，俞火土是他手下的一个班长。郑财富在美国商船上打过工，会说几句英语，而且有一个英文名字。

"正如劳森所想象的那样，郑财富的确战斗到最后一刻。"章宏晓说，"1944 年，随着美军飞机的持续轰炸，日军在浙江沿海的控制力逐渐减弱，但他们仍不时地劫掠、骚扰运送物资的商船。在国民政府的组织下，以原自卫队为基础，成立了温台护航队，分北岸班和南岸班。一次，北岸班 60 余名士兵分乘两艘帆船执行任务，在南田海域遭遇日军军舰。经过数小时的海上激战，两艘帆船都被日军炮火击沉，郑财富等人无一人跳船逃生，全部壮烈牺牲。"

章宏晓说，余富安是个孤儿，父母都在上海被日本鬼子炸死了。从健跳开始，自卫队找他来担任翻译和向导，以及上岸购物。飞行员称他为"第一男孩"。

时隔 70 年后，塞勒回忆道："我们非常害怕接近平民。某段路上，在接下来的几天里，有一个十四五岁的中国男孩加入我们。他能说几句英语，成为一位向导、翻译和食物搜集者。我们走着走着，来到一个村庄。他会四周查看，决定在哪个地方给我们住宿或吃饭。他很好地保护我们走过了那段旅途。

"我们离开时，想带他上飞机，却被告知非美国公民不能上军用飞机。我想说我们欠他一个情，我们本应该带他一起走的，后来也没有托人照顾他。"

临别时，余富安给塞勒留下了他在上海的地址：上海市重庆路 177 弄 28 号。

15 号机机长史密斯，也一直对这个男孩念念于心。塞勒曾托人按余富安留下的地址到上海寻找他，但最终没能找到。

自卫队员们

1942 年 4 月 19 日夜。月黑，风高，浪大。麻良水等人开动张网船，载着飞行员去寻找游击队。

"一行 7 人，在家门口的埠头上船出发。5 个美国飞行员打扮成了渔民模样，全安置在船舱里不让露面。"赵小宝说。从丈夫出门的那一刻起，她的心就怦怦跳个不停。她害怕丈夫一去不回，而且一旦护送失败，不仅他们一家，整个檀头山岛都有可能大祸临头。

那一带有日军舰船日夜绕岛巡查。麻良水等人观察发现，巡逻船每绕岛一周，需要一个多小时。他们就利用这一间隙划船出海。

小船在夜色和岛礁的掩护下前行，毫无声息。麻良水一边摇船，一边留意着海上的动静。

"有几次，其他船只从我们边上通过，我们保持安静，直到那些船的声音在远处消失。一次我们听到了马达声，看到了远处的探照灯光。我们一动不动地躺在船舱底下，很不舒服。渔民又给我们盖上了一层用树皮做成的粗糙雨衣，以防我们被发现。"怀特在日记中写道。

他们在南田岛韭菜湾上岸，麻良水让怀特和他一起上岸，其他飞行员则留在船上。他们靠着一只灯笼照亮，穿过田埂和陡峭的山坡，走了一个多小时后，在路廊那个地方找见了俞火土。俞火土又带上怀特，徒步前往小百丈。

小百丈是一个隐秘的村庄，三面环山，一面临海。那里是三门自卫队二分队的驻地。

郑财富已经上床睡觉，他马上爬起来。听说还有 4 位飞行员在韭菜湾，他命令俞火土火速赶回，持怀特手书的纸条把他们全都接来。

当晚，郑财富陪飞行员吃饭喝茶之后，安排他们住到一户村民家。

郑财富告诉飞行员，另一架 B-25 也迫降在附近，已经被营救，飞行员听后都很高兴，但郑财富说，那个机组的人都受伤了，而且伤得很重。

郑财富问了怀特一个问题，尽管他的英语很蹩脚，怀特还是听懂了："飞机上的枪支抢救出来了没有？"

"没有。"怀特回答。

"真该死！"郑财富骂道，他的脸上流露出失望至极的表情。

是游击队渴望获得一些枪支，还是怕它们被日本人搜走？怀特搞不明白。

第二天早晨，郑财富不知从哪儿弄来了几只鸡，杀掉给飞行员吃了。怀特很高兴，他把口袋里的硬币掏出来分发给村里的小朋友，还把自己孩子的相片拿给他们传看。一些当地人拿来煮熟的鸡蛋，硬塞给了飞行员。

纵横交错的水道和梯田；带有雕刻的闸门；茅草屋顶，只有少数的屋脊铺着瓦片；褴褛的衣衫，好像没洗干净的脸，迟滞而又温柔、善良的目光；每一张脸，每一双手，都在向他们表示出友好……这就是飞行员第一眼看到的中国乡村。

听说日本人要来了，飞行员分组出发，徒步穿过草树茂密的山丘，在另一条水道登上了另一条船。

2012 年，塞勒在接受采访时说："在转移期间，我们住过很多洞。在一个洞里，日本人来了，在外面大喊大叫，想要找出我们。几小时后他们走了。后来得知，日本人是顺着我们的脚印找到那里的——只有我们的鞋带跟，当地人都穿平底鞋。"

他们是在五屿门洋面遭遇日军巡逻船的。感觉异常的日军一边开炮，一边追赶。麻良水掉转船头，急急驶往高塘岛箬鱼山，弃船登岸。

郑财富告诉史密斯，游击队打不过日本鬼子，我们必须尽快躲藏起来。自卫队把飞行员带到了一座道观里。

> 寺庙的僧人穿着黑色丝绸的长袍，用烟袋杆当拐杖。他点上香，为他们的命运祈祷。在黑暗中，他们能听到呼喊声和靴子在卵石路上奔跑的声音。美国人被带进道士的家里，他推开墙上的一面板子，领着他们穿过一个通道，来到一个潮湿的、烟雾弥漫的洞穴。半小时后，他们听到更多的呼喊声、尖叫声和步枪枪托击打身体的声音，日本人正在洞穴外审讯中国人。
>
> （克雷格·尼尔森：《最初的英雄》）

几个自卫队队员枪弹上膛，拉出随时准备和日军开战的架势。塞勒仔细观察一个自卫队队员，发现他手里的来复枪已经生锈，弹药袋里装的子弹大小、形状不一，显然是四处搜罗来的。

"我不知道他们是否真能帮上我们，但显然他们都很拼命。"塞勒说。

外面传来杂沓的脚步声。许多人在说话，接着是撞击声，接着是大打出手和尖叫的声音。日本人在殴打村民和道长。日本人折腾了两个多小时才离去。

道长见到飞行员后，向他们讲述了日军对他的折磨。

怀特写道，日军显然进入了道观，捣毁了圣像，甚至还殴打了道长。道长向大家演示着，他是如何哭喊着，撕扯着头发，攥紧双手向日军发誓他没有看见我们的。

"这些人都极端贫穷，他们中的任何一个人，都可以通过出卖我们去换取巨大的好处，但显然他们从未有过这样的想法。他们对我们的责任感和对日本鬼子的仇恨，足以保证他们不会那么做。"怀特在日记中写道。

没人知道这位道长姓甚名谁、何方人士，但他的不屈形象，已经印在了人们的脑海中。

天气晴朗，清风拂面。自卫队护卫着飞行员，沿着蜿蜒的小路和水稻田的田埂，步行了大半天，夜间在一个村庄里停留用餐。晚饭有鸡肉、虾、鸡蛋和米饭。

听说他们将要经过的村子已经被日本人占领，他们转向另一个方向。

黎明时，他们登上了另一艘稍大的船。

> 海游章正薇等人有一艘"六市船"，为当时三门最大的一艘客货两用船，往返于石浦与海游之间。船上配备有"猪娘炮"1门，快枪8支，用于防御海盗土匪。
>
> 4月21日，自卫队借来"六市船"，利用日军巡逻的间隙，越过五屿门洋面，乘风驶至健跳。22日下午4时，终于抵达海游岙道口。县长陈诚等县镇官员已提前赶至岙道口迎接。五位美空军人员中，除投弹手兼军医托马斯·怀特中尉手部有轻伤外，其余四人均安然无恙。
>
> （章宏晓等：
> 《大义无疆——抗战时期三门军民营救美军飞行员纪实》）

经过几天的奔波，他们到达了海游镇。那天晚上，飞行员终于睡了一个好觉。他们换了衣服，刷了牙，怀特还跑去给妻子伊迪斯发了一份报平安的电报。

4月23日，三门县举行了有数百人参加的"欢送美国飞将军"大会，并向飞行员授予一面锦旗，上书"Justice Friends"（正义之友）。会后，县长陈诚等县镇官员与飞行员合影留念。

飞行员在三门只住了一夜。第二天，由十几名士兵护送，轿夫用柳条编制的轿子，抬着飞行员去追赶劳森的机组。怀特知道，此刻他们可能非常需要他这个医生。

飞行员向麻良水等人告别。也许是永别。

他们穿过镇子，像凯旋的队伍一样，被鞭炮、五彩纸屑和歌声包围着，好像整个县城的人都走了出来，一路欢送他们。

"我们走上了一条长长的山谷。宽石板路时而会变成泥泞的小路。山坡下到处都是水稻田，水泵和水斗，分散的农业定居点，挂在树上晾晒的干草——这里的一切明显都已年久失修。"怀特回忆说。

途经一个小村庄，老师和学生们高举横幅，站在路边欢呼和歌唱。飞行员用餐的时候，村民们纷纷跑来看热闹。一个调皮的孩子钻到饭桌底下，被母亲拉出来扇了一巴掌，他呜呜地哭起来。怀特一边哄着，一边掏出一枚硬币给他玩。

4月24日上午10点左右，飞行员走进临海恩泽医院。在看了劳森等人的病情后，怀特立刻给重庆发电，要求派飞机空投一些药品，最急需的是吗啡、磺胺嘧啶和磺胺噻唑。

"英雄不一定都出自战场"

宁波市档案馆存有驻华美国派遣军总司令部发给中国政府的一封函件，上有营救美国飞行员"出力人员名单"。重庆依据名单奖励三门县5200元。"这笔奖励款并没分发给参与营救的军民，而是拿去用于一个水利工程。"章宏晓说。

这份名单挂一漏万，以政界、军界人员为主，有郑财富但无麻良水等村民的名字。

2024 年 11 月 19 日，我们开车从浙江淳安前往安徽歙县，路过芹川村，进去走了走。一条小溪自山坡流下来，在村里绕了一个弯子。村民们沿溪而居，白墙青瓦，竹树罩水。这里是电影《烽火芳菲》的拍摄地之一。

由奥斯卡终身评委比利·奥古斯特担任总导演，刘亦菲主演的《烽火芳菲》，尽管影片煽情的好莱坞式的编造较多，但仍能看出女主人公的原型，就是赵小宝。

"英雄不一定都出自战场。"奥古斯特说。

这是一群默默无闻的英雄，他们可能被一时忽略，但不会被永远遗忘。

群山环唱

迎接他们的每一处高崖，每一片森林，都在高歌或低吟。

连续两天开车驶入皖南山区。

第一天从浙江淳安的中洲镇入，从安徽歙县的源芳镇出。90 余公里路途，竟花去了小半天的时间。经过之处，每隔一段，便能看见用白漆喷涂在路面上的 4 个字——徽州天路。好在"天路"上车辆不多，时间也过了经常出现塌方的夏季，否则这条路会十分难走。

第二天从歙县的篁墩村入，终点是小洲村。

壁立百丈，竹树环合，云满山谷，峰回路转。一样的山路，一样的山色。

中间在离 11 号机坠毁点不远的黄备下村小憩时，我们意外地发现了几株古树。半山坡上的那一株，树龄已超千年。站立在村坝上的 12 株——樟树 5 株，槐树 2 株，苦槠 2 株，黄连木、珊瑚朴、紫弹树各 1 株。2021 年挂到树身上的蓝牌子"公示"了它们的树龄：265 年。

那 12 株属于不同种类，有着不同姿态的大树，就这样连根并枝，一起站立了 200 多年。它们依然保持着青翠和苍劲！

它们共同经历了几多炎凉，抵御了几多风霜雨雪啊！

连续两天，我走到了当年的两个坠机点，5 个飞行员的跳伞点，还有 3 个温情的村庄。手握方向盘，远望夕阳下的无尽峰谷，心绪却停留在 1942 年的那个夜晚和清晨。

当飞行员们从树丛中、岩石边爬起，从泥水里爬起，拂去眼前的白雾，在为中国美丽的山河而陶醉的同时，他们是否知道，山下的人民眼眶中积蓄了多少泪水？为了保卫家园，山下的人民已经流出了多少鲜血？

他们是否听见，迎接他们的每一处高崖，每一片森林，都在高歌或低吟？——关于勇气和抗争，关于苦难和牺牲……

一首首歌，汇聚起响彻云霄的群山环唱。在歌声中，黑夜退走，黎明到来！

小洲村的黄昏

1942 年 4 月 19 日的那个黎明，张荣华等几名小学生哼着歌，走在上学的路上。行至河边，他们看见桥头上站着两个"怪人"，高鼻梁、黄毛，个子很高。他们身背一包白色的东西，拿着一张纸在上面指指点点。

小学生们赶紧跑去报告校长张建华，说是看见了妖怪。张建华半信半疑地跟着他们来到河边。那两个人还在那里，手里的纸已经收起来了。他们望着小洲村，好像是在犹豫着该不该进村。

张建华长期在上海做茶叶生意，前两天因事回到小洲村。见过世面的他对学生们说，是外国人，他们怎么跑到这里来了？

——小洲村是一个有着几百年历史的古村落，但村里还是第一次出现外国人。

张建华和村民们前一天晚上曾经听见飞机的轰鸣和摔落声，他判断这两个外国人与那架飞机有关。

张建华没猜错，两位飞行员来自杜立特突袭队，一位是机长查尔斯·格兰宁上尉，另一位是副驾驶肯尼斯·雷迪中尉。

——格兰宁驾驶的编号为40-2249的11号机，坠毁于黄备下村以西约1公里处，一个叫作大圣堂的山坳里。5 名机组成员分别跳落在黄锦乡童川村五子坞、樟潭乡小源村铁斧岩和棉溪乡下由汰村附近。

张建华上前搭话，但他的英语水平仅够打招呼的。他指了指村子，示意格兰宁和雷迪跟他走。飞行员犹豫着，再抬头望望四围的高山，便跟着张建华进村了。

来到张家，张建华的母亲正在包玉米粿（玉米包子，里面一般包的是干菜），他嘱咐母亲多放点儿油。玉米粿蒸熟后，张建华拿到饭桌上给飞行员吃，但两个人你看我我看你，谁也不动手。张建华揣摩，要么是他们觉得食物太粗劣，不愿吃，要么是怕不安全。于是他操起切菜刀，从两个玉米粿上各切下来一小块自己先吃下，格兰宁和雷迪笑笑，这才开始吃起来。他们已经很饿了。

见两人疲惫不堪，饭后，张建华将他们带到学校，也就是张家祠堂休息。村民对降落伞很好奇，纷纷跑来围观，有的村民兴奋地喊道："美国人帮我们打小日本喽！"

格兰宁和雷迪十分高兴，干脆把降落伞展开，摊在地上让大家看个够。格兰宁把自己佩戴的一枚胸章取下来，挂到了张建华的胸前。

雷迪是这样叙述的："我们下山时，看见一片片耕地。我们找到一户人家，有一个老人和一个女孩，向他们比画了半天，感觉他们给不出任何方向，我们就放弃了。我们沿着蜿蜒的溪谷继续往前走，碰见人就比画，但每个人的反应都是一样的。"

他们是早上8点30分来到小洲村的。到村口后，他们发现那里站着十几个村民，而且这些人好像已经知道了什么事情……

到了张家后，"他们拿来一块很脏的湿布，把我头上的干血擦去。他们都在吃又大又松软的饼子，给我们也每人拿来一个。咬到嘴里后，我们发现馅料是一种绿色的野草"。

两名飞行员在祠堂里住了一夜。第二天，张建华找来村民张立功、张广德，让他们替飞行员背降落伞和其他物品，3人一起护送飞行员前往歙县县城。

格兰宁在日记中写道："护送的人中还有一位双目失明的中国老人。他们陪我走过了一座座山。雷迪跳伞时受了伤，膝部浮肿，头部有严重的伤口，因此走起路来很困难。我们发烧，口渴，实在是不能再走了，但是陪同的中国人一再坚持说，停止是危险的。天快黑的时候，我们终于来到了一条河边的公路。"

他们运气不错，正好遇见了一辆从浙江兰溪开往歙县县城的邮车。看见两位美国人，邮车停了下来。浙江第一军邮总视察段视察魏汉民下车与格兰宁、雷迪交谈了几句，得知他们是美国飞行员，于是让他们上车。

到达歙县后，魏汉民向上司浙江第一军邮总视察段主任曾健培报告了此事。

曾健培把两名飞行员和张建华等人安排住进了县城最好的旅馆里。

坐在村部里等待张衍宝老师的时候，我们与在村部里工作的两个女孩聊天。其中一位叫霞。

小洲村曾经是公社和乡政府所在地，后并入小川乡，是一个有15个村民组和2600多人口的大村子。

"以前村子更大，人口更多，现在都出去打工了，或者为了孩子读书，搬到县城去住了。"霞也属于留守者，她看上去不到 30 岁，却告诉我们她的孩子都上高中了。

1990 年，当村里第二次出现外国人时，霞正在读初中，也跟着看热闹。她以为是传说中的两名飞行员又寻到了这里，但别人告诉她不是；来人中的两名外国男子，一个叫布莱恩·穆恩，一个叫亨利·波特。

张建华已经去世 42 年，但他儿子张善根依然健在。他们走进张家，聊天、合影之后，又步行至张家祠堂。

我们等了十几分钟，事先约好的张衍宝老师来到村部。他能流利地说普通话。

当年张建华任校长的小学，就设在祠堂里。今年 78 岁的张衍宝，既在祠堂里读过书，也在祠堂里教过书。拆祠堂的时候，他是最坚决的反对者。"我们怎么争取都没用，就是要拆了建学校！"张衍宝说。

小学毕业后，张衍宝升入十六七公里外的深渡中学。"全是山路，一两个星期才能回家一趟。一般是周六下午请半天假，步行两三小时回到家。周日下午再返校。从小洲村到歙县县城，路程要远一倍，要翻山越岭。没有一天的时间肯定走不到。"张衍宝说。

从百度查询得知，小洲村至县城 34.9 公里，乘坐公交车最快需 2 小时 10 分钟，步行最快需 8 小时。

11 号机坠毁点大圣堂位于五指山。村里很多人，包括张衍宝的父亲，都去过现场。他父亲还捡回来几个零件，其中一个是活塞。"那几样东西不知什么时候丢掉了。"张衍宝说。

张衍宝家与张建华家仅一墙之隔。他说，张立功、张广德也已去世，张建华的独孙也 60 多岁了。那天，他上山干活去了。

我们离开小洲村时，日近黄昏。山坡镀上了一重暖铜色，小广场旁的两个老槐树影子拖得很长。村子里静悄悄的，家家门户紧闭，那些瓦檐相接的房屋，里面好像空无一人。

"一家杂货店正在下面等着我"

格兰宁机长不仅是优秀的飞行员，还是一名技术天才。他参与了 B-25 的改装。

他建议把飞机底部的机枪拆除，因为执行低空任务，机枪不太能派上用场；作为一种补充，他让技术人员在飞机的尾巴上，安装了两根很像点 50 口径机枪枪口的木杆，以迷惑追击的敌机。拆除机枪等设备，为加装一个 60 加仑的油箱腾出了空间。

日军在审讯被捕飞行员时，逼迫他们画出飞机上的诺顿投弹瞄准器，飞行员胡乱画了一张图。在突袭队出发前，诺顿已经从飞机上拆除，因为那 16 架 B-25 将留在中国，杜立特命令以别的方式将诺顿运往中国。他害怕这种瞄准器落入日军手中——当时，荷兰禁止向日本等国出口类似产品。

诺顿投弹瞄准器是专为 B-25 配置的，它的发明者是荷兰人卡尔·诺顿。它由 2000 多个零件组成，有些像后来的计算机，每台售价高达 1 万美元——在当时，足够购买 10 辆高级轿车。

诺顿的缺点在于，它必须在 4000 英尺以上的高度使用效果才好，对东京的轰炸属于低空作业，基本上用不着。

格兰宁在埃德温·贝恩的帮助下，设计出一种用报废的铝片制成的替代品，并命名为"马克·吐温瞄准器"，它的制作成本只需 20 美分，但在 1500 英尺的高空使用，其效果远好于诺顿瞄准器。

入伍前，格兰宁是大学里的一名艺术生，他更应该去画画，但鬼使神差，他坐到了轰炸机的驾驶座上。

起飞前，卡普勒惊奇地发现，航母离东京的距离不是 400 英里。

他告诉格兰宁：上尉，我们离东京还有七八百英里呢！从这里起飞，行动结束后是飞不到中国的。

格兰宁又跑去问杜立特，杜立特只是点了点头。

11 号机组的轰炸目标是横滨。但当他们飞近霞浦湖时，遭到了 4 架日军战机的拦击，子弹击穿了轰炸机的左翼。加德纳用点 50 口径的机枪还击，他击中了两架敌机，其中一架起火。两架敌机逃走，剩下的两架开始俯冲攻击。格兰宁只能选择急速下降。

"我们尽可能地冲向地面，飞行高度甚至低于一些电线，以期战斗机撞到电线。但他们没有。我低空飞过一个农场，我甚至以为自己会撞上一个正在用牛耕地的农民。我真好奇他会想什么，当我们的 B-25 突然从他的头顶冲过去，后面还跟着两架战斗机。"格兰宁回忆说。

一架敌机连发十几发子弹，都打在了轰炸机右翼后沿，留下了一排弹孔。

格兰宁以为找到了他们要轰炸的炼油厂和仓库，遂下令伯奇立即投弹。伯奇将4枚燃烧弹一股脑地扔了出去。事后得知，被他们炸中的是正在修建的香取海军航空站，爆炸引发了熊熊大火，6栋建筑被摧毁。

飞临中国境内后，卡普勒完全望不见地面，只好按仪表所示方向往前飞。他们想找一处水田迫降以保住飞机，但当仪表盘上的高度降至4500英尺时，格兰宁感觉机翼快要擦到树梢了，于是他慌忙把飞机拉起到1万英尺高度。

眼见迫降无望，而油表又离0越来越近，格兰宁遂下令跳伞。

按美国空军规定，军衔低的先跳，军衔高的后跳。机枪手兼机械师麦尔文·加德纳军衔最低，他第一个跳伞。他落地时双脚脚腕都扭伤了。

第二个，投弹手威廉姆·伯奇。他落在一个斜坡上，两棵松树之间。风未停，雨亦不见止。他不敢乱动，裹上降落伞睡了一夜。

卡普勒不像加德纳、伯奇那样顺利，他的降落伞被树枝钩了一下。他稳不住身体，一头栽到了山坡上。他说："我感到一阵头晕和恶心。四周漆黑一团。我试图站起来，反而又滑出几英尺远。伞带缠身，军用水壶和手枪垫在身下无法取出。我想翻个身都很困难。我只好这样别别扭扭地躺到天亮。"

这个夜晚，谁也别指望看见星月的光芒。

雷迪比卡普勒更狼狈。他正准备跳出舱门时，却发现忘记了别手枪的腰带。他回身把腰带抓到手上，又觉得必须腾出手来开伞，于是他把腰带衔在嘴里。腰带上挂着一把手枪、两个备用弹夹，还有小急救包和军用水壶，这一大堆东西虽不是很重，但毕竟是用嘴叼着，用牙齿咬着，而且在空中晃来荡去。

他觉得这样不行，只好又把腰带抓在左手上，用右手突然使劲地拉伞绳；伞绳倒是拉开了，但由于他用力过猛，降落伞张开时带起一阵风，使腰带上的子弹夹弹了出来，紧绷的胸带打在他的下颌上。

他的脸被打疼，牙齿好像也碎掉一小块；着地时他又摔了一跤，头撞到了石头上。他爬起来检查了一下，发现膝盖肿了，被划破的头皮开始流血，还有几小块石头嵌入肌肉中。

雷迪在疼痛中苦熬到天亮，他觉得该动身了。他砍下一根竹子当拐杖拄着，沿着一条小溪一路向下。走了一段路，他听见背后有脚步声，回头看见了格兰宁。两个人兴奋地喊叫着，紧紧拥抱在一起。

"格兰宁问我头部的伤重不重，因为我满脸是血。我告诉他，只是头皮划破了。"雷迪说。

格兰宁掏出刀子从降落伞上割下来一块伞布，把雷迪的头包扎起来，又折了一根竹子给他当拐杖。——从飞行员到达歙县后所拍合影看，雷迪的头上仍缠着白色的伞布。

和3号机组的"矮子"曼奇一样，格兰宁也不想丢掉任何东西。跳伞之前，他认定穿越中国的乡野一定得带足吃的东西。因此当燃油即将耗尽时，他走到导航员的位置上，把一大堆罐头抱到怀里，又让小伙子们往上面垒了几个，才回到驾驶舱。

格兰宁抱着那些东西，在夜空之中以大约每小时180英里的速度下落。他心想，有了这番准备，可以许多天不用担心没吃的了。突然他从美梦中惊醒过来——他发现自己没拉伞绳。

他惊出了一身冷汗，但很快他便冷静下来。他试着想办法——既要拉伞绳，又不至于丢掉手中的物品。

"如果拉绳的速度足够快，罐头在空中应当以相同的速度下落，我就可以伸手再把食品抱来。"格兰宁的物理课也许学得很好。

他就按着这个想法做了。没想到他一松手，罐头便四处乱飞。虽然格兰宁拉伞绳的速度一定可以破世界纪录，但他忘记了，他和它们不是在真空状态下。

"我着地的时候，已经有一家杂货店在下面等着我！"格兰宁回忆说。

格兰宁把雷迪拉到溪边，为他洗去脸上的血污，然后搀扶着他继续前行。早上8点多，雨止云散，他们在晨曦中发现了一个村庄……

在另一个山谷里，伯奇从降落伞里钻出来，他不想背那劳什子了——不知道哪一天还用得着它，运气不好的话，或许永远都用不着了。但他还是掏出刀子割下一小块伞布，绕在脖子上，既当围巾，又算是一个纪念品。

面对山中的清晨，他异常兴奋，开始扯开嗓子呼喊同伴的名字。

11号机5名成员均来自第89侦察中队，在进入杜立特突袭队之前就是好朋友。

伯奇喊了一阵子，歇歇嗓子再喊。山那边忽然有了应答。于是他掏出手枪，对天放了一枪，也不管附近有没有日本军队。

山那边的声音越来越清晰，越来越近，他循声跑过去，于是看见了一瘸一拐的加德纳。

"自从轰炸了东京之后……"

在歙县图书馆，我们查到了一份资料，上面详细介绍了另外3名飞行员的获救经过。

五指山东麓。樟潭乡20岁的村民方德灶，一清早从阴坑凹的姐夫家抄近路回家，行至小源村铁斧宕地方，他感觉对面山上有动静，抬头看见一棵松树上挂着白色的东西。他壮壮胆走过去，发现有两个洋人蹲在松树旁的峭壁上，好像是下不来了。他向两人招招手，两个外国人也友好地向他打手势，嘴里嚷嚷着什么。方德灶听不懂他们在说什么，但认出了那顶降落伞。于是他一边往山下跑，一边大声喊道：

"快来救人呀！两个外国人跳伞落在这里了！"

听见喊声的村民们蜂拥而至。方德灶带着几名青年攀上峭壁，费了很大劲儿才把飞行员弄下来。又爬到树上扯下降落伞，把它摊放在地上弄齐整了。

一脸狼狈相地坐在众村民目光下的，就是加德纳和伯奇。

村民们把飞行员领进一间土屋里。他们一边喝茶，一边吃随身携带的干粮，村民们拿什么来给他们吃，他们都不吃。感觉他们休息得差不多了，村里便安排方德灶、吴国堂和吴春武，担着降落伞，护送两名飞行员下了山。

"又走了大约5英里，我们进入另一个村庄。这里的人显然已经得知我们的到来，他们排着长队在等候我们。他们把我和卡普勒带进一所房子，请我们坐下。大约有50个人聚集在这里，每个人都在同时说话。一名士兵抱着降落伞进来，我们看了上面的名字，是领航员卡普勒的。士兵带我们再次出发，大约有200人为我们送行。"伯奇说。

"一路上，我们走过很多小村庄。人们在户外烹饪奇怪的食物售卖，起初我们拒绝任何食物。后来，他们拿来了中国葡萄酒，我们喝了几杯；端上来的食物看上去很好，我们品尝了一遍。"

山下有一条小河。他们乘船到深渡，再转乘邮车。"大约晚上 10 点，我们到达了一个城镇，就是徽州府。"

在棉溪乡下由汰村，匆匆赶往深渡干活的篾工吕德云，半路上遇见了坐在小溪边的卡普勒。卡普勒拦住吕德云，不停地向他比画着，吕德云看懂了：他要去有车站的地方。

吕德云示意卡普勒跟他走。在深渡镇，他们等来了一辆车。卡普勒向吕德云鞠躬致谢，并示意让他走。吕德云放心不下，也跟着上了车。到达歙县后，夜里 10 点 30 分，曾健培安排他们住进了旅馆。他听说还有 3 位飞行员下落不明，便派人开车去山里寻找。

曾健培毕业于上海圣约翰大学，能讲一口流利的英语。七七事变后，他到衢州参与筹办军邮。1940 年邮站搬迁到歙县。

在接待美国飞行员的时候，曾健培既是组织者之一，又担任翻译。

疲惫至极的卡普勒大睡了一觉。第二天早晨醒来，他想起了伙伴们。他下了楼，走到门口，他惊奇地发现，那几个家伙正站在外面聊天呢！他们大呼小叫，相互拥抱在一起。

一住进宾馆，格兰宁便发现自己感冒了，第二天早晨依然高烧不退。看到全机组平安无事，他的病也去掉了一半。

早餐前，曾健培来看望飞行员，并带来了 4 副刀叉。格兰宁掏出一张地图让曾健培在上面签名，他说他每到一地，都会请当地人在地图上签名。

黄山照相馆为他们拍摄了抵达中国的第一张合影。照片上有一行中文字："盟空军痛惩东京凯旋归来。民国三十一年四月二十日摄于皖歙。黄山照相馆。"20 日，曾健培安排游歙县古城。在新安江太平桥上，飞行员又与营救他们的村民一起合影留念。

离开歙县的时候，旅馆专门为飞行员准备了精美的西餐。为了送他们前往衢州，县里安排了一辆美国通用公司制造的军用卡车。

格兰宁说，我们坐上了一辆通用汽车公司生产的 GMC 卡车，由士兵护送我们前往衢州。"遇到对面来人来车，我们总是先停车，士兵跳下车，前去盘问，认定没有危险后，再继续开车……"

当格兰宁等 5 人到达衢州时，他们发现 11 号机组的状态是最好的，除了雷迪前额的那几块石头。

一位中国医生为雷迪做了检查，然后用了大约 15 分钟时间，从他头上取出了一小块石头。他通过翻译告诉雷迪，等白天，他再把那最大的一块——像指甲盖那样大——取出来。雷迪的膝盖也还在疼，但那只是外表的擦伤，雷迪根本没把它当回事。

在衢州，格兰宁还听到一种说法：自从轰炸了东京以后，中国人对见到的美国人，尤其是美国飞行员，变得更加热情、更加友好了。但也常常把他们与陈纳德领导的部队混为一谈，称他们为"飞虎队"……

雨、炮火与鲜花

"他们抬我出去的时候，我感觉整个中国都向我们伸出了援手。"

*

他们不是最惨的，但肯定是看起来最狼狈的：5 名飞行员全部受伤，其中以劳森伤势最为严重。

> 我的声音听上去实在怪异，言语似乎都凝结在一起。我隐约记得曾伸手去摸嘴巴。我的下唇已经撕裂，伤口延伸到脸颊，所以皮肉都掀开了。我上面的牙齿陷了进去。我把两根大拇指伸进嘴里，把牙齿往前推，牙齿是推直了，但随即落到了我的手里。我又试着扳下面的牙齿，结果也掉了下来，还带下不少的肉。
>
> （泰德·劳森：《东京上空 30 秒》）

当时劳森还没意识到，最严重的伤在他的左腿上……

——因为疗伤时间长，他是杜立特突袭队成员中最后一个离开中国的。

——因为失去一条腿，他第一个告别蓝天，离开了战场。

——因为一本书，他一度成为明星级人物。

"整个中国都向我伸出了援手"

7 号机成员除了劳森，还有副驾驶迪安·达文波特、领航员查尔斯·麦克卢尔、投弹手罗伯特·克莱弗、机枪手戴维·撒切尔。

1942 年 4 月 18 日下午 6 点 30 分，7 号机飞临浙东三门湾上空时，暴雨如注，镶着银边的云团越来越黑。尽管什么也看不见，但飞行员意识到，他们还在离陆地不远的海上。

劳森告诉战友，如果飞机迫降在海上，第一件事是解开腿带，等到离水面 8 到 10 英尺时，打开飞机腹部的跳伞舱门，跳进水里。这样继续向前滑行的飞机就不会砸到身上。

眼看燃油即将耗尽，劳森回到驾驶舱，从副驾驶手中接过驾驶盘。他完全看不清水面，因空气湿度很大，前风挡玻璃开始起雾。

衢州或丽水离海岸线超过 100 英里。劳森意识到，即便他们赶到机场上空，可能也看不见灯光。事后证明他的判断是正确的。

飞机兜了三个大圈子，终于找到了云层间的空洞。达文波特突然喊道："你看！"顺着达文波特手指的方向，劳森看到了一个没有障碍的凹陷形海滩。他感觉那个海滩可以承受飞机的重量。

仪表盘显示，油箱里还剩 100 加仑的燃油。劳森想的是：在海滩迫降，等天亮时再去寻找机场。他打开对讲器，让同伴们卸下身上的降落伞，换上救生衣。

> 暴雨之中似乎伸出了一双大手，抓住飞机，把它捏得粉碎。
>
> 然后是寂静，决然而安详的寂静。这种安详的感觉十分怪异。我没有任何痛苦，只有安静而放松的感觉围绕在我的周围。
>
> （《东京上空30秒》）

飞机最后降落在南田岛大沙村靴脚头的浅海里。劳森知道这架轰炸机已经报废了。他有些心疼。

第 17 轰炸机大队是第一个接收 B-25 的。当他和迈克尔罗伊第一次看到它时，他们都感受十分深刻。

迈克尔罗伊说："当我第一眼看见它时，我惊呆了。它让我想到了一只巨大的老蝎子，正要吃人。"

劳森则期盼着能够"亲自尝试一下"。他说："你只要站在那里看着它，就会呼吸加重！"

在飞机改装阶段，有一天，劳森看见机械师试图用砂纸去磨掉螺旋桨叶上沙土打出的凹痕，劳森不能容忍，对他大吼起来……

而现在，当救生衣将他托出水面时，他看见自己的飞机尾舵伸出水面，像一对墓碑。

> 我从座位上漂起来，开始向水面游去。这就像是一场梦。我的胳臂和腿没有力量，只有一种本能的生存欲望——一种我无法理解的欲望。
> 黑暗的天空中倾泻而下的大雨中，我瘫痪了，我无法清晰地思考……
> （《东京上空 30 秒》）

劳森爬过去看克莱弗，发现他双手和双膝着地，头垂在双臂之间。他没有爬行，也说不出话来。从他脸上流出的鲜血正在滴入水中。

现在天已经黑了，雨也越下越大。劳森想厘清头绪，可他能做的只有呻吟。

飞行员在海滩上躺了半个多小时，身上又湿又冷。正当劳森做着篝火梦的时候，他听见撒切尔低声问道：

"我要不要开枪打他们，上尉？"

"该死的，千万别！他们是中国渔民。"麦克卢尔说。

"你怎么知道？"撒切尔问。

"我在《国家地理》杂志上看到过。"

劳森翻过身去，抬头望见矮崖上出现了两三个头戴斗笠、身披雨衣的人。他们走下矮崖，一一查看飞行员。接着崖上又来了四五个人。他们下到海滩，走近飞行员一一查看。

"我们是中国人。"来人摸着自己的胸口说。

"Lu shu hoo megwa fugi（我是美国人）！"飞行员争先恐后地说。

来人显然听不懂朱利卡少校教的这句中国话。

来人是许尚标、许尚友和孔宪灯等大沙村村民。村民伸出五根手指，又指指飞机的方向。飞行员意识到，他们是在问飞机里还有没有人，于是连连摇头。

村民们把劳森等 4 人背起来，另外两个人架着撒切尔，他们走上了一条狭窄的小道。走了几百米，飞行员来到了村里的小学。

麦克卢尔说："那个他们安排过来背我的人，身材瘦小，可能还没有 4 英尺高，体重也超不过 100 磅。他浑身湿得能绞出水来。如果不是当时那种情况，我一定会以为他们在开玩笑。他果断有力地过来把我支起来，试着把我的手臂拉起，挎过他的双肩——而我大概有 205 磅。后来因为看到我脸上痛苦万分的表情，他停了下来。我用肢体语言告诉他我的手臂受伤了。于是他用背撑住我，让我爬上去。他背着我起码走出了 200 码远，到了一个小房子里。"

那是一座低矮的茅屋，土墙中间有一扇门，把房屋分割为两间，在大间靠墙的地方放着一张床。克莱弗先昏了过去，麦克卢尔在另一间屋子里尖叫着。一个身着粗布衣的女子抱了被子来，给他们盖上。

劳森派伤势较轻的撒切尔去坠机地，看能不能找到医药箱。撒切尔去了，但他两手空空地回来。"潮水上涨，把飞机完全淹没了。"撒切尔说。

拿被子来的那个女人，又用陶罐给他们端来了热水，飞行员每人喝了几口，但直到凌晨 3 点，谁也没有胃口吃东西。

飞行员躺在地上，不住声地呻吟着。

"达文波特中尉，副驾驶，他的右腿从膝盖到脚踝被严重割伤，飞机坠毁后，他走了一小段路，之后就无法行走了。麦克卢尔中尉，领航员，他的右脚只有几处擦伤，但感染了。最严重的伤在他的肩膀上，他的右肩一直肿到肘部，以至于双手无法移动。"20 岁的撒切尔说。

克莱弗的肩膀几乎被扯下来，他的头部也满是伤痕，头发掉了一半，眼睛肿得睁不开。

劳森的伤势最为严重：他的整个肢体都被切开了。撒切尔给他数了数，他一共掉了 9 颗牙齿。左膝盖有一道又长又深的伤口，脚踝肿得厉害，左手臂的伤口也很深。撒切尔发现，劳森的工装裤已经分不出哪儿是布哪儿是血肉。

为了包扎腿上那个巨大的血口子，劳森先是向撒切尔要了一卷绷带，又把腰带和领带解下来，但还不够用，他让撒切尔把衬衫撕成布条，这才使撕裂的肱二头肌回归原位。

血和水的双重潮湿，使飞行员冷得浑身颤抖。一个女人拿来一床新被子给他们盖上。

飞行员在伤痛和绝望中度过了一夜半天，中间只有一位老者来为他们进行了简单的治疗。

突然，门一下子弹开了，另一个人出现了。飞行员看着那些中国人情绪激动地低语着。通过肢体语言，渔民们清楚地告诉了撒切尔，日军巡逻队正在岛上四处搜索。

新来的人查看每一位受伤的飞行员，仔细研究他们的制服纽扣和徽章。

"我是查理。"其中一个人用英语说。

飞行员吓了一大跳，以为是在做梦。在这样一个小岛上，有人会说英语？

"我是查理。"见飞行员没反应，那人又重复了一遍。

达文波特把朱利卡少校教的中文重复了一遍。

"你们是美国人。"查理点点头说。

飞行员如同看到了救星，七嘴八舌地嚷嚷起来。

> 我们都尝试用不同的发音来说"处州丽水"这个地名，但查理只是点点头。
>
> "蒋介石，"我们口音浓重地说道，"蒋介石——我们是朋友。"
>
> 不管我们怎么说，他都听不懂。如果说"蒋介石大元帅"，那就更是不用指望了。
>
> "重庆。"达文波特说道。
>
> 查理点点头："重庆。"他几乎和达文波特一起重复道。
>
> "重庆……We go go。"
>
> （《东京上空 30 秒》）

但郑财富接连泼了他们几盆冷水。重庆？"Many day（很多天）!"医生？"Three day（三天）!"

说完这话，查理就离开了。飞行员再次陷入痛苦和绝望。他们以为，那个查理可能向日本人请赏去了。

他们不知道的是，在郑财富的动员下，大沙村保长许尚春召集王小富、梅老王、蒋阿和、童大乃等甲长，正在连夜商议如何转移飞行员。日军近在咫尺，随时可能前来搜查；飞行员伤势严重，必须尽快送医院救治。

他们商议的结果，是每个村子出 4 人，负责抬一位伤员。

天明时，估计该退潮了，撒切尔又去了一趟坠机地。他花了好几小时四处寻找，但只拿回来一条香烟和一件救生衣，此刻他们最需要的急救箱没有找到。

"机头已经变成了一堆废物，后面一直到炸弹舱都只剩下空壳。"撒切尔说。在返回小屋的路上，他听见了马达声，一艘快艇正在海上巡逻，血红色的日本国旗在船尾飘动着。

天渐渐亮了，房里的人开始忙碌起来。主人的 3 个孩子，最大的也就五六岁，一起床就跑了过来。他们并不怕洋人，用小手小心地触碰飞行员的伤口。劳森想掏几个硬币给孩子玩，但掏了半天也没掏到，于是他从皮夹克上扯下几个扣子递给了孩子。麦克卢尔则在孩子的耳边摇着摔坏的手表，里面散落的零件发出了叮当的声音。3 个孩子睁大了眼睛，他们从没见过这种东西。

而女主人则一直在另一间小屋里忙着做饭。

"村民送给我们稀饭吃，我们没有吃，因为我们从没见过筷子。后来，他们找了勺子来。"飞行员回忆说。

早饭后，飞行员惊喜地发现，查理回来了。在他身后的雨中，站着几位衣着褴褛的村民，他们手里拿着约 10 英尺长的竹竿和绳子，接着又有几个村民抬了 4 块方木板来。两个多小时后，他们绑出了 4 副滑竿。中午时分，村民们抬上飞行员陆续出发了。

2012 年，90 岁的撒切尔回忆道："很快一个长相英武的人出现在门口。他组织大家用绳子把 4 副滑竿绑在一起，用它抬着 4 个伤员。我们上午 11 点离开那里，穿过那座岛，下午 3 点，也就是我们出发 4 小时后，一个连的日本兵来搜寻我们。我们已经走了，日本兵扑了一个空。"

民国三十二年（1943）《三门年鉴》所收《营救美籍飞行员追记》一文有如下记述：

"据调查，于十八日下午六时，天正下着毛毛细雨，大雾漫天。一架飞机从南而上，至大沙上空盘旋一圈后，突然直急下降，坠落在大沙靴脚头沙滩上。正值落潮时分，该大沙村民许尚友、许尚标、孔宪灯等发现后，立即奔赴出事现场。飞行员惊喜地伸出手，紧紧拉住许尚友的手，示意救救他们。许等将两个重伤员、两个轻伤员（另一个未伤，共五人）背到村校抢救。保长许尚春一边通知村民给伤员送饭、敷药、更换衣服，一边叫甲长等四人商量。因日本兵侵驻石浦，距大沙较近，须及时转移或护送出去。四人商定后，便每甲派人，各负责抬送一名伤员。"

他们终于到达了自卫队驻地小百丈。出现在眼前的，是一座"好一些"的房子，门口既站立着一脸凶相的士兵，又走动着几头瘦骨嶙峋，正在吃草的牛。

一位老者往劳森的嘴里塞了一支点着的香烟，接着郑财富从屋里端出几碗热水给他们喝。

> 我试着对他微笑，但我感觉到更像是在哭泣。也许是因为震惊，也许是因为解脱，我不知道。不管怎样，我现在闭上了眼睛，我想无论我在哪里，我都和一群好男人在一起——他们正在为和我们同样的事情而战。这些人掌握着我们的命运，并向我们展示了他们的仁慈。

（《东京上空 30 秒》）

中间还发生了一次误会。喝完水后，郑财富伸手拿起自己的和艾伦送给劳森的手枪，撒切尔反应激烈，用力夺回。当时的场面十分尴尬，自卫队队员们纷纷上前指责撒切尔。郑财富沉默片刻，用一双坚硬的棕色的手，做出扭弯金属的动作，意思是他想互换一颗子弹。

飞行员不理解中国军队的礼节。劳森说："你想要枪打日本鬼子，就到飞机上去拆机枪。"

郑财富往外一指。劳森看见，一个自卫队队员拿着他的皮夹克来到跟前——他们的飞机显然已经被仔细搜查过。接着，一个苦力用扁担挑着两个筐走来了，筐里装的都是他私人用品的残骸。

——自美国轰炸机坠落后，日本军舰昼夜出动，四处搜索。自卫队赶在日军之前，把 7 号机主要零部件拆走，其中包括汽油散热器、滑油散热器各 2 件，无线电分电盘 1 个，硫黄弹 1 枚，重机枪子弹 20 发等，并寻找、清理了飞行员的私人物品。因机身太重，最后只把断离的机尾拖上了沙滩。

小百丈只是暂歇。次日中午，他们在雨中动身，由万林等士兵护送，准备在红庙的埠头上船。

　　　　　　　　　　　　　　　英雄山河——1942 年的衢州之约

就在他们抬我出去的时候，我感觉整个中国都向我们伸出了援手。消息渐渐传开来，每一张表情沉滞的面孔，都在为我们的所作所为激动着。

6个自卫队队员拖着步枪，走在我们的担架旁边。大约半小时后，我们穿过一个小村子……村民们在我们的担架旁边跟着走，女人们呜呜地哭着。抬着克莱弗的那两个苦力停下一会儿，几个中国妇女就跪在他旁边，继续抽泣不止。

（《东京上空30秒》）

经过一个村庄时，换了8名抬担架的村民。到了山顶上，飞行员发现他们原来在一个岛上。他们被告知这个小岛叫南田。一艘挂着红帆的船正在海边等待他们。

突然，随着"嘿嘿"几声，自卫队队员和村民们慌乱地奔跑起来，被扔进沟里的飞行员正要叫喊，伏在他们身边的自卫队队员示意他们保持安静。这时，一艘日军巡逻艇正从海角驶来，靠近那艘张红帆的船。飞行员的心怦怦地跳个不止。

日军的巡逻艇靠近那艘红帆船，让两名船夫站到船头上去，开始上下搜查。飞行员不敢抬头，但他们能够听见盘问和军靴踏在船板上的声音。折腾了很长时间，日军巡逻艇才开走。

村民们再次抬起飞行员，快速地上了红帆船。

船夫用一张格栅竹编将他们盖住，这样既挡雨，又能起到隐蔽的作用。为保证安全，自卫队队员在岸边分散警戒、护卫。

又下雨了。自卫队队员拿出碗接了雨水，端到船舱里，飞行员大口大口地喝起来。

在经过五门屿洋面时遭遇伪军小船，自卫队队员先发制人，开枪射击，撒切尔也掏出了手枪。

4月19日傍晚时分，船行至鹤浦后龙头村，进入一条狭窄的小河。飞行员看见一条舢板撑了过来。待舢板靠近后，村民们用担架把飞行员抬上去，6名自卫队队员中的4人随即跳上了船。

撑船的是一位年老的船夫。撒切尔形容说："他看起来像山一样古老，他有着一张精彩得可以入画的脸。"虽然头戴大草帽，但老船夫依然满脸大汗。撒切尔很想给他拍张照片，可惜他的相机沉入海底了，手里只有胶卷。

舢板在微波不兴的河上缓慢移动。飞行员仰躺在船底看天。这是一个晴朗的午后，湛蓝的天空上白云悠悠，时而有飞鸟啾啾鸣叫着从头顶一掠而过。

但伤痛并没因为好天气而减弱，呻吟一声接一声，分不清是谁发出来的。

撒切尔在旁边照顾着他们，看看这个，摸摸那个。他们已经30多小时没睡觉了，可是谁也不觉得困。

投弹手克莱弗额头上的血块凝结成血痂，糊住了他的眼睛。害怕感染，撒切尔不敢替他擦洗。飞机降落时，克莱弗被从机头甩出，他的背部也严重受伤，仰躺或侧卧都难受。

麦克卢尔伤在肩上，躺下就十分疼痛，他只能坐着，因此无法睡觉。

此刻他也许会想起他和劳森曾经的恶作剧：

"当我们离开艾格林，穿过亚拉巴马州时，我们的飞机飞得甚至比很多树还低。一般是追逐农民，特别是正在耕地的黑人。一个老黑人被他的骡子拖着满地跑，因为缰绳缠在他的身上……在得州上空，我们追逐了几小时的牛。在艾尔帕索附近，我们把汽车追得从高速公路上开了出去，还一度让一辆大巴打滑后停了下来。"

他们现在是不是像那些被追逐的黑人、汽车和牛？不同的是他们无处可逃。

劳森的左大腿和脚踝一直在往外出血，而且开始麻木。他终于昏睡了过去。

"别让他们截掉我的腿！"昏迷中，劳森一遍遍地说着胡话。

劳森记得在集训时，一天清晨，他发现有人在他的机身上用粉笔写了"Lame Duck"（跛脚鸭）。他很喜欢这个绰号，找来一位机枪手，帮他在机身上画了一只唐老鸭。唐老鸭戴着耳机，线绳绕在头上，下面还有一双交叉的拐棍。

"那是一个什么预言吗？我将变成瘸腿的鸭子吗？"劳森自问道。

当劳森清醒的时候，他让达文波特向他保证，如果他处于昏迷状态，千万不要让医生截掉他的腿。

中间在一个码头停留了约两小时，一名自卫队队员上岸给飞行员买吃的。他端来的，是一大碗拌进豆芽的米饭，几个煮鸡蛋，还有一壶白酒。

又一个夜晚过去了。天亮的时候起风了，船舱上的布帘子被吹得唰唰直响。飞行员发现，他们正在一条宽阔的大河上行驶。

晌午时分，船在一个临河的村子旁停下。劳森让撒切尔去村里，看能不能找到电话。撒切尔刚上岸，船又开动了。劳森生怕把撒切尔落下了，急得大喊。但他很快便看见在撒切尔身后，出现了几个抬担架的人，于是意识到航程结束了。

飞行员躺在担架上，通过一条树木葱茏的小道，眼前突现几排很漂亮的房子。他们终于到达了三门县府所在地海游镇。

伤员亟须得到救治，但三门县唯一一家卫生院成立仅仅半年多，全院只有4名员工：院长、医生任超民及其妻子，护士洪漪，卫生员周祖森。卫生院里除了绷带等包扎工具，连一片安眠药或阿司匹林都没有。

任超民把仅有的一支葡萄糖给劳森注射了。洪漪把克莱弗脸上的血痂洗掉，让他坠机后第一次睁开了眼睛。在清洗麦克卢尔脚踝的伤口时，护士挑出了一条虫子。

一直盖在劳森身上的那床被子已被血水浸透，洪漪把它扔掉，换上一条毯子，然后把用于止血的腰带和领带解开，仔细地擦洗伤口。

7号机飞行员抵达海游时，县长陈诚正在临海参加由浙江省主席黄绍竑召集的会议，得知情况后他于凌晨2点赶回海游。他还通过临海庄强华县长，从临海恩泽医院带来了两位医生和一名护士。

> 4月21日早晨，天刚亮，我听见外面一阵模糊的谈话声。很快，一个相貌堂堂的中国人走进了我的房间。他用英文自我介绍，说他是C医生。
> （《东京上空30秒》）

C就是陈慎言。——《东京上空30秒》出版时，日本尚未投降，为保护中国的当事人，书中人名、地名，均以英文字母代替。

一起到来的另一名医生叫沈听琨，还有护士张雪香，陈慎言的妻子。

据《营救美籍飞行员追记》载："时隔两天，石浦港日军得到消息后，立时派小艇到大沙村寻人找物，挨家搜查，拷打讯问。日本兵在郑士明家查到美型降落伞，于是将他带至庙里，两手反绑，吊到梁上拷打，逼其交代美飞行员暗藏处。郑士明坚不吐实，被打得死去活来，后因重伤死亡。之后，日军小艇至大沙搜索，下午返回，留2人住庙里细查，抓人烧房，劫掠财物，无恶不作。村民皆避至山上。"

恩泽医局

从紫阳街北端向西，爬一小段山坡，来到位于临海北固山麓望天台的恩济医局。这里东面依小山，北靠树木茂盛的古城墙。院内院外的几株老树，孤寂地站立在蒙蒙细雨中。

恩泽医局由3座建筑组成，分别是养病院、清气院和教学楼。白墙，青瓦，朱红色的廊柱和门窗。坐北朝南的养病院为主楼，门诊和治疗都在那里，清气院面积稍小，是病房。主楼西侧由两架廊桥连接南面两幢附屋，门窗风格为教堂式尖顶。主楼2层，正房8间，前侧三面环通廊，二楼设木栏杆。西南两廊桥之间为三间木阁楼，西南楼2层，每层3间。

恩济医局被"转让"多次，做过学校，做过剧团的宿舍，此后又废弃多年。直到2011年，才开始作为文物进行修缮。修缮后的恩济医局，成为一座以展示为主的纪念馆。2019年，恩济医局被公布为第八批全国重点文物保护单位。

在纪念馆馆长黄米武的引领下，我们参观了为劳森实施截肢的手术室和所住病房。

"劳森说他打开病房的窗口，就能看见一口井，"黄米武说，"我们就是依据这个，认定劳森所住病房的。"

《东京上空30秒》中是这样写的："外面的花园十分美丽，我时常往外看。花园未经修剪，美得很自然。中间是一口石圈井，经常可以看见喜鹊和鹰……"

劳森的病房就是清气院一楼最北边的一间，里面一片昏暗，从百叶窗透进来的微弱光亮照在那张病床上。病床是从英国进口的钢丝床，弹簧至今弹性很好。麦克卢尔就提起过这种病床："现在这里是真正的医院和医疗，有真正带弹簧的床。但最好的还是这里的卫生。可以放心喝凉水，真是太好了！"

黄馆长说，这张床被章永芳医生买走，听说要建纪念馆，他又捐赠了回来。

清气院南门外有一张3位飞行员的合影，摆放照片的地方，就是他们当年拍照的地方。中间的达文波特半卧在躺椅里，右腿用一块白布完全裹起；左侧的克莱弗头缠绷带，手里抱着拐杖，一条腿翘在躺椅上；身披呢绒大衣的麦克卢尔手握鲜花，像一位圣徒一样地眼望远方。他们头戴同样的箬帽，脚蹬同样的黑色丝绸布鞋，那是临海商会赠送的；拐杖是医院后勤部的师傅制作的。

恩泽医局始建于 1901 年，为英国传教士白明登所创，兼有医院和教堂的功能。1914 年，第一次世界大战爆发，白明登被征召回国做战地医生。之后几年，教会先后派了几名传教士来管理医局，因战乱仅系维持而已，至 30 年代初，医局终于无力支撑。

1933 年 8 月，祖籍台州的陈省几以 2 万元的价格，从教会买下恩泽医局，改为恩泽医院，他先付 1 万元，但直到约定还款时间的 6 年以后，他也没能还清余款。教会见陈省几心地赤诚，医德高尚，且实在困难，最终同意以 15600 元，于 1940 年 11 月一次性支付了结。

陈慎言是陈省几的儿子。他 1937 年毕业于上海私立东南医学院（安徽医学院的前身）。之后到杭州一家医院实习。他曾在第 29 军任二等军医，1939 年请长假来到恩泽医院，再也没回军队。

在三门，陈慎言对劳森说，日本人正在沿海四处搜寻他们的足迹，必须立刻转移到临海去。

次日早晨，飞行员在卫生院门口被扶上轿子。洪漪送来一条新毯子，把座椅各个部位都垫软了。任超民上前来握手告别，劳森把身上所有的钱，一共 13 美元，都掏给了他。院长笑了笑，一边摇头，一边把钱还给了劳森。劳森想把领章扯下来给任超民做纪念，也被婉拒了。

"我什么也不想要！"院长说。

> 送行仪式相当令人感动。一群中国士兵穿戴得整整齐齐，在出村的小路旁站得笔直，当我们的轿子经过时，他们都朝我们敬礼。这场景让我不禁哽咽起来。
>
> （《东京上空 30 秒》）

从海游到临海 40 多公里，但多为山路，崎岖迂回。他们行进了整整一天，于晚上 10 点左右抵达临海。他们被抬进了一个院子。

"这是我父亲的医院。"陈慎言说。劳森顿时有了轻松之感。他的另一种安慰来自几位传教士，他们是帕克夫妇，苏格兰人；菲茨杰拉德夫妇，丈夫是美国人，妻子是英格兰人；还有一位名叫玛丽的年轻漂亮的修女。

第二天一大早，一位留着花白胡子、穿着丝绸长衫的老者走进了劳森的病房。他就是陈省几。陈慎言跟在后面，用一种淡紫色的消毒液给他擦拭伤口。

但这毫无用处。到24日早晨，劳森腿上的肿胀已经延伸到膝盖，颜色变得乌黑。他感到有些丧气。

但很快，一个好消息让他振奋起来：另一个机组要来了！怀特医生要来了！

怀特出生于毛伊岛，他32岁，1937年毕业于哈佛大学医学院。他是第17轰炸机大队第95侦察中队的随军医生。开始招募队员的时候，他也报了名，但突袭队里没有医生的位置。突袭队副领队希尔格告诉他，你一定要参加的话，至少应学会点50口径手枪的射击。从此怀特每天跑到靶场上练习射击，风雨无阻。参加考试的时候，他竟然在所有枪手中排名第二。

怀特认为，上百名飞行员参加的一项任务，肯定会出现伤病，于是他把点50手枪弃置一边，开始准备各种必需的药品。飞机上有重量限制，药箱里装什么不装什么，需要认真选择。除必需药之外，他另外要了1000片磺胺噻唑片、几支吗啡、两根导尿管和一个便携式手术包。

要爽足粉时，他很费了一番口舌，药房问他："飞行员又不走路，要爽足粉干什么？"

"他们要走很远很远的路！"怀特回答。

怀特所做的另一件事，是要求把飞行员的血型都写在胸牌上；在杜立特的交涉下，他领到了各种疫苗——肺炎、霍乱、鼠疫、天花、破伤风、黄热病和斑疹伤寒，并为每一位飞行员种上。5号机机枪手曼斯克在日记中写道："听（怀特）医生说话的口气，一定是所有的疾病都在中国暴发了！"

15号机的海上迫降十分成功，他们有足够的时间来准备橡皮救生艇，整理东西。怀特有条不紊地收拾他的药物、急救包，还有一个专门装外科器械的A-2包，并把它们搬到救生艇上。正当他们准备跳上救生艇的时候，他们突然发现它被飞机的某个尖锐部位刮得漏了气。

为了减轻艇载重量，只把领航员霍华德·赛斯勒留在上面照看东西，其他人游水上岸。他们没有意识到救生艇太轻可能出现的问题，果然，一个大浪打来，救生艇翻了，所有物品都落入了海里，只有急救包漂在水面上，史密斯伸手抓住了它。他们在水中挣扎了一个多小时，才终于上岸。

谢天谢地！这个急救包，还有两支吗啡！

15 号机组是 25 日晚到达恩泽医院的。27 日，除怀特医生外，15 号机组和 7 号机组的撒切尔一起离开临海。他们于 30 日抵达衢州。

躺在病床上的劳森，腿部的伤口依然张开着。他让怀特帮他缝合，但怀特只把伤口缝合了一半。怀特每天要来两次，从劳森的小腿上剪去死肉。

怀特不断地从麦克卢尔和克莱弗身上抽血，输给劳森，并将磺胺粉撒在他的伤口上，希望能够出现奇迹。一天晚上，他用氯仿麻醉了劳森，把伤口切开引流，但麻醉剂差点儿要了劳森的命。

5 月 3 日，一位来自金华的医生带来了吗啡、磺胺和输血设备。怀特让护士从克莱弗和麦克卢尔身上抽了 500 毫升血液，输给了劳森。

怀特给重庆发去电报，希望能派一架能够在水上降落的飞机，来临海把伤员接走。但他没有收到回复。

当安德鲁斯小姐给劳森包扎时，劳森说："当我的飞机坠毁时，我知道我不会死，因为我的母亲正在美国为我祈祷。"

> 5 月第一周即将结束，重大的日子终于来临。我甚至记不清那天的日期。在那天下午，怀特医生走进我的房间，他穿着制服，看上去很干净。但他显得很不自在。我们俩老半天没说话。
>
> 我看着他，问他是不是准备截腿。
>
> "是啊——我想是吧。"
>
> 他没问我怎么想。所以，过了一会儿，我说我希望他快点儿开始。现在我心里想的就是快点儿摆脱这摊子麻烦。
>
> "这样就好。"他说道。
>
> （《东京上空 30 秒》）

帕克夫妇走进来。他们坐在病床前，默默地望着劳森。

"再过几个月，你和艾伦的小宝宝就该出生了。"帕克夫人说。

"我们会给你夫人写封信。"帕克说。

劳森笑了笑，转头问怀特："要从哪个部位截起？"

"膝盖以上。"怀特回答。

"为什么不能多给我留一部分，只截脚和脚踝？"

"那不行。如果截得不够彻底，就有可能再截一次，而你的身体无法承受两次这样的大手术。我们尽量给你少截。"

"我原想手术后穿一只内增高的鞋子，看来不行，得终生拄拐杖了。"

怀特走后，陈慎言走进病房。

"手术会很痛苦吗？"劳森问。

"已经从上海搞来了普鲁卡因，还有吗啡。我们准备采用脊髓注射，不会让你感觉到疼痛的。"陈慎言解释说，在脊柱下部插入一根空注射器，从那里抽出一些脊髓液，然后打入相同体积的麻醉药，这样那个部位以下就不会有知觉了。

劳森听后，紧张的神经松弛了一些。

5月4日上午，劳森被抬到养病院二楼的手术室。怀特让劳森侧躺着，为他注射了麻药。

史密斯太太协助护士提前做好了消毒灭菌工作，她和陈慎言为劳森仔细地擦洗了一遍，再用窗帘包住他左腿感染的伤口，在大腿根部紧紧地绑上止血带。

怀特回忆说："我们需要在大腿的中间部分整齐地横切下去，这样才能在感染部位的上方留下完全健康的组织。"因此，他向下切开每一层肌肉，遇到大血管就把它夹紧扎上。很快，劳森左腿的大部分神经都被分割切断了。

> 之后，怀特快步走开，回来时手里拿着一把银色的锯子。他锯骨头的时候发出一种软绵绵的奇怪声音，仿佛从很远的地方传来。除了害怕麻药提前失效以外，整个截肢过程对我来说没有什么特别之处，就好像在旁边看人锯木头一样……我看不到血，也没有任何感觉，但我知道怀特医生在切割。
>
> （《东京上空30秒》）

怀特和陈慎言的臂肘在劳森的眼前弯曲、伸直，再弯曲、再伸直……整个过程中，谁也没说一句话。

随着一声叮当响，怀特和陈慎言放下了手里的医具，劳森知道手术结束了。那一刻，他的身体陷入一种深深的寂静。

接着，劳森看见护士张雪香走上前来，抓住他的脚踝，和另一名护士一起把断腿抬出门去。

那一刻，劳森感觉房顶、门窗，甚至外面的天空，都不再是完整的了。

在缝合的过程中，麻药开始失去作用，劳森喊了声"疼"。

"忍忍，就剩下几针了。"怀特说。

劳森呻吟起来。

"还有最后一针。"

一切都完毕后，怀特让护士抽了自己的血输给了劳森。劳森是 A 型血，但医院里 A 型血的人抽一遍了，幸好怀特是 O 型血。

当劳森被推回清气院后，他发现病房里摆满了临海百姓送来的鲜花和礼品；有很多鸡蛋，吃不完，后来让帕克夫妇拿去做成了蛋糕。

劳森还惊喜地看见一张名片，那是郑财富不知通过什么方式给他送来的，上面一角还贴了一张照片。但很快他难受起来，因为郑财富告诉他，日本人把岛上一些帮助过飞行员的村民抓去了，对他们施以非人的虐待。

5 月 10 日，陈慎言通过各种关系，又从外地弄来价值 410 美元的磺胺噻唑，于是怀特开始为劳森拆线，用药。那天晚上，劳森的体温 20 多天来第一次恢复了正常！

珍珠港事件发生后，劳森曾经说过："没有有形的敌人。就像在一间黑屋子里被人痛打了一拳，却不知道该往哪里还手。有一种无助的、满满的，想要做点儿什么的感觉——日本人万一不再来了，我们必须去那边找他们打回来，把事情扯平。"

谁知和日本人刚刚扯平，他却成为废人，再次陷入黑屋子的感觉。

次日，陈慎言、怀特等人走进病房。"我们送你一个礼物。"陈慎言说。

当他们把包装打开时，劳森看见了一副拐杖。是当地一个木匠专门为劳森做的。

有人用黑色丝绸给飞行员各做了一双鞋子，当他把鞋子送进劳森的病房时，他突然意识到他只需要一只了。

一群男女童子军从 30 公里外赶来,举办了一个向劳森致敬的仪式。

临海人继续给飞行员送来各种东西,其中包括一根手杖,上面刻写着这样一行字:"送给我们的朋友和盟军——美国空军。以此留念。"

"无论大家怎样说中国人不讲卫生,还是别的什么,但是没有人会抱怨中国人不友好。他们是伟大的民族!"怀特说。

飞行员在临海的日子里,日军飞机每日飞临,时而在城镇上空投下几颗炸弹。有消息说,日本人已经在 40 公里外。飞行员知道,此处不可久留。

离东京大轰炸整整一个月之后,5 月 18 日,两顶轿子抬着劳森和怀特,冒雨出发了。

临行前,陈慎言让轿夫把轿子抬到医院的后面,指给劳森看一样东西。那是为他准备的棺材,也出自那位做拐杖的木匠之手。

与劳森同行的有怀特、麦克卢尔、达文波特、克莱弗、陈慎言,还有菲茨杰拉德夫妇,他们的孩子和助手,这是一个长长的轿队,雇用的轿夫多达 20 余人。

上路不久,劳森就"见识"了中国社会黑暗的一面。

他的轿夫中有一位老人,"年纪大概和中国一样老"。他有些驼背,体力较差,很快便抬不动了,"在土路上呕吐了两次"。护送飞行员的士兵在后面踢了他一脚。老头儿倒在地上后,士兵用上膛的步枪顶住他的后脑门。

又走了一个多小时,士兵见老头儿实在支撑不住了,便带了一个年轻的轿夫过来,同时"赏给"了老头儿一记耳光。

> 那个可怜的老伙计垂着脑袋,像一头丧气的牲口,从田里走了。我喊他,他没有转身。他连报酬都没有得到。
>
> (《东京上空 30 秒》)

陈慎言安排好医院的工作,第二天出发去追赶劳森和怀特,他们在壶镇会合后,一起前往桂林。

5 月 21 日,他们路过传说中的丽水机场,发现它已经被中国人主动炸毁,这预示着日军即将到来。5 月 24 日到达南城，那里的机场也被摧毁了。

他们还发现，当地人"丽水"的发音是 Leesh-way，而不是朱利卡少校教的 Li-shoo-ey。

5 月 24 日，到达江西南城。他们又受到一次打击：因为日军逼近，南城机场也被中国驻军摧毁了，从这里乘飞机的梦想落空了。

但也有让飞行员高兴的事。达文波特发现当地教堂有一台收音机，便跑过去，通过旧金山电台，得知杜立特已经回到美国，荣膺将军，参与空袭东京的飞行员，也都获得了杰出服役十字勋章或者飞行优异十字勋章。

传教士告诉他们，沃森等 9 号机成员，一个月前也曾路过这里。传教士还向飞行员讲述了为沃森正骨的事。

次日，劳森刚起床，便看见外面停放着一辆 1942 款的福特轿车。谢天谢地！他们终于不用坐轿子了。

继续前行。在吉安，他们住进了飞虎队的招待所，但飞虎队人员已经全部撤离。

5 月 27 日到达衡阳。飞行员在衡阳待了两天。他们发现，衡阳的不少建筑被日本鬼子轰炸得只剩下一个大坑。

> 一位衡阳的商人领着我们四处买东西。他送给我一幅刺绣，是他手下人花了一个晚上绣制的。画面上，是他想象中的美国雄鹰的样子，后来，这成为我十分珍视的东西。他还送给我们每人一柄内藏宝剑的拐杖。
>
> （《东京上空 30 秒》）

在衡阳，飞行员终于乘上了开往桂林的火车。到达桂林站时，已经有一辆救护车等在了出站口，那是专为劳森准备的。

飞行员入住的招待所位于离机场 2 公里的树林里，那里有咖啡喝，有标准的西餐，有飞虎队队员陪他们吃饭、看电影，还有《科里尔周刊》《读者文摘》《时代》《伦敦新闻画报》等杂志可读，虽然都是一年前的旧杂志。

次日，12 架日机轰炸了桂林机场。

在桂林等了好几天，直到 6 月 3 日，前来接他们的飞虎队的飞机，才终于在天空中出现。

劳森惊喜地发现，驾驶员竟然是突袭队员中的两位——在鄱阳被营救的埃德加·迈克尔罗伊，在玉山被营救的戴维·琼斯。

劳森知道，一听见戴维的声音，"自己就该声泪俱下了"。

那天晚上，琼斯、迈克尔罗伊与劳森住在同一个招待所，他们一直聊到大半夜。通过两位同伴，劳森了解到很多有关突袭队的情况。

次日，劳森登上战友驾驶的飞机飞往昆明，已经被军方录用的陈慎言，则乘车赶往重庆。

劳森感慨万端："我再也没见到 C 医生，就此失去了联系。我从来都没能说声'再见'，也没能感谢他。他没有得到过一分钱，也不曾想过要钱。他是我见过的最忠实的人。在 L 和路上的几个星期，他为了我们，没有不愿做的事。他不分昼夜地照顾我们，毫无怨言……没有什么文字可以表达我对他的真挚情感。"

无论是飞行员还是陈慎言，前面都还有很远的路要走。

雨追着他们，炮火追着他们，但迎接他们的，也有鲜花……

一路向西

"如果我哭的话，你也不要误解。那将是快乐和幸福的泪水。"

*

离开了临海，离开了恩泽医院，泰德·劳森开始了他漫长的旅程。一路向西。

在浙江临海，他失去了一条腿，得到了一根拐杖。

在江西吉安，他把艾伦的那把已经锈迹斑斑的手枪，送给了飞虎队的一名翻译，这时他想起，离艾伦的产期只有3个月了。

在桂林，他与陪伴他一个多月的陈慎言道别，然后分头劳燕分飞。

"陈医生接到命令，让他尽快到重庆报到。"戴维·琼斯告诉他。陈慎言已经被军方录用，他将去做一名军医。

是怀特医生通过驻华美军总部，向国民政府航空委员会推荐了陈慎言，航空委将他派往第2航空总站任军医。

他们本来可以在重庆再见的，但上级命令劳森和麦克卢尔直飞昆明。

飞往昆明的飞机不是B-25，而是一架DC-3客机。看着坐在驾驶座上的，他在凯利基地的同学泰克斯·卡尔顿上尉，还有身旁的战友迈克尔罗伊和琼斯，劳森几次潸然泪下——也许，他要与驾驶舱、与飞行永远说再见了！

在昆明，他领到了补发的工资，还见到了他的"金刚伴郎"罗伯特·格雷，格雷正驾驶P-40运输机在驼峰航线上来回跑运输。那是他们最后一次见面。5个月后，格雷壮烈牺牲。

按照怀特的建议，他和麦克卢尔要在新德里接受身体检查，但到了那里后却没有安排。中间那一天的空闲时间，他突然想起：该回家了，得给艾伦买点儿礼物。

他挂着拐杖，来到一个名叫象牙宫的地方，给艾伦买了一把用象牙制作的裁纸刀。

他费劲儿地走到柜台边付款，一名士兵看见他，说道："小子，看来上过战场啊。"

劳森想上去给他一拳，嘴上却说："给金丝雀踢了一脚。"

那天他把冰激凌吃了个够。那天他叫了一辆车，和两名素不相识的美国大兵在新德里街头兜风，直到深夜。

6月7日，星期天，从新德里飞到卡拉奇。希尔格、格兰宁、史密斯、霍尔斯特罗姆和威尔德等已经等在那里。当天深夜，几位机长将劳森抬上飞机。

下一站，巴格达。下一站，开罗。

在开罗，他遇见了奥扎克、威廉姆斯、西姆斯和他的投弹手克莱弗。克莱弗满面疤痕，见到劳森后他异常兴奋。

那天中午，在位于尼罗河畔的一个美军基地里，一名同伴拿到了最新一期的《生活》杂志，他突然大喊了一声：

"看呀，我们都成了封面人物了！"劳森接过杂志，他看到了自己，"从前的自己"。

第二天，战友们都跑去看狮身人面像了。劳森独自走到电报局，他想给艾伦发个电报，但写出艾伦的名字后，他又犹豫起来，最后把电报纸揉成一团扔掉了。

下一站，尼日利亚。到达一个营地时，飞机降落加油。劳森与留在那里的14号机副驾驶西姆斯、15号机领航员赛斯勒匆匆见了一面，接着飞往英属黄金海岸，并在那里待了3天。

6月13日晚，劳森和希尔格等乘坐由尼斯旺德驾驶的波音307客机前往美军在西非的一个基地。

> 夜里，当大家都在飞机上睡着后，我拄着拐杖穿过走廊，来到机长尼斯旺德的身后。副驾驶克拉托维尔不在座位上。我坐到副驾驶座，靠在椅背上，望着天上的星星。
>
> 尼斯旺德那家伙是个好人。我多么想摸摸这架飞机的操纵杆呀！他大约看出了我的心思，于是说："我明白你在想什么。你飞一会儿吧。"他关掉了自动驾驶仪。
>
> 我驾驶这架波音307飞行了一小时。这让我心里好受了很多……
>
> （泰德·劳森：《东京上空30秒》）

纳塔尔（南非）、贝伦（巴西）、特立尼达、波多黎各……终于，佛罗里达美丽的海岸出现在机头的下方。

听说几位军嫂都在美特尔海滩等待突袭队员，尼斯旺德让飞机到那里盘旋了3周。希尔格的妻子和女儿在海滩上追着飞机跑着，呼喊着，但劳森没有看见艾伦。艾伦已经回洛杉矶了。

在过去的日子里，他没有一天不想念艾伦。

劳森与艾伦相识于洛杉矶城市学院。劳森白天在学院学习，晚上则在道格拉斯飞机公司的绘图部门打工。"我在图书馆工作，泰德会跑到那里睡觉。我会用铃声把他叫醒。"艾伦回忆说。

1940年年初，在一位老师的劝说下，劳森放弃了周薪36美元的工作，参加了陆军航空兵招聘考试。被录取后，从4月起，劳森开始到加州圣塔玛利亚汉考克空军基地受训。1940年11月15日，他取得了文凭和飞行执照。他发现，成为飞行员后，他的月薪只有75美元。

泰德先是给艾伦寄来一枚钻石戒指，然后打电话说："要是你想结婚，就来吧！"

泰德和艾伦于1941年9月5日结婚。他们没有时间举办婚礼。

当时劳森所在的第17轰炸机大队驻扎在俄勒冈州的波特兰市，艾伦从洛杉矶乘飞机赶到那里，泰德和战友罗伯特·格雷、弗兰克·格拉布一起到机场来接，然后开车越境到爱达荷州的科达连市。在那里，劳森和艾伦在午夜前夕领到了结婚证，格雷和弗兰克自然就成了傧相。

1941年12月初，劳森休假来到洛杉矶。7日早晨，他和艾伦正在好莱坞大道的口哨猪餐厅用早餐，突然从广播里听到了珍珠港遭日军偷袭的消息，军方通过广播要求所有现役军人立即返回部队报到。

早餐没吃完，艾伦便开车送劳森往机场赶。

1942年3月，艾伦前往艾格林空军基地探亲，劳森告诉她，他参加了一项秘密行动，将出国3个月。

"这期间我不会再和你通信。如果你得到我的消息，一定也是从报纸上。"劳森说。

"那我也要给你写，每天写，等你回来的时候一起给你。"艾伦含情脉脉地说。

劳森在艾格林基地附近的美特尔海滩，为艾伦租了一间小屋。她将和格兰宁的妻子多特，希尔格的妻子金妮、两岁的女儿珍妮，在那里一直等到他们完成任务归来。

4月19日，妻子们从收音机里收听到东京遭轰炸的消息。

"当我听到他们使用的飞机是B-25轰炸机时，我觉得我的丈夫就在那里。"领航员威廉·庞德的妻子说。所有突袭队员的妻子，还有他们的父母，应该都是同样的反应。

在昆明和新德里，劳森完全可以给艾伦写信，但他不知道该说些什么，不知道怎样把自己伤残的情况告诉怀孕中的妻子。

还有劳森不知道的事：他的母亲在5月初，就是在他被截肢的那几天，也因中风住进了医院。她半身瘫痪，无法言语，却还在焦虑地等待着劳森的消息。

5月21日，艾伦拿到了杜立特写给劳森母亲的信，但医生建议她不要给婆婆看……

6月16日，飞机在华盛顿波林空军基地降落后，劳森和麦克卢尔即被一辆救护车拉到了沃特·里德医院。他与刚刚做完肩膀复位手术的9号机机长沃森住在同一间病房。

> 我们正在吃饭时，杜立特走了进来……他抱歉说没能到波林机场迎接——他没有接到通知……他进来的时候我试图起身，但他按住了我的肩膀，制止了我……
>
> "你知道你母亲的情况了吗？"杜立特问。
>
> 我大惊失色，不敢问他到底发生了什么事。
>
> "她中风了，恐怕情况不太好。我很抱歉！"
>
> 我什么话也没说。
>
> （《东京上空30秒》）

尽管劳森一再嘱咐杜立特和其他同伴，不要把他的情况告诉艾伦，但显然艾伦已经知道了一切。6月18日，他收到了艾伦的航空信。

"我马上就来华盛顿。至少我能每天看见你了。"艾伦在信里说，"我一直在胡思乱想，经常做恶梦，怕你回不来了，或者完全失去了记忆，不认识我这个老婆了……当我看见你时，我会尽力控制自己的眼泪。但如果我哭的话，你也不要误解。那将是快乐和幸福的泪水。"

艾伦的母亲也给劳森写了一封长信，这位腿有残疾的女人，很能理解劳森的处境和感受。但她更多的是说开心的事：我们要有一个宝宝了！

艾伦来了，她就站在门口。是杜立特安排飞机把她接来的。

> 我跳起来就要往门口冲。我已经忘记了一切，忘记了拐杖。我向前迈了一步，就脸朝下摔在了她面前。

（《东京上空30秒》）

当艾伦扶起丈夫时，她发现他简直变成了另一个人。"他很瘦，体重减到了80磅。你知道，腿大约有30磅重。他大约3个星期没吃东西。他睡不着。他的脸上有很多伤口，当然牙齿也被打掉了。因为虱子，在开罗他们都剃了光头。即便如此，在我眼里他还是蛮好看的。"

劳森早就知道他会有二次手术。他的左腿严重感染，不得不再次截肢。正好艾伦来了，劳森希望手术尽早进行。

第二次截肢手术同样痛苦。也是脊髓麻醉，但效果不如在恩泽医院好。在切割骨头的时候，医生不得不给劳森喷麻醉药，让他昏迷过去。

在进行口腔外科手术时，医生要重塑他的嘴，并移除断齿的牙根。医生发现，劳森的嘴里还残留着中国海滩的沙子。

他的领航员和他一样，也接受了两台手术，他的肩膀伤势不轻。一位名叫珍·布坎南的医师对麦克卢尔关爱有加。半年之后，劳森高兴地吃到了他们的喜糖。

最初，华盛顿设计了一个盛大的庆祝仪式：总统接见并颁发荣誉勋章，在纽约的大街上游行……因为太平洋战场的形势，仪式被降低层次了。

6月27日，在波林空军基地举行的欢迎仪式上，由阿诺德将军代表总统，把绿色奖章——别到了突袭队员的胸前。

7月6日，空军参谋长米勒德·哈蒙少将、财政部长亨利·摩根索来到沃特·里德医院，向3名受伤的突袭队员，还有因病住院的9号机副驾驶帕克、15号机组领航员赛斯勒颁发了奖章。

劳森等人未经过重庆，因而未能从蒋介石的手里领到奖章。7月25日，中国驻美大使馆武官朱世明少将代表中国政府，到医院向劳森等人宣读了中国军事嘉奖令。

"你们粉碎了日军不可战胜的神话，为同盟国的其他军人树立了值得学习的榜样。"朱世明说。

1943年1月16日，劳森的母亲因中风后遗症去世，当时劳森仍在沃特·里德医院接受治疗。劳森回国之后，没有和母亲见面，他怕母亲看见他的样子会精神崩溃。

劳森乘坐陆军航空兵的轰炸机和运输机，前往西海岸参加母亲的葬礼。他以为自己瞒住了母亲，母亲至死也不知道他已经截肢。但在整理遗物的时候，他发现母亲早就什么都知道了。

1942年5月30日，劳森离开临海后，帕克牧师从临海给他的母亲写了一封信。这封信竟然送到了他母亲的手里，其中还夹有帕克夫人的信。帕克夫人在信中说：

> 您勇敢的儿子在这里（临海）度过了四个星期，深受我们喜爱。他常常承受巨大的痛苦。医生们花了两个星期，期望拯救劳森中尉的左腿，但最后发现，若不及时截肢，可能会很危险。于是怀特医生极其遗憾地从膝盖以上的位置，截去了他的左腿……他的脸上和胳臂上也受了伤，但在他离开时，伤口全都愈合得很好。

> ……他们离开已经两周时间了。我们不知道他们到了哪里，但确信他们正得到很好的照料，因为中国政府和人民对他们一直十分关照。

劳森是第一个讲故事的人——轰炸的故事，大营救的故事。通过劳森，全美国在一夕之间，突然认识了一群英雄，突然对中国人民充满了感激和歉疚。

劳森的妻子艾伦回忆说：劳森回国后，随着身体逐渐康复，他让我给他带一个笔记本。他想把自己经历的一切都记录下来。他特别希望美国人民能够知道，中国人民冒着多大的风险，拯救了多位空袭执行者的生命。

一位邻居为劳森找到了作家鲍比·康西丁。康西丁根据劳森的口述，很快把书写了出来。因为必须报战争部批准，耽搁了一段时间，该书直到1943年才由兰登书屋出版。

《东京上空 30 秒》用较大的篇幅，讲述了作者和他的战友在中国被营救、治疗和转移的经过，让美国人重新认识中国人民，也是劳森写作此书的目的之一。

该书中文版于 1943 年在重庆由时代生活出版社出版，由著名作家徐迟等翻译，书名改为《我轰炸东京》。1945 年 1 月中国文化供应社又出版了刘振华的译本，书名《轰炸东京记》，10 月再版。

《东京上空 30 秒》于 1944 年 8 月即被改编成电影，并获得奥斯卡最佳特效奖。

制片人萨姆·吉姆巴特利在打印稿上读了罗森的故事时，就迫切地想要买下拍成电影，但制片权最终被梅却高德维·梅尔获得。

影片中陈省几的扮演者是冀贡泉，他曾经担任过山西省教育厅厅长，与鲁迅交情深厚。当时他正好在美国。冀贡泉有 3 个儿子，其中一个名叫冀朝铸。

该片当年年底在重庆、昆明上映时，轰动一时。据何兆武《上学记》载，1945 年年初，他在西南联大读书时，也看过这部电影。但蒋介石直到 1951 年 8 月 18 日，才在台北看了影片，并在日记中写道："观影剧（杜立特轰炸东京），甚有所感。"

劳森和怀特没有忘记陈慎言。

1942 年 7 月，杜立特在写完长达 31 页的工作报告后，还准备了一个推荐名单，上面是参与救助的中国人，建议军方给予奖励。他要求飞行员推荐，怀特同时推荐了陈省几和陈慎言父子。

怀特说，陈氏父子没有为提供的服务和物资要过我们一分钱，他们觉得这是他们在抗日战争中应该做的。"我觉得劳森，也许还有达文波特，都因为陈医生的鼓励和专业治疗才保住了一条命，而我们大家都非常感激他在临海为我们所做的一切。"

1945 年 3 月，在劳森和怀特的一再推荐下，美国政府邀请陈慎言赴美学习。他先在约翰斯·霍普金斯医院实习，再入加利福尼亚大学研究院深造。

> 在泰德的要求下，国务院在中国找到了陈医生，并将他接到美国接受医学培训。我们希望为他的学业提供资助，但得知我国政府已经做好了安排。
>
> （艾伦·劳森：《东京上空 30 秒·序》）

恩泽医局所存陈慎言写于 20 世纪 50 年代的《自述》，对赴美经历有详细记述——

他到美国后得知，劳森回国后即退役。怀特医生退役，在加利福尼亚开私人诊所。麦克卢尔退役。克莱弗在一次飞行事故中丧生。达文波特仍在服役，驻阿拉斯加空军基地。

劳森夫妇邀请他到家里做客。劳森用装假肢的腿，亲自开车来接他。

怀特医生邀请他到家里一起过感恩节。那一天，怀特穿上了中国式长袍，舞起龙泉宝剑，为陈慎言斟上了绿茶。

得知他的到来，《费城晚报》《巴尔的摩太阳报》《洛杉矶时报》等美国媒体，相继报道了他的事迹。在美国助华委员会年会上，他见到了驻美大使魏道明、著名作家林语堂等中国人。

美国国务院文化司的派克先生告诉他，《东京上空 30 秒》已经拍成了电影，没把他的真实姓名放进去，因为中国仍被日军占领，唯恐对他不利。

3 月 15 日上午，国务卿爱德华·斯退丁纽斯接见他，之后他与国会议员会面并共进午餐。下午，杜鲁门副总统接见他……

1947 年 8 月，陈慎言学成回国，到省立嘉兴医院任外科主任。1948 年 12 月，为照顾病重的父亲，陈慎言回恩泽医院任副院长。

1951 年，遵父亲陈省几"我愿恩泽永为台州地方贫苦病人医病之所"的医嘱，陈慎言经与家人协商，将恩泽医院捐献给地方政府。恩泽医院并入台州医院后，他继续担任分管业务工作的副院长，直至 1973 年退休。

陈慎言于 1996 年 9 月 16 日去世。在他病重期间，杜立特的好友布莱恩·穆恩代表劳森的夫人艾伦·劳森，以及麦克卢尔、达文波特和撒切尔，向他发来了慰问信。

信中说：

获悉您现在的健康状况，我们甚感伤心。希望您能知道我们此时的想法。我们的祈祷将与您同在，此刻直至永远。

三位飞行员以及代表她已故丈夫的艾伦·劳森女士，将永远感谢您在

1942年所给予杜立特飞行队员的医疗救助。如果没有您的帮助，他们可能无法活着回到美国，更谈不上养儿育女，享受到多年的美好生活。当您救起他们时，你同时也救助了美国的几代人。如果不是您在他们需要帮助的时候所给予的勇敢、精心的专业救护，今天他们的儿孙们将不会存在。

就凭这一点，您可以赢得所有美国人的感谢和尊重。您也许知道达文波特先生、麦克卢尔先生、撒切尔先生和他们的妻子，以及艾伦·劳森将于下月前往明尼苏达州。他们将再次出现在您1991年与他们重聚所在的那个剧院舞台上。我们知道那时在广大观众面前，他们会再次表达对您的尊敬和爱戴。

有我们在一起，您将永远不会孤独……

在恩济医局，存有陈慎言写于20世纪50年代的《自述》，不知出于一种什么心态，他在稿纸的空白处，用很小的字留下了一句感言：

"事如云烟了无痕。"

鸽子，那白色之翼

他们的名字刻在那闪光的白色廊柱上，刻在和平鸽张开的双翼上。

在宁波市鄞州区咸祥镇南头村，有一座正义和平亭。亭子为四足形，方柱分隔出 4 个拱顶的凯旋门，顶部为一只展翅飞翔的和平鸽。

正义和平亭，联系着与咸祥镇有关的一段历史。

无论是英雄的美国飞行员，还是不怕牺牲的中国军民，那段历史的亲历者都已经不在人世了。

他们来过，又走了；他们走了，但依然在。

他们的名字就刻在那闪光的白色廊柱上，刻在和平鸽张开的双翼上。

棉田里的迫降

飞至中国的 B-25 轰炸机，唯一完成迫降并保持机体完好无损的，只有 2 号机。

在东京上空，在向皇宫北边的一家弹药工厂投下炸弹后，胡佛紧跟着杜立特的 1 号机飞行。伦纳德说，我看见胡佛一直在我们的左后方。

"当飞机沿着日本南海岸飞行的时候，我们稍做休息，用了午餐。对我来说，这一切都有些不太真实。而且我觉得大家都没有真正意识到，自己已经完成了第一次真正意义上的轰炸任务。这几乎就像是一次训练任务。在日本的这一天十分美好，感觉自己就像一位观光客一样。"领航员魏德纳说。

抵达中国海岸后，胡佛发现他的飞机引擎开始晃动和下坠，一看油表，前后油箱各剩下 10 加仑和 40 加仑燃油。胡佛意识到他不能再这样跟随领队了。

此时是傍晚 6 点多，飞机正处于宁波上空，具体地点是鄞县咸祥镇的南星塘。

尽管细雨蒙蒙，但能见度尚可。胡佛找到了一片没有障碍物的、绿油油的庄稼地，他关闭引擎，把起落架收起来，让飞机滑翔而下……

飞机着地时，像一架爬犁吃进了泥土，产生了一种柔软震荡。已经系上安全带的飞行员，尽力保护着头部和膝盖。飞机在前冲了约30米后，停了下来，差点儿发生侧翻，螺旋桨和襟翼全都成了碎片。

　　下面是一片棉田。农人第二天赶来看被毁掉的庄稼，眼前的景象让他们大吃一惊。

　　"我数过，飞机翼梢两头犁开的花田，有9畦，犁出的沟深和翻起的土堆高达1米多，周围有一大片烧焦的痕迹。"一位农民说。

　　他们第一次见识这样一个庞然大物：B-25轰炸机全长16.48米，翼展20.6米，空载总重量13吨，可装载炸弹1吨多。

　　事后来看，迫降的选择并不明智。其一，在临近日占区迫降，目标太大，极易引起日军的注意，飞行员有被全部抓获的危险。其二，落地后按规定还要把飞机毁掉，以免落入日军之手，一旦燃油耗尽，点火将很不容易。

　　咸祥位于象山港畔，一面临海，三面环山。东西与奉化、镇海相邻。镇南几公里处有衡山码头，舟楫往来，客商云集，是四近农渔产品的集散地。

　　1937年8月中旬，日寇首次进袭咸祥，从驶入象山港的两艘军舰上向镇子里发炮100多发。日军占领宁波后，并未在咸祥驻兵，这一带就成了游击区，鄞县县政府依然掌握着乡镇政权。日寇每次出来扫荡，都把咸祥当作重点目标，都是采取钳形夹击——西路从奉化营口出发，经同檀岭、虾爬岭、黄牛岭，东路从鄞县横溪出发，经菩提岭、韩岭、管江、邹溪和塘头街，夜发朝至。

　　1942年2月2日，日伪军200多人首次到咸祥扫荡，一通打砸抢过后，将来不及逃走的村民集合到球山书院，由一位伪军军官训话：

　　"黄头发、高鼻子、蓝眼睛的美国人是坏人；日本人和中国人面貌、肤色相同，是自己人，不要怕……"

　　飞行员到来的时候，宁波已经沦陷一年多了，但浙东游击纵队也一直很活跃，敌我犬牙交错。

　　当飞行员收拾完必需品——枪、手电筒、袖珍罗盘、罐装食品、衣服和急救包等东西并带出机舱后，面临的第一个难题就是把飞机烧掉。

　　胡佛取出他的燃烧剂，放在一个油箱上，随即就点着了。但不知何故，火却熄灭了。他们几个马上取出斧头，试着劈开机翼上的油箱，但没有成功。于是胡佛拧下了引擎上的一根油管，辛烷值100的燃油流到了地上，他向油里扔了一根火柴，转身以最快的速度跑开。飞机很快就成了一堆熊熊大火。

一位名叫徐阿伟的老人回忆说，我们从没见过如此庞大的残骸，不知道怎样拆卸；但大家都有一个共同愿望，就是尽快清理，不能把那些东西留给日军。参与拆卸的人，后来都遭到了日军的报复。一位名叫朱安信的，拆走了500多公斤铜铁。他被日本鬼子抓去监禁、拷打，受尽了折磨。当地的自卫队拆走了机尾的两挺机枪。

"画一幅中国地图"

2号机成员除胡佛外，还有副驾驶威廉·菲茨夫、领航员卡尔·魏德纳、投弹手理查德·米勒、机枪手兼机械师道格拉斯·雷德尼。

2008年，郑伟勇等人在衢州汪村防空洞门口的石壁上，发现了两个英文签名：FITZHUGH、RADNEY。他和《航母来了——从珍珠港到东京湾》一书的作者甘本被，都认为那就是2号机组菲茨夫和雷德尼的名字。

2号机组成员中，习惯写日记的是雷德尼和魏德纳，每天都记。

飞行员处理完飞机，天就彻底黑下来了，雨也越下越大。

刚离开飞机的时候，他们曾经走到南头村边的王口江，隔水向村民问话："老百姓，这里有没有日本兵？"村民看见他们，吓得躲进屋里去了。

搞不清这里是"自由区"还是日占区，他们不敢贸然进村，便沿着象山港海塘向西走去。

经过距迫降点1.5公里左右的大礁面村口时，他们遇见了村民徐阿贵，央求徐带领他们去寻找中国军队，且要避开沿途的村庄。徐阿贵同意了。他带着飞行员绕过横山村，翻过羊婆岭，在崎岖的山道上步行了5公里，来到黄牛岭下龙王堂，他们便与徐阿贵告辞了。

胡佛回忆说："我们在山中找到一位农民（徐阿贵），向他要了些食物和水。他有一个小儿子，与我们用图画沟通。画一幅中国地图，再画一杆日本旗来表示日占区。小孩很聪明，他甚至勾画出了中日（占领区）分界线。他示意我们降落的地方是日占区，而一星期前这里的日军刚刚撤离，所以现在是个两不管的游击区。"

他们爬上山顶，发现了一个壕沟，于是就在里面过夜。他们知道白天行动有危险，便在一个机枪掩体里躲了一天。他们还用树枝搭了一个小窝棚。

晚上，他们开始向西走。天亮时，他们遇见了一座稍微整洁一些的房子，门前有两个妇女和一个十几岁的孩子。飞行员上前打招呼，两位妇女毫无惊慌之色，还端出饭菜和茶水招待了他们。通过手语和看地图，飞行员终于证实了自己身处"自由区"。

据朱绣芳妻子金翊群 20 世纪 80 年代撰写的《抗日战争时期美机坠落鄞东经过》一文：19 日上午，"凌晨四五点，附近芦浦地方的人来咸祥镇赶集，看到山脚下有两个外国人，即到咸祥镇公所报告。不多时，看牛的农民也到镇公所报告同一情况……"。

咸祥镇镇长朱绣芳接到报告后，他假装不在意，然后悄悄地一个人徒步登上了黄牛岭。

> 朱绣芳是一个正直的爱国知识分子，又有多年主持地方事务的社会经验，顿时感到此事非同寻常。但鉴于当时咸祥一带敌我斗争复杂，犬牙交错，汪伪汉奸、密探又时常出没，所以他觉得此事不便于张扬。于是他秘密只身前往黄牛岭，途遇一牧童指引，迅速找到了飞行员。
>
> （王崇光：《不应忘却的一幕》，见《宁波文史资料》第 16 辑）

朱绣芳会说几句简单的英语。他亮明自己的身份，然后凭借飞行员手中的地图，为飞行员指了一条安全抵达游击区的路线。飞行员向朱绣芳赠送哔叽呢大衣一件，派克钢笔一支。这支钢笔至今仍由朱绣芳的后人珍藏着。

飞行员本来是向西北方向走，经朱绣芳指点，他们转向西南方向。他们发现了一个传道所，怕吓到人家，便让菲茨夫和魏德纳先进去试探，感觉他们很友好，才回来喊另外 3 人。他们要了一些吃的后，付给了银币。吃饱喝足之后，他们感觉自己"强壮了一些""勇敢了一些"，于是继续赶路。

飞行员经乐家村、竹头村，于中午到达芦浦，下面的路又不知道该怎么走了。

见有两位青年农民正在田间干活，便上前探问。

两位青年农民一个叫舒德仙，一个叫舒玉林。他们面对 5 位高大威猛、碧眼棕发的洋人，颇感诧异。经过一番比画，始知为打日本鬼子的美国飞行员。虽然离咸祥较远，但他们也听说了那边降落了一架飞机。

舒德仙和舒玉林放下手中的工具，顾不上回家打声招呼，便带着飞行员上路了。翻过虾爬岭，来到奉化的营口村。游击队索延光部就驻扎在这里。

舒德仙和舒玉林离去后，飞行员突然发现，他们被二三十个武装人员包围了。不过他们并不慌张，他们知道这些人就是朱绣芳所说的游击队。

游击队缴了他们的枪，翻走了他们的包裹、钢笔和香烟等东西，然后押着他们步行了十几公里。

雷德尼在 21 日的日记中写道："之后，我们被带到游击队首领那里，他给了我们食物。唯一能让游击队认出我们的方法，是把一张画有美国国旗的纸张给他们看。"

这一招果然有效。看到美国国旗，游击队队长态度立刻转变，他告诉飞行员说他们是抗日的队伍。于是令士兵安排飞行员的饮食和住宿。

22 日，游击队队员带他们从僻静的小径前行，在象山港畔乘上一条内河船。游击队队员说，海湾北边的城市已经被日本人控制，必须渡过象山港向南走。飞行员要求归还手枪，游击队队员坚持到宁海以后再还。

途中他们遇到了一条海盗船，上面有 5 名匪徒。8 名游击队队员和飞行员反而抢走了海盗的枪和食品。

登岸后，游击队队员将他们护送到宁海县梅林镇的一个兵营。俞济民的部队就驻扎在那里，他们对外称"长江部队"。

23 日，游击队雇人力车送飞行员前往宁海深圳镇的龙宫村。

关于飞行员的下落，有两种说法。一种说法依据宁波市档案馆所存的民国档案，认为这架飞机有 3 人先跳伞，飞行员被当地武装东钱区第一自卫大队严纪民部营救，"护送至宁海高级机关。转道赴渝，俾安全返美"。其余 2 人随机迫降。

金翅群文中说，朱绣芳"马上派人把两个美国空军接到镇公所……临别时两人紧紧握着朱绣芳的手，表示感谢。他们当即被送到沙村国民党俞济民于凤园部，渡过象山港转送到宁海宁奉游击区指挥部"。飞行员临别时"送给东钱区署警备部队中队长李森林快慢机手枪各一支"。

后来负责护送飞行员前往大市聚镇的俞济民部情报科科长王兴藻，也是这一说法：

> 1942年抗日战争中期，国民党政府的宁奉游击区指挥部设在宁海龙宫大庵。那时我在指挥官俞济民部下任情报科长。是年初夏，盟军美机群首次轰炸日本，完成使命后，因油量耗尽，向我浙东温、台、宁地区各处着陆。其中一架，降落鄞县东南乡咸祥附近，机身坠毁。
>
> 两个美国飞行员经我方派在那里的游击队发觉得救，黄夜偷渡象山港，护送来部。次日指挥部派我陪送到新昌大市聚后方办事处，再送大佛寺国民党暂九军军部，逐级护送到盟军远东总部。
>
> （王兴藻：《抗日战争时期盟军曾想利用象山港》，见《宁波文史资料》第3辑）

但飞行员的日记和报告，未有一字提及此事。同伴们分开了，不知命运如何，相互不关注是不合常理的。从当时的一张合影看，照片上共7个人，5位飞行员都在（另两人中的一位为刘同声）。

魏德纳的日记写道，大约中午时分，我们抵达深䣡，在那里遇到了刘同声。他是一位航空工程师，伪装成商人，刚刚从上海来到这里。

刘同声上身穿稍显皱巴的白西装，足蹬黑皮鞋，不算长的头发整齐地梳向脑后，一派绅士风度。

刘同声，苏北人，1935年考入清华大学航空系。1939年毕业后留校任教。他奉逃难到上海租界的父母之命去上海完婚，并参加岳父的葬礼。之后准备回昆明西南联大工作。由于无法从英国领事馆拿到经香港的通行证，只好随同几个商人走陆路。

途经宁海，刘同声住在一个小旅馆里。镇公所派人来，问他会不会英语。刘同声回答说，是的。

"他叫我收拾行李，跟他到了镇公所。我们进到镇公所的一间大厅，厅内有许多军民，并备好了3桌丰盛的饭菜。不大会儿，有人领进了5个衣衫不整的外国军人。"刘同声说。

"我没想到游击队对我们那么友好。但问题是，除了知道我们是美国人，我再说什么他们都无法理解。这很艰难。这时一个名叫刘同声的年轻人走了进来。他问我是否有什么需要帮忙的，我回答：'是的，帮我们避开日本人。'他说：'我会尽最大的努力。'"胡佛说。

刘同声：你们是美国人吗？

胡佛：是的。

游击队队长：你们是从澳大利亚飞来的吗？

胡佛：是的。

游击队队长：你们要去哪里？

胡佛从衬衫口袋里掏出一张地图，指着上面的一个黑点儿说："我们想去衢州……"

第二天，游击队队员把枪支等东西，全部还给了飞行员。

飞行员还见到了宁波市警察局局长兼鄞县县长俞济民，那桌招待客人的宴席就是他备下的。双方合影之后，俞济民把挂在身上的玉雕赠送给了胡佛。

刘同声和飞行员一起住在营房里。第二天，外面忽然有人喊他去接电话，刘同声又喊胡佛接电话。听筒里传来的，竟然是7号机组撒切尔的声音。

24日早5点30分，起床号就吹响了。飞行员吃了煎鸡蛋，喝了"味道奇怪"的咖啡，之后他们被告知，将由情报科科长王兴藻护送他们去新昌大市聚镇。——1941年4月日军侵占宁波后，鄞县在大市聚设立了后方办事处。

飞行员坐在轿子上，他们终于有心情看风景了：山谷和丘陵一派青翠，一个小女孩坐在中国流行的马桶上，一个士兵牵着一个犯人……

好像所有人都知道他们轰炸了东京，都对他们笑脸相迎。走进大市聚镇时，哨兵们站成一排向他们敬礼。

25日，又是很早出发。全程20公里，行至半程，抬米勒的轿夫就给累趴下了——米勒实在是太重了。只好换一拨轿夫。

"我们不能沿着公路或水路行进，只能穿过小径，而且大多是在晚上。这样一天也就走 10 到 15 英里。当地游击队给我们安排住宿，通常是在古老的寺庙里。"胡佛说。

在新昌稍做停留，下午 2 点 30 分出发去嵊县，改乘人力车。4 点 30 分到达嵊县。飞行员看到这座千年古城 1/3 的建筑被毁——1941 年一年，嵊县遭受了日寇 7 次轰炸。

26 日到长乐，见到了第三区行政督察专员兼保安司令裘时杰。次日，裘时杰请飞行员吃早餐，胡佛又收到一块玉佩，号称有千年历史。飞行员每人领到了 2000 元法币。

为了阻止日军坦克和卡车通过，很多人正在破坏公路，只有半边可以通行。前往 35 公里外的东阳，竟然走了一天。

28 日到义乌。29 日到金华。中国劳军组织的男孩和女孩为飞行员表演节目。

通过刘同声，雷德尼在日记里记下了这样一段歌词：

种豆得豆，种瓜得瓜，

我们心中的仇恨同样生根发芽。

我们不害怕我们的敌人，

这仇恨无法忘记。

我们将敌人一一杀去，

更少的中国人能杀更多的日本人。

中国战士们英勇无比，

我们携手共进！

飞行员乘下午 6 点的火车前往衢州，于晚上 8 点抵达。

"我们到达了衢州。那里有一个大型机场和一个招待所。我们在那里待了大约一个星期，然后两辆汽车把我们送到了衡阳……"刘同声说。

回顾从鄞县至衢县这一路的旅途，魏德纳说："在刘同声的陪同下，我们一路受到的待遇是一流的。他是一个受尊重的人。我们可以与他交谈，并能得到我们想要的东西，而不再用很多手语。我们一路上被每个将军和专员用美酒佳肴招待。"

分手的时候到了，飞行员与刘同声互说"再见"。

数年之后，他们真的在美国重逢了。1947年，刘同声赴美国自费留学，在明尼苏达大学攻读航空工程。虽然他和胡佛等人一直有联系，但他谁也没去打扰。

1948年年初，突袭队员们决定在明尼阿波利斯举行一次聚会。那里，是刘同声读书的地方。

"我事先并不知道具体地点，只知道他们要举行一次聚会。"那天，坐在教室里的刘同声拿到一份报纸，"我打开报纸，上面说杜立特突袭者的聚会将在某某酒店举行，我欣喜若狂。于是我来到酒店，再次见到了胡佛上校，还有他的两名队员威廉·菲茨夫和卡尔·魏德纳。我邀请他们去一家中餐馆吃晚饭，并邀请他们到家里来与我的妻子见面。"

在那次聚会上，经胡佛提议，突袭队员一致同意接纳刘同声为突袭队协会荣誉会员。

"我成为这个组织中唯一的一个中国人。后来，他们每年都发请帖通知我与会，我也尽可能去参加，仅有不多的几次未能成行。"刘同声说。

1975年11月，代顿国家空军博物馆举办突袭东京主题展，开幕式上，杜立特特意安排刘同声上台剪彩。

"当时中国的情况发生了很大变化，我回不去了。我在明尼苏达大学找到一份助教和讲师的工作。十年后，莱特 - 帕特森空军基地给了我一个机会，让我成为航空工程师。"

"刘同声不顾个人安危，一直陪伴在我们身边。有些道路如果我们自己走，肯定会落入日本人的手中。所以直至今天，我仍相信是他救了我的命、我的机组。所以每次见到他，我都会向他表示感谢。"胡佛说。

刘同声于1954年加入美国国籍，他在莱特 - 帕特森空军基地一直工作到退休。

刘同声有一个女儿名叫刘美远，在杜立特突袭者子女协会里，她是唯一一位华裔，也是唯一一位前辈未参加过东京大轰炸的子女。

定居美国后，刘同声曾多次回国。1971年，他回母校清华大学参加60周年校庆，参加完活动后，他特意去了一趟圆明园。1997年香港回归，刚刚动完心脏手术的刘同声坚持要回国。"回来不也是看电视吗？"女儿开玩笑地说。但刘同声一定要在中国见证这一历史时刻。

当刘同声与美国飞行员并肩行走的时候，也许他想到了，自己的祖国终将有这样的一天。

"我不会出卖祖宗"

日伪军的行动虽晚了一步，但报复来得十分残酷。

飞行员离开后没几天，驻宁波日伪军获悉坠机情况，遂派兵到咸祥镇海南乡寻找飞机残骸。村民们先是将残骸转移到球琳小学后面的院子里，听说日寇出动，又把它沉在学校后面的河里。日伪军驱使100多名村民四处搜寻、打捞，终于有人经受不住威逼或诱惑，说出了残骸的下落。日伪军搬走一堆废铜烂铁，到宁波、上海等地，炫耀他们的"武功"去了。

得知飞行员是在咸祥百姓的协助下获救的，日寇迁怒于当地民众，到处搜捕，并把抓来的几十名百姓关押在咸祥镇球山小学，捆绑毒打，烈日暴晒，活活折磨死4人。日伪军抢掠、强奸、放火，无恶不作，如野兽一般。

朱绣芳先是躲在族人朱绣帮家。那里的房屋纵横连片，均有前后门相通，便于逃跑。见日伪军不找到他誓不罢休的样子，朱绣芳又转移地方，到两三公里外的亲戚朱荣柏家躲藏。

在宁波市档案馆所存《鄞县东钱区敌伪八月七日进扰咸祥镇被害居户及损失情形调查册》中，所列朱绣芳所受损失为："所有房屋及家用什物、器具并历代遗传古器、古玩、藏书等全部被焚……损失在十五万元以上。古器古玩藏书等不计。"

那天，天刚蒙蒙亮，朱绣芳的养女龙英儿正在熟睡，被一阵杂乱的钉鞋踏地声惊醒，她起床往门外一看，荷枪实弹的日伪军正准备放火烧她家的房子。族人朱荣清快步上楼，将年仅14岁的龙英儿与她5岁的弟弟，拉进了一墙之隔的弹花店，弹花店松才阿公牵一个抱一个从后门逃出。那场大火烧掉了7户的30间房屋。

龙英儿系"龙华二十四烈士"之一、曾任中共浙江省委书记的龙大道烈士之女。1931年龙大道被害后，龙英儿被朱绣芳收养。

关于抓捕朱绣芳和焚烧朱家的房屋，据说还有另一层原因。

日伪军想在咸祥镇建立伪政权，遂命令伪营长马峰、连长周国华带队来到咸祥，意欲强逼朱绣芳、朱永川等人出山成立伪组织。

朱绣芳躲走了，他们找到了朱永川。马峰软硬兼施地说："我们正需要你和绣芳先生出来替皇军做事。现在他逃了，你可得跟我们先去见谢师长（汪伪军第10师师长谢文达）。如果朱绣芳再不出来，我们就把他的房子烧掉；你若不跟我去，同样把你的房子也要烧掉。"

朱永川不吃他这一套，回答说："我不会出卖祖宗，卖国求荣。我只有一间小屋，你去烧吧！"

马峰听了，霎时气得脸色铁青，一拳打到朱永川的脸上。后由周国华劝说，朱永川才被放过。——朱永川是咸祥镇公所事务员，周国华也曾在咸祥镇公所当过乡副队长，两人关系较好。其实马峰也是从咸祥镇走出来的。

恼羞成怒的马峰，于8月10日带领日寇放火烧掉了朱绣芳家的房子。

美国作家苏珊珊·查尔是米勒的侄女。2012年，她在接受澳籍华人王维采访时说，我叔叔米勒在2号机上当投弹手。我出生时他早已牺牲在北非。他在一次执行"水漂式"轰炸任务时，击中了敌舰上的火药，引发爆炸，连累到战机。我做了很久的功课，翻阅2号机组3人的日记，把不同的片段拼成完整的故事。他们的日记中经常提到中国百姓的友好和善良，这引起了我的极大兴趣。

20世纪80年代，苏珊珊第一次来到中国。中国人得知她的叔叔曾经参与轰炸东京，都对她十分热情。

第二次来华时，她用6周的时间，重走了叔叔曾经走过的路线，寻访知情人。她听到了很多故事，也结识了很多中国朋友。

鄱阳湖畔

"中国人很勇敢地帮助我们逃离了危险。他们也是二战中的英雄!"

*

> 1942 年 4 月 18 日夜 9 时，天空一片昏黑。因为日机和日舰近日在鄱阳湖内频繁地骚扰，都昌县城内的居民百姓一日数惊。忽然，从东北方向的空中传来一阵沉重的马达轰鸣声，城头上的守兵认为是日机来袭，迅速发出了警报。这时，飞机已飞临县城上空，城防自卫队即开枪对空射击。奇怪的是，这架飞机盘旋数周后，并未像白天的日机那样投掷炸弹，而是掉头向东飞去，转瞬间，即消逝不见了。
>
> （罗水生：《记抢救坠落鄱阳湖美机的经过》，《江西文史资料选辑》）

这架飞机就是杜立特突击队的 13 号机。在都昌上空遭遇火力，它转头向东，在夜空中兜了几个圈子后，坠入位于博爱和鼎新两乡交界处的平池湖。时值初春，湖水未涨，飞机一头扎进离岸约 200 米的淤泥中。

都昌县县长吕琨当即赶到现场，见为盟军飞机，不知如何处置，遂发急电向第三战区司令长官顾祝同、江西省政府（日占时期驻地泰和）主席曹浩森等请示。

电报刚发出去，即接曹浩森主席电命："丰密准顾司令长官皓电，据报巧午轰炸东京之美机，因气候关系，降落于浙赣境内。各部队机关对此项被迫降之盟国飞机与其人员，应注意抢救保护，希饬属知照。"

吕琨派自卫队军事科科长查启桢前往平池湖"验视处理"。与此同时，接到电令的驻浮梁的 21 军、驻波阳的 147 师，也先后赶到现场。

22 日，查启桢写来报告称：一、机陷泥中，全身被水淹没，昨经征派民工百余打捞，绳索铁丝俱断，无法掘出，除饬博爱、鼎新两乡征借巨型船只及架设天车。拟明日继续打捞。二、机篷损坏，翅沉水底，国籍与番号仍不明了。三、失物散件，经前昨两日 147 师王指挥官、21 军覃参谋均跟同登记外，并公推博爱乡代理乡长洪国栋负责集中保管。"

5 月 1 日、6 日，两度派水手潜入机舱内，"不见驾驶员踪影。遍寻附近湖岸，亦未发现尸体"。

朗埠村与卢氏祠堂

就是那口水井。距山坡约 500 米，距湖面不到 200 米。四周是乱蓬蓬的杂草和收割后的稻茬。现在是枯水期，到了夏天，上涨的湖水将会把水井完全淹没。

那位身背降落伞的洋人就站在井边。下了一夜的雨刚刚停下来，鄱阳湖上大雾弥漫。最先发现他的是一个捡粪的孩子，他吓得转头便往家跑——他因此大病了一场，卧床三四天。

但前来担水的妇人没被吓倒，她主动上前打招呼。洋人向她比画，她也向洋人比画：我家就在那边，跟我走吧！

洋人口渴难耐，他趴在水桶上牛饮了一阵，便跟着妇人回家了。妇人一边点火给他烤衣服，一边着人去报告族长。

妇人名叫七妮，是朗埠村卢月桥的妻子。那位洋人是杜立特突袭队 13 号机领航员克莱顿·坎贝尔。他是第三个跳伞的。为表示感谢，坎贝尔离开时把降落伞送给了七妮。

坎贝尔被村民带到卢氏祠堂，他惊喜地发现，投弹手罗伯特·布凯尔斯已经在那里了。族长卢善本让人弄饭来，但他们什么也不吃。直到族长的大儿子，从国外留学回来的卢斌魁走进祠堂，用英语和他们交谈后，两位飞行员确认这里不是日占区，才开始吃东西。

"我在中国跳伞时，落到了稻田边一个盛满粪便的池子里。哦，太可怕了！下着倾盆大雨，我全身都湿透了。"布凯尔斯说。

整个晚上他都能听见狗叫。闪电照亮了附近的茅屋，他不敢去敲门。第二天早晨，他走进村子，来到一个人家。一个女孩正在外面的火堆上煮鱼。"他们吃鱼头、鱼鳞，什么都吃，我不敢吃这些，只喝了一杯茶。然后，他们把我推进一间小屋里。我从未见过如此肮脏和泥泞的地方。"

机长埃德加·迈克尔罗伊最后一个跳伞，落在了潼津河西岸。凌晨 1 点多，坐在河岸边的他，发现对岸有亮光闪动，便掏出手电筒向那边晃了晃，果然有回应。他喊了一声，回答他的是副驾驶理查德·诺布洛克。

"我降落在稻田里，着陆很平稳。当然，那里到处是粪便，但我感觉很好。"诺布洛克说，"如果再有一次紧急迫降，我希望还能落在稻田里。"

当初开始为飞机着迷的时候，诺布洛克不会想到飞行的另一部分，是双脚插在恶臭的烂泥里。

"我母亲告诉我，小时候，只要能找到木头、锤子和钉子，我就会不停地造飞机。我甚至试图把它们从后院小谷仓的房顶上扔下去。1927 年 5 月，林德伯格在飞越大西洋后访问美国，我记得他直视着我，并且向我挥手。"

虽然参加突袭队的大多为年轻人，但像诺布洛克这样的新兵蛋子，也没几个。入伍前，他是威斯康星大学的学生，学习兽医。

"我们预备役军官训练营的学员要举行春季舞会，我求一位同学帮我找一个舞伴，他答应了。结果他给我找来了我未来的妻子——罗斯玛丽·赖斯。我们约会了一年左右，然后我就觉得应该为战争做点儿什么了。"诺布洛克说。

征求赖斯的同意，诺布洛克开着福特车，赶到得克萨斯的圣安东尼奥，在凯利空军基地报了名。毕业后，诺布洛克被派往第 17 轰炸机大队。

除了赖斯，诺布洛克还有一个女孩，在圣安东尼奥。每当他从一个牧场飞过时，都会有一个女孩站在院子里向他招手，他也招手。但他们从未近距离地见过面。风在吹，女孩看上去是那样单薄。

在部队前往南卡罗来纳的中途，诺布洛克顺便去麦迪森见赖斯，当他回到中队时，他得知他错过了一个秘密行动的报名。

"诺布洛克，你真不该请假。你错过了与大名鼎鼎的杜立特一起去执行任务的机会。"一位战友告诉他。

"天哪，肯定是一场伟大的战斗，那会让你成为一个英雄。你们就没人替我报个名？"他心痛地问道。

"说是一个很危险的任务，要离开美国两三个月呢。"好友说。

"三年也没什么了不起。"

"你去和中队长说说，看能不能补报。"

诺布洛克找到中队长鲍迈斯特上尉，但上尉说，太迟了，报名已经截止了。

诺布洛克又敲开大队指挥官米尔斯办公室的门，米尔斯给了他同样的回答，但答应把他放进替补名单。

"我的心都要碎了。我恳求每个人帮忙，我说只要能让我参加，以什么身份都行。碰巧有个伙计被除名，我幸运地入选了。"诺布洛克回忆说。

就这样，入伍不到一年的诺布洛克成为13号机组的副驾驶。他说13是他喜欢的数字。

现在，"幸运13"的残骸不知道躺在什么地方，但诺布洛克确认自己还活着，正从稻田里走出来。在大黄蜂号上，他曾经碰上一个不要脸的家伙，一名中士。中士看中了他的庞蒂亚克，对他说："反正你也不可能活着回来了，那辆车，50美元……"诺布洛克准备回国后，去啐那小子一脸唾沫，然后以500美元的价把车卖给他。

现在，诺布洛克暂且把飞机和庞蒂亚克放下，他要考虑的是怎样渡过潼津河。他试了几次，但天太黑，水又冰凉，他只好知难而退。于是他和迈克尔罗伊隔河相向而坐，打一会儿瞌睡聊一会儿天。

天明雨收，透过浓雾，迈克尔罗伊和诺布洛克确定了向西是鄱阳湖，于是两人各在河之一岸，向东南方向走。

诺布洛克发现不远处有一间茅草屋，推门而入。主人报以微笑，然后让座、倒茶。

诺布洛克刚端起茶杯，门忽然又被推开了，站在外面的是迈克尔罗伊。

告别这所孤立的茅草房，两人向村庄走去。路上，两人商量定，由诺布洛克先进村探看，迈克尔罗伊在村外随时准备接应。诺布洛克进村后，发现村民们既友好又好奇，这个扯扯他的衣服，那个摸摸他的脸颊。他掏出打火机点烟，村民们四散惊逃——大概他们不认识打火机，以为是什么武器。过了一会儿，村民们又都回来了。他继续玩打火机，一个老人上前来，诺布洛克便将打火机送给了他。

"我是美国人。"诺布洛克说。

见老人没反应，他又说一句："Chiang Kai-shek（蒋介石）。"

"Are you American or British?（你是美国人还是英国人？）"老人用英语问他。

诺布洛克简直不敢相信自己的耳朵。"我是美国人。"他急忙答道。

"Are you American or British?"但老人还是问这句话。

诺布洛克明白了,他听力不行,或者只会这一个句子。

他掏出地图来给老人和村民看,但他们好像什么也不知道,老人看地图的时候,竟然是倒着拿的。中国人留给诺布洛克的第一个印象,是只会点头、点头,不会摇头。

诺布洛克回来和迈克尔罗伊商议,认为村民们可能帮不了他们,便沿着小河继续向东走。

"我和迈克尔罗伊走出村庄,朝下游方向走去。一个男孩跑过来,一把拉住我的胳臂,指着下游的方向猛烈地摇头。他还模仿着机枪扫射的声音,用手捂住胸口做痛苦状向后倒下。迈克尔罗伊懂了,一定是日本人在那个方向。后来我们证实,日本士兵就在下游两英里处。是那个男孩救了我们的命。"诺布洛克说。

那个男孩带着他们往南走,进入一片树林时,突然面前出现一个持枪的士兵,枪栓已经拉开。男孩大声地向士兵喊了几句话,士兵于是放下枪,将两位飞行员带到一处营房。飞行员见到了略通英语的黄宁上尉。

在卢氏祠堂里,族长卢善本听说还有3位飞行员,他一边让人去打听,一边用西餐招待坎贝尔和布凯尔斯。很快村民前来报告,说有两名飞行员正在被送往部队,卢善本于是让卢斌魁和几位村民一起护送两位飞行员,前去追赶前面两位。他们步行一个多小时,终于看到了迈克尔罗伊和诺布洛克。

第一次到朗埠村,见到了两位当时的"在场者",一位叫卢胜祖,一位叫杨丁安,他们都是94岁。

卢胜祖说,他当时还小,挤在人堆里看热闹。他听说是用滑竿把美国人抬到鄱阳县城的。

杨丁安说,卢家两个儿子都很有出息,老大从国外留学回来,老二上过黄埔军校。

但我们没能见到卢善本之孙卢正南,他因为孙子在深圳出了车祸,赶去处理了。

陪同我们的卢红波就是朗埠人,在鄱阳县医院工作。他把他的父亲、新四军老兵卢彬写的一篇未发表的文章提供给我做参考。

……此时全村轰动并拥到那个人身边，发现是一个高鼻子蓝眼睛的外国人，穿着一身军装。他见到我们那么多人很紧张，并向我们招手作揖，嘴里叽里哇啦说的什么也没人听得懂。我们客气地把他带到朗埠村祠堂大厅里休息，叫他喝茶也不敢喝，而且神情非常紧张。因语言不通，有人想到了在上海念大学的卢斌魁（上海沦陷后回家避难的），他可能会外国话。他们一见面就谈了起来，才知道他是飞虎队飞行员，是来中国与日寇作战的，在空中飞机被击伤掉在这里的。幸好这里是一片草坪，脚有点扭伤，让村里郎中处理后没大事。端来饭菜叫他吃，他不敢吃，大概是怕饭菜有毒。卢斌魁意识到了，就先吃一口，他才敢吃，狼吞虎咽地把一碗饭两碗菜吃光了。他嘴里叽里哇啦地对卢斌魁说着什么，还竖起大拇指。卢斌魁翻译道："他说好、好，好吃，谢谢！"

弄清情况后，区乡长都来了，他们决定扎一个简单的兜子（用竹竿和摇椅扎起来的），由 4 个民工抬着送到县政府。据说县长亲自接见并坐船送往省府。朗埠村还因此受到了表扬。

过了几天，我村卢邦启在草坪上（南岸圩内）见到一把手枪，他没有见过那东西，所以不敢动它。村里卢魁元的儿子"黑疤"知道了，他念过书，由他把枪拿走了，据说是转送到县政府去了。

卢彬毕竟当时在场，虽然他的回忆与事实有出入，但翔实、生动。

朗埠村原在潼津河边的山坡上，1998 年暴发特大洪水时，经时任国务院副总理温家宝批示搬迁到现在的地方。

第二次到朗埠村，我们在察看了村庄旧址和废弃的码头后，终于见到了卢正南。卢正南现年 73 岁，老两口住在一栋二层小楼内。

"爷爷解放前就去世了。父亲去世时，我也还小，他没对我说过什么。有些事情，我还没村里人知道得多。"卢正南说，他父亲卢斌魁因家庭成分问题，备受折磨和侮辱，于 1968 年在河桥下沉水自尽。

在堂屋的桌子上，靠墙摆放着两张黑白遗像。我们以为是卢正南的父母亲，但他告诉我们，那是他的叔叔和婶婶。他叔叔卢斌贤是黄埔军校第 16 期学员，当过国军的工兵营长，在济南被俘后被收编入解放军部队。退伍后在济南一家化工厂工作，直到退休。

卢正南的祖父母和父母均没有留下任何影像，他们像水一样被蒸发了。

"他们也是二战中的英雄"

几个月前，突袭队自愿报名的时候，迈克尔罗伊也举起了手。

"机长，你疯了！阿姬（迈克尔罗伊的新婚妻子）怀孕了呀！"副驾驶诺布洛克叫了起来。

"战争对我们所有的人都不会容易。阿姬了解我的感受，她支持我参加这项任务。"

在东京，外号为"复仇者"的 13 号机，真正实现了复仇，而且有意外之喜。

到达日本海岸时，领航员坎贝尔发现飞机向北偏离了至少 60 英里，驾驶员迈克尔罗伊不得不让飞机重新回到海面，向南飞行，一个多小时后再转向陆地。他们的目标是横须贺海军基地。

诺布洛克突然高兴地叫了起来。他看见几艘巡洋舰停在海港内，但真正的"大奖"，是那艘正在改装成航空母舰的大鲸号（改装后更名龙凤号）。

"我已经在大黄蜂号航母上把照片看了很多遍，所以我清楚这个海军基地每一个工厂的具体位置。这里就像是我自家的后院。"布凯尔斯说。

飞机无视日军的地面炮火，以每小时 200 英里的速度，向鱼雷工厂和干船坞冲去。几分钟之内，布凯尔斯把 3 颗爆破弹和 1 颗燃烧弹全部投出。顿时，整个码头陷入一片火海。

炸弹不仅把船坞撕开了一个高 26 英尺、宽 50 英尺的大洞，而且击中了大鲸号的左舷。这个损伤，至少使那艘航空母舰下水的时间推迟 3 个月。

抵达中国海岸时，飞机在 6300 英尺的高空，继续保持着 200 多英里的时速。机长和领航员没意识到，他们已经飞过了衢州。等发现这一情况，往回飞已经无法到达了……

朗埠村位于鄱阳湖东北岸，距鄱阳县城 30 余公里，位于西南方向的南昌早已被日军占领。

黄宁在一个村子里把他们安顿下来，随后派人到处去找被子和毯子，弄吃的，但士兵们带来的饭菜完全不合飞行员的口味，他们想吃鸡蛋。好不容易找来几个鸡蛋，诺布洛克放在炭火上烤熟，分给同伴吃了。

最后一位，降落于花果园村蜡烛山的机械师兼机枪手亚当·威廉姆斯，膝盖轻微受伤。半个多小时后，他也被另一群村民送到了这里。

飞行员会齐后，黄宁与他们在户外合影。照片由诺布洛克拍摄，所以他不在里面。天在下雨，但雨好像不大——照片上6人，黄宁、坎贝尔和迈克尔罗伊打着伞，剩下3人则不打。身穿军大衣，手持拐杖的黄宁看上去瘦削、精神，甚至有几分秀气。

第二天下午，黄宁准备护送飞行员前往县城。他找来了几匹马给飞行员骑，但那些马过于矮小，飞行员骑在上面，两腿拖地，非常不舒服。

到了下一个村子，飞行员看见有人抬着几个"安乐椅"来了——把两根木棍绑在摇椅上，村民们称它为"兜子"，就是卢胜祖所说的"滑竿"。

从黄宁与飞行员的合影看，坎贝尔、迈克尔罗伊、布凯尔斯都是又高又大，身子最矮的威廉姆斯，也够粗壮。村民两人抬一个兜子，步行前往鄱阳县城。黄宁亲率100多名士兵随从护卫。

当晚，他们在一个村庄里过夜。再上路的时候，抬夫很快便体力不支。黄宁想出一个办法，他让几个士兵打前站，在下一个村子找好抬夫，一个村一个村地排下去，一场抬人接力开始了。诺布洛克有两个中国男人那么重，他不好意思让大家费气力，坚持自己走完了一多半路程。

到达县城外，却突然让队伍停了下来。大家都感到诧异，站在路上面面相觑。

飞行员心烦气躁地等了一个多小时，听见城里传来一阵嘈杂之声，他们突然发现自己已经置身于游行队伍之中。一支乐队一边行进，一边吹奏着《星条旗永不落》。当得知乐队为赶练这支曲子昨夜一宿没睡后，飞行员非常感动。

布凯尔斯说："他们还专门制作了一面美国国旗！当听到他们演奏美国国歌时，我们5个人都激动得流泪。我们被抬着，走在队伍的中央，穿过这个30万人口的城市。家家户户的房前都挂着横幅，上写着'欢迎勇敢的美国飞将军''第一次轰炸东京''美国和中国统治太平洋'。游行持续了好几小时。市民们一边燃放鞭炮，一边欢呼雀跃。"

> 最前面的一人，穿着像样的军装，后来飞行员搞清是位准将……后面
> 两人身着美国服装，一位是来自密歇根大学的艺术家，鄱阳群众集会秘
> 书，名叫蒲秦湖；另一位毕业于哈佛大学上海分校，姓瞿。
>
> ……飞行员跨过一座桥，走到瞿先生的住宅。邻近的天主教会送来丰
> 盛的晚餐，有鸡、马铃薯泥和馅饼，还有米酒。宾主间进行了数以百次的
> 敬酒，飞行员醉意不浅，连怎么上床睡的觉也不知道。
>
> （王国林：《1942：轰炸东京》）

第二天飞行员前来答谢的时候，教会又安排他们用大木桶泡澡。飞行员刚在热水中蹲下，听见外面响起了防空警报声。

那天，天将黑的时候，两位会说英语的中国人——其中一位姓胡，将飞行员们带到鄱阳湖边，一只游船已经等候在那里。飞行员们登船后，游船沿着沼泽水域隐蔽前行——除了县城附近，鄱阳湖已大部分被日军控制。未走多远，便听见头顶传来一阵轰鸣声，是巡逻的日军飞机。

"注意！隐蔽！"胡翻译喊道。

大家纷纷跳上岸，伏于草丛中，等到日机飞远才重新登船前行……

1988年，坎贝尔再次回忆起那段经历。"日本人会杀掉每一个营救、帮助过杜立特突袭队员的人，但中国人很勇敢地帮助我们逃离了危险。他们也是'二战'中的英雄！"坎贝尔说。

另一次大营救

两年之后，1944年8月，在鄱阳湖畔，又发生了一起营救美国飞行员的行动。中国军民以血的代价，从日占区将7名美国飞行员救出。

8月17日，第14航空队派出18架战机，轰炸赣北日军重要补给线南浔铁路。战斗中，一架B-29轰炸机被地面炮火击中，8名飞行员中，卡尔·卡斯特最先跳伞，不知下落，其余7人——副驾驶杰克·库伯斯、机枪手约翰·威劳克、投弹手维恩·韦德和泰德·凯文尼、领航员吉姆·巴特勒、工程师莱瑞·金、摄影师卡尔·米

德尔卡普，降落在星子县孔家山一代。

6人平安落地，只有凯文尼在稻田里着地时大腿被刺伤。正在田间劳作的两位村民跑过来，帮他包扎伤口。

看到降落伞，孔繁德带领一支游击队从庐山南麓的康王谷赶了过来。当时飞机仍在燃烧，火光冲天。

伏在树丛中的孔繁德问一位名叫发公公的队员："他们是什么人？"

年轻时在庐山帮洋人做过饭的发公公回答："好像是美国人。"

"美国人是日本一边的，还是我们一边的？"

"开战两年多了。美国人打日本人，是我们这边的。"

"救下他们！"孔繁德命令道。

当他走上前时，一名飞行员举起了一个牌子，上写"我是美国人"5个中文字。

游击队队员将四散的飞行员集合起来，然后兵分两路，一路放着枪，引诱鬼子向蓝桥方向追去，一路带领飞行员向相反方向的老虎山转移。

为了方便沟通，中队长孔繁德找来了同乡陈焕文。陈在全英文教学的上海圣约翰大学读过书，能流利地进行英语对话。

闻讯赶来的日军看不到飞行员，开始四处搜索。

老虎山十分险峻，山道陡峭崎岖，又阴湿多苔。走不惯山路的飞行员，不断有人滑倒，有伤踝骨的，有扭筋的，个个眉头紧皱，龇牙咧嘴。

飞行员说："我们实在走不动了，你们先走吧，免得一起遭殃。"

副大队长唐明球摇了摇头说："那不行！你们舍生忘死，为帮助我们遭了难，只要你们的脚尖踩在中国的地界上，我们就有保护你们的责任。"

中队长唐明林把坐在地上的飞行员拉起来，说道："我们驮，也要把你们驮到山上去。"于是队员们一个个蹲下，每人一个飞行员，伤的没伤的全都背了起来。飞行员流下了感动的泪水。

游击队还提前准备了人丹、八卦丹和万金油等药物。一位飞行员途中患病，高烧不退，游击队想方设法弄来了20支维他赐保命为他注射，使他很快得以痊愈。垄里百姓杀鸡送蛋，纷纷前来慰劳。

在老虎山躲避了几天后，又转移到山高林密的游击队驻地庐山垄。19日晚到达督里前村。过了两三天，得到消息的日军派兵包围了庐山垄。

游击队向上级请示，都昌区政府派反敌行动大队队长钱浚率100多名游击队员前来接应，之后沿山间小径向山南前行。26日，经过尖峰山下"尖门口"翻译陈焕文家时，陈家杀鸡宰鹅，招待了飞行员。

27日夜，他们穿越日军控制下的九星（九江—星子）公路，抵达鄱阳湖畔的神灵湖。

游击队找来两只小船，携一挺机枪、12支步枪，登上了小船。飞行员是由桂纯贤等村民赤足涉水，背上小船的。小船趁日军舰只巡逻的间隙划向对岸，到达都昌的老爷庙附近。

29日天亮前，在多宝乡陈浪村，接应人员用轿子将飞行员转移到星子县政府所在地——三汊港杨家山（九江沦陷后，各区县政府，分别驻都昌和武宁）。

2013年被授予'抗日英雄'称号的余德文，当年就是游击队的一员。"那时中国的空军力量薄弱，美国飞行员对我国而言是一支非常宝贵的力量。"余德文说，日军为抓获飞行员，集中力量封锁庐山，他们绝想不到我们会走水路。结果仅仅用了几小时，飞行员们就被安全转移了。

星子县县长张国猷宴请了飞行员，并与他们合影留念。这时已是8月30日。从照片上看，经过半个多月的磨难，飞行员个个疲惫不堪，骨瘦如柴。

之后，由省政府安排，翻译陈焕文陪同飞行员经都昌、乐平、余江至赣州，再由飞机接回重庆。

历时28天的营救结束后，第六战区奖励参与护送的游击队16支勃朗宁手枪。

为了报复，日伪军300余人，于9月19日包围了驻扎在上头王村的反敌行动队。因钱浚外出，副大队长唐明球率20多名队员与敌人展开血战，伤亡惨重，唐明球和中队长唐明林壮烈牺牲。

1988年，九江仪表厂总工程师李琴仁到美国留学，偶遇当年被九江军民营救的投弹手泰德。得知消息后，九江市政府向泰德发出了访问邀请。

1988年、1990年、1992年，年近古稀的泰德3次到访九江，与尚健在的相关人员见面，并到故地探访。

一块飞机残片

"我们知道，我们将要为杜立特那架飞机干的好事付出代价！"

我在宜黄县档案馆一无所获。教堂是 20 世纪 80 年代重建的，主事对 1942 年发生的事——那场营救和随之而来的报复，也一无所知。

在浙江杭州的淳安、台州的三门、丽水的遂昌、衢州的江山等地，我们查找到很多原始档案，关于修建衢州机场和营救美国飞行员的，关于浙赣战役和细菌战的……

福建崇安（现武夷山市）只坠落 1 架 B-25 轰炸机，营救出 3 名美国飞行员，但当地档案馆编辑、印制了《1942 美机迫降崇安事件》一书，收入当时的相关电文和函件等多达 53 件。

但宜黄仍有当事人健在，他就是百岁老人邓友文。当年正在读中学的邓友文，还记得飞行员来中学的情景：他们看了学生使用的英语课本，与学生用英语对话，在操场上和学生玩篮球。

9 号机的目标是东京，汽车厂、煤气厂、电器工程公司和坦克制造厂是他们的投弹点。

> 沃森在飞越东京时遭到不少防空炮火，他不住地往后看机翼，等着上面冒出两个大洞。他炸到一座坦克制造厂，还有其他目标。但一路上有三艘巡洋舰发现了它，朝他开火。它的飞行高度很低，一颗炮弹落在旁边的海里，溅得飞机上都是水。
>
> 斯科特中士是沃森飞机上的机枪手，资历老练，在陆军航空队有 20 年的经验。他们还处在投弹的高度时，他就打退了后面跟上来的飞机。等巡洋舰跟上来，斯科特便把他的机枪掉转过来。但是相比之下，他的火力只能算得上玩具手枪，不过他的这一仗打得不容小觑，那艘巡洋舰上的船

员是永生不会忘记的。

（泰德·劳森：《东京上空 30 秒》）

哈罗德·沃森是驾驶高手。在艾格林机场集训时，要求飞行员驾驶载重 20000 磅的 B-25，在 350 英尺之内起飞。沃森学得很快，他一上来就以每小时 62 英里的速度，将载重 26000 磅的飞机升空。

从大黄蜂号上起飞前，技术人员正在给他的飞机更换火花塞。"当警报响起时，我发现飞机左引擎的罩子已被拆开，所有的火花塞都在外面。直到前面一架飞机发动引擎的时候，我们的最后一片引擎罩才被装好。"

沃森也很会省油，竟然深入中国内陆 300 多英里，飞到宜黄时燃油指示灯才亮起来。

幸好他没像 16 号机那样偏到南昌，否则也将面临悲惨结局。

领航员告知他，离衢州已经偏离很远，不可能飞到了。沃森于是决定弃机跳伞。

第一个跳伞的是机枪手兼机械师埃尔德雷·斯科特，在走向机腹的舱门时，没忘了将香烟和威士忌酒带上。他是面朝机舱跳出的，跳的一刹那，他迅速地拉开伞绳。

"我还没来得及害怕，我的降落伞就被树枝抓住了。伞绳一荡，就把我抛到了一个理想的平台上。"斯科特说。

他掏出了火柴——倒不是烟瘾上来了。他擦亮一根火柴扔出去，但很快就被雨水浇灭了；他又扔出点着的香烟，这才发现自己离地面很远。

他不敢擅动，抽几口烟，喝几口酒，就挂在树上睡了一觉。

天亮后，他向下看，发现他栖身的那棵树，正好在悬崖的边上。这证实了他昨晚的猜测。他攀树而下，爬上崖顶，但视线之内没有人迹和村庄。

他知道中国最多的就是人，不怕遇不到他们，于是沿着一条溪流一直往西走。

直到下午 3 点，他才来到一个农舍。通过比画，他得知有两位战友刚刚从这里离开，向村庄那边去了。主人什么也不问，便盛了米饭给他吃，下饭菜是腌辣椒。

半小时后，他终于追上了副驾驶詹姆斯·帕克和领航员托马斯·格里芬。

他们都没碰到麻烦，都"柔和地"着陆了。格里芬降落到梅杏乡官山村，他看见一所小学，教室里挂着孙中山和蒋介石的画像，他这才放下心来。他饥肠辘辘，向村民买吃的，并指指路边的母鸡，有个村民终于明白他想吃鸡蛋，便回家煮了几个拿来。有人看见格里芬掏出美元向村民付了款。

三人见面后，沿着小溪继续走。经过一个农舍的时候，村民邀飞行员进去，点火让他们烤衣服。

脱衣服的时候，他们把枪放在了桌子上。"突然，一名军官出现在门口，他一手拿着一卷纸，一手握着手枪。"帕克说，"我们转身去找枪，发现它们已经不在桌上了。"

飞行员被关在这间农舍里过了一夜。第二天，军人叫来了两名中英文都会说的传教士——摩尔和董恒爱。与飞行员对话后，传教士告诉士兵：他们是美国飞行员，刚刚轰炸了"矮人之国"。

囚犯转眼间变成了英雄。

于是雇了轿子，将三人抬到了宜黄县城，并安排他们下榻在一个大宅院里。

> 沃森体重超过 200 磅，摸黑在午夜的大雨中跳了伞。他掏出手电，按下开关朝地下照去，他希望在降落时，身体能做好准备。但手电的光柱，无法照到那么远的地方。
>
> 他突然担心降落伞没有打开，或者出了什么问题，或者承受不起他的体重，他马上用手电向上照，看见一顶白色的大伞在头顶张开了。
>
> （《东京上空 30 秒》）

但他看见的不止这些。他的右臂直指天空，缠绕于降落伞的缆绳间。在跳伞的兴奋中，他都没有感觉到右臂被缠住。他把手臂拉下来，把右手的大拇指咬在嘴里，以固定这只胳膊。

沃森开伞太快，自己的身体又太重，猛地一拉，肩部脱臼了，疼得他大叫起来。

他落到了河里。他忍住疼痛解开降落伞，从急救包里找出一针吗啡，隔着衣服注射到肩膀上，疼痛才得以缓解。爬上岸以后，他昏厥过去。醒来后，发现自己正躺在房子里的一张床上，床下放着一盆炭火。村民正在给他包扎伤口，烤衣服。他昏迷了 15 小时。

沃森无法得知村民姓什么，也无法让村民知道自己是谁，但村民热情地挽留他，沃森就在他家里住了一晚上。

第二天，沃森看见有人挎着装满纸张的篮子从房前经过，感觉他要往城里走。他道了谢，把降落伞留给了那家人，便跟着卖纸人离开了。

投弹手维恩·比热尔的经历颇像一部大片。他不是被军人，而是被土匪俘虏了。他假装很乖地待了几天，趁土匪不备，他逃了出来。

> 方正鹄县长代表政府和全县民众前往慰问，并设西宴款待。说起来举行西餐宴会又是一件新鲜事；谁也没见过，还是请董神父指导安排菜谱，有的菜还是他亲手做的。很多人都来窥看会餐盛况，美空军飞行员也觉得很满意，望着大家笑。
>
> （邓友文：《曹水乡马鞍山坠机事件》）

9 号机坠毁于城南马山八十岭的半山坡上，县政府派人带飞行员前往查看时，邓友文跟着村民一起去凑热闹。他看见 3 个巨大的螺旋桨在烂泥田里东倒西歪地躺着，螺旋桨的叶片比人还高，被摔得伤痕累累的机身还在燃烧，浓烟滚滚。

"县自卫队队长吴勋民、分队长吴畴，县政府科员吴国熙、雇员许发林和曹水乡第七保保长许顺良，梅杏乡第二保保长游元生等 20 余人，从机身上拆下来一挺双管自动机枪，吃力地往山上拖去。那机枪的子弹足足有竹筷子那么长。我们一些学生拾了一些有机玻璃碎片，拿回来刻图章，还捡了一些小滑轮做玩具。"邓友文说。

当飞行员赶到现场时，飞机上的许多设备还相当完好，格里芬的公文箱也没被动过，他从里面取出了衣服和其他要用的东西。

在接下来的一周里，飞行员成为宜黄街谈巷议的话题。传教士们每天都在忙着准备用于招待的西点和酒水。

4 月 23 日，驻南城的空军第 91 航空站派人来接飞行员，县里雇了 5 顶轿子，并请董恒爱神父一路做向导和翻译。他们于 25 日抵达南城。

当天，他们又离开南城前往泰和（此时为江西省临时省会）。

> 沃森肩膀严重脱臼，到南城后，教会的人不知道具体原委，只知道是跳伞时受的伤。他们想帮他正骨，但没有麻药。于是他们给他喝了不少威士忌，等他醉醺醺的时候，一位传教士问他能不能换个椅子坐。沃森走到房间另一头，刚要落座，那位传教士一把抓住他的胳膊，趁他全身下坠的力道，猛地把他的胳膊往上一抬。他想用这种办法使脱臼复位。由此产生的剧痛，即使喝了酒也无济于事，沃森当即昏了过去。第二天他醒来时，胳膊仍然疼痛万分。

> （《东京上空 30 秒》）

轿子终于换成了卡车。5 月 14 日，飞行员到达衡阳。等候了几天，他们终于乘上了飞往重庆的飞机。

斯科特后来写道："日本人出动军队，在地面和空中搜索我们。每天都有一架侦察机飞临上空，有两天轰炸机随行，把炸弹扔到城里。对我们来说这仅仅是战争的开始，而中国人民付出的代价比我们美国要大得多。"

范登堡是临川传教团的牧师，他从广播里听到了东京遭到轰炸的消息，接着从波阳（今鄱阳）和宜黄发来的信件，令他忧心忡忡：两地的传教士都积极参与了营救美国飞行员，而日军就驻扎在不到 100 公里外的南昌，残酷的报复随时可能到来。

一个大雨滂沱的凌晨，日本兵砸开了传教士住所的大门。

"美国人在哪里？"日本兵逼问约瑟夫·奎神父。没得到满意的回答，他们于是捣毁了教堂，把贵重物品一抢而空。

神父们开始逃跑。范登堡说："子弹从我们的头上呼啸而过。我们逃跑时，抬头看见半山腰上杜立特的一架轰炸机的残骸正在闪闪发光。这是个可怕的景象，我们知道我们将要为那架飞机干的好事付出代价。"

董恒爱神父在山里躲了 10 多天，听说日军已经撤离，他才返回宜黄。"我们一进到城里，看到的是毁灭的景象，闻到的是末日的气味！野狗成群，它们的主人要么出逃要么被杀，没有人给它们喂食。大蛆产生的苍蝇像暴风雪中的雪片一样密集。"

奎因主教、史密斯神父等人看到了同样的场景：

"几乎没有人得到被一枪打死的慈悲。很多人被日本人用刺刀捅死，有两个人作为'人体蜡烛'被烧死。总数无法确定，因为无人生还。"

"一个整月日本兵都留在南城，大多数时间穿着内裤在铺着碎石的街道游荡，大部分时间都喝醉，总是在找女人。"

"在临川，日军士兵把一户户居民投入井中，让泡胀的尸体污染整个村子的饮用水。"

"在奎宜镇，日军士兵强奸了镇长的侄女 12 次，把她扒光后绑在一根柱子上，用香烟烫她的下体。"

"只有一种罪行没被提到——吃人。除此之外的罪行，任你想象，你不会弄错日军野蛮的本性。"

日本人对那些被发现帮助过杜立特突击队员的中国人，进行了最残酷的折磨。

在南城，士兵强迫几个给飞行员提供过食物的人吞粪便。然后让他们 10 个排成一列，进行"子弹比赛"，测试一颗子弹会在击穿多少个人之后停下来。

在宜黄，日本人找到了马恩林，他曾把受伤的飞行员哈罗德·沃森接到家中救治。士兵们用一条毯子把他包起来，绑到椅子上，浇上汽油，强迫他的妻子点火。

牧师查尔斯·米厄斯后来写道："杜立特们没有意识到，他们出于感激送给好客的救助者的小礼物——降落伞、手套、5 分硬币、10 分硬币、香烟的包装——将会在几周之后，变成飞行员来过的铁证，给他们的朋友带来折磨和死亡！"

邓友文曾亲历 1942 年 6 月的那场大屠杀，他的父亲就是被日本鬼子杀死的。"当时他躲在槎下村亲戚家，亲戚全都逃跑了，而他由于行动吃力，未及逃跑。几个日寇冲进他的住房，拉着一妇女强奸，他慌慌张张跑出房门，正被他们撞上了。日寇恼羞成怒，朝父亲的背上捅了一刀，父亲当即倒在血泊中。"

在中国坠毁和迫降的 B-25 轰炸机，大部分由中国军民拆卸运走，或被附近村民捡走，其零部件有的被二次使用，有的被当作废品卖掉。

在 1990 年之前，只有一块飞机残骸回到了美国，现已成为有关杜立特行动的重要档案和纪念物。

这块残片即来自 9 号机，它是由米厄斯神父带到华盛顿的。1944 年 7 月 2 日，米厄斯通过南京教区副主教余平，将这块残片送给了罗斯福总统的夫人。余平对她说，为纪念三"7"日，我把这块残片献给您。7 年前的 7 月 7 日，日本人把战争带到了我们的土地。她希望罗斯福夫人记住这一点。

格里芬是唯一一位后来又回到中国的 9 号机飞行员，而且是两次。第一次是 1983 年，他访问了北京、上海和重庆。但当格里芬提出想回宜黄看看时，他被"很礼貌地拒绝了"。

2005 年 9 月，在抗日战争暨世界反法西斯战争胜利 60 周年之际，受中国政府邀请，他与 1 号机副驾驶科尔，以及几位飞虎队队员一起，作为参战老兵来华参加了庆祝和纪念活动。他还带上了儿子汤姆·格里芬。

在纪录片《动荡的历史：美国、中国与杜立特突袭东京行动》中，汤姆·格里芬谈到了那一次中国之行：

"大巴经过城镇，中国老百姓看到了车上的标语，开始鼓掌。整个城镇的老百姓都出来迎接我们，无论走到哪里，老百姓都非常热情，非常非常热情！"

"我们衢州见！"

他们在并不适当的时候，降落到适当的地方。

所有写故事的人都忌讳平淡无奇。但我们设身处地想想，那些故事中的人物，他们喜欢冲突、磨难甚至牺牲吗？

在营救杜立特突袭队员的行动中，有惊险和战斗，如7号机；有曲折和艰难，如15号机；有身陷囹圄和被难，如8号机、16号机。

但也有平淡无奇，如10号机、12号机。他们在并不适当的时候，降落到适当的地方。

当站在千岛湖畔，面对绿岛和万顷水波时，我们感觉到所要追寻的情节和人物，都已经像遂安县城一样，沉入湖底了。它们像鱼一样游来游去，有时浮上水面，但转瞬即逝。

新安江万古奔流，但到了1955年，它被截流了。那个后来被称为千岛湖的水库，淹没了浙江遂安、淳安两县大片土地，29万人被移民。当时的说法是："多带新思想，少带旧家具。"

遂安县城狮城，如今正静静地躺在30多米深的水下，与其相伴的还有贺城、威坪、港口和茶园等古镇。

当地老人回忆说，狮城距离截流大坝较远，城里人根本想不到大水会来得那么快，根本就没来得及搬东西。

那些民国档案肯定是搬了，至少是搬走了一部分，要不今天在淳安县档案馆，就什么也查不到了。

据说，在狮城北门后山上，曾经悬挂过一口古钟，重达1500公斤。古钟为元代至元十六年（公元1279年），由遂安洞神宫道士黄智元所筑，击之声闻十里。抗战时期，古钟曾用来敲响空袭警报。当杜立特突袭队的B-25飞临上空时，遂安人显然没把它们误当作敌机，因为人们没听到钟声，只听到山野间搜寻者们的脚步。

据原淳安县县长沈松林、遂安县县长高德中之子高柏英 20 世纪 80 年代回忆，1942 年 4 月 18 日，即 B-25 轰炸机飞临中国的当天深夜，两县县长都接到了第三战区司令长官顾祝同的急电，要求尽快采取行动营救美国飞行员，两县立即组织了自卫队员和警察上山搜索，遂安还把中学里一位教英语的教师请来。那位教师边走边喊：

"请盟军放心，这里是安全地带，不是日占区！"

10 号机的成员均来自第 89 侦察中队，成员有驾驶员理查德·乔伊斯、副驾驶路易登·斯托克、领航员兼投弹手霍姆斯·克劳奇、投弹手埃尔默·拉金和机枪手埃德温·霍顿。他们轰炸的主要目标是位于东京南端的日本特殊钢铁公司。

从大黄蜂号上起飞一个半小时后，乔伊斯就迎见了日军一架双引擎巡逻机。"它立刻冲出云层来追击我们。我加大马力把巡逻机甩在了后面，它并没有向我们开火，但我肯定它认出了我们是敌人。"乔伊斯回忆说。

当轰炸机飞临目标上方，正准备投弹时，乔伊斯看见有一艘航空母舰正从横须贺基地驶出，接着便开始向他们开火。乔伊斯一边躲避，一边下令投弹。炸弹击中了一个码头、一栋工人宿舍和日本铁道部供应局的服装厂，9 栋 16 个单元的建筑被夷为平地。

这时，有 9 架敌机出现在轰炸机的上方。乔伊斯面临上下夹击，他把飞机拉高并加速至每小时 330 英里，机枪手霍顿不停地射击，以阻止敌机贴近攻击。敌人的机枪子弹射穿了轰炸机左侧的机翼。

乔伊斯通过不断拉高和降低飞行高度，终于摆脱了敌机。但飞到相模湾时，又遭遇地面防空炮火和 3 架战斗机的缠绕攻击。乔伊斯再加大马力并以每分钟 2000 英尺的速度把飞机拉高，向中国大陆方向飞去……

领航员克劳奇说：

"当飞抵中国时，天气很糟。漆黑的雨夜，只能隐约看见下面是山区，根本找不到可以着陆的地方。

"乔伊斯用对讲机对大家喊话：'我认为油最多还能再飞一刻钟，看来必须弃机。霍顿先跳，然后是拉金、克劳奇和斯托克。'他又特别叮嘱拉金：'注意等霍顿跳出之后，你再打开舱门，以免碰到霍顿。'

"最后乔伊斯喊道：'跳吧，伙计们！我们衢州见！'

"接着，霍顿高声应道：'谢谢，长官！我跳了。祝大家好运！'

"对于这个机组中年龄最大，平时又很腼腆内向的机枪手，突然这样大喊一声，真让大伙儿吃了一惊。看来从大黄蜂号到中国这14小时的经历，对他触动太大了。"

10号机毁落于遂安县连岭语源塘。

天亮时，降落在巧塘的一名飞行员被当地村民发现，当即被护送到鲁村保长詹时扬家。村里很多人赶来看热闹，明知说什么飞行员也听不懂，大家还是热情地打招呼。为避免打扰，詹时扬将飞行员引入客厅。飞行员抬头看见墙上所挂孙中山和蒋介石的画像，顿时面露笑容。

詹时扬正陪飞行员喝茶，忽听外面又传来一阵喧闹声，出门去看，原来是枧头村保长王理纯带了一名飞行员过来。两位飞行员一见面，紧紧拥抱在一起。

有人把小学教师詹百一喊来，想通过他问一些情况，但詹先生仅能认识一些英文单词，口语根本不行。但通过詹百一，他们总算弄清了飞行员是美国人。

主人备好酒菜，并留王保长陪客。谁知饭菜端上来后，飞行员什么也不吃。詹时扬便叫家人拿几个鸡蛋出来，当着飞行员的面煮熟了，递给飞行员，飞行员接在手里自己剥壳，每人吃了两个。

这两名飞行员就是克劳奇和霍顿。

倒数第三个跳下的克劳奇，着陆之后先爬上一个小坡。他感到很冷，想盖上降落伞睡一觉，但降落伞缠在树枝上，怎么也扯不下来。

天明之后，他来到一个村庄，手拿地图向村民问路，村民们也不问他是谁，便把他带到了保长家。

午饭后，詹时扬派人把飞行员护送到乡公所。乡公所工作人员汪小榜能说几句英语，通过对话，得知正是县里要求营救的美国飞行员，当即派自卫队员送往狮城。

克劳奇说：

"我从云层里出来，瞬间在一个陡峭的斜坡上落地。我站不起来。已经14小时没吃东西了。我解开安全带……我穿着梅·韦斯特救生衣，我把它脱下来，做成一个小床垫，然后盖着夹克躺下。

"外面下着雨，天气很冷，我只能睡一小会儿，醒来时冷得浑身发抖。

"下了山，我走进一个村庄。村民们把我带到保长那里。我拿出地图，告诉他们我要去哪里，保长给我派了一个向导，我们就出发了。当我们来到另一个村庄时，一个中国人跑出来，把我带到一所学校。那里有一个美国飞行员正在看书。那是霍顿。"

"这些村民像搭积木一样地组装了一个轿子，前面挂上蓝色的布帘。每顶轿子由 4 个抬夫抬着，抬夫走累了，护送我们的士兵就到田里再叫几个来。"

当天，巧塘村民上山割草，捡到了降落伞，背回来交给了村里。飞机残骸在啸天龙找到，由县政府派人守护，等待军方派人前来拆卸。

与此同时，遂安派出的自卫队员和警察也有收获，他们找到了 3 名飞行员。

这样，到 4 月 19 日中午，遂安这边已经营救了 6 名飞行员。

飞行员当天下午被接到县政府，通晓英文的县长高德中与他们亲切交谈，见飞行员衣衫又脏又湿，便给他们每人分发了一套中国军服。宴请过后，高德中又请来医生为他们查体疗伤。

之后，12 号机组另 3 名飞行员也被送到了狮城。这样，两个机组 10 名飞行员中，已有 9 人获救，唯独不见 10 号机驾驶员乔伊斯。

12 号机坠毁于江西省婺源县梅林乡的江北湾上，但飞行员跳落到了浙江淳安、遂安和安徽歙县。

机组成员有驾驶员威廉·鲍尔、副驾驶萨德·布兰顿、领航员威廉·庞德、投弹手沃尔多·比热尔和机枪手兼机械师奥摩·杜奎特。

在大黄蜂号航母上，"行贿"的美元曾经瞄上 12 号机。

"突袭东京行动中我最鲜活的记忆之一，就是一群人为了能去送死，愿意每人支付 150 美元。这些人用上了他们所知道的所有方式乞求，想要挤占轰炸机上的一个席位。"布兰顿说，那些手里挥舞着大把钞票的候选者，没有一个得逞。

12 号机的轰炸目标是横滨造船厂。临近造船厂时，他们发现空中遍布防空气球，于是改变目标，准备就近轰炸小仓炼油厂和码头边的一个大仓库。

找到目标后，鲍尔下令比热尔投下了第一颗炸弹。但他们炸中的是日本石油公司，摧毁了 6 根地下输油管道。第二枚炸弹落在了通向码头的两根铁轨上。另外两枚分别击中了昭和电器厂和日本钢管厂。

投下最后一颗炸弹后，12 号机保持着极低的高度，快速离开那片水域。但鲍尔马上意识到，这样飞行燃油会很快耗尽，于是他把油门杆往回拉了拉，将速度降到每小时 140 公里左右。

"就在我们将航线调整为飞往中国时，天气开始恶化。我们陷入困境，不过幸运的是遇到了顺风。"鲍尔在报告中说，"我们在约 10000 英尺的高度飞行了六七小时。我们明白，当我们飞越日本最南端后，我们就有机会活下去。"

当仪表盘上的红灯开始闪烁时，鲍尔命令跳伞。这时飞机仍在 8000 英尺的高空，飞行姿态调整得也很好。跳伞很顺利，只有比热尔忙中出错，他的伞包突然爆开了，必须重新把降落伞包好，不过耽误的时间不长。

鲍尔以为他们跳伞的地方离衢州机场只有几英里，其实有 100 多英里。

"这是我第一次被丝质降落伞挂着向中国大地飘落。当我的双脚触及地面时已经接近午夜，此时距离我们起飞已经过去了 15 小时。雨下得真大，真是个悲惨的雨夜，好在我还活着。疲惫不堪的我卷起降落伞，在一棵灌木下沉沉睡去。当我醒来时，我发现了我的队友。当地的中国人和 10 号机机组成员一起接应我们。"鲍尔回忆说。

飞行员降落的地方，位于遂安县西南方的铜山村、荷家坞村和窄坑村附近。

机长鲍尔被村民们带到枫树岭，接着庞德、布兰顿、比热尔也被村民送到这里。他们在枫树岭住了一晚。

杜奎特降落在荷家坞砚家村附近一个名叫显眼谷的地方。他腿部受伤，在茶园里坐着。村民王木寿发现了他。见他走路很困难，王木寿和其他村民一起自制了一个滑竿，把他抬到家中。

王木寿的母亲胡满英和村民汪耀香一起照料杜奎特，帮他擦洗、包扎伤口，做饭给他吃。19 日晚，杜奎特就住在王木寿家。20 日早晨，杜奎特被村民抬到枫树岭与鲍尔会合。

当飞行员到达遂安县城时，发现有 7 名同伴已经在那里。

高德中与 10 号机组、12 号机组成员合影留念。两个机组总共应该有 10 名飞行员，但从照片上看，只有 8 人；如果是飞行员负责拍摄，也只有 9 人。

遂安县分两批将飞行员送到衢州。第一批 4 人，22 日中午到达；第二批 5 人，

23 日到达。但乔伊斯依然不见踪影。

乔伊斯降落在浙皖两省交界处的连岭语源塘。当他还飘在空中时，他眼见自己的飞机撞上了山崖，爆炸起火。他的心里十分难受。

> 次日早晨，不再下雨，周围仍是雾茫茫的。当雾气收敛，可视度提高时，他开始寻找飞机。他看清降落的山冈高峻，山崖陡峭，不由得捏出一把汗来。飞机就在一公里外的地方，攀过悬崖峭壁，需 4 小时才能到达。他爬到飞机旁时，已有一些当地人在烧毁的飞机残骸里寻找东西，他向他们打招呼，让他们明白，他是中国人民的抗日盟友。
>
> （王国林：《1942：轰炸东京》）

乔伊斯来到安徽省歙县石南乡（现狮石乡）杨柏坪山顶，被社公坪山顶村村民杨德裕发现，便把他带回家中住了一晚。第二天，杨德裕和杨柏坪村村民谢云来一同把乔伊斯送到狮石。因石南乡离歙县县城较远，乡公所经请示后，将乔伊斯就近送往淳安。

到达重庆后，10 号机组、12 号机组部分飞行员留在了中国。

1942 年 6 月 2 日，12 号机机枪手杜奎特与麦格尔、加德纳同机参战，飞机在缅北被击落，3 人同时牺牲。

1942 年 10 月 18 日，10 号机投弹手拉金在随格雷机长执行驼峰航线运输任务时，因飞机失事光荣牺牲。

1942 年 4 月 2 日清晨，当特遣队驶离旧金山时，很多飞行员都跑到了甲板上，向祖国告别。当晚，拉金在日记中写道："我们通过雄伟的金门大桥时，我们在想是否能再次看到它。"他果然再也看不到了！

在浙江常山前山坞村，有一位名叫徐开亮的村民，外号叫"美国人"。

1942 年 4 月，父母带他去遂安枫树岭串亲戚，碰上了一位获救的美国飞行员。飞行员抱起他亲了亲，于是他就成了"美国人"。这个外号一直跟随他一辈子。

抱他的美国飞行员，就是鲍尔。

回到美国后，鲍尔也有了孩子。他准备等孩子长大后，再向他讲述一个中国孩子的故事。不想有一天，孩子捧着一本书，问他："你曾经轰炸过东京？你到过中国？"

那天晚上，鲍尔把在中国发生的一切，向儿子吉姆完整地讲述了一遍。从此，吉姆记住了两个地名：遂安、衢州。他渴望有一天，他能够到那里看看。

2017年10月，吉姆和夫人终于来到中国。在接受采访时，两人都穿着杜立特行动75周年纪念文化衫，文化衫前面的图案为一架B-25从大黄蜂号航母上起飞，后面印有16个机组全部成员的名单。

吉姆告诉记者："离开中国后，父亲回美国短暂休息后，又作为同样装备B-25的第428轰炸机中队的队长前往英国。他在英国一直待到盟军登陆北非。之后，他又率队到了北非，并在那里一直战斗到战争结束。他一生累计飞行长达5300多小时。"

威廉·鲍尔1966年退役后，与妻子一起回到家乡科罗拉多州。他们抚养了4个孩子。2011年1月10日，威廉·鲍尔在科罗拉多州博尔德去世，享年93岁。

吉姆说，他也是杜立特突袭者子女协会成员。"无论是父辈的聚会，还是后代的聚会，中国军民的救援行动，都会是主要话题，每个人提及此事，都满怀感激。而我这次访问中国，也是一次致敬之行。"

山这边，山那边

"当我们离开的时候，脚下炸响了鞭炮。"

到了上饶，始知武夷山有 21.8% 的面积在江西界内。

山这边，山那边，中间有八大关相通。同一个关口，江西这边叫毛竹关，福建那边叫寮竹关。

杜立特突袭队 4 号机坠落于福建省崇安县（现武夷山市）岚谷乡岑阳山坳。机组成员跳伞后，也分别降落到了山这边、山那边。

上饶的五府山镇深藏于五府山中。由镇政府所在地甘溪村往里走，山谷内有船坑村和毛楼村。挂职毛楼村村支书的罗时勇，已经站在船坑村的文化广场边等候我们。一道清澈的小溪从山间流下来，哗哗有声地穿过村庄。罗时勇指着山谷说，往里面走不远就是绵羊关，不过里面生满了乱树杂草，早已无法通行。

韩成龙当年所在的熊家坑村已全部搬迁下山。如今，韩成龙的孙媳陈利珍，和公公婆婆一起在半山坡开了一家民宿，叫珍珍雅居，包吃包住一天 120 元。民宿夏天才有客人，一入秋就停业，全家便回到上饶市里去住。

1941 年 12 月 24 日，珍珠港事件后第一个平安夜，第 17 轰炸机大队从俄勒冈州转移到南卡罗来纳的第 3 天，霍尔斯特罗姆驾驶着 B-25 在离哥伦比亚河口 65 英里的海上巡逻。

他的副驾驶是霍斯·威尔德，投弹手是乔治·哈姆蒙德。他们在上空来回盘旋，寻找着潜伏在波涛下的蛛丝马迹。他们接到的命令是：发现任何没有水面舰艇护航的潜艇，一概予以击沉。——美国的潜艇均有护航的舰艇。

前两天，飞行员已经发现了异常：海面上漂浮着很多木头，一些碎片在周围浮动；它们应该是从沉船上来的，表明附近有潜艇活动。

临近中午时，威尔德突然喊道："你们看！"顺着他手指的方向，霍尔斯特罗姆看见一艘潜艇的"大鼻子"正在冒出水面。

B-25 跟踪过去，等接近潜艇时，突然来一个俯冲，把第一枚炸弹投了下去，但没有命中目标。霍尔斯特罗姆立刻掉转机头，从相反方向又投下两枚炸弹，一枚落到潜艇的尾部，一枚正中指挥塔前的甲板。爆炸产生的冲击波，致使飞机剧烈震动、摇晃，好像要解体。这时翻腾的海水里有浮油冒出，向四周扩散。投弹手在浮油上投下最后一枚炸弹。

"我们当即通过无线电报告了发现潜艇和轰炸的情况。"投弹手哈姆蒙德说。但霍尔斯特罗姆等 5 名飞行员，8 个多月后才因为在美国海岸击沉第一艘日军潜艇受到表彰。

"我们回到机场后，迎接我们的是西海岸地区指挥部的人，他们告诉我们不能谈论此事。"哈姆蒙德说，他能够理解政府和军方的难处：珍珠港遭偷袭后，西海岸一片混乱，关于敌人潜艇的消息，会使公众陷入更大的恐慌。

当霍尔斯特罗姆再次面对日本人时，他信心满满。但他们的飞机在大黄蜂号航母上就出了问题，旋转机枪的故障还没修好，右引擎又发出异声。在前一架轰炸机飞走后 15 分钟，4 号机才终于飞出航母。

偏偏是这架旋转机枪打不响，只有前鼻舱 0.3 英寸口径机枪可用的飞机，在东京湾上空遭到了 4 架日机的攻击，接着高射炮也开火了。霍尔斯特罗姆命令投弹手将炸弹就近扔向东京湾内的目标，然后急速飞往中国。

霍尔斯特罗姆弃机后，跳伞落到绵羊关附近一个名叫马蜂窝的地方，那里离船坑村的熊家坑约 600 米。霍尔斯特罗姆着陆时，降落伞的绳子被灌木缠住了，他怎么也扯不开，只好裹着降落伞睡了一觉。天明时睁眼一看，他吓了一大跳：他就在几十米深的悬崖边，如果夜里他解开伞绳，就可能掉下去摔死。

次日清晨，他呼喊着同伴的名字，四处寻找，但没有任何回应。他一个人在山中转来转去，到下午 4 点，他才发现了那个原本离他很近的小村落——只有 3 户人家的熊家坑。

可能他感觉这大山深处不会有日本兵，大着胆子走进村去，很快他就被好奇的村民包围了。他比画了一阵子后，村民把他带到了甲长韩成龙家。

"他浑身上下精湿，父亲点火给他烤衣服。端来玉米饭，他不吃，只吃自己随身带的牛肉干。母亲煮了一个鸡蛋，再用蜂蜜给他调了一碗葛根粉，他吃掉了。"韩成龙之子韩福林说。

吃完饭天就黑了，韩成龙留霍尔斯特罗姆在家里住了一宿。

20日一早，他叫上同村村民熊明福，步行把霍尔斯特罗姆送往甘溪。

虽然只有不到20公里路程，但路况很差，满地泥泞，他们走了大半天才到达。

甘溪是五府山下一个绿树和溪流环绕的村庄，那里有驻军。霍尔斯特罗姆在甘溪住了一夜，第二天一位向导陪同他来到另一处兵营。霍尔斯特罗姆在纸上画出火车和铁轨，向导大概明白了他的意思，便把他带到了甘溪中学。那里有一位能说英语的老师。

霍尔斯特罗姆说："我是一名美国飞行员，要赶往衢州。"

老师说："我先送你到皂头，第三战区司令长官部就在那里。"

兵营雇了两辆黄包车，由中学老师护送，经铁山、田墩到达皂头。

第三战区长官司令部原驻地在苏州，抗战开始后迁至歙县，再迁至上饶。1939年4月至1942年5月，第三战区司令长官顾祝同官邸驻在上饶市皂头镇谢家村。

顾祝同官邸不同于其他所辖的机关单位系征用民房，它是第三战区的自建房屋，房屋坐南朝北，四五间砖木结构一层平房。官邸门口有小路连接通向上饶的大路，官邸北面约200米有发电机房，东北120米建有防空洞。目前，顾祝同官邸平房、发电机房都被拆除，地基建成村民自建房。

距谢家村不到200米的傅家村住着苏联军事顾问团，顾祝同经常步行至傅家村与苏联军事顾问会谈和宴请。傅家村有一座傅氏祠堂，也是顾祝同开会的场所，目前刚刚拆掉重建，只有门框依然保留原状。匾额上书"恩荣""黄墩傅祠"，两边的对联为："版筑家风旧，黄墩气象新。"黄墩位于安徽歙县，由此可断定傅氏一族来自皖南。

杜立特轰炸机队准备降落的衢州、丽水等机场，均在第三战区管辖范围内。

霍尔斯特罗姆是4号机组第一个走进第三战区司令部的突袭队员。

在山那边，4月19日，崇安县（现武夷山市）县长吴石仙即收到由县政府指导员徐允康转发的第一份报告：

崇安县长吴钧鉴：

（急）顷据岚谷乡长刘新民电话，报称：昨夜（十八日）七时，敌机一架因天雨坠落于该乡岑阳山坳一带。本日（十九日）上午，有敌机驾驶员一名迷路，向山坳村民家中求食，被村民捉获送所检查，身内并有武器等件。同伴约有三人，尚有两人在逃，机身亦未发现，等语。当即派员率队并敕该乡长及所述各保甲长发动民众搜查。除详情另行具报外，理合电报察核。

（武夷山市档案馆：《1942 美机迫降崇安事件》）

对坠落飞机，岚谷乡最初是作为敌机处理的。4 月 20 日上午，崇安县便接到省府专密电，告知有同盟国飞机坠落于崇安，要求按顾祝同司令长官的指示，对飞机和飞行员"注意抢救和保护"。

岚谷乡岭阳村村民杨大祥那年 14 岁，他见过飞行员。"有两个飞行员在我家吃过饭，不是同一天来的。第一个到我家的飞行员个子很高大，身上东西很全，戴着头盔跟眼镜，可能是机长之类的。后面来的就没有这些。我们没法交流，他就用手比画，一边说'呜——嘭'，来形容飞机坠落了。吃饭也是我们拿给他吃，他也就吃一点儿，不会用筷子，吃不习惯。有个飞行员给我看过他的手表，我看看就还给他了。"

横源村村民周长兴说，他听已经去世的隔壁老人讲，他看见飞行员身上全都剐破了，但属于外伤。他携带一支手枪、一把匕首，手上戴着戒指。山坳村一个叫衷姑的人，看见飞行员的手枪，感到好奇，想拿过来看看，飞行员十分紧张，反应也很激烈，他扑上去把衷姑摁倒在地，夺回了手枪。

村民周长茂还记得，大概是 1959 年，他的养父周德明上山打猎，捡到了一个飞机零部件，"是飞机尾巴尖尖的那个部分"，还有已经破破烂烂的降落伞。

1976 年，横源村村民衷培松上黄龙岩采粽叶，捡到了飞机的油箱。

从武夷山档案馆所存 1942 年的电函和村民叙述看，4 号机的残骸很晚才找到，直到当年 12 月才派人前往拆解，且后来又陆续有较大的零部件出现，说明飞机可能发生了碰撞且已解体。

4 月 25 日，副驾驶鲁维恩·扬布拉德乘上了上饶至衢州的火车。他是第 35 个抵达衢州的突袭队员。他一直追着霍尔斯特罗姆的脚步，和机长一样，他也从第三战区司令部领到了 1000 元中国法币的救济。

从 4 号机在大黄蜂号上的合影看，在杨大祥家吃饭的高个子，应该就是扬布拉德。其实他跳落在山这边，离霍尔斯特罗姆很近，不知他为何没有听到机长的呼喊。他在山里胡乱走，转到了离第三战区司令部更远的崇安县岚谷乡丘陵村。

村民们送他通过焦岭关来到五府山的禹溪，经过柴岭村时，在村民占冬凤家吃了一顿饭。很多年以后，占冬凤的儿子姚水春还记得扬布拉德在他家狼吞虎咽的样子。

领航员亨利·麦库尔也降落在岚谷乡。

"第二天，4 月 19 日，就是我 24 岁的生日。我跳伞落到中国东部一座山的山顶，我的晚餐只有太妃糖和雨水。此后的 3 天我也是这样度过的。"麦库尔说。

麦库尔后背疼痛难忍，他感觉脊椎骨断裂了——后来通过 X 光检查，证明了他的猜测。他从机舱里跳出时拉伞过猛，落下时背部又撞到了树枝上。

麦库尔开始在树林中盲目地走。远近不见灯火，耳畔只有雨打树叶发出的唰唰声。

山岩边有一个伐木人搭建的窝棚，里面空空的，麦库尔进屋后，用稻草垫子点火把衣服烘干。他想睡一觉，但发现无数跳蚤从床垫里跳出来。"我不得不在雨中寻找安全感，以摆脱那些寄生虫。"他说。

麦库尔就这样在山里转悠了两天多。

21 日上午，麦库尔终于来到一个村庄——岚谷乡山坳村。见村外有一个空闲的纸槽（传统造纸使用的一种槽形用具），麦库尔便在那里点上火，继续烤衣服。

村民鲍泰森最先看见了他，很快便有二三十个村民围过来，他们显然从没见过白人，但看上去都十分和善。

一位村民把饥饿难耐的麦库尔带回家，给他盛了一碗米饭，还有用蜂蜜调制的荷包蛋。另一位村民则跑到附近的一个军营报告，很快他便叫来了两名士兵。

"我在执行任务时穿着非正规的鞋子，钉子扎穿了鞋底，刺伤了我的脚后跟，感染了，我跛足而行……士兵让农民用担架抬着我，把我送到了监狱。监狱是用竹子做的，厕所也是一个竹笼。"

士兵们把麦库尔带到了一个小镇，在那里，他见到了另一个美国人。

"他们搜查麦库尔的时候，发现了他的点45手枪，他们吓了一跳。他们把我推到墙边，用步枪顶在我的肚子上。他们对待麦库尔中尉也有点儿粗暴。我感觉我们已经受够了！事情终于平息下来。那天晚上我们睡在木板上。"机枪手博特·乔丹说。

"第二天，一些大轮子（大人物）来了，他们显然已经知道了我们的身份和我们做过的事情。从那时开始，他们对我们真的很好。当我们离开的时候，脚下炸响了鞭炮。"

——当日，接到报告的吴石仙县长偕同教堂薛牧师前往岚谷乡，用轿子把两位飞行员接到县城，同时发电向省府和第三区署报告：

> 福建省政府主席刘、福建省第三区行政督查专员陈钧鉴：
> 县长于马日吴屯、岚谷一带调查美机师及飞机事，县务交由秘书郑代行。养日偕美机师二人回城，照常办公。

很快有人把第 3 名飞行员、投弹手罗伯特·斯蒂芬护送到县城。他也是在山里转了三四天，最后被闽北共产党游击队营救。

4 月 25 日，吴石仙向第三战区司令部发电，报告已派崇安县卫生院院长林逸惠护送 3 位飞行员前往上饶。

县政府为林逸惠开具了通行证："兹派本县卫生院院长林逸惠护送同盟国飞机师 3 名前往上饶长官部。又该飞机师等各带手枪一支及子弹、地面证书等物。希沿途军警查照放行。"通行证的有效期为 4 天。

到上饶后，3 名飞行员没有去衢州，而是于 29 日随杜立特等人乘坐火车直接前往重庆。

衢州杜立特行动研究会副会长郑伟勇认为，斯蒂芬是由共产党游击队营救的唯一一位杜立特突袭队成员。

在抗日战争时期，八路军、新四军和共产党游击队营救美军飞行员的事件发生过很多起。

——1944 年 8 月 8 日，一架美军飞机执行轰炸东京的任务，返途中在河北昌黎坠毁。中共昌黎县委派人前往搜索，找到了 5 名跳伞的飞行员。第二天，又找到了另两名机组成员。根据地百姓腾出了宽敞的房子给他们住，拿出白面和鸡蛋招待他们，妇救会还组织妇女们为他们缝补、浆洗。

日伪军获悉坠机情报，出动上百名士兵前往坠机地，地方武装设埋伏将其击退。

八路军总部收到报告后，当即决定护送飞行员前往延安。飞行员到达延安后，见到了正在那里访问的美军延安观察组。毛泽东向他们每人赠送了一条毛毯，并且说，这种毛毯虽然粗糙些，但对共产党人来说已算得上奢侈品。

——1944年8月20日，第14航空队一架B-29重型轰炸机在完成对日本本土的轰炸后，返航时因机器故障于江苏盐城坠毁并起火。机上13名飞行员，6人在海上跳伞，6人在陆上跳伞，一人当场死亡。

当地民兵发现后立刻组织救火，并四处搜寻飞行员。离坠机地约10公里的新四军盐阜独立团也快速出动，与企图争夺飞机残骸、抓捕飞行员的上百名日伪军展开激战，终于将飞行员带离危险地区，付出的代价是牺牲1名班长和3名战士。

领航员萨沃艾说："新四军真是我们忠实的战友，你们以生命代价保护了我们，保守了盟国的军事秘密。我们愿意将这架飞机上的全部枪炮，赠送给你们打击侵略者。"

——1944年10月2日，一架B-29重型轰炸机在安徽滁州上空执行任务时，被日军地面炮火击中。中共横山区游击队长谢璞山率队赶往营救，数次打退日军的进攻，将5名美军飞行员救出。

他们将飞行员送到嘉山后，县政府立刻派人将他们护送到江苏盱眙黄花塘新四军驻地……

在村支书家吃完午饭后，罗时勇带着我们步行至毛竹关（寮竹关）。山路与茶马古道平行，沿溪而上，山涧里的竹子长得很高很粗。石头垒成的关口像一个山洞，又像是一座架在两处岩崖上的小桥。

1949年，解放军分三路从江西进入福建，其中二野132团就是通过毛竹关进入崇安的，崇安也是福建省第一个见到"解放区的天"的县城。

我们看看这边，望望那边，为世事变迁生出了无限的感慨。

下山之后，驱车进城。在上饶大市场附近一个小区，我们走进了韩成龙之子韩福林的家。

据韩福林介绍，韩成龙于 1930 年参加红军，曾在闽北军区当过宣传干事。部队被打散之后，他回到家乡，做了甲长。韩成龙于 1985 年 11 月去世。生前他很少提及营救美国飞行员的事，因为那件事只会给他带来负面的影响。

没有任何一本有关营救杜立特突袭队员的书提到过韩成龙。他属于容易被遗忘的那一类人。

韩成龙之孙韩和平告诉我们，他的儿子——韩成龙的曾孙，刚刚考取了北大研究生，学习光电专业。

一个星期后，韩和平通过微信给我发来一张他爷爷的照片。那是韩成龙留给这个世界的唯一的一张照片。

每个故事都十分相似

"回你一个微笑的是中国人，凶狠地瞪着你的是日本人。"

*

在那个不见星月的雨夜，15 架 B-25 轰炸机飞临中国，飞行员瞪大眼睛向下方寻找一个传说中的地方——衢州。他们由满怀希望转为迷茫和失落，面临第二种选择。

当几十顶降落伞飘然而下时，飞行员难免内心的忐忑和慌乱——

今夜，我将坐在哪一块石头上？挂在哪一棵树上？有没有一张给我睡的床？

明天早晨，我将迎见一张什么样的面孔？有没有人向我问一声"早安"，递一杯中国绿茶？

他们中没有谁能够一眼分辨出中国人和日本人，但他们肯定能分辨出朋友还是敌人，善良还是凶残。

他们记住了在大黄蜂号上听到的说法："当你向一个人投以微笑时，回你一个微笑的是中国人，凶狠地瞪着你的是日本人。"教官们就是这么天真、教条！当你走近日本人时，恐怕"瞪"你的不是眼睛，而是黑洞洞的枪口。

不管是否情愿，他们都得跳下去，并落到某个地方。

不管怎么样，只要不在今夜死去，明天他们都将会有一个故事。

只要还有活下来的，有把自己的和那个时代的故事，讲给别人听的机会，就是最好的慰藉！

2024 年 4 月 17 日，浙江省江山市江山中学迎来了 7 位美国客人，他们是查尔斯·奥扎克的女儿苏珊、罗德尼·威尔德的外孙迈克尔·康特伯格夫妇、乔纳森·康特伯格夫妇，刘同声的女儿刘美远夫妇。

他们在教学楼一侧栽下了一棵友谊树，在用中英文刻着"血与火铸造的友谊代代相传"的大石头前合影留念。

特雷西·康特伯格曾是美国一所中学的校长，江山中学给她留下的印象很深。

她说："今天带给我的最大感受是理解和包容。我看到了真正的中国是什么样子的，中国人民是什么样子的。中美两国虽然在文化和价值观等方面不尽相同，但需要双方相互学习和借鉴的地方很多。"

江山校园的这棵友谊树，与前任校长周仁贵以及一位英语教师有关。

奥扎克在张村乡龙头店村被村民营救后，往县城转移的时候，是江山中学英语教师姜德康前去迎接的。

而 5 号机的两名飞行员，得到了周仁贵校长的救助。

美国友人离开江山中学后，又来到贺村镇湖前村。当年，与威尔德同机组的投弹手丹佛·特鲁洛夫、机枪手约瑟夫·曼斯克，就降落在北边的山里。

当年的目睹者飞行员朱清麟告诉康特伯格兄弟，那两位飞行员被带到乡公所后，有人找来小学里会说英语的教师。教师与飞行员进行了简单交流，便带他们去见江山县立初级中学周仁贵……

起飞的前一天，5 号机出现漏油，幸好被机组人员发现了。技术人员不得不把橡皮油箱倒空并进行粘补，之后油箱晾着等待黏胶凝固。当警报声响起，船员们匆忙赶来为这只容积为 225 加仑的油箱加油时，却发现因为刚刚发生的战斗，海军已经关闭了燃油管道。11 号机驾驶员查尔斯·格兰宁及时地把一罐燃油拿给了戴维·琼斯。

如果漏油的情况没被发现，5 号机就飞不到中国了。

曼斯克记得，在飞临东京上空之前，琼斯让他报告燃油剩余量，他大声地把数据报了出来。

"好吧，小伙子们。我们没有足够的燃油到达目的地，但我会尽可能地往远处飞。"琼斯说。

曼斯克两眼一直紧盯着油表，直到飞临中国海岸，他的神经才松弛下来。他感谢那一阵顺风，感谢导航员尤金·麦克格尔，风把他们吹到了中国，麦克格尔的引航十分准确。"独立计算，给出位置和牢固的周边国家知识，对确定位置至关重要。"麦克格尔说。

5 号机突袭队员的跳伞点，是离衢州最近的。

曼斯克和特鲁洛夫各自沿溪而下，碰面之后一起走到村里。他们在村前一直坐到天亮。

"天刚蒙蒙亮的时候，那两个美国人就来到我们家门口了。他们叽里呱啦地说了一大堆，见我们听不懂，就离开了。"村民朱德贵说。

走在上学路上的 15 岁中学生朱王富（又名朱金富），看见了挂在梧桐树上的救生背心，又看见坐在地上的两个外国人，便上前打招呼。飞行员跟着他，准备到学校去，他们认为那里肯定有会说英语的人。

但中学生把他们领进了贺陈村保长徐尚志家。村民们给他们弄来吃的，但他们什么也不吃。

徐尚志和朱王富等人把飞行员送到长台镇公所。镇长朱敏才以为他们是日本人，竟然不敢接待，让两人把飞行员带到学校去。

这所学校名为江山县暑假补习学校（江山中学原校名）。1939 年 3 月，为躲避日军轰炸，学校由城里搬迁到长台镇，租用朱氏老祠堂当教室。

周仁贵略通英语，他又把英语教师姜德康叫来，见到飞行员后，通过说和写，弄清了他们是美国飞行员。朱王富一直在旁边听着。

周仁贵当即雇了两辆黄包车，带着飞行员前往江山县城。在文明坊基督教堂里，他们见到了福特夫人、安德鲁斯夫人和巴勒姆小姐。在 3 位修女的帮助下，曼斯克和特鲁洛夫于当日下午 3 点被送到衢州。

江山市档案馆存有数件与救助美国飞行员相关的实物和资料，其中就有一张周仁贵用"江山县初级中学便用笺"，于 1942 年 5 月 27 日打的收条。

> 本年四月十九日由本人垫付美籍航空员人力车费法币叁拾贰元整，兹已如数收到。此致长台镇公所。

当时参与营救美国飞行员，只给参与人员报销相关费用，直到 1945 年 5 月，国民政府才出台了一个"救护我国及同盟国空军迫降人员奖惩办法"，规定每救一人，可奖励 10 万元法币。

周仁贵原为中山大学助教，因战乱还乡，入江山县暑假补习学校任教。1939 年秋被公推为校长。1947 年 8 月，转至衢州雨农中学任教务主任。1950 年 10 月，重回中山大学执教。

两天后，贺陈村村民在山上找见了两顶降落伞，一顶位于离贺陈村大约 1 公里的塘底尾山的火烧弄，一顶挂在贺陈西北 1 公里的人骨头坳的松树上，两点之间相距不远。村民们将降落伞送到了保长徐尚志家，当天下午徐即派人将降落伞和飞行员的其他东西，一并挑到乡公所。

村民们均主动上交捡到的飞行员的东西。据江山市档案馆档案《江山县营救友机降落飞行员出力人员事实名册》，上交物品的村民有朱三才、朱得丰、朱得旺、朱得志、朱寿鸿、朱王富、徐炳维、朱松高、徐青松等。

曾在第 13 航空总站工作过、后来移居台湾的钱南欣在日记中写道：

> 四月十九日上午九时许，由农民送两位美军飞行员来。对农民的见义勇为精神，表示谢意，留下姓氏而去。嗣知两位飞行员经过衢州飞到常山上空油料用罄，跳伞落入稻田里，双脚插入稻田很深。大清早农夫上田，眼见有人直立田中，背面挂青天白日国旗，还有"蒋介石"三个字，立刻从泥淖中将其扶出，清洗后用牛车送来石头山。

能够在 4 月 19 日上午到达衢州的，只能是特鲁洛夫和曼斯克。至于飞行员是"用牛车送来"，"背面挂青天白日国旗"且上书"蒋介石"三字，没有一位相关人员提及过，恐怕是他误听来的。

1942 年 4 月 19 日早晨，雨雾蒙蒙。当地学校校长家的长工，人称"徐麻子"的徐葆吉早早挑筐出门。东家修灶台，要他去大塘尾山上去挑黄泥。那地方离村子约 1 公里。他远远看见在水塘边的稻田里，有一个人在来回跑动。

那个人就是 5 号机领航员尤金·麦克格尔。也许是闷在机舱里时间太长了，需要释放自己，也许是身上冷，反正他一落地就开始跑。

"我们的故事十分相似，我们都降落到某一座山上。"11 号机副驾驶肯尼斯·雷迪曾经说过，"只有一个例外——麦克格尔中尉落在一片稻田里，他头部着地。由于某种未知的原因，他爬起来后就开始奔跑，尽可能快地奔跑。任何了解中国的人都知道，在稻田里跑不了多远。"

麦克格尔终于跑够了。等他停下脚步，他发现了不远处的徐葆吉。徐见是一个洋人，不知他是干什么的，他有点儿怕，挑起黄泥就往村里快走。谁知那个洋人紧紧跟着他走进村里，直到徐氏祠堂才停下来。

　　徐氏祠堂位于村子东南角，当时被国军 79 师征用当仓库用。仓库由周翰辉上尉负责管理，正好那天他外出了；仓库里还有一位 50 多岁的管理员，但他不会英语，麦克格尔说什么，他也听不懂。

　　8 点左右，一位名叫周玉环的妇女，跑到徐明哲家，让他过去看看。徐明哲曾经在黄埔军校桂林分校学习过，能说几句英语。

　　"Who are you?"徐明哲问。

　　"I am a fighter of American（我是一位美国大兵）。"飞行员回答。

　　有人看见麦克格尔腰间别着一支手枪，想给他下掉，被徐明哲严厉制止了。"美国人是同盟军，是与中国人一起打日本的！"那人灰溜溜地走了。

　　他们谈话的时候，周玉环回家煮了一碗鸡蛋面，端来给麦克格尔吃，但他不敢吃。徐明哲拿起筷子，先吃一口给他看，飞行员这才接过饭碗。他不会用筷子，费了很大的劲儿才把面条吃完。保队副徐葆才的母亲又端来一碗稀饭，他也喝掉了。吃完饭，飞行员揩揩嘴巴，从口袋里掏出一枚硬币给周玉环，周玉环不收，旁边的人也都劝他把钱收回去。

　　徐明哲、徐葆才等村民带着麦克格尔步行前往清湖镇公所，临行前村民们纷纷赶来，给飞行员的口袋里装满了煮熟的玉米和番薯片。

　　他们于中午 11 点左右到达镇公所，镇公所不敢耽搁，当即雇一辆黄包车，并派一名密探一路护送飞行员到江山县城。

　　徐明哲说："当时我们的心情是越快越好，把可爱的盟军——美国飞行员安全送给政府，不出一丝一毫的差错。"

　　麦克格尔的降落伞是在姜墩树毛芋竹大塘尾发现的。

　　当天，麦克格尔便走进了第 13 航空总站。令他们惊喜的是，几小时后，同机组 3 位战友，全部到齐了。

"遇到了合适的人"

"中国人已经无法为美国人做得更多。我们都愿意为中国人民而战斗！"

　　微风带着雨丝，凉凉地扑面而来。车在路边停下来，村支书周祖富向右手一指：就是那个地方！

　　这里是上饶市广丰区下溪镇（原法雨乡）杨村的密良坳，那个离村子不到 2 公里的山包，此时正被厚厚的云层和云边的白光同时笼罩着。初冬时节的山色，在绿色的主基调上，增添了更多的红和黄，显得更为苍劲、空茫。

　　约翰·希尔格跳伞后，就落到了这个名叫岗坞尖的山上。

　　希尔格既是 14 号机机长，也是整个行动的副总指挥。

　　参与轰炸东京的飞行员，除杜立特外，79 名成员全部来自美国陆军航空兵第 17 轰炸机大队。该大队原属第 8 轰炸机集团，驻俄勒冈州的尤马蒂拉县德尔顿，主要执行反潜巡逻任务。1942 年 2 月，该大队迁移至南卡罗来纳州哥伦比亚的列克星敦陆军航空兵基地，为轰炸东京做准备。

　　"当时，第 17 轰炸机大队拥有全美经验最丰富的 B-25 机组。由于我们之前在路易斯安那和南卡罗来纳的演习中大获成功，因此当杜立特中校出现在我们基地时，我们就成了执行此次任务的不二选择。"12 号机驾驶员威廉·鲍尔这样说。

　　那一天，希尔格少校、格兰宁中尉随第 17 轰炸机大队队长威廉·米尔斯，前往机场迎接一位客人。

　　忽听一阵轰鸣声，一架 B-25 轰炸机竟然像战斗机那样，轻巧地盘旋而下。

　　"天哪，这是谁呀？"希尔格说，"我们中间没有一个人能这样驾驶 B-25。"

　　等飞机进入控制塔时，格兰宁喊道："看在上帝的分儿上，怎么是他？"

　　从驾驶舱里走出了杜立特。

　　"这个小个子来我们这儿干什么？"希尔格有些纳闷。

　　米尔斯告诉他们，杜立特接受了一个重要而又危险的任务，他要训练飞行员驾驶 B-25 在 500 英尺之内起飞。军官们听了，眨眼又嚼舌。

见到军官们，杜立特道明来意，然后补充说："这完全是一项自愿行动，而且志愿者必须严格保密。你只能对你身边的人说，我们需要离开 6 周的时间。"

第 17 轰炸机大队有第 34、第 37、第 95 轰炸机中队和第 89 侦察中队，中队长分别为爱德华·约克、阿尔·卢瑟福、卡尔·鲍迈斯特和约翰·希尔格。开始招募自愿者时，中队长全都报了名。但米尔斯只批准了两个人：希尔格和约克。

总共 24 架 B-25，需要 120 名飞行员和 20 名地勤人员，招募很快就完成了。

杜立特向华盛顿申请一个用于强化训练的机场，他提出的要求是：靠海，比较隐蔽，有卫星机场，且远离太平洋。美国陆军航空兵司令部批准使用艾格林机场。艾格林机场位于佛罗里达州的墨西哥湾，属于陆军航空兵的东南训练中心。

杜立特要经常跑华盛顿，为了保密，他不能通过电话和电报进行汇报；他要亲临到艾格林指导、监督训练；而 B-25 的改装在位于明尼阿波利斯的工厂进行改装，机上武器装备要从位于马里兰州的埃奇伍德兵工厂选购……这些也得他过问。杜立特很快就忙不过来了。

他请求米尔斯大队长给他推荐一位副手，米尔斯推荐了希尔格，因为这位第 89 侦察中队的队长，专业、负责任而又"嘴严"。于是，杜立特任命希尔格为行动的"执行官"。

14 号机成员还有副驾驶杰克·西姆斯、领航员詹姆斯·马西亚、机械师兼投弹手雅各布·艾尔曼、机枪手埃德温·贝恩。除贝恩外，其余 3 人均来自第 89 侦察中队，原来就是希尔格的部下。

1942 年 3 月，希尔格率领已改装完毕并加装了附油箱的 24 架 B-25，由南卡罗来纳转场至佛罗里达。

3 月 24 日，希尔格带队进行了最后一次长距离飞行训练，从艾格林起飞，经得克萨斯州圣安东尼奥、亚利桑那州凤凰城，到达加利福尼亚的萨克拉门托，再返回。

到达加州后，全部飞机在麦克莱伦航空站进行了检修。之后，希尔格突然接到命令：机队将不再返回艾格林，改飞旧金山阿拉米达空军基地。

从甲板上起飞时，大黄蜂号离东京还有 668 海里，比原计划多出 168 海里。消息传开后，飞行员惴惴不安——这不明摆着要他们送死吗？

希尔格把机组成员叫到身边，对他们说："事情现在是这样，我们的燃料大概够让我们飞到离中国海岸近 200 海里的地方。如果有人想退出，现在还可以退出。我会用船上的候补队员取代他。退出这件事永远都不会被提起，也不会对你不利。这是你的权利，由你自己决定。"

大家都不吭声。希尔格看了一眼马西亚——他的妻子玛丽·爱丽丝怀有身孕，即将生产。

当初报名的时候，马西亚就担心因妻子怀孕，会将他排除在志愿者名单之外，于是他敲开了中队长办公室的门。

"詹姆斯，你有什么事吗？"希尔格问道。

"队长，我准备好了，我要加入那个行动。"马西亚说。

"你已经是一名志愿者了。你就在我这个机组，任领航员。"希尔格说……

现在，中队长又给了他一次退出的机会。

"我妻子理解我，我得参加。做好这件事才是我真正在乎的。"马西亚回答。

其他人也都表示不退出。

14 号机的轰炸目标在名古屋。在向名古屋湾飞行时，希尔格感慨万端："这是一个美好的春日，天空晴朗无云。日本是一个美丽的国家，他们的城镇看起来就像孩子们的乐园。轰炸这样的城市真让人难过，但这都是他们自找的。"

希尔格和领航员努力寻找这四个地方：第三军团指挥总部、名古屋兵工厂的厚田工厂、三菱飞机制造厂和位于商业区西北部的储油厂。

空袭开始后，他们并未受到真正的威胁，地面上的防空炮虽猛烈开火，却只在飞机夜航灯旁边留下一个小洞。

他们携带了 4 枚燃烧弹，第一枚丢给了兵工厂，第二枚丢给了储油厂，第三枚，马西亚选择了一栋最大的建筑——大学体育馆。

"我们的第四个，也是最后一个目标，是我从这场战争开始时就一直想要破坏的三菱飞机制造厂。它生产一种与 B-25 非常相似的双引擎重型轰炸机。它的主建筑呈方形，有 250 码高。马西亚正中靶心。"希尔格在所写报告中说。

14 号机破坏了 23 栋建筑。但马西亚把名古屋陆军医院看成了兵营，燃起的大火直到第二天才被扑灭。

艾尔曼注意到机枪手贝恩的左手紧紧地攥着——飞临日本上空前贝恩取出一个三明治，他来不及吃，花生黄油酱和果冻流到了手指上。整个空袭持续了 8 分钟，他一直攥着没松手，既没吃一口，也没有扔掉。

进入中国境内，在燃油即将耗尽之时，他们已经飞过了衢州——当然，事后他们才知道。5 人相继跳伞后，飞机坠落于广丰县（今上饶市广丰区）壶峤乡一个名叫苦坑的地方。

杨村一位村民早起，看见山头上有一团白色的东西，他以为是一种错觉。上了一趟厕所回来，那东西还在……时候不长，村里便出现了一位洋人。他就是希尔格。

希尔格的降落伞落在树上，而人则摔到了地上。他感觉手、肘部和背部都很疼。那天晚上，准备弃机跳伞时，希尔格背上背的包太大，无法从机长和副驾驶座位之间的空隙钻过去。他解开一边的伞带才顺利通过。这时燃油已接近耗尽，希尔格匆匆自舱门跳出时，忘记把解开的伞带系上了。因此当降落伞打开时，他被狠狠地甩了一下，致使后背和大腿受伤。

他苏醒过来时，依然大雨如注，四周漆黑一片，远近望不见灯火。手电筒找不到了，他不敢摸黑下山，便掏出刀子割下降落伞，在灌木丛中搭了一个棚子。他爬进去睡了一觉。再次醒来时，天微明，雨已止，他发现自己正面对着一幅原始而又美丽的田园风光。水牛拉着木犁，戴斗笠的农人在田间忙碌着。山下有一个村庄。

希尔格往村里走，途中迎见了几位村民——他们要上山看看那白色的东西到底是什么。早上 8 点多，上山砍柴的洪礼臣最先发现了"穿着红背心，语言又不通"的外国人。他和村民周渠仔一起，上前比画了一通，之后将他带到杨村的洪家祠堂。据洪礼臣等人事后回忆，村民们都很好客，纷纷端来食物给希尔格吃，但他什么也不吃。副保长王来西、村民王银坤要带他去乡公所，走到观音桥遇见了一辆军车，士兵便把他拉上车带往县城。

希尔格回忆说："我走进村里，见到了他们的白胡子族长。他身穿黑色长袍，头戴瓜皮帽。我陡然感到好像来到了 2000 年前的中国。一个小伙子自告奋勇，要带我去安全的地方。我们走着走着，迎面开来一辆满载士兵的卡车。士兵们跳下来，用枪指着我，并高声吆喝，我不知道他们要我怎样。小伙子则高声回应，但士兵们好像并不相信他的解释。最后，一位年纪大一些的军人，辨认出了我军服上的美军标志。于是皆大欢喜。"

上车后，希尔格才知道这里是江西广丰。"我在书上读到过广丰，没想到它真的存在。"希尔格说。

在抗战时期，上饶为第三战区司令部所在地，第三战区司令长官顾祝同的官邸，位于离广丰县城不到20公里的皂头镇。

见过世面的上饶人，"战争意识"和"敌我认识"相对较强。正因如此，在参与杜立特行动的各机组中，14号机组的营救过程较为顺利。

离开杨村，我们又来到同属于下溪镇的密良坳村。西姆斯落到了密良坳村盘青垄的一处山坡上，他把降落伞张开，系到树上，这样就成了一个小帐篷，他钻进去睡了一觉。

那里离希尔格的降落点很近，但在那个风雨之夜，他们不可能相互找见。天亮后，西姆斯被村民官文清发现，官文清把他带到家里，同时联系乡公所，请求派员来将西姆斯接走。

官文清的女儿官冬香当时7岁，她记得，她当时并没被眼前的洋人吓着，还拿两个烤红薯递给了西姆斯。

"我们到了一个村庄，村民们把我们挨个儿地从一个人传到另一个人手中，好像我们是'俘虏'一样。"马西亚回忆说。

当时在中国农村，不要说英语，大部分人连汉字也不认识，如何处置"天外来客"，谁也拿不定主意。这一点，马西亚当然不能理解。

那天晚上，艾尔曼是唯一一位没在野外过夜，并且为自己找到了一张床铺的突袭队员。

他降落到吴村乡（今吴村镇）前村纪家东北的一个小水坝（槌头坝）上。

据1987年广丰县政府侨务办公室《关于1942年美国飞机机组人员在我县降落后送达安全地带的情况汇报》：艾尔曼自己剪离降落伞，到离小水坝几十米的路亭内。晚上10点多，在纪家祠堂学校教书的林国元老师（1951年病故）偕妻夏春香（改嫁后也于1977年病故），从纪家回学校路过路亭时，该机组人员突然拉住林，使他吓了一大跳。待林知道他是美国人时，就把他带到了学校。当时天气寒冷，此人当晚在林老师夫妇仅有的一张床上睡了一夜，而林老师夫妇则在床边坐了一夜。

第二天早上林请他就餐，他没有吃。上午由乡文化干事纪其礼护送他到达吴村乡，又由吴村乡乡长傅学立雇黄包车陪送到县。

乡村小学教师纪宪祥和村民纪奇谋一起，在祠堂里照顾艾尔曼。他们帮艾尔曼把淋透的衣服烘干。纪奇谋让家里煮了一碗面条，端上来给他吃，但艾尔曼不吃，他只吃自己带的罐头食品。

艾尔曼的嘴很严，他既不说话也不比画，只是微笑、点头、摇头。

离开美国时，他在写给父母的信中说："这将是一段时间里我的最后一封信，因为我已经出发。我不能告诉你们我要去哪里，但你们将会在报纸上看到。要是我们去哪儿的消息走漏了，那我们就永远都回不来了。"

马西亚跳落在吴村乡自家山村南边的大排山上。他是一个跳伞新手，他感觉到自己不是跳出去的，而是被一种黑暗的力量吸走的。所幸落地时并未受伤。

当他裹着降落伞，在风雨中昏昏欲睡之时，也许他会想起一件往事。有一次，他跟随希尔格少校进行训练，他们从亚利桑那州南部一直飞到得州峡谷。

马西亚突然惊喜地发现，家乡的小镇就在下面不远处。

"下面有个小黑点，你看见了吗？"他问希尔格。希尔格说看见了。

"我就是在那个小镇上长大的。"

"你们那个小镇叫什么来着？"希尔格问。

"墓碑镇。"

> 机上的人想到自己的未来，都大笑起来。这个任务中最令人难忘的标志之一就在此时被创造了出来。
>
> （克雷格·尼尔森：《最初的英雄》）

马西亚明白，现在他还不是考虑埋葬的时候。

第二天一大早，他便被村民营救了。村民们把他送到了乡公所，他发现艾尔曼已经在那里了。

吴村乡公所当即雇了两辆黄包车，并派人护送他们前往县城。

他们刚走出不远，一辆敞篷卡车迎面驶来，车厢里站着几个士兵。两人还没愣过神来，便见一位士兵跳下车，上前向他们发话："美国军人，我们是朋友！"他的话刚说完，两人便看见希尔格正在车上向他们招手……

贝恩是第一个跳伞的，却最晚赶到广丰县城。他降落于吴村乡施村附近。

——贝恩成为突袭队员纯属偶然。特遣队在海上已经航行了一周多，14号机的机枪手突然生病住院了。

杜立特找到他，问："贝恩，你对机尾枪熟悉吗？"

"不熟悉，长官。我是无线电技师。"贝恩回答。

"你过去是无线电技师，现在是机枪手了。"杜立特说。

贝恩喜出望外，同时又为自己的射击水平担忧。当大家都在喝酒、打牌的时候，他每天都跑到船尾去练习射击，靶子是一只飘飞在海上的风筝。

下午5点，希尔格等4人在广丰县城相聚，受到县长张任石的热情接待。他还把能说英语的县政教训练所教育长俞伯岩（解放后调到上海一中学教书）请来当翻译。飞行员们被安排在位于广丰西街的一家条件很好的公馆下榻。晚上，他们终于等来了贝恩。

翻译俞伯岩问飞行员："你们从哪里来？执行什么任务？"

希尔格回答，这是军事秘密，不能泄露。

但他们轰炸东京的消息很快便传开了。听说突袭队员就在广丰，民众兴奋异常，街谈巷议。20日上午，县府安排飞行员游行通过街道，西姆斯拍下了他们在广丰的第一张照片，然后再前往皂头镇。

当天，希尔格在日记中写道："我们都美美地睡了一个晚上，对中国人民的感激之情油然而生。他们在助人中表现出来的诚恳、无私和热情，是我生平所经历的任何事情都不可比拟的。"

马西亚回忆说："14号机组人员很幸运。其他机组有些人受了重伤，也有在飞机坠毁前没有跳伞的。在一些情况下，有几个机组的成员受了伤还要试图躲避日本人，其中有两个机组被俘。14号机组遇到了合适的人，或者说被合适的人遇到了。"

4月27日，杜立特到上饶拜会第三战区司令长官顾祝同，商讨转移被救飞行员事宜，他又带上了希尔格和西姆斯。这一天离他们降落到中国已经整整10天。此前，5名飞行员于20日晚乘车至衢州，21日凌晨到达。

顾祝同前行几公里来迎接他们，军乐队演奏了迎宾乐曲和美国国歌。据雷迪回忆："顾将军表达了中国军民对我们空袭日本的赞赏之意，又叙述了罗斯福总统和美国人民的兴奋之情。"

当晚，顾祝同设宴款待杜立特一行，并请苏联军事专家作陪。晚宴结束后，顾祝同给了杜立特2万元法币，让他添置在飞机上损失的必需品。

希尔格说："中国人已经无法为美国人做得更多，已经尽到责任。我们都愿意为中国人民而战斗！"

27日下午，西姆斯来到下溪镇杨村官文清家，向村民们表示感谢。之后，他为村民们拍摄了几张照片。

第二天，当地雇了4顶轿子，并派12名士兵护卫，送西姆斯前往坠机地。陪同他的有俞伯岩和一位苏格兰籍牧师。

飞机只剩下空壳，能拆卸下来的部件都被拆走了。到了村里，村民们拿出一堆东西，西姆斯只取走了一个伞衣，他确认是他那顶降落伞上的。

两瓶威士忌

"一拨人围过来，冲我微笑，我也冲他们微笑。"

峡口水库的一条坝子，分隔出江山与玉山、衢州与上饶、浙江与江西。不远处，高架的桥梁像一道彩虹，时见高铁列车从上面飞驰而过。收割后的田野里，几头黄牛闲适地在阳光下一边漫步，一边吃草。水面上荡漾着鱼鳞般的波纹。

沿小山与农田间的小径，可以走到那个地方。村里人告诉我们，这里以前很难走，苍耳和鬼针草粘到裤腿上，半天也拔不干净；遇上雨天遍地泥泞，很容易滑倒。这条路是春天的时候，由村民们披荆斩棘开出来的——为了迎接美国客人。

5 号机副驾驶罗德尼·威尔德跳伞后，就落在前边大砾山的一处高崖上。那地方数米见方，一边是陡坡，一边是深谷，稍不留神就有可能跌落下去。好在威尔德未敢擅动。

天刚透亮，威尔德便摸索着下山。他在山道上迎见了毛光孝。

裁缝毛光孝是江山"这边"苏源村人，要到玉山"那边"湘坛村帮人缝制衣服。他每天都上路很早，赶到东家吃早饭。

这是一段他走熟了的路。毛光孝和威尔德初见时是怎样打招呼、怎样交流的，没有记录了。反正毛光孝明白了威尔德要找火车站，威尔德相信跟着裁缝就一定能到达火车站。

当我们来到下镇时，只能站在堤坝上想象湘坛村的模样了。

1958 年，这里修建了一座双元水库。湘坛村被淹没到湖底，村民们全都搬迁到了庙下等村庄。

当毛光孝把威尔德带进村时，村民们立刻围过来看这个"怪人"。因为听不懂他的话，有人便想到了刘咸祺。

刘咸祺是第三战区军法官刘则行的儿子，正在暨南大学读书，当时因战乱待在家中。

通过英语对话，刘咸祺得知他是美国飞行员。

威尔德说："我们轰炸了东京之后，飞来中国，准备在衢州机场降落，但机场没开灯，飞机也没油了，我们只好跳伞。"

保长刘志孟闻讯赶来。他让村民准备早饭给威尔德吃了，然后和刘咸祺一起，把飞行员送到了下镇。

威尔德的降落伞被江山苏源村刘叶风捡到，后来通过保长上交了。

东经 118°41'，北纬 28°69'。

82 年后，2024 年 4 月 16 日，大砾山高崖上又出现了一顶降落伞。那是一尊带有地标性质的雕塑，上写着"威尔德降落处"。它像一朵白色的喇叭花，倒扣在崖顶。

斯人已逝。修路的村民们此次迎接的，是威尔德的两个外孙——迈克尔·戴维·康特伯格、乔纳森·邓肯·康特伯格。那天，他们和其他几位美国飞行员的后代，气喘吁吁地爬了几十级台阶，来到外公曾经坐过一夜的地方。

雕塑基座高 40 厘米，总高度和宽度 180 厘米，代表着那个难忘的日子。

他们一眼便认出了等在那里的一位老人，他就是毛光孝之子毛洪根，于是上前握手、拥抱。

当覆盖在纪念碑上的红布揭开时，康特伯格兄弟满面泪水。

揭幕仪式结束后，康特伯格兄弟拿出从美国带来的威士忌，给在场的每个人都倒上一杯，用一饮而尽的方式表达对故人的怀念。他们没忘记和毛洪根碰杯，没忘记祭奠故人——当年，威尔德就是靠一瓶威士忌，度过那个风雨之夜的。

"外公生前无数次讲起那个异国的雨夜，那瓶威士忌，那群帮助他的中国人。我们这些后人都将铭记于心。"迈克尔激动地说。

在迈克尔读小学时，他从父亲那里得到了一本《东京上空 30 秒》，上面有 50多名杜立特突袭队员的签名。父亲告诉他，他的外祖父威尔德就是这个行动的参与者，完成任务后他们陷入困境，是中国人救了他。戴维从此开始关注这段历史。

"我将外祖父的名字罗德尼，放在我孩子的名字中，只为不忘这段历史。"乔纳森说。

5 号机飞过衢州，坠落于江西广丰（现上饶市广丰区）的铜钹山。它从浙江江山飞过时，引起了军警的注意。江山市档案馆存有一份县警察队队长 4 月 19 日写给县长的报告：

> 本月十八日夜间有飞机经过本县境内，次日得悉有飞行员由降落伞降
> 下一人，在玉山八都地方。职即率警长徐松林向官溪、茅坂等乡，并会同
> 就地各保长四方探查。职以为此机系敌机防空降落部队，故深夜带徐松林
> 打电话报告县座。事后方知是美机。

5号机飞行员，威尔德和领航员尤金·麦克格尔、投弹手丹佛·特鲁洛夫、机
枪手约瑟夫·曼斯克均降落在江山，只有戴维·琼斯降落在玉山。

玉山县仙岩镇吴家社区支书吴元俊，带着我们爬了约1.5公里山坡，来到山顶。
站在这里，能够看到那个被当地人称为"猢狲跌死毛妮（孩子）"的地方。5号机组
驾驶员戴维·琼斯就是在此处度过了那个夜晚。

"你打开舱门，从那个黑洞里跳出去，感觉很糟糕。你完全不知道你在哪里。
当时是晚上10点，漆黑一片。其他人都出走了，只剩下我一个人在那该死的飞机上。
我害怕，非常害怕！我以前从没用过降落伞。我面对着飞机的尾部，气流把我往机
舱里吹，我伸出双臂抓住机身，拉动了保险绳……"琼斯回忆说。

他感觉自己落在了山崖上，四周什么也看不见。他裹上降落伞，半睡半醒地度
过了在异国的第一个夜晚。

"黎明时，雨停了，但有雾。我下山向西走。我的野战背包里，有香烟、手枪和
一品脱威士忌。是老奥夫霍尔德牌，我永远也忘不了。天哪，我还保留着它的标签。"

琼斯也在高崖上度过了"威士忌之夜"。——并不只是5号机，参与突袭行动
的16架飞机里，都"标配"了威士忌；那是随队医生怀特搞来的，以治疗蛇毒的
名义。"威士忌是用来治疗蛇毒和感染的，如果无效，就直接喝掉。"怀特对大家说。

"接近中午时，我听见了钟声，看见了牛和人群。一拨人围过来，冲我微笑，
我也冲他们微笑。我很机灵地掏出了小笔记本，画出一张中国地图。他们显然没理
解我的意思。"琼斯说，他再次表现出自己的聪明——他画了一个火车头，并发出
Choo—Choo—Choo的声音。效果非常好，他收到了更灿烂的微笑。琼斯请村民们抽
烟，他们都接下了。大家一边抽烟，一边陪着琼斯往前走。走了大约半公里，来到

下镇火车站。

——那是在瑞岩镇八都村。陪同琼斯前往下镇火车站的村民，有姜文忠、姜文恭、毛达佳和吴德军等。

进车站后，琼斯看见一个年轻人，便上前问话，结果发现那人会写英文，琼斯就写了"Yu shan"。

那人叫沈伯军，是下镇至张泉段的铁路管理员。他告诉琼斯，很少有车在下镇站停车。

这时琼斯忽然发现一个熟悉的身影。没错，那是威尔德，一群村民正簇拥着，把他送进了候车室。

见飞行员很着急，沈伯军用手动轧道车，把他们送至3公里外的下一站。那里有一辆闷罐车，里面已经坐着二三十名身穿卡其布制服的士兵。琼斯和威尔德上车后，发现士兵们都对他们报以微笑。"我们确认他们是中国人，而不是日本人。"琼斯说。

闷罐车行驶15公里到达玉山火车站。没等下车，飞行员就发现他们被欢呼的人群包围了。从人们热情洋溢的笑脸上，飞行员判断出他们已经得知"勇敢的美国英雄的伟大行动"。

"闷罐车门一打开，奇迹发生了：外面人潮涌动，成千上万的人挥舞着小旗子，一条横幅上用英文写着：'欢迎勇敢的英雄！你们为我们痛揍了鬼子！'

"这时，一个身着西服的绅士走上前来说道：'嘿！我是丹尼杨，玉山县县长。大家都是来欢迎你们的。'

"当时的时间是4月19日下午5点，离我们轰炸东京不过1天，居然连中国一个偏僻的小县城都已轰动了，真让人难以置信。"

丹尼杨就是王赞贤，江西泰和人，1939年11月—1942年11月任玉山县县长。18日深夜，王赞贤就接到了第三战区司令部要求营救美国飞行员的电令，他当即组织人员开始搜寻。

玉山人为飞行员准备了食品和水，并派人专程护送他们到达玉山航空站。官兵们安排他们休息，为他们洗衣服甚至洗脚。晚上，县长设宴招待了飞行员。玉山航空站站长施法祖等人也受邀参加。

琼斯喜欢收集签名。施法祖等人都在他的笔记本上留下了墨迹。施法祖写的是"杀敌归来"。测候台负责人孙儒范写的是:"一九四二年四月十九日,美国飞行员D.M.Jones轰炸敌都东京归来,降抵玉山站。我于兴奋之余特草此聊作留念并祝:安返根据地,再作二次轰炸敌都也。"

玉山到衢州的距离约为80公里。当天下午5点,两位飞行员乘坐一辆旅行车,两个多小时后抵达衢州。他们被安排住在位于东门大马坊的空军招待所里。

在衢州,琼斯又收集到第13航空总站站长陈又超、副站长狄志扬等人的签名。

次日一早,飞行员刚起床,日本鬼子就给他们来了一个"见面礼"。上午11点,空袭警报再次响起。为安全起见,空军战地服务团决定把他们转移到第13航空总站的防空洞里。

"这些浑蛋一定是在寻找我们的B-25轰炸机。他们很少有人能够意识到中国人的警惕性很高,总能提前20分钟预警。"琼斯说,他希望能有一架战机,让他升空去与日军决一死战。

有传言说,约克机长在南昌被俘了。琼斯听到消息后,想写信告知约克的妻子M.E.。因为怕消息不确凿,他打算到了重庆再说。

约克和琼斯是同一个中队的战友,一个是队长,另一个是副队长。当初报名的时候,约克已经到了哥伦比亚,而琼斯等队员仍留在明尼阿波利斯。约克打电话要求琼斯到莱特机场见。两人见面后,约克告诉琼斯,杜立特正在招募志愿者,去执行一个十分危险的任务,你回去告知队员们。

回到明尼阿波利斯后,琼斯把队员们叫到酒店自己的房间里,一共24名飞行员。在介绍完情况后,琼斯说:"我能告诉你们的就是这是危险的,会带你们去国外,也许需要两三个月的时间。"

"要去哪里呢?"有队员问道。

"对不起,我不能再多说了。现在开始报名。"

所有人都报了名……

让琼斯想不到的是,最先传来的坏消息,竟然和自己的队长有关。

很多天以后,他才得知约克的飞机降落在了海参崴。

琼斯为人大大咧咧,但很容易动感情。劳森将要截肢的消息传来,他又一次几乎落泪。他写了一封信让人捎往临海。

> 你瞧，在 L（临海）时，戴维是最先给我写信的。他到处州丽水后，不知道从哪儿打听到医生要给我截肢。戴维给我写了一封信，通过好些人的传递，终于到了我的手上……戴维在信中没有提腿的事，但我想他是知道的。
>
> "我们家里还有很多事情要做。"他在信里提醒我，他的妻子刚刚生完孩子。
>
> （泰德·劳森：《东京上空 30 秒》）

从双元村回到苏源村，我们走进了毛洪根家。毛洪根说，他的父亲毛光孝于 1997 年去世，终年 93 岁。

那年，日本人烧掉了毛光孝的房子，毛家就借住在一座寺庙里，直到解放后才重新盖起了房子。

毛洪根也已近杖朝之年，看上去身体很好，爬山比年轻人还快。他和老伴有一栋两层楼房。村里见他们原有的住房破陋，督促并支持他们建了这座楼房。夫妇俩生有一子三女，都在江山县城买了房子。他的孙女从北京一所大学研究生毕业，今年刚刚考上了四川省的公务员。

堂屋的墙上挂满了照片，其中有毛洪根与来访的美国朋友的合影。我们只在一张照片上看到了毛光孝，那是他们的"全家福"。坐在中间的毛光孝，满头白发，背驼得厉害。

毛洪根记得美国人来过两次。第一次是 2018 年，走进他家的 3 个美国人中间，就有威尔德的两个外孙。

|"快乐着陆"|

"我们父辈们建立的中美友情，相信未来将一代代传下去。"

*

当政府第一次来调查的时候，他的老伴吓得双手直抖。按以往的经验，那总是意味着一种麻烦，尤其是对他们这样的家庭来说。

当山那边的刘芳桥受邀访美的消息传来时，他又感觉心里不平衡，一遍遍地念叨着：我也救过美国飞行员……

是的，就是他。就是他们。

廖诗原和查尔斯·奥扎克，他们的名字从此牢牢地联系起来。

从江山穿过仙霞岭的深谷去遂昌，到张村乡龙头店村，可能刚好走到一半。

过一座桥，一座挡在正前方的山崖，将路一分为二。

向左 300 米是廖家。2014 年 4 月，廖家门口立起一块石碑——江山民众救护"二战"美军飞行员纪念碑。碑文曰："张村乡龙头店村小南坑口三号廖诗原旧宅，1942 年 4 月 19 日至 23 日，曾收留获救杜立特突袭东京行动组飞行员查尔斯·奥扎克在此养伤 5 天，是中美军民抗击日本法西斯的活的历史见证……"

向右 200 米，是大见坑。山顶的树林里，2024 年 3 月也立起一块石碑——奥扎克降落点。旁边的雕塑由黑色大理石基座和一顶白色降落伞组成。那年，那个清晨，鲜血淋漓的奥扎克，就是从这里爬下山的。不到 300 米的距离，他挣扎、下爬了两天。

此处本无景，因一人一事，而成为一方不可复制的风景。

在这深山里，廖宅算是一座大房子。门对山路，背倚青竹林立的小山。夯土墙，青石墙根。

跨过门槛，先是低矮的过道，接着豁然开朗；宽敞的天井里有一石垒的雨池，长满了青草。木门，木隔档，木楼梯通往木地板的二楼。墙上挂满了装框的照片，有廖诗原、周兰花夫妇的遗像，有奥扎克从年轻到老年的照片；有廖明发与苏珊搂抱在一起的照片……

奥扎克住最东北角的那间廖诗清的房子。窗边那张带床梁和床柱的架子床，就是他睡过的床。还有一张竹椅，当年廖诗原兄弟就是用这种椅子做成"兜子"，把奥扎克抬回家的。

在一张照片里，奥扎克的女儿苏珊·奥扎克双目微闭，坐在阳光下的竹椅里，想象着半个世纪以前的情景。

这栋房子是廖诗原的父亲盖起来的，"诗"字辈四兄弟一起住在这里。

1942 年 5 月 2 日，在重庆，3 号机驾驶员罗伯特·格雷上交的《执勤报告》是这样写的："我提前 30 分钟发出准备弃机跳伞的命令，15 分钟后再次确认。当大家跳出后，我打开自动驾驶仪，而后跳出（高度为 6200 英尺），着陆点是在一个山崖上，并待在原地未动。天亮后，举目四望，未见大家身影。步行下山，用了一天才找到村庄，住了一夜。次日早晨与琼斯中士会合。又过了一天，直到下午 4 点 30 分才见到曼奇。然后又乘了一昼夜的船，次日傍晚到达衢州。"

格雷是最后一个跳伞的，倒数第二个跳伞的就是奥扎克。

> 领航员奥扎克不那么幸运，着陆时，降落伞被钩住，他被重重地撞伤了胫骨，流了很多血。奥扎克当晚和次日一整天就被吊在那儿。到第三个早晨，他才鼓足力气勉强攀上了崖顶，然后就昏过去了。醒来时已是下午，腿不能走，只得靠膝慢慢爬行，直到被中国人发现。
>
> （泰德·劳森：《东京上空 30 秒》）

奥扎克降落时，左小腿被尖锐的岩脊划开了一道很大的口子，流了很多血。他在树上待了两天两夜。他费了很大的劲儿，才把降落伞解开。显然他不知自己身处何处，不敢呼叫。他找到一根树枝，撑着吃力地下山。

"我在高高的山顶。白云飘过，美丽的太阳就在头顶。我心里说，我必须和圣彼得（耶稣十二门徒之一，'彼得'在希伯来语中意为'石头'）在一起，但我又不能和它在一起。我自问道：我这是在哪里？"

据家人说，别人向奥扎克索要签名照片的时候，他总会在照片上写上"Happy

Landing（快乐着陆）"。

什么叫"快乐着陆"？

尼采说，在直面现实的沉重后，依然能够轻盈起舞；

荣格说，接纳生命中的低谷，才能实现生命完整；

萨特说，在不确定中创造意义，在坠落中保持平衡……

突袭东京和降落中国，影响了奥扎克的一生，让他成为智者。

对其他参加突袭行动的飞行员来说，何尝不是如此。

是住在山棚里的守林人廖金和最先发现了他。当时鲜血淋淋的奥扎克正坐在大见坑尾樵夫底的一块石头上。廖金和吓坏了，赶紧跑下山，告诉了大见坑自然村的村民。

村民朱财和、朱天才两兄弟等人上山，发现山包的松树尖上挂着一个白色的东西。那个怪人仍在那里坐着。他30岁左右，满身刺痕，受伤的腿脚向上跷着。兄弟俩赶忙把他背到村里，再让人报告保长廖诗原。

廖明发那年7岁。4月21日，父亲一早就上山砍柴去了。廖明发和同村的几个孩子正在家中下堂的私塾里念《三字经》。

大约9点，父亲推门进来，扛起家里的竹质躺椅急匆匆地走了。过了一会儿，他和叔叔廖诗清、廖诗荣一起，抬回来一个满脸是血的洋人。廖明发从没见过碧眼棕发的洋人，他和同学站在天井里，愣愣地看着。

这个洋人身穿一件蓝灰色连体衣，沾满了血迹，头发上和身上满是细树枝和刺。

父亲把自己的粗洋布裤子拿来让洋人换上，但洋人又高又大，费了很大劲儿才穿了进去。

母亲周兰花很快端了一盆水来，又转身到屋里取了一块新布，小心翼翼地给洋人擦洗。洋人的额头和脸上满是伤痕，最严重的伤在左腿，整条腿肿胀得厉害。母亲每擦一下，洋人便惨叫一声。

清洗完毕，母亲又用一根针，把扎进洋人骨肉中的刺，一根根挑出来。

洋人已经两天没吃东西了，他又饿又累。母亲忙着去弄吃的，她很快从厨房里端出一碗冒着热气的鸡蛋汤，并递给洋人一双筷子。洋人苦笑着摇了摇头，母亲换了一把勺子来，洋人依然不动。母亲明白了：他怕汤里有毒。于是拿过勺子，自己先喝了一口。洋人这才狼吞虎咽地吃起来。

父亲和村民中午出去采药，很晚才回来。洋人躺在床上睡了一大觉，此时刚刚醒来。父亲轻轻地给伤口擦上药，再用一块干净布包扎起来。

父亲让洋人住在四叔廖诗清的房间里。那时候四叔还没有结婚，他到阁楼上打地铺。

第二天上午，父亲扶着洋人来到天井里，躺在竹椅上晒太阳。很多好奇的村民跑来看他，送一些吃的。

下课时，廖明发和几个同学走进天井，向洋人打招呼，洋人笑着，说上几句谁也听不懂的话。

廖明发发现，每天做饭母亲都要给洋人单做一份。家里没什么好东西，也买不起，所以母亲最常做的就是鸡蛋汤、鸡蛋面，而家里人都是以吃玉米和土豆为主。

父亲一边照顾洋人，一边报告了长台镇公所。长台镇 19 日已经接待过两位美国飞行员。两天后，江山中学一位会说英语的女教师，在长台镇公所邱班长等 3 人的陪同下走进了廖家。大家这才知道，住在他们家里的是一位美国飞行员，名叫奥扎克。

父亲和村民们用竹竿和躺椅制作了一顶轿子，母亲在躺椅里铺上东西，还用被单搭出了一个遮阳的轿顶。临别的时候，奥扎克从口袋里掏出两枚硬币，分别给了父亲和叔叔廖诗清。——奥扎克还送给叔叔一个鹅蛋大小的指南针，后被镇公所收走。

4 月 23 日，廖家兄弟把奥扎克抬到了邻村田青蓬，和第六保保长廖荣根一起，请村民陈明高和周柏日来抬轿。周柏日是廖荣根的丈人。

廖荣根的妻子周水仙做了点心，让大家吃完之后赶路。

从田青蓬到长台镇约 30 公里，山路难行，中间还要翻越梨木岭。经过七八小时的时间，终于将奥扎克送到了长台镇。

在江山市档案馆，藏有当年民众救助飞行员的原始档案。在"处理人员事实清册"中有廖诗原和廖荣根的名字。另有一张收条："今领到长台镇公所代发由田青蓬至长台镇扛送美籍飞行员轿资国币三十元整。此据。扛轿夫：陈明高、周柏日。"

馆藏另一张收据显示，奥扎克在长台镇未做停留，当日即乘坐人力车前往衢州。人力车夫名叫朱招根，他领到了 50 元国币的劳务费。

初冬的一个晚上，我们来到长台镇金檀村，见到了廖明发。

89 岁的廖明发年至耄耋，却依然身体康健，头脑清晰，记得有关父亲的许多细节。

"习近平主席 2023 年出访美国时，不仅提到了杜立特行动和救援，还特别提到了获救的美国军人后代与我们之间的情谊。当年父辈们建立的中美友情，如今传承到我们这代人身上，相信未来还将一代代传下去。"廖明发说。

2012 年 4 月，廖明发和贺扬灵之女贺绍英一起，受杜立特突袭者协会邀请，赴美参加了杜立特行动 70 周年纪念活动。

廖家至今保留着访美的日程表——

4 月 17 日，晚 10 点 12 分。抵达美国俄亥俄州代顿市。

4 月 18 日。观看电影《东京上空 30 秒》。观看 B-25 战机飞行表演。在博物馆公园参加杜立特纪念典礼。出席美国空军举办的招待会。

4 月 20 日。离开代顿赴华盛顿。参观美国航空与航天博物馆。

4 月 21 日。离开华盛顿到达纽约……

廖明发有两儿三女。这所房子是长子廖群雄的。2009 年签搬迁合同，2010 年投标，2014 年入住。

谈话间，廖群雄从二楼搬下来一个小柜子。有些像床头柜，朱漆剥落。三层抽屉，铜叶片拉手。

廖群雄说，硬币就是从小柜子里找到的，上面涂着油漆，已经看不出是什么东西。堂弟廖赖法把另一枚硬币也找了出来。两枚硬币面值均为 1 美分，发行时间分别为 1909 年、1937 年。

廖群雄把硬币镶嵌在带镂空软垫的玻璃盒里，小心地珍藏着。

“贝利尔山羊”

“他在山里上上下下，就好像我不在他的背上一样。”

1998 年 12 月，江山市双溪口乡东积尾村来了两位美国人，他直奔村民毛继富家。

一见到毛继富，那人先敬了一个军礼，又从包里掏出一面美国国旗赠给毛继富，毛继富以为是那个大个子飞行员又回来了，但细看怎么也不像。

来人叫约翰·伍尔德里奇，是美国退役飞行员，杜立特突袭队 3 号机副驾驶雅各布·曼奇的好友，他受曼奇之托特地前来探望毛继富。跟在他后面的女子叫程绍蟾，是他的夫人。

当毛继富从伍尔德里奇的口中得知，大个子飞行员几十年前就因飞机失事而遇难时，他不禁黯然神伤。

面对年届八旬，比当年更加矮小的毛继富，伍尔德里奇感到惊诧：这个小老头儿，是怎样背起大个子曼奇的？

伍尔德里奇与毛继富有一张合影，背景是石砌的墙头、稻草垛和木栅栏。两人共同捧起一块蒙皮的飞机残片，尽管残片已经锈迹斑斑，但绿色的油漆依然亮光闪闪。

3 号机坠毁在北洋村的大坞山后，很多人跑去现场捡拾遗落物。这些东西后来有的被政府收走，有的被贫穷的村民卖掉或者打制成用具，但毛继富把一块飞机残片保留了下来。

毛继富的侄子毛洪章在史志办公室工作，他早就开始关注这段历史。他说："有个亲戚从坠机点捡回来两块飞机残骸，寄存在我家里，后来一直没取走。其中一块 1990 年上交给了政府，现存于江山市档案馆。另一块在 1998 年被美国退役飞行员约翰·伍尔德里奇取走研究。"

村民们听说美国人来了，纷纷出来围观。有人还把用美机残骸熔铸的，早已不用的洗脸盆和饭勺等，找出来拿给伍尔德里奇夫妇看。所有人的脸上都洋溢着微笑。

伍尔德里奇拿到飞机残骸后，当即向美国政府报告。在布莱恩·穆恩的指导下，残骸的一部分被切分成 60 块，分别制成杜立特突袭者协会纪念牌匾，予以拍卖，所获的 16000 美元用于奖学金，另一部分陈列在博物馆里。

曼奇身高近 2 米。从 3 号机组在大黄蜂号上拍摄的照片看，他比"同机"组的奥扎克、法克特高出一头还要多；好笑的是，这个彪形大汉拥有一个"矮子"的外号。同伴们也许是因为一贯的仰视，烦了，也许是要敦促他长得更高一些。

1942 年 4 月 18 日晚，3 号机飞过中国海岸一个多小时，也无法看到陆地。投了一颗照明弹下去，但亮光便很快被雨雾吞没了。

在燃料即将耗尽之时，驾驶员罗伯特·格雷下令跳伞。格雷喊后舱的利兰·法克特，法克特应答了一声。在领航员查尔斯·奥扎克、投弹手阿登·琼斯相继从前舱跳出后，副驾驶雅各布·曼奇用手电筒照了照后舱，以确认法克特已经跳出，然后他转向黑暗的虚空。

"当我跳出时，我看到飞机的两个排气管从头顶飞过。我伸手去拉降落伞的 D 环，在慌乱中终于找到了，它就在我身边晃来晃去呢。24 英尺的降落伞，对我这个体重来说太小了，所以对伞打开时的冲击没有心理准备。"曼奇回忆说。

"下落时，我以为听到了海浪拍打岸滩的声音，一个可怕的想法涌上心头：我没让他们穿上梅·韦斯特救生衣就离开了。如果是在海上，他们一定会溺水……"

曼奇是个不会落下东西的人。在跳伞之前，他把该带的不该带的都带上了：罗伯特·伯恩牌香烟，巴比鲁斯冰糖，博伊牌猎刀，还有 5 把枪支……

> 曼奇也许是史上携带武器最多的伞兵。他带了两把点 45 口径手枪、一把点 44 口径手枪，那是我们出发前不久，他远在弗吉尼亚州的父母寄给他的。此外，他还携带了一把点 22 口径自动抢、一把鲁格尔以及额外的弹药、一把猎刀、一把双刃长匕首和一把斧头。
>
> 过去我们常常拿两把步枪开"矮子"的玩笑。有一次他发火了，朝着我们喊道："你们这帮浑蛋别惹我！我要是战死，一定用它开最后一枪。

以后人们会称它为'曼奇的最后一枪'。"他确实对那两把枪珍爱有加，引以为傲。

（泰德·劳森：《东京上空30秒》）

11号机领航员阿尔伯特·卡普勒记得，曼奇的唱片机很棒，但好像只有一张唱片，上面只收录了一首歌《得克萨斯的深处》(Deep in the Heart of Texas)。他每天早上都会播放这首歌，晚上熄灯前再播放三四遍。那是一首男女生合唱，一边唱一边拍巴掌。

> 夜晚的星星又大又亮，
> 在得克萨斯的深处；
> 大草原的天空又宽又高，
> 在得克萨斯的深处；
> 盛开的鼠尾草就像香水，
> 在得克萨斯的深处；
> 让我想起我爱的人，
> 在得克萨斯的深处……

此刻，这个弗吉尼亚男孩正盯着他的留声机发呆，它已经被摔得支离破碎。他不知道在中国的山野间，是否也像这首歌里唱的，也有土狼、野狗和兔子。

他的留声机肯定是不能用了，他的那些唱片肯定也已经摔得粉碎。——起飞前，他把装在锡盒里的唱片交给7号机投弹手罗伯特·克莱弗，让他放在座位下面。"我会在我的飞机里带上留声机，等咱们在重庆见面后，好好热闹一下。"

在那个风雨之夜跳伞的飞行员中，曼奇的体重是最大的——还得再加上那些东西的重量。

在即将跳出机舱时，他对格雷说："落地后我将往西走。咱们重庆见！"

每个突袭队员都清楚落地后要向西走。——他们感觉跳伞的地方离海岸不远，衢州在西边，重庆在西边。

曼奇降落于江山县廿七都乡（现双溪口乡）东积尾村东边的山上。小小的降落伞拎着他巨大的身躯，重重地摔在石崖上，再滚入约20多米深的山谷。

当他清醒过来时，他并不急于下山。他抬起脚上的飞行鞋，原地踢出一小块平地，身裹降落伞，蒙头大睡了一觉。

天亮之前，雨停了。曼奇爬起来，感觉很饿，去摸干粮，却发现不见了。他开始围着降落的位置绕圈子，寻找散落在地上的东西。之后，他爬上一个小山丘四处瞭望。

曼奇发现不远处有一个炊烟袅袅的村庄。他走进村庄，遇见了正在门口收拾木柴的老妇人。他上前搭话，老妇抬头看他一眼，顿时大惊失色，拔腿跑进旁边的一间房子里，把门关上。

叩门无应，推开虚掩的门扉，但见院内屋内空空。曼奇从后门走出来，穿过茂密的竹林，他瞥见了正在逃跑的村民。

曼奇沿着一条清澈的溪流继续往前走。他已经筋疲力尽，也热得很。他走进深及腰部的溪流，洗了洗脸和头发，然后割开降落伞伞背，拉出橡皮垫子，用它做了一个水袋。

"大约这个时候，灌木丛分开，一个面带微笑的中国人伸出手，把我从溪流中拉上来。"曼奇说。

从灌木丛中，又走出几个手持武器的村民。曼奇连忙摇手，示意他们不要动手。对方也有一个人，和他一样摆手，事后才知道，他就是保长曾高阳。

曼奇当时身穿紫色皮衣，背着一个背包。他的双手被茅草和荆棘划得满是血印。他腰里别着一支手枪，手里拿着一个软垫子，垫子中间有个窟窿。

曼奇先是被遂昌县北洋村村民发现。村民黄富根说，飞机失事的第二天早晨，我与袁清弟到江山廿七都东积尾山割青草。我们先是看到一串很大的脚印，我俩下了一大跳。接着就看见一个身材高大、脚穿大皮靴的外国人。我们问他话，他听不懂。我用手指指我们村子，意思是让他跟我走。他怕我们，就往江山那边跑去。

那天上午，大任坑村村民陈裕有、陈裕发兄弟到村子对面的山坡上扦苗，也发现了大脚印。他们以为有野兽出没，不想竟看见了一个"野人"，吓得他们赶紧跑到不远处的东积尾村，叫上了一拨人，带上鸟铳和砍刀前来围捕。

保长曾高阳叫上外甥毛继富等人，一同跟了过去。他们是在大仁坑村南的乌鹰石壁边找到曼奇的。

"我看见这几个中国人都背着 17 世纪那种毛瑟枪，但又毫无恶意，我也就顺从地跟着他们走。这时我发现，原来这山上是有小径的，并不需要像我那样登崖攀树。这样行走容易多了。即使这样，走了一段路，我还是跟不上他们。经过长途飞行，跳伞后又重重地摔了一跤，又走了这么半天，几十小时下来，我筋疲力尽，饥肠辘辘。我向他们表示：我实在是走不动了！"曼奇说。

行至坳门地方，一个比曼奇矮了一头的人——多年以后曼奇才知道，他叫毛继富——弯下腰，指指自己的后背。曼奇明白他的意思，这个人要背他走。他正在犹豫，众人连推带拉，把他弄到了毛继富的背上。曼奇惊奇地发现，毛继富不仅背得动他，而且上坡下坡如履平地。虽然毛继富背着他并不费力，但他的双脚仍拖在地上，毛继富不得不搂到他的膝弯，尽管如此，后面还要有人托着。

"他在山里上上下下，就好像我不在他背上一样。他背着我走了大约两英里。我变得很尴尬。我本应是一个伟大的飞行员，竟然得让他背着。"曼奇说。

接近天黑时，他们到达东积尾村。进村时，曼奇感觉很难为情，他拍拍毛继富的头，示意将他放下来。但毛继富一直把他背进了自己的家。进屋之后，毛继富的妻子吴梅兰端上了一杯热茶。

曼奇连声道谢："Thanks! Thanks! "

又递过一把扇子。曼奇道："No, Thanks! "

吴梅兰煮了鸡蛋拿给他，他不吃，只吃自己带的干粮，还分给村民们吃。"那是一种褐红色的条状物，吃过的人都说有一股药味。"村民回忆说。

互动了一阵子，双方都没话了。因为无人能听懂曼奇在说什么，只听出了"重庆""重庆"。村里人知道，他和死在北洋村飞机旁边的人是一起的。于是他们又找到了共同语言。

"背我的那个农民捡起一根树枝，在地上画了一面日本国旗。不知道他是想问我是日本人呢，还是我们轰炸了东京？我想大概是前者。于是我捏住自己的鼻子，又用脚去踩日本国旗。中国人咧嘴笑了。他拿来一张带有老式布伦海姆（英国飞机）图片的剪报，指给我看上面的英国徽章，我摇了摇头；他又翻出了一张大概是 4 年前的《周末邮报》，上面有罗斯福的照片。我咧嘴一笑，指指罗斯福，再指指我自己，大家都笑起来。我们握了手。"

村民们通过这种方式，赢得了曼奇的信任。吴梅兰把邻居廖石爱叫来，她们一起给曼奇做饭。于是曼奇在毛家吃了他平生的第一顿中餐，又第一次在中国的床上睡了一大觉。

那年毛继富20岁，曼奇23岁。

20日早晨，曼奇听见外面有人在说话，好像是在议论他们的那架飞机。那些人用手势比画着，要带他走。曼奇收拾好东西，跟在曾高阳、毛继富和毛继森等人后面。曼奇送给毛继森一只金挂表，后来毛继森拿那只表换了粮食。降落伞也留在了东积尾村，村民将其上交给了政府。

中午，他们到达北洋村，路上遇见一些人扛着飞机的残骸。曼奇在北洋村通过皮夹克上踢腿驴的队标，认出了法克特的遗体。

王村口区指导员毛钟彪已经在北洋村等曼奇，见面后，毛钟彪雇了一顶轿子，把曼奇抬到上定办事处。大学生程君甫已被王村口区派到上定当翻译。

在上定住了一夜后，22日继续赶路，于下午4点30分到达曹碓岭脚。他在那里见到了格雷和琼斯。

曼奇在回忆录中将毛继富为比作"贝利尔的羊"。

贝利尔山羊是生活在中东和西亚地区的一种野生山羊，善于攀爬和奔跑，喜欢在陡峭的悬崖上活动。

"贝利尔的羊"还是一个文化概念，源于古代神话和宗教传说，在多种文化中，"贝利尔的羊"常被用作祭祀或宗教仪式，它不仅代表着神秘力量和神圣，也象征着纯洁和牺牲。

"贝利尔的羊"经常出现在西方的艺术作品里，它是艺术家表达神秘、宗教和文化主题的重要载体。

毛继富就是一个有神秘力量的人。

另一根拐杖

他正在护送一名战士、一个英雄，重新走上前线。

*

青山。白云。溪流。山脚下，时见三五株油茶挑着白花，在风里摇曳着。

一条新修的公路，使遂昌县城至西畈乡的车程，由 3 小时缩短为 1.5 小时。后面的几公里仍在施工，本来就不宽的山路，只留下半边供车辆通行。

西畈是著名版画家杨可扬的诞生地，这里有一个中国可扬文化园。版画是西畈乡的一张名片。"人生就像版画一样，一丝不苟，黑白分明"，这是西畈人倡行的行为准则。从乡村干部到小学生，很多人都拥有木刻刀、吹塑板和胶辊。西畈乡中心小学专门开设了版画课。

几年前，学校曾经组织孩子们用版画艺术再现 1942 年的故事。坠落的飞机，头戴飞行帽的大个子，送鸡蛋的村民……孩子们在还原当年场景的同时，也记住了一串代表着勇气和牺牲的名字——罗伯特·格雷、雅各布·曼奇、查尔斯·奥扎克、阿登·琼斯、利兰·法克特，还有刘佐唐、刘芳桥……

"轰炸东京的英雄们，提振了中美两国人民彻底战胜日本法西斯的信心。我们营救他们，就是在营救自己的战友。中美人民的友谊，是用鲜血凝成的。"一位教师说。

湖岱口村有一面白墙，著名农民画家杨昌仪以轰炸东京和营救美军飞行员为题材，在上面画了一幅画：碧绿的崇山峻岭，手拉手的美军飞行员和纯朴的村民，彩色的降落伞，古旧的祠堂……一一呈现在半面墙的巨幅版画中。

"我就像一只猴子"

清澈见底的洋溪源缓缓流过湖岱口村刘家自然村。过小桥，至三岔路口。刘家的小商店就开在那里。这是一栋两层小楼，上面住人，下面摆满了货架。门对着一片修剪得十分整齐的茶园和一座小山。

我们落座不到 10 分钟，刘芳桥之孙刘光宁便开着小四轮回来了，拖斗里装满了捡来喂猪的红薯叶子。

刘芳桥之后，刘家三代独传，三代都是村支书。刘光宁的父亲一解放就被选为村长（村支书），一当就是 30 年。刘光宁做过 18 年的村支书。儿子刘祖飞先是当村支书，3 年前考上了公务员，被派往离西畈较远的一个乡里任职。

谈起祖父，刘光宁满脸自豪，两眼也放出光来。他转身上楼搬来一大摞东西，在饭桌上摊开来。那都是刘芳桥从美国带回来的，有明尼苏达荣誉公民证书、罗切斯特市荣誉市民证书、"人类服务杰出奖"奖状和一本装满刘芳桥访美照片的大相册。他家里有一间专门的书房，收集的全是与东京大轰炸、营救美军飞行员有关的图书和资料。

刘光宁说，小时候跟着爷爷睡，上床早睡不着，爷爷就会给他讲这讲那，讲得最多的一是怎样种庄稼，二是护送美军飞行员。

"爷爷回来后，把这些证书递给我们，说拿着这个，去美国就会有人管你饭吃！"

1992 年，刘芳桥以 85 岁高龄受邀访美。他是代表团成员中年纪最大的，也是媒体曝光率最高的。美国人喜欢他的质朴和幽默。有人问他愿不愿意留在美国，他回答道："不能的，我没本领！我就像一只猴子，但猴子会耍戏，而我不会。"

轮到他发言的时候，他说："我是第一次到美国，没带什么东西给美国人民。我把你们当作兄弟姐妹，欢迎你们到我的家乡来。我的家乡可能拿不出太好的东西来招待你们，但大米是有的，腊肉是有的。我年老了，也许活不到你们来访的那一天了，但我的儿孙会好好接待你们！"

一语成谶。访问归来的第二年，刘芳桥便逝世了。

刘芳桥是一位普通农民，抗战时期曾经当过村里的民兵。对他来说，在平凡中默默无闻地度过一生，是理所当然的结局。但有一天，一个从未见过的外国人闯进了他的生活，由此，他的命运突然与国家、与世界挂上了钩，他的身世也因而发生了改变。

一个新版的"十八里相送"，它背后隐藏着风险，甚至是牺牲——被美国飞行员形容为"无人性"的日本人，随时可能到来，并挥起手中的屠刀。

刘家祠堂

刘芳桥护送的美军飞行员，就是罗伯特·格雷机长。

格雷驾驶的 3 号机"威士忌皮特"，方向正确，并且飞到了衢州与丽水两个机场之间。天空雨雾蒙蒙，不见灯火，也收不到任何信号。到晚上 6 点，在燃油即将耗尽之前，格雷命令跳伞。

3 号机坠落于遂昌县柘德乡（现柘岱口乡）北洋村的大坞山上。飞机撞树之后出现了翻滚。第二天清晨赶来的村民，看见了死在机舱内的法克特，他被夹在两块钢板之间，人已经被挤变形。

在遂昌县档案馆里，存有 1942 年 4 月 19 日，由柘德乡乡公所发往遂昌的《紧急报告》：

> 1. 本晨七时，据本乡三保保长黄贵德报称：昨晚由飞机降落一人，今早由坑西（第二保属）来柘岱口（第三保属），身穿皮衣并带有枪支及其他物品，等情。职据报，随赴柘岱口，询其来历，言语既不懂，中国文字又不识。职未敢擅自处置，立即亲率警备将其护送到柘德乡公所，转送凭夺。

> 2. 本日上午九时，又据第二保保长黄贵华报称：今晨本保住民，与本保与柘德乡第二保毗连之小岩地方，拾得飞机上降落伞一把，因被雨打湿，份量过重，暂由职妥为保存。仰请转报、核夺等情。

> 3. 上午十时，又据民众纷纷谈论，柘德乡北洋山上，昨晚跌落飞机一架，枪弹物品甚多，并有一司机员毙命其上。所有飞机中一切枪弹、物品，盖由柘德乡乡民暂存云云。

格雷是从海拔近 1900 米的高空跳下的，位置是洋溪乡（现西畈乡）岩坑村的大栋尾山。《东京上空 30 秒》中记录了来自格雷本人的说法：他下令机组跳伞时，以为高度绰绰有余。但他实在太过于乐观了。降落伞刚刚打开，在空中只晃了两下，他就落在了山上，直接被撞昏。他醒过来的时候浑身疼痛，坚持着稍微活动了一下，就沿着一条长长的山脊往前走。天黑以后，他只能把降落伞当被子，过了一个寒冷的夜晚。

格雷落地时背部受伤，但伤势不重。

天亮后，他两手与屁股着地，从树木丛生的山坡上滑下来，沿着溪谷一直走到湖岱口。他不敢进村，躲在村头一座木桥下。

起早舂米的村民廖石利先是看见湿地上的大脚印，顺着脚印寻找，发现了格雷。

格雷的感觉很对，他确信这里离衢州机场不远，属于"自由的中国"（指非日占领区）。

廖石利向他打招呼，壮起胆子示意让格雷跟他走，格雷犹豫了片刻，便大大方方地走了过来。他用手比画着：我是从天上跳下来的，我要到村里去。廖石利于是跑去向乡长刘佐唐报告。

村民见他浑身精湿，冷得直打哆嗦，便就近把他领到了廖家低矮而又简陋的黄泥屋。廖家8岁的孩子廖天星看见格雷，并不害怕，他与格雷靠得很近，目不转睛地盯着这个比大多数村民高出一截的"怪物"。

"他一直用手按住别在腰间的手枪，好像生怕谁会突然冲过来把它抢走。他头上的帽子很大，把脸遮住了，看不清他的表情。"廖天星说。

外面人越来越多，他们通过门和窗洞，一边好奇地往里看，一边指手画脚地议论着。

"该不会是鬼子吧？"

"鬼子长这样？"

"那你说鬼子长什么样？"

"就是你这个样！——要是鬼子，早就开枪打你了……"

5岁的刘名池从人缝里钻过去，走到格雷背后。格雷一回头看见了他，笑着摸摸他的头，然后从口袋里掏出一个很好看的小盒子递给刘名池。刘名池喜出望外，抓住小盒子就往外跑。

村民们一阵大笑。

"你怎么能随便拿人家的东西？还回去！"刘名池跑回家，举起小盒子给母亲看，受到了母亲的呵斥。母亲带着他到廖天星家，把小盒子还给了格雷。

格雷打开盒子，从里面撕下几缕发黑的，棉絮一样的东西，放进嘴里咀嚼。他又撕了几块给孩子们吃。孩子们从没见过那东西，不敢往嘴里放，但刘名池却大吃起来。

　　"好吃极了！"刘名池说。以后很多年，他再也没吃过这种东西。

　　与村民的互动使格雷渐渐放松下来，但他仍不时地东张西望，好像在等什么人。他时而去摸腰间的手枪，好像是为了证实它还在。

　　他要等的人终于出现了。大约1小时后，接到村民报告的洋溪乡乡长刘佐唐赶到了。乡公所就设在湖岱口村刘家自然村的刘家祠堂里。

　　刘光宁引着我们，步行向北100米，过桥再走200米，就到了刘家祠堂。刘家祠堂西临溪流，东倚一座小山，为砖木结构，宽敞，明亮，廊柱间有一个很大的天井，但没有牌位，没有摆放祭奠用品的台子。由于几面透风，站在里面冷飕飕的。祠堂东侧有几间配房，一户人家临时住在那里，其中有一间小屋子，面积不超过10平方米。格雷当年就被安置在那间房子里，民兵刘芳桥担任护卫。

　　刘佐唐取来纸和笔，写了一行字："你是哪里人？何故来此？"

　　格雷眨了眨眼，连连摆手。他抓过笔来，写下一行英文，刘佐唐当然也不认识。

　　见格雷满身是泥水，刘佐唐让妻子将自己的黑色长衫取来，让格雷换上。那件长衫穿到格雷身上，又紧又短，连膝盖都盖不住。村民看了哈哈大笑，格雷也笑了。刘佐唐的儿媳说，格雷的脏衣服，是她拿到小溪里洗的。

　　时近中午，刘佐唐从家里端来米饭和炒菜，放到格雷面前。格雷木呆呆地不知该干什么。刘佐唐比画着往嘴里送食的动作，格雷仍不为所动。他再次拿起笔，在刘佐唐用过的纸上，先画一只鸡，再在鸡肚子下画了几个圆圈。格雷画的鸡，更像是一只麻雀。但刘佐唐明白了：格雷想吃鸡蛋。

　　几个煮熟的鸡蛋端了过来，格雷笑着剥开吃了。

　　晚上，刘佐唐又让人杀了一只鸡，他用手撕开，送给格雷。格雷从随身携带的包裹里找出一小包香料，倒进碗里蘸着，吃掉了大半只鸡。

　　山区的4月依然十分寒冷。村民们找来了一床厚被子，用两件旧衣服当枕头。疲惫至极的格雷睡了一个好觉。

　　第二天，他被闹嚷声吵醒，出门一看，祠堂前已经站满了村民，中间还有几个背着书包的孩子。

他不知道的是，刘芳桥在门槛上坐了一夜。而刘佐唐则步行十几公里，去给县政府打电话。县里要求刘佐唐派人将飞行员护送至王村口区驻上定办事处。

斯坦·科亨在《目标东京》中的记述显然有误："刘芳桥的父亲为美国飞行员准备了米饭，但美国飞行员不喜欢吃。他父亲拿出一支钢笔和一张纸，画出一只鸡，这位美国飞行员点点头，就烧好了鸡和蛋让他吃。飞行员的外衣很脏，上面有血污，因此他的父亲要求飞行员脱下来洗，并送上自己的衣服。飞行员身材高大，根本穿不进去。"

当事人刘芳桥本人和他的孙子刘光宁，都没有格雷住在自己家里的说法。在纸上画鸡和鸡蛋的，既非刘芳桥的父亲，也非刘佐唐，而是格雷本人。

刘佐唐于 1943 年因病去世。其孙刘祖盟在 1990 年 8 月 6 日写的一份材料中说，当时在洋溪乡一带，刘佐唐的家庭状况是数一数二的，人也是最能干的。他留美国飞行员在刘家祠堂住了两晚，一切开支，包括给刘芳桥的路费，都是由他私人出的，杀的鸡也是自家养的。美国人离去的那天，刘佐唐与他紧紧握手，依依不舍。他一再叮嘱刘芳桥，路上一定要照顾好美国人。

在遂昌所藏 1942 年档案中，有一份《丽水遂昌县办理友机降落营救出力人员名册》，刘佐唐的名字排在第一个。

格雷在刘家祠堂到底住了多长时间？有说 1 天，有说 3 天。但根据遂昌县档案馆所存公文分析，应该如刘祖盟所言，他住了两个晚上。

4 月 20 日下午 3 点，王村口区上定办事处周将超、毛钟彪向遂昌县呈文报告：

> 查此机系从轰炸东京拟折往重庆。驾驶员共有五人：一现在上定，一在洋溪乡公所（已去函促限本日送至上定），一伤亡在机下。尚有二人不知去向，刻正在详查中。
>
> 营救出二驾驶员，定明日由上定护送至王村口或曹碓岭脚，雇船送至衢州。

刘光宁说，爷爷一直陪伴在格雷身边，连吃饭也在一起。由于爷爷和格雷"熟"

了，刘佐唐便派他护送格雷去上定。

"一辈子最累的一天"

4月21日，早上6点，刘芳桥带着格雷上路了。乡公所门口挤满了送行的村民，孩子们也早早起来凑热闹。

在过去的两天里，在格雷和刘佐唐、刘芳桥之间，已经不需要费口舌，他们通过表情和手势交流。相互之间好像是懂了，又好像有一种感情在：我们是朋友、战友！我们在抗击我们共同的敌人！也许刘芳桥没有想到这一层：他正在护送一名战士、一位英雄，重新走上前线！

得知格雷背部有轻微的伤，而且可能不习惯走山路，一位村民为他准备了一根拐杖。而刘芳桥，则是他的另一根拐杖！

从湖岱口村到上定，全程7.5公里，中间要翻越几座小山。上山的时候，格雷气喘吁吁，每走几步就要停下来歇口气。刘芳桥不得不从后面推着他。那把手枪格雷一直挂在腰间，连在祠堂里睡觉时也不解下。也许因为他再也没力气了，也许因为通过两天的相处，他对刘芳桥产生了信任，他终于把枪交给了这位山行健步如飞的中国青年。

他们像两个哑巴，一路上只有足音和风吹树叶的飒飒声。但他们通过手和眼，实现心领神会。

攀至山顶，他们在一片树荫下小憩。筋疲力尽的格雷像树桩一样地倒下，老半天爬不起来。刘芳桥上前给他揉背。他不知道该和格雷"聊"点儿什么，便从口袋掏出一张纸币给他看，告诉他这是中国的钱。格雷也从钱包里抽出一张美元，把两张纸币放在一起比对了半天。他送给了刘芳桥两枚硬币，并指着美元上的头像，叽里咕噜地说了一通话。多年之后有人告诉刘芳桥，格雷是在说，这个人叫华盛顿，是美国的开国领袖。

格雷又从钱包里抽出一张相片，愣神看了半天。刘芳桥注意到他哭了。格雷告诉刘芳桥，照片上的女人是他的妻子。

下山更难。有些地方坡比较陡，格雷走起来双腿颤抖，甚至干脆停下来不走了。

于是刘芳桥在前，让格雷扶着他的肩膀。

"那是我一辈子最累的一天！"刘芳桥每当回忆起往事，都会这样说。

临行前，家里为刘芳桥准备了干粮。格雷示意说，那东西不好吃。他让刘芳桥吃他随身携带的压缩饼干。

他们走走停停，直到太阳偏西时，才到达上定。

他们在上定住了一晚。第二天，刘芳桥告辞的时候，格雷送出很远……

肩膀，你的和我的

"中国人什么都没有，但把他们所拥有的一切都给了我们。"

*

在那个黑暗的、动荡的年代，外敌在前，贫穷在后；战士们扛枪在前，百姓们扛干粮在后。挣扎于苦难中的、不屈的、时刻在战斗着的中国人民，是多么渴望有一副肩膀，有力量的肩膀，来替他们多少分担一些磨难呀！

"娇若桃花嫣然笑，肩如雪峰悠然垂。""酥凝背胛玉搓肩，轻薄红绡覆白莲。"古今有些诗人，神醉心迷于美人之肩。

但我们也能读到这样磅礴的诗句："几人错会先师话，吾辈元齐古佛肩。"（陆游《赠王伯长主簿》）"险夷不变应尝胆，道义争担敢息肩？"（周恩来《送蓬仙兄返里有感》）。

所谓英雄，不独拥有一颗熊心豹胆，还应拥有一双像岩石和铁一样坚硬的，能够挑起大山的肩膀！

1942 年 4 月 21 日，有两名美国飞行员被送到王村口，一个是罗伯特·格雷，一个是雅各布·曼奇。

王村口位于浙江省遂昌县西南部。从崇山峻岭中蜿蜒而下的乌溪江，将这座千年古镇一分为二。乌溪江古称东溪、周公源，发源于闽浙之间的仙霞岭山地，于衢州东 3 公里处汇入衢江。在修建水库之前，乌溪江水位高、水流大，从王村口乘木船或竹筏，两天时间便可到达衢州。

王村口是一个大码头。在这座千年古镇里，你能看见当年红军将士们在门口开过誓师大会的天后宫，做过苏维埃政府办公地的蔡相庙，还有一座 1942 遂昌民众营救美国飞行员纪念馆。

这座纪念馆占地面积 1000 余平方米，于 2018 年 9 月 27 日开馆。在开馆仪式上，参与东京大轰炸的美军飞行员的后人，美国杜立特突袭者子女协会主席杰夫·撒切尔发来贺信。贺信说："当我已故的父亲提及营救他，并把他带到安全地带的中国人时，他被他们的善良、勇敢和慷慨所深深感动。他将永远感激不尽！他告诉我，中国人什么都没有，但把他们所拥有的一切都给了我们。"

展馆中央有一个巨大的 B25 轰炸机模型，左侧有一尊以刘芳桥"十八里相送"为题材的雕塑：两个人一高一矮，头发一黑一黄；格雷的右腿绑着绷带，刘芳桥左腿的裤子上打着补丁；刘芳桥背着行李，腰系水壶，格雷一手拄拐杖，一手搭在刘芳桥的肩上。在他们身后，是无尽的如诗如画的壮美山河。那是英雄们的山河！

展陈分为 6 个板块：国破山河碎、日军偷袭珍珠港、美军反击东京湾、民众营救飞行员、日军血腥报复、中美友谊长存。

1942 年 4 月 18 日夜，风雨交加。居住在大坞山下的村民尹洪信听到"机声轰响即时断绝"，便知情况异常。他穿上衣服，急急出门，赶往北洋村向保长周子升报告。

翌日凌晨，周子升即派人上山查看，并把守路口，以防机上物品遭偷抢。

黄富泰等人披蓑戴笠，脚踩湿滑的山坡登上了大坞山顶。他们看见了惨不忍睹的一幕：一架支离破碎的飞机、一具冰冷的尸体。

同一天清早，在遂昌县际岱乡柘岱口村，村民黄雄忠雇请堂弟黄贵高等三人，上山割树叶沤肥。走到金钩下那个地方，他们闻到了一股淡淡的烟草味。抬眼瞧见一个身材高大的洋人，正倚靠在岩壁上抽烟，他身穿皮衣，腰间别着一把乌黑的手枪。他就是阿登·琼斯。

黄雄忠写于 1992 年 7 月 26 日的一份材料中说，"我们问他话音，不懂"。他用手"指指天上，再款款而下"。"居住在大坞山里的尹洪信次日早晨就到北洋报告，北洋群众一面通知保长周子升，一面往该地寻找飞机。周子升派保队副黄富泰组织人设检查哨""不许拿机上的东西"。

黄雄忠等上前问话，琼斯转头就跑。黄雄忠怕他跑进山里迷路，便让黄贵高跟着他，自己则跑回村里向保长黄贵华报告。

琼斯沿着山根往驻马槽方向跑，见追他的人并无恶意，于是放慢脚步。来到溪流边，琼斯发现水边有木排，便跳上去，用一根竹竿使劲地往水中撑，无奈水太浅，撑不动。琼斯只好再上岸，沿河往前走到柘岱口村（际岱乡第三保）。

黄贵高不声不响地尾随于后，看着他走进了关帝庙（时为柘岱口小学）。黄贵高等几位村民跟人。

接下来的一幕，在1942遂昌民众营救美国飞行员纪念馆里有视频演示——

在关帝庙里，琼斯抬头看见大黑板上方的孙中山的画像，他的脸上露出了这个清晨的第一个微笑。他步上讲台，在孙中山的肩膀处拍了几下，又拍拍自己的胸章和肩膀。接着回头向站在旁边的村民，献上灿烂的笑容。

接着，他从讲桌上捏起半截粉笔头，画出一架飞机，并张开双臂，上下扇动着，像孩子一样做出了飞的姿态。

一村民两手一摊。你画的是什么？像只鼓肚子的大青蛙。

琼斯有些急。飞机！飞机！你们没见过飞机，难道也没见过鸟飞吗？

琼斯又上去画了一个下面坠着一个小人儿的降落伞，然后连做了两个下蹲动作。一位村民模仿着同样的动作，琼斯兴奋地竖起了大拇指。于是，他与村民们一一握手。

黄雄忠说，得知他是同盟国飞行员，我们就把他留在柘岱口，并告诉他，已经通知了乡长张志伦，乡长马上就来会他。

村民们带着琼斯来到一个朱姓人家。孩子们也不怕这个被喊作"山和尚"（民间传说中一种喜欢在大山里吃人脑子的妖怪）的洋人。他们你推我搡地靠近飞行员。琼斯伸出手指，去刮一个孩子的鼻子，孩子嘻嘻哈哈地跑开了。有人拿来一个带外文的小纸盒，上面有USA三个字母，他接过去看了看，表现出很高兴的样子。

> 朱家婶婶端了一碗热气腾腾的番薯粥来请他吃，他闻闻不敢动手。他们又端来冻米糖和花生，他拿起一片费劲地咬着。可能理解了大家友善的态度，他从膝盖前的口袋里拿出几张照片来给大家看。嗬，其中一张蓝色的是他的全家照吧？照片中男的就是他，他的右边坐着位女的，身前拥着两个孩子。
>
> （伯坚：《50年前：山村来了美国飞行员》，见《遂昌文史资料》第8辑）

琼斯一到柘岱口，保长黄贵德就派人前去报告际岱乡乡长张志伦。前任乡长听说发现了盟军飞行员，也急忙派人到柘岱口村商议营救。

早上7点，张志伦从位于尹家村的乡公所步行10公里赶到柘岱口。他让人给琼斯弄吃的，让琼斯把一身湿漉漉的衣服换下来，同时派人分别向王村口区署、遂昌县政府上报。

上级命令速将飞行员送到上定，不得耽搁。于是张志伦亲率警备士护送琼斯，步行15公里前往上定。

4月20日，际岱乡第二保向上级报告：

> 查于三十一年四月十八日夜间，忽闻机声响动。至十九日破晓之时，有洋人自山岗而下，由职辖经过本乡第三保至柘岱口地方暂停，由该保长黄贵德即请示本乡公所，由张乡长志伦即至，亲送该人至拓德乡公所转送（据考查系美人样子，是飞行员）。是日下午，职保住民黄林洲等三人上山做工，在山岗上拾得绸做器物一幅（是航空保险伞），暂由职保存在办公处内……

当夜，王村口区署上定办事处教导员周将超将救助美国飞行员的情况，分别报告了遂昌县县长郑惠卿和第13航空总站。

4月21日，王村口区署雇两顶轿子，由区长柴路带队，护送琼斯和先期到达的格雷，前往有码头的曹碓岭脚（现属焦滩乡）下榻，做好从水路前往衢州的准备。

而此时，大山那边的村民，也抬着轿子把曼奇护送到了北洋村。江山的东积尾村与遂昌的北洋村，仅一山之隔，往来频繁，在曼奇到来之前，东积尾村已经派人向北洋村通报。际岱乡派出十几人，赶至半路迎接飞行员。

其间，第三战区长官司令部、浙江省防空指挥部和第13航空总站一直在关注着工作进展，并指示"将飞机降落情形等详细汇报防空指挥部，将机身伪装并派警卫保护，听候衢县空军总站拆运"，"所有寻获机件文卷及零物列册运送至衢县第13航空总站并报本部备案。机件完善者妥为保护，听候拆运；残余机体不堪用者，应悉数焚毁，勿稍遗存"。

由于当地民众不知为盟军飞机，出现了拆卸、捡拾的情况，遂昌县严令各乡保予以收缴。

　　4 月 24 日，上定的工作人员将美军遗留的零散物品，包括降落伞、枪支、防毒面具、钟表等，集中送往王村口区保管。

|章氏祠堂|

他们的名字，深深镌刻在中美两国人民共同仰望的精神丰碑上。

*

从檀头山到南田，从健跳到海游，从临海到衢州……

许多名字像海上的浪花一样，跃起并闪光；许多面孔如草野间、水田上的白色翅膀，振动并发声。

一个看似偶然的事件，让无数耕作者、渔民、医生、水手、乡贤、游击队战士……一时成为英雄。

当风停下来时，当雨水重上云端时，他们——那些从未想到自己做了一回战士，并一度惊天动地的人，将回到原先的轨道上、困厄里、奋斗中，继续着他们的苦难、希望和探寻。

一一掠过，一一略过。从默默无闻到无限孤寂。

他们无须认可、赏格和一两枚奖章，但他们因自己的行为，平添了一丝慰藉，平添了一种打心底升起，并日日长高的力量和慈悲情怀。

也许他们只是希望，不会因为一时之勇、之义、之信，而招致满门灾祸，踏上不归之路。

泰德·劳森如是说：

> 我不断地想着那些勇敢、坚忍、忠实的中国男女。他们将我们救起，用自己的身子背负我们，给我们吃，照顾我们，并帮助我们逃走。我不知道在他们被日本人拖去杀戮时是否会想，他们救起的那些人中，有人会回去一遍又一遍地轰炸日本。希望这能给他们一丝慰藉。
>
> （泰德·劳森：《东京上空30秒》）

一条又一条船。一座又一座岛屿。一个又一个村庄。

数小时之前还在扬勇逞威的战士们，突然像折断了翅膀的雄鹰一样动弹不得，像奔逃的兔子一样惴惴不安。

飞行员不怕日本人的刺刀和大炮、监禁和拷打，他们害怕的是冷漠和袖手旁观，尤其是来自朋友的。但他们在中国的土地上，没有遭遇到这一切。

让章宏晓颇感自豪的，是他有一位好大伯——章以铨。正是因为这位大伯，他开始研究那次行动和那场大营救。

章以铨（1898—1971），字皆衡，号衡青，三门海游人。从台州中学毕业后，他进入江苏南通纺织专科学校学习，后又被保送到英国波士顿工学院，继续学习纺织工程。

1925 年学成归国后，他受著名企业家张謇之邀，到江苏启东纺织公司担任工务长兼工程师，走上了实业报国之路。他工作卓有成效，因此被中央实业部委任为高级工程师，并经蔡元培推荐，聘为中央研究院研究员。

当日本侵略者的铁蹄踏上中国的土地之后，从前的梦想无法继续，章以铨选择了回乡办学。

三门海游有一多半人姓章，镇子里竟然有 3 个章氏祠堂。

那一天，三门人的目光聚焦到了章氏上祠堂。

"当时我才十几岁，看到我们祠堂里'捡来'好多大人。大家抬着门板，门板上躺着外国人。后来才知道，他们是美国飞行员。"视频中，章以铨之子章宏超说。

这是由章宏晓等人于 2015 年拍摄的纪录片，题为《大义无疆——1942 年三门军民营救美军飞行员纪实》。

当杜立特突袭队 7 号机的飞行员先行到达海游时，县长陈诚正在临海开会，于是忙坏了县镇官员和章姓一族。章正夏（县财务委员会主任兼商会理事长）、章以鎏（县农会理事长兼副镇长）、章良桢（县教育会理事长兼镇长）等人，在商议实施救治的时候，想到必须有个好翻译，于是他们通知章以铨。章以铨立刻动身，与众官员和国民兵团士兵一起，赶往建坑塘海边迎接飞行员。

当浑身伤痛的飞行员看见一位西装革履的绅士走来，又操着一口流利的英语时，他们眼前一亮，十分激动。

> 周围的墙上贴着中国救援会（China Relief）的英文招贴。很快，我就听到了天下最美妙的声音——房间里有人说英语，虽然带着中国腔，但说得很不错。一个戴着眼镜，看上去有文化的中国人从里面出来，和我们握了握手。
>
> "我们将尽全力救助，"他说道，"我们知道你们都做了什么。"
>
> （《东京上空30秒》）

飞行员告诉章以铨："我们急需一位医生，还有止痛药、碘酒和镇静剂。"章以铨神情忧伤地叹了一口气。

多年来，美国人在太平洋的彼岸，冷冷地注视着发生在中国的一切，并不时地对邪恶的日本人发出几声无力的谴责，但他们没有真正行动，而且继续向侵略者出售战略物资。

得知飞行员来自美国，也是打日本鬼子的，镇上很多人争先恐后地把被子、衣服、食品送到医院和章氏上祠堂（时为县政府办公地），有一户人家甚至把新婚的棉被也抱来了，盖在伤员的身上。

作为翻译，章以铨最清楚飞行员之所需。他把家中的西餐用具全部搬了过来——这些餐具和章以铨一起，一路叮当作响，陪伴飞行员直到临海恩泽医院。章以铨同时带来了奶粉、米粉等食品，他还让母亲杀了好几只鸡鸭，给飞行员熬汤滋补身体。

面对此情此景，劳森落泪道："在美国看到街头和电影院有中国救援会为抗战募捐，多次经过，也偶尔捐上一点儿钱，以为这样已经很慷慨了。而此时此刻，真是觉得惭愧和过意不去。"

章以铨宽慰他道："千万别这么说！你所捐的钱都派上了大用场。"

劳森说，在飞临中国上空，燃油即将耗尽时，作为机长，他有两种选择：一是跳伞弃机，二是寻找记忆中的地标和着陆点，实施迫降。他选择了第二种，因为他知道，一架轰炸机对中国人民来说，意义太大了！

随后到来的15号机组成员，也是由章以铨担任翻译。

临别时，飞行员赠给章以铨一些礼品，如领章、肩章和用绸子做的军用地图等，并合影留念。——这些东西"文革"时被红卫兵抄走，再无下落。

由于干练和专业，章以铨受到了第 14 航空队的注意。此后不久，行署专员杜伟约请章以铨去台州，他到了那里才知道，原来是要聘他为气象收集员，负责调查浙东海域气象情况，以便继续对日轰炸，同时切断台湾与琉球之间日军的空中联系。

时任三门县县长陈诚在《县政实录之总叙》中写道：

> （民国）三十一年，四一九事变后不满一周年的一个风雨交加的黄昏，三门和南田一带天空中响着沉重的机音，从北向天空掠过，隔了没有多少时候，在南田和石浦中间的海面上，有两架美国飞机迫降下来，飞行员十人全都落水获救，在南田的我游击队士兵和民众们送他们脱离那个危险地带，这是美国空军轰炸东京回来的日子。驻在石浦的敌海军用着高速度的汽艇在海面上搜寻，结果一无所获。敌寇非常怀恨南田和三门沿海民众，连续地发动几次窜扰，除了在健跳、健康塘、小雄、巡检司一带登陆烧杀以外，在南田受到敌寇报复性的烧杀，是有七月一日龙泉镇花峤地方，烧毁民屋一百五十几间，杀死妇孺无数；十二月三十日在四都乡金漆门一带用大炮掩护登陆，烧掉民房六十多间，大批的粮食牲口被掠夺；三十二年元旦，敌舰八艘迫近海岸，在大南田地方，整个村落烧了八小时，估计人民损失数百万，敌人这种残暴的行为，除促使人民复仇的心理更加坚强外，还有什么？

日本人的报复是残忍的、无人性的。从宁波到台州，总共迫降了 4 架美国轰炸机，他们只抓到了 3 名飞行员，三门的军民更是让他们一无所获。恼羞成怒的日军开始了毫无人性的报复，他们四处烧杀抢掠，无恶不作。

1942 年 6 月 18 日，停泊在五屿门洋面的 5 艘日军军舰，载 170 余名士兵在赤头山登陆；另一队日军窜入健跳，伪军百余人也在浦坝港登陆，窜至小雄。他们焚烧乡公所、学校和民房百余间，杀死杀伤 4 位村民，强奸妇女 14 人。

任超民院长的女儿任盈盈回忆说，救了美国飞行员后，日本人疯狂"扫荡"，放火、丢炸弹。我爸爸带着我们一家逃到了山里。在逃难过程中，我妈妈流产了。

她一辈子都很少提起这件事，这是她心中永远的痛。

1945 年初夏，日军节节败退，即将走向彻底失败。大约 600 名日军在撤退路过海游镇时，仍不忘记杀人放火。

> 我们一家人急忙逃到海游后面的山上。我祖父不放心，不肯离家。有一天，我们在山上看到大火冲天，烧了一天左右。日军离开后，我们才知老家被烧光。
>
> （章宏超：《我家被日寇放火烧毁》，见《三门抗日战争纪实》）

原来，日寇到十道地后，一边挨家搜查，一边偷抢东西。他们翻出了章以铨与美国军人的合影，不由分说，点火焚烧了章家雕饰精美的"千工床"，大火迅速向房屋各处蔓延。章以铨之父章正松急得捶胸顿足，日本兵索性将他吊起来毒打。族人章亮元闻讯赶来，抽出日本天皇所赐东洋古刀，喝止日寇。半张脸是暴徒、半张脸是奴才的日本人，见状立刻变得毕恭毕敬。

章亮元，字永尚，号静轩，毕业于南京陆师学堂，留学日本士官学校时，各科均获第一名，被封"武状元"，获天皇"御赐"宝刀。学成归国后，章亮元曾任孙中山先生的高等顾问，后随张謇兴办实业。抗战爆发后，他回乡在三门六敖、小蒲等地围垦。

虽日寇已停手，但章家砖木结构为主的四合院已然化为灰烬。望着 20 多年来倾注心血建起的家园，以及家中的古玩、字画等毁于一旦，章正松一病不起，于次年含恨以终。

该地的十五六间房子，系由章父与子女章以铨、章以燎、章玉桂同住，失去家园之后，他们无家可归，后在族人章棪、章亮元等人的帮助下，盖起了 3 间房暂住。

抗战胜利后，章以铨回到上海继续以前的工作。电影《东京上空 30 秒》在上海上映时，因原著和电影中均提到了他，驻华美军司令魏德迈曾专门邀请章以铨和家人一起观看。

后章以铨一直在上海纺织行业工作。1960 年退休，晚年常住苏州。1971 年患脑出血病故，安葬于苏州皋峰公园。

2015 年，适逢抗日战争胜利 70 周年，章宏晓开始拍摄《大义无疆——1942 年三门军民营救美军飞行员纪实》。

他曾经在电视台工作，这为他采访、拍摄提供了方便。这是一个原因。

"另一个原因是，作为一个三门人和章氏家族成员，我希望把先辈们的历史记录下来。这些讲述者或定居异乡，或垂垂老矣，再不留下资料，可能就没有机会了。"章宏晓说。

章宏晓采访了很多当事人的后人和知情者。当事人几乎一个都不在了。

中国的祠堂文化起始于商朝，但在汉代以前，它只为贵族专享。《周礼》云："天子七庙，诸侯五庙。"在北宋时期，朱熹明确了"祠堂"的概念，并主张每个家族都应该建祠以祭祖先。但直到明嘉靖十五年（1536），朝廷才允许"庶民"祭祀始祖，民间修祠蔚然成风。

海游章氏祠堂始建于宋嘉熙年间，原称泽演堂。几经迁移和重建，在清康熙十二年（1673）拆建至海游城墙内，更名为琊王祠。后祠堂再度迁移，原址现仅存几间破旧的老房子。

或许，在章氏祠堂肃穆的厅堂里，章以铨的牌位尚未被郑重安放，但历史的风烟不会掩没他的名字。

那些曾参与那场惊心动魄的大营救的英雄，他们的壮举早已超越了宗祠的砖瓦与族谱的墨迹，化作永不褪色的传奇。他们的名字，不仅应当被家族世代铭记，更应深深镌刻在中美两国人民共同仰望的精神丰碑上。

那是一块由勇气、牺牲与人性的光辉铸就的永恒之碑。

2010 年 6 月，一位家住上海杨浦区的女士，辗转找到《衢州日报》记者，让他们一定要记住她父亲的名字。她就是任盈盈。

1942 年 4 月 21 日、22 日，三门县卫生院院长任超民参与救治了 7 号机、15 号机的伤员。三门沦陷后，任超民夫妇回家乡开办诊所。

1946 年 9 月，任超民任慈溪卫生院院长。解放初期，他先后在上海惠利医院和上海工商电器厂保健站工作。1956 年被评为上海市劳动模范。1993 年在上海去世。

任盈盈害怕已逝的父亲任超民被人们遗忘……

法克特的两个葬礼

"最后一位杜立特突袭队队员回家了!"

初冬，一个细雨蒙蒙的午后。我随参加浙皖闽赣杜立特行动大救援历史研究交流会的代表，一起前往衢州市柯城区的汪村，去祭奠在杜立特行动中牺牲的一位英雄——利兰·法克特。

法克特墓址位于颐和小区外一片三角形的平地上。这是一座空坟？不，那位以身殉国的美国小伙子，曾经在这里。

石碑上，一双收起的羽翼，呈现"M"形，它指向太平洋彼岸。墓碑下，法克特的遗骨被一块包裹着飞机残骸和山茶花的琥珀树所替代。

衢州市杜立特行动历史研究会副会长郑伟勇说，坠机碎片来自法克特所在的3号机，山茶花则象征着坚忍不拔。

1942年4月18日夜，3号机坠落于遂昌县柘德乡北洋村的大坞山上。

关于法克特之死，《东京上空30秒》是这样记述的：

> 格雷的枪手利兰·法克特则不幸牺牲。当格雷用对讲机下达跳伞命令时，法克特回答："我听不见，你说什么？"格雷怕对讲机出故障，于是派一名机组人员爬到后面机枪手的座舱，那里有一个跳伞口。那家伙回来后，告诉格雷，法克特已经戴好了降落伞，并打开了舱门。为了确保万无一失，格雷又用对讲机向后面喊了一次。没有回答。他认定法克特已经跳伞，于是自己跳了下去。

4月19日清晨，来到飞机旁的村民看到了这样的情景：飞机先是撞断山岗上的一棵大树，然后顺着山坞的走向向东翻滚。机身、机翼断裂，两个发动机被甩出去，滚到了半山腰。但飞机整体比较完整，垂直尾翼上的编号"02270"清晰可见。

在柘德乡乡长李祖富写给遂昌县县长郑惠卿的紧急报告中，提到了"有一司机员毙命其上"。王村口区上定办事处周将超、毛钟彪的报告也称，"一伤亡在机下"。

法克特的尸体，是由曼奇认出的。

降落在江山县东积尾山上，被村民毛继富兄弟等人营救的曼奇，被送到柘德乡北洋村。21日早晨，他听见外面有人好像在议论坠机的事。那拨人离开的时候，他感觉到他们要带他去坠机现场，便跟在后面。

中午，他遇到了一些肩扛飞机部件的自卫队员从身边走过。他跟着那些人继续往东走，来到一个村庄。他在那里见到了法克特的尸体。他是通过尸体皮夹克上残存的踢腿驴徽章，认出法克特的。

法克特的伞包变了形，只张开一小部分，这使他丧失了年轻的生命。法克特牺牲时，年仅20岁。

柘德乡乡长李祖富带领村民在坠机地附近整理出一块平地，搭出一个灵棚。他自己出钱从上腰村民吴承林家购买了一口已经上好油漆的棺材，将死者的遗体收殓了。为防遗体遭野兽侵袭、损坏，他派黄富海、黄富根等几位北洋村村民轮班看护。

当时还是孩子的黄大清，正在教室里上课，听见外面一阵吵闹，和小伙伴们一起跑出去看。"外国人长得特别高大，村里人抬上山的第一口棺材放不下，又回村换了一副。棺材用的是上等的材料，值200块大洋呢。"

黄富海后来回忆说："我负责看守死难的飞行员。当时死难的飞行员在机内，是我村的保甲派人把他从机内拉出，并在附近掘出一块平地，搭了一个草棚，把尸体放在棚内。我和其他几位村民轮流看守尸体两天两夜。"

4月21日，李祖富雇人将法克特的遗体放在棺材里，抬到黄沙腰（乡公所所在地）。次日又按照上面的指示，用竹筏运送至奕琴乡周公口暂厝地。一个星期后，灵柩通过乌溪江水路运至衢州。

1990年，"杜立特飞虎队"90—中国考察团访问遂昌。9月15日，他们登上大坞山察看了飞机坠毁地，并会见了黄富海和黄富根等人。

杜立特离开时，将伯奇留下来，处理突袭队员的善后事宜，军队和地方寻找或收缴的飞行员私人物品，都由伯奇负责接受后，再转送到重庆。

法克特的灵柩运到第13航空总站后，美国军方也将其后事的处理全权委托给约翰·伯奇。

伯奇是谁？他是杜立特从天目山前来衢州，在途中遇见的一位传教士。

传教士约翰·伯奇是从杭州的教堂里逃出来的。在偷袭珍珠港后，日军开始围捕杭州所有的美国人，并把他们关进难民营。这位 23 岁的传教士出生在印度，父母都是传教士。他在美国乔治亚州乡下长大，来中国后，他先后在香港和江西上饶传过教。伯奇正准备开始沿着钱塘江进行传教的时候，从广播里听到了东京遭到突袭的消息。于是他匆匆逃离杭州。几天后，他来到位于新安江、兰江和富春江交汇处的严东关。

见伯奇能说一口流利的中文，杜立特问伯奇愿不愿意跟他走，当翻译。

"当然愿意，"伯奇久闻杜立特的大名，"能为美国军队服务，是我的荣幸。我还是第一次见到像你这样的大人物。"

伯奇陪杜立特直到兰溪。一路上，他不停地讲述日军在中国的种种暴行。杜立特留下了他的联系方式，并承诺向有关方面推荐他。

伯奇准备在衢州买一处墓地安葬法克特，但当地官员告诉他，这种做法是国际法禁止的，不能批准。空军第 13 航空总站站长陈又超少校得知此事后，主动提出在汪村提供一块墓地供美国航空队免费使用 100 年，或者更长时间。

伯奇于 5 月 2 日发电报给在重庆的美国军事代表团："杜立特中校要求买墓地的命令已经收到。衢州航空站陈少校愿意提供一块地而不是出售，给美国自由使用。如果在 5 月 5 日前没有其他指示的话，准备接受。"伯奇没有提及购买墓地违反国际法的问题，可能是因为：中方愿无偿提供土地，美方已无须购买；美国军事代表团更了解国际法的规定，他不用多解释。

5 月 5 日，伯奇接受了陈又超的方案。

日军已经得知杜立特的轰炸机队在空袭东京之后，计划降落在衢州机场，而且所有参与空袭的飞行员也都在衢州集合，便频繁地派出飞机空袭衢州。法克特墓和碑石等，就是在敌机的轰鸣声中完成的。

1942 年 5 月 19 日下午 5 点，安葬仪式以军礼的方式举行。航空总站站长陈又超率 200 名官兵，还有汪村小学的学生，参加了安葬仪式。他们都抬着花圈。

詹姆斯·斯科特的《轰炸东京——1942，美国人的珍珠港复仇之战》写道："（衢州的）庆祝活动因为利兰·法克特的死讯而暂缓。中国人已经剥掉了这位机枪手身上的衣服——显然是为了保存好他的衣物——将他的尸体绑在一根长木杆上，样子就像一只宰好的动物，然后中国人把尸体从荒无人烟的山里抬了出来。"

　　杜立特将戴维·琼斯和"砖头"霍尔斯特罗姆留在衢州，让他们继续等待还未出现的飞行员。他还派人去请曾经帮助过他们的传教士约翰·伯奇，让他督办利兰·法克特的葬礼。

　　伯奇在衢州近郊为法克特举办了追悼会——同一天杜立特到达重庆——13 名突袭队员参加了追悼会。伯奇想用杜立特留给他的 2000 元（中国货币）买下一块墓地，但中国人告诉他们这样的买卖是违反国际法的。他们愿意免费为法克特提供一处墓地，期限是 100 年……遂昌的地方官捐赠了棺材，但日本人的空袭使得墓地和墓碑的准备时间多用了两个星期。5 月 15 日下午 5 点，在军事总部附近的汪村——军事基地的 200 名官兵到场——法克特带着中国空军授予他的荣誉被安葬。

从 4 月 19 日至 5 月 19 日，整整一个月后，一个漂泊、动荡的灵魂，终于找到了安息之地。

家住汪村的 87 岁老人汪文洋对法克特的葬礼记忆犹新。"那时我还很小，哪里看过蓝眼睛、高鼻梁的美国人，觉得很稀奇，就跟在汪村小学的学生后面。参加葬礼的人都抬着花圈，为那位飞行员送行。"

法克特墓位于汪村南面一座小山的斜坡上，距西边的航空总站临时指挥部主要建筑约 500 米，距衢（州）常（山）公路南 50 米。墓坐西朝东，没有坟堆。一前一后两块青石碑，标识出墓穴的位置。前碑高 120 厘米，宽 60 厘米，石碑上部为半圆形，上面刻着美国航空队的白星飞翼标志。后碑高 30 厘米。

法克特静静地躺在中国的土地上。后来发生的一系列重大事件，他一无所知：日军对衢州等地的占领，烧杀抢掠和细菌战；"李梅烧烤"及投放到广岛和长崎的原子弹；日本鬼子的投降……

爱好和平的人民，用一场彻底的胜利，安慰了他的在天之灵。

美国人民没有忘记像鲜花一样陨落在万里异国的英雄们。

第二次世界大战结束后，1947 年夏天，4 位美国人，两位穿军服，两位穿着便装，来到了汪村。他们雇用汪村村民汪毛头、汪小米和古毛头等 4 人，帮助起墓穴。时值酷暑，溽热难耐。4 个人挖了很长时间，终于在 1 米深处看见了棺木。棺盖打开后，在一棵椰树下坐等的美国人走过来，站在墓穴边，掏出手枪向天鸣了三枪，并致以军礼。棺材内积满了水，但能看到覆盖遗骨的军毯。汪毛头等人用四爪耙将遗骨捞出，包装好交给美国人，他们便装车运走了。墓碑留在原地，后来不知被什么人弄走了。

法克特的遗骨从衢州直接运往上海，由飞机带回美国，交到法克特亲人的手中。

《时代周刊》对这一事件进行了报道，它借美国军人墓穴登记处在中国的负责人查尔斯·克尼上校的话说："最后一位杜立特突袭队队员回家了！"

法克特的遗体在家乡伊利诺伊州下葬时，军方又为他举行了一个葬礼。伊利诺伊有一个沙努特空军基地，它的一个军营被命名为"法克特"。

而他在中国的墓地被一块遗址碑所替代。在墓址的旁边，有一片中美人民共植的"友谊林"。

在汪村的日子里

"只有中国人的回报是如此丰厚——富人和穷人都是这样。"

*

　　汪村，位于浙江省衢州市柯城区，距市区约 3.5 公里。衢江从旁边流过。

　　这里曾经是中国空军第 13 航空总站的驻地。如今保留下来的，只有一座小楼和一个防空洞。

　　小楼为一栋西洋式单层 3 间坡屋顶的房子，外呈八角形，因而又称八角楼。当年，这里是总站长陈又超的办公室兼住房。

　　石头山的防空洞正式名称为新塘山石室，又被叫作"石头防空餐厅"，为人工采石所留。洞口开在向南的红砂岩断崖上，原地貌未遭到破坏，因而从空中很难发现。防空洞内面积达 300 多平方米，可容上百人住宿或用餐。

　　洞口南侧开采面上，有一线刻人物半身像，旁边的题字为"成化九年"。

　　杜立特突袭队队员在飞离大黄蜂号航母之前，相约"衢州见"。在实施了对东京有史以来的第一次大轰炸之后，15 架轰炸机在中国境内坠毁或迫降。陷入黑暗和绝境中的飞行员，被中国浙江、江西、安徽和福建等地的军民营救。之后他们由中国军民护送，从不同的地方，以不同的方式抵达衢州，以完成他们的"衢州之约"。

　　1942 年 4 月 21 日至 5 月 3 日，为保证安全，突袭队员被安排住进汪村防空洞。

　　在这里，他们得到了悉心的照料和安慰，如同一名飞行员所言："像找到了自己的家一样。"

　　在这里，他们增添了对勇敢、善良的中国人民的认识，同时增强了对日本鬼子的仇恨。

　　突袭队员们曾经在防空洞前留下一张合影。那张照片，如今已为一尊黄铜色的浮雕所代替。

　　英雄们将永远站在这里，属望着大好河山——和中国人民一道……

4月19日

本来应该是另一种景象。

轰鸣了一夜的 B-25 —— 在跑道上落定，再气派地排列在机位上。地勤人员没看错，一共是 16 架，他们从没见过这样的大家伙。

当他们走出舱门时，扑面而来的是春天的气息、中国的气息。那个吴老四，还有其他中国士兵，将站成齐整的队伍，立正向他们敬礼。

载着他们的车队，像风一样地驶入衢州城。此时有鞭炮，此处有掌声，一张张笑脸扬起，像是在迎候远行归来的亲人。

他们将在招待所门前的草坪上，看见"欢迎美国飞行员"的巨大标语。等候在那里的男女童子军，高声唱起《义勇军进行曲》和《星条旗永不落》。80 个孩子走上前来，向他们一一献上鲜花，也许还有自己制作的小礼物。

房间全部为他们腾了出来，楼下的餐厅里，煮好的咖啡冒着热气，各色西点摆列在餐桌上。他们可以在吃饱喝足之后大睡一觉，也可以看看远处的青山……

但当 5 号机组曼斯克、特鲁洛夫到来时，一切都没有发生。此时他们不像是英雄，更像是不速之客或者逃犯。服务人员一定能够看出他们的狼狈和疲惫。

投弹手和机枪手是下午 3 点被送到这里的。直到晚上，他们才看见同机组的另外 3 位伙伴——机长琼斯、副驾驶威尔德和领航员麦克格尔。

一切都很好，除了特鲁洛夫左腿有轻伤。但飞行员高兴不起来，他们很怕中国人突然问道：

"你们的飞机呢？"

而他们此时想的，却是给什么人打个电话或发个电报。

4月20日

也许就在今天。在他们洗热水澡或换上新衬衫时，在机场那边，地勤人员已经为他们的 B-25 加满了汽油，或许还重新安装了机枪。

然后他们将起飞，像一群候鸟飞越中国壮丽的山川，最终抵达重庆。

如果有日军飞机前来凑热闹，他们将予以奉陪……

但现实是：这一天，衢州上空 3 次响起了空袭警报。盘旋在衢州机场上空的日军轰炸机，没能找到传说中的 B-25，于是他们胡乱扔几个炸弹。美国的小伙子们只能眼睁睁地看着它们逞强，看着它们闲如散步般地飞走。

晚上，载着 12 号机组成员的汽车鸣着喇叭穿过衢州城区。车上的 4 名飞行员在想，也许只有我们的飞机坠毁了，等到了招待所，他们才发现不是。

23 时，11 号机组全体成员由安徽歙县派车送来。入住之后，机长格兰宁写下了他的第一篇"中国日记"。

> 迎接我们的是一个非常奇怪的人，他个子高大，中式衣服对他来说太小了，他留着满洲似的长胡子，他是戴维·琼斯。我们很快称他为富满·琼斯，他的身体被戳破了，所以别人就给了他几件中式服装，他故意让自己嘴边的胡子往下长，这样便给了他一个扮成中国人的时代标记。
>
> 自从我们美国人轰炸了日本以后，我们得到了中国人最好的膳宿，中国人给我们补充的衣服虽然像硬纸板，但很厚很温暖。

4 月 21 日

希尔格率 14 号机组全体成员，于凌晨 3 点 30 分抵达衢州。

一进宾馆，作为突袭队副总指挥的希尔格，开始四处打听总指挥的消息。终于有人告诉他，杜立特安全降落，目前人在西天目山。

吃早餐的时候，希尔格看见了很多熟悉的面孔。包括他本人在内，已经有 4 个机组的 20 名飞行员来到衢州，刚好为总人数的 1/4。

希尔格中午接到通知：为保证安全，所有飞行员都将被转移到第 13 航空总站位于汪村的防空洞里。

转移到汪村防空洞后，20 名飞行员在洞前留下了一张十分珍贵的合影。此后，甚至当杜立特到来后，也没有再拍过合影。

下午，希尔格拜会了第13航空总站站长陈又超少校。

飞行员们得知，他们的饭菜都是从6公里外的城里送来的。

雷迪日记——

我起得很早，准备在空袭警报响起之前吃早饭。早饭后，我们所有人都挤进了一辆旅行车，一路鸣着喇叭穿过衢州。路上遇见的人都在往城外跑。过了一座浮桥，我们来到乡间的小山丘。在这里，我们躲在一个人工的洞穴里。警报解除后，我们被带到了新家，从那里步行就能走到洞穴。

格兰宁日记——

我们通过街道被护送到山区，这是难以忍受的体验。在那些日子里，这一地区的中国人是多么艰难，当他们伏在路边沟里躲避日军战斗机扫射和轰炸时，许多人被杀死在街头。在大多数情况下，他们被堆积在了一起，就像积木一样，等待以某种方式来处理。如此大量的尸体，对我们来说是很痛苦的景象，因为我们以前从来就没有看到过这种状况。

鲍尔日记——

我们花了一天中的大部分时间在洞穴里看日本佬的轰炸练习，这是一种犯罪。没有任何反击的迹象。我们只需要一架飞机，我们没有一架飞机正常降落，太糟糕了。

这些中国人是真正的男人，只字不提四年战争所造成的苦难。或许我们可以伸出援助之手，我希望。

4月22日

早上6点30分，正在用早餐的飞行员，看见4号机机长霍尔斯特罗姆独自一人出现在洞口。飞行员发现，"他显得十分疲惫，感觉像是从地狱里刚出来"。

当被问及几位同伴的下落时，霍尔斯特罗姆无力地摇了摇头。

也许日本人知道了轰炸东京的 B-25 目的地是衢州，加强了对衢州机场的轰炸。今天日军轰炸机共出动 3 次，向机场的建筑和跑道投下了 40 多颗炸弹。

因为第一次空袭持续的时间较长，直到下午 2 点多，送饭菜的车辆无法到达汪村，飞行员只好空着肚子。

飞行员躲在防空洞里，由一位上校翻译为他们读英文报纸。听到日本人承认东京大轰炸造成了 1923 年大地震以来的最大恐慌，飞行员都十分高兴。

飞行员"见识"了中国高效的防空系统，每当敌机来袭，防空洞内的电话都会及时响起。各地的防空监测哨报告的情报，包括敌机的机型、飞行高度和时间等细节，准确度很高。

每当看见日机前来轰炸，飞行员反应都很激烈。保护美国飞行员是航空总站当下的头等大事，为了保证他们不被敌机发现，总站通过希尔格提出告诫："不得对飞临衢州上空的日军轰炸机采取任何形式的反抗，比如，举枪射击。"

中午时分，遂安又送来 5 名飞行员。现在，防空洞里已经集合了 25 名飞行员。

下午，在参观了空军医院等单位后，飞行员来到汪村小学。衢州小学生给飞行员留下了很深的印象。

希尔格日记——

> 孩子们干净、聪明和有纪律。他们与我们自己的孩子没有太大不同，只是他们表现得更好。他们使我们感觉到好像走路太拖沓，因为每当我们在路上经过他们身边时，他们都会停下来，坚定地望着我们，直到我们走过去。

航空总站送来了新衬衫和袜子。琼斯的鞋子被玉米根茬扎坏了，他得到了一双短马靴。

4月23日

如果大黄蜂号航母让突袭队按预定的时间和距离起飞，他们就不会落到今天这个地步。郁闷了几天的飞行员情绪稍好之后，开始拿大黄蜂号开涮。

"什么'大黄蜂'，我看应该给它改个名字：'家蝇'！"有人说。于是飞行员开始以"家蝇"称呼那艘航母。

——如果他们能够预知大黄蜂号一年多以后将被穷凶极恶的日军击沉，也许就不会开这种玩笑了。

飞行员开始补写日记。突袭队里很多人有记日记的习惯，比如，希尔格、格兰宁、琼斯，1号机的伦纳德，2号机的雷德尼和魏德纳，14号机的西姆斯等。——40多年后，格兰宁的遗孀把格兰宁在中国写的日记，复制一份发给了曾健培。

有几个人在打牌。纯粹为了消磨时间，已经没有心情赌美元了。

琼斯等几位飞行员向总站提出要学习中文，总站派一位翻译来教，他们从"一、二、三"学起。

早上空袭警报响起，7架日军飞机轰炸了衢州机场。

晚上9点，格雷、曼奇和琼斯到达。他们带来了一个令人悲伤的消息：3号机机枪手利兰·法克特在跳伞时死亡。

中国官员说，已经查明52名飞行员的下落，其中有28人到达衢州。

4月24日

早上7点30分空袭警报响起。这次来了9架敌机，它们依然没把汪村作为轰炸目标。

更多飞行员开始学习中文。今天学习的单词有"吃饭""咖啡""茶""牛奶""盐""糖""晚餐"……短句有"谢谢""你好吗"。

希尔格得知有两位飞行员在宁波的爵溪罹难，他给仍留在临海的15号机组发电报，要求想办法将烈士火化，并带回一品脱的骨灰过来。

吃晚饭的时候，奥扎克被护送到来，他腿上的伤有所好转，但仍需治疗。

接着，13 号机组全体成员前来报到。这样，防空洞里集合的队员已达 34 人。

每位飞行员报到后，由总站医务室先检查身体，处理伤病。

为了防止飞行员随意外出，总站想出一个办法，就是给他们拍照片。拍完后，底片立刻呈送队长处理，不能保留。

格兰宁日记——

　　　　这里的人给我们拍了大量的照片，大部分照片被他们保存起来。当拍摄照片时，无论如何都能看到有趣的景象。他们安排位置，他们在队伍前面精心准备。这最大限度表明了中国人对美国人真实而持久的友谊。

2 月 25 日

早上 6 点，4 号机副驾驶扬布拉德从上饶乘火车到达。他是第 35 个抵达衢州的飞行员。

今天的消息是：有一架飞机降落在了苏联的海参崴。中队长约克显然严重违规了——出发前，杜立特曾严令：无论发生什么情况，飞机都不能降落到苏联。

下午，第三战区炮兵主任唐子长和宦乡等来到衢州。他们看望了飞行员，并一起合影留念。

宦乡，贵州遵义人。1938 年出任第三战区《前线日报》总编辑。皖南事变发生后，他曾利用自己的身份营救出冯雪峰等共产党人。

下午，在总站中山堂举行招待会。墙上张贴的标语是："欢迎美国英雄""消灭日本鬼子""欢迎我们的同盟国"。

3 点，宴会开始。唐子长发表了热情洋溢的讲话。一支业余乐队在演奏了中国国歌后，又演奏了"印象中的"美国国歌。

晚餐很丰盛，每位飞行员还都领到了香烟、烧酒和罐装的牛奶、牛肉、饼干。这些食品是工作人员跑了几个城镇才买到的。

飞行员嘴都很严，很少和中方人员说话。当翻译问他们还有什么需要时，他们就说"要见蒋委员长"。突袭队员之间除了一日三餐，也从不聚集谈论。

琼斯日记——

> 你知道吗？那些好极了的人，从每个镇上为我们找来这些食物和酒，就像在旧金山、洛杉矶拜访一些中国人和他们喝酒一样。我想说，我从来没遇到过像他们这样真诚、爽快、朴实的好人，而且他们已经打了 5 年的仗了。

下午 6 点接到通知：今晚将有 20 位队员由格兰宁上尉带队，乘火车前往桂林。将要离开衢州的 20 人包括 11 号、12 号机组全体成员，5 号机组 4 人（戴维·琼斯留下），10 号机组拉金、霍顿，3 号机组格雷、曼奇和阿登·琼斯，还有早上刚刚抵达的扬布拉德。

晚上 7 点 20 分，一辆遮着篷布的十轮大卡车将飞行员送到火车站。上车前，他们每人获赠一件白色丝绸衬衫。

有消息说，9 号机坠落于江西宜黄，机组全体成员平安。他们不来衢州报到了，直接前往桂林。

4 月 26 日

春雨霏霏，春草如茵。滴答的雨声中，时而传来几声布谷鸟的叫声。

在汪村西边不远处有一口小池塘，村民们看见有两个外国人正在池塘边垂钓，不胜诧异。他们是 13 号机副驾驶诺布洛克和 14 号机投弹手艾尔曼。当然，他们可能一条鱼也没钓到。

一直被 10 号机飞行员惦记着的机长乔伊斯来到衢州。他降落的地方其实离衢州不远，却走了 7 天。不过还好，一路都有人管吃管住，没受什么委屈。

下午 3 点，大家盼望已久的杜立特，带领 1 号机全体成员到达衢州。有很多人陪同他们。

曾在总站工作过的钱南欣回忆说："有 3 位便衣人员送来一位狼狈不堪的美国人。总执行官召来军医和翻译，随即带到总站长办公室密谈，知为领队杜立特将军。此后总站就紧张起来。杜立特将军即至防空洞集合已送到美军会面，知招待情况良好。"

希尔格向杜立特汇报说，有12个机组报到或已经联系上，41人到达衢州。3人死亡，6人被日本鬼子抓获。

杜立特与陈又超商定，在飞行员未被日军发现之前，尽快将他们分批转移至重庆。

中国军方安排杜立特等飞行员参观衢州机场。总站用汽车载他们在机场内巡视一周。

曾在第13航空总站工作过的麻境兴记录了杜立特的讲话：

"我们太惭愧了！衢州机场这么大，设备这么好，我们竟然没找到。我向中国战友表示遗憾！

"我们的作战计划是轰炸东京、长崎和名古屋三个目标，配备了16架B-25型轰炸机，每架飞机5个工作人员，带500磅炸弹4枚。共分3个组，长崎、名古屋各5架，东京6架，搭乘大黄蜂号航空母舰，由美国基地出发。为防敌人发觉，不准该舰向任何地方联系，至离日本400公里处飞机才起飞。距海面20米低空飞行，到日本海岸即升高到东京上空。看见日本人正在打球、做体操、做游戏，毫无准备。我们选择人多的地方和大的建筑物，投下了500磅的炸弹，霎时，东京市内黑烟弥漫，烈火腾空。完成任务后即按预定计划向中国飞行，到达杭州湾才准许和中国联系。因天黑、阴雨，找不到机场，燃料已经用完，我们就弃机跳伞。

"此次轰炸东京虽然飞机都损失了，但起到了奇袭的效果，给日本侵略者以沉重打击。"

希尔格问杜立特："'Lu shu boo megwa fugi（我是美国人）'对你没有发挥作用吧？"

杜立特回答："没人听得懂我们说的是什么。"

希尔格说："我们其他机组也是一样，朱利卡少校教我们的是地道的粤语，但这里是浙江省。"

西姆斯日记——

我们在衢州逗留期间，这里的中国人尽可能使我们舒适。我希望我永远也不要忘记王上校，一个小个子的、活泼的中国人，他以他特有的方式超越了我们。作为一名军官，他很多地方可以成为很好的榜样。

我会继续说，任何种族都可能很好地回报哪怕一点儿的真诚、善良和谦卑，但只有中国人的回报是如此丰厚——富人和穷人都是这样。

4月27日

杜立特带希尔格、西姆斯乘火车前往上饶拜会第三战区司令长官顾祝同，安排飞行员撤离，同时商讨营救被捕飞行员事宜。临行前，他向华盛顿发报，详细汇报了各机组的情况。他们将不再回衢州，而是从那里前往衡阳。

空袭警报从上午10点响起，只持续了一个多小时。飞行员有的玩牌，有的喝酒。

临行前，杜立特发电报给牧师约翰·伯奇，让他赶来衢州处理飞行员的善后，以及安葬法克特等事宜。

4月28日

早晨，伯奇乘火车抵达衢州，并到第13航空总站看望了飞行员。

晚上7点左右，15位飞行员乘火车离开。他们中包括1号机4人，13号机5人，10号机余下的3人，14号机余下的3人。

防空洞里只剩下了琼斯、霍尔斯特罗姆和奥扎克。奥扎克被留下，是因为腿伤未痊愈，活动不便。琼斯注定要待到最后，因为他热心于接待和服务。

琼斯日记——

真希望留住这10天来的美好时光。这儿的伙食很不错，事实上是极好的。我们有25夸脱75°的烧酒。我们不应该抱怨太多！

琼斯按自己对突袭队情况的了解和记录，列出了一张统计表：

4 人（牺牲了 1 人）在衢州；

38 人（在火车上）；

8 人（霍尔斯特罗姆机组 3 人，沃森机组 5 人）都很好，在去玉山的火车上；

10 人在临海（他们大部分躺在床上）；

5 人在宁波（或许被俘？）；

5 人在南昌（2 人牺牲了，其他 3 人可能被捕了）；

5 人在苏联。

总共 80 人。

琼斯打电话向在上饶的希尔格问询，希尔格基本证实了他的统计。

4 月 29 日

早晨 5 点警报响起。日军飞机向衢州机场投下了大约 150 枚炸弹。城内荷花巷有 3 人被炸死，位于蛟池街四眼井的内地会礼拜堂被震塌，该礼拜堂牧师安德鲁斯和夫人刚好在外面，逃过一劫。

伯奇接到鲍尔森神父的电话，说杜立特给他留下了 2000 元法币，授权他为法克特买一处墓地。

胡佛带 2 号机组全体成员由翻译刘同声等人陪同，乘火车于晚上 8 点到达衢州。

刘同声回忆——

到达空军基地招待所之后，改由空军官兵护送和招待。我发现这里有好几位空军军官会说英语，他们开始为美国飞行员当翻译，后来才弄清楚，原来这些空军军官都是重庆派来的，原本就是为了给美国飞行员做翻译的。他们谁也没有料到，我在他们之前先充当了翻译的角色。派来的这些翻译中有一位是我的大学同学。在这种场合相见，也真是始料不及。

比我见到同学要高兴得多的是胡佛他们，因为他们在这里见到了许多其他机组的成员。从交谈中得知，他们也都是汽油耗尽后迫降的，由发现他们的中国军队或百姓护送他们来到这里。

4 月 30 日

上午 10 点、下午 1 点 30 分，日机两次出动轰炸衢州。

大约晚上 10 点，15 号机组 4 人和 7 号机组的撒切尔在刘同葆的陪同下到达衢州。刘同葆是临海县建设科科长，临海县县长庄强华派他专程护送飞行员。

汪村防空洞里的飞行员又变成了 13 人。

法克特的遗体由遂昌运抵衢州。伯奇收到命令：除负责安葬法克特以外，继续收集死亡或失踪的飞行员的信息，并"采取一切有用的方法收留飞行员"。后来得知，伯奇已成为中情局人员。

5 月 1 日

上午 8 点 10 分，日军空袭衢州。

昨天去上饶见鲍尔森牧师的伯奇回到衢州，他将为剩下的飞行员担任翻译。

患病的琼斯已痊愈，连续发烧 3 天的雷德尼，在中国医生的治疗和照顾下，病情也明显好转。

得知劳森将被截肢，失去一条腿，琼斯给劳森和怀特各写了一封信，托刘同葆代交。琼斯在信中告诉劳森，他妻子和霍尔斯特罗姆的妻子，都刚刚生下了小宝宝。

伯奇则捎去了一台只能收听日本电台的收音机。刘同葆离去时，第 13 航空总站医院还为劳森等人开了一批药物。

5 月 2 日

下雨，无法出门。飞行员除了吃饭、喝茶，一整天都在防空洞里打牌。

晚饭后，两位中国军官来聊天。其中一位王上校告诉他们，南京被日本人攻占时他正好在场，2 万名士兵和平民在长江岸边排成排被日本人射杀。他逃过搜捕后，组织了一支 60 人的游击队，在敌后战斗了三四年。

5月3日

一大早防空警报便响起。日军向衢州城扔下了无数小型炸弹，并用机枪四处扫射，造成了人员伤亡。

上午 10 点，在伯奇的主持下，法克特的葬礼在防空洞里举行。

下午，陈又超再来看望飞行员，发给每人 200 元法币。之后又带他们参观了衢州机场。

琼斯是最早到达，最后离开衢州的飞行员，他在这里一共住了 14 天。陈又超、狄志扬等人陪他共进晚餐，依依惜别。

晚上 7 点 30 分，最后一批 13 名突击队员，由刘同声陪同当翻译，乘火车离开衢州。

琼斯日记——

我沿着房子来到后面的河边。这是一个我从来没见过的美丽又安静的地方，我可以很肯定地说，这是一个可以结婚生子和定居的好地方——无须担心，像中国民间那样做就行。

他们远离世俗，他们过得很开心，并且完全不受外界的干扰。我可以告诉你，浙江省给我留下了一段美好的回忆。

琼斯忘了，应该在"美丽又安静"前面，加一个限定语："在打走了日本鬼子之后。"

他们都离去了。

杜立特突袭队员中，没有任何一人再回过这个地方。

衢州机场之殇

穿过时光，我仿佛看见了凝固的血块和累积的白骨。

*

数次往返衢州，都在衢州机场起降。和国内其他机场相比，衢州机场既狭小又简陋，一位出租车司机形容说，像一个菜市场。听说新的民航机场很快就要建起来了。

我在衢州机场所见，只有两个登机口，一个洗手间，一个小超市，如此而已。坐在破旧的座椅上，我思绪纷繁。竹木在我的眼前堆积如山，铁铲、铁锹和斧头在记忆里闪闪发光，穿越时光，我仿佛看见了凝固的血块和累积的白骨。

衢州机场是血与火、废与兴的代名词。

衢州机场始建于1932年，当时规划的标准较低，要求"400米见方"。县政府经考察，建议选址在衢城东南方的雄鸡坂，清朝时那里是一处教场，开阔而又平坦，易于施工。在机场开建的同时，中国空军在衢县东门街徐忠壮公祠设立航空站。

1933年12月25日，蒋介石由杭州笕桥乘机至衢州，指挥对反叛的19路军的征讨。

1934年春，按国民政府的要求，衢州机场面积扩大一倍以上。

1937年12月10日，日军鹿屋中队6架战机轰炸衢州机场。这是衢州机场第一次遭到日军轰炸。

1938年1—7月，衢州机场再度扩建。6月，衢州空军总站改为第15航空总站，曹文炳中校任站长。10月，因广州和武汉失陷，中国军民对衢州机场进行了第一次破坏。

1939年，驻衢州的第15航空总站，改为第13航空总站，由航空委员会直接管理。

1940年2月，日军渡过钱塘江，占领萧山。当局征集民工7000余人，对衢州机场进行了更大规模的破坏，掘深沟纵横千米，建筑尽毁。因为日军不再前进，几个月后，又下令修复机场……

世界上恐怕找不到第二个机场，像衢州机场这样屡建屡毁，自建自毁敌毁。直到 1941 年、1942 年，它经历了一次最大规模的扩建和最彻底的破坏。

在轰炸东京计划之初，美国第一次感到了无助。法西斯德国势头正猛，英法等国还在翘首等待它的驰援；苏联与日本于 1941 年 4 月签订了《苏日中立条约》，斯大林会拒绝美军的任何要求；而驻守南亚和东南亚的英军，几乎不堪一击。

此时美国这才发现，中国，只有中国，才是对抗日本唯一的选择；此时美国才认识到，从前对日本的侵略采取袖手旁观是多么错误。

中国距离东京最近的，如上海、南京、杭州和宁波等地的机场，已全部被日军占领，那就只有衢州以及附近的机场了。

美国海军上将斯塔克曾经提议从中国轰炸日本。"那至少需要 50 架 B-25 轰炸机。"美国空军总司令阿诺德说，飞虎队没有足够的轰炸机，一时也调不过去。

当从航母上起飞轰炸的作战方案通过后，衢州、丽水的机场就变成了不二选择。

衢州机场的扩建于 1941 年动工，1942 年春基本完工。

为满足美军的需求，中国当局决定按能够容纳 50 架美国大型轰炸机起降的标准扩建衢州机场，要求在 6 个月之内完成，违限以贻误军机论处。

在动员会上，浙江省主席黄绍竑含着眼泪说："我们固然有我们的困难，但军队方面的困难比我们大得多。长官命令怎么办，就得绝对服从，流血牺牲就是我们最后的责任。"

此次衢州机场的扩建，共需直径 20 厘米原木 360 万株，毛竹 90 万根，因衢州附近各县根本无法完成任务，于是北至遂安、淳安、建德、桐庐，东至武义、永康、缙云，南至遂昌、松阳，都被列入征集范围。

在开化县档案馆，我们查到了与衢州机场扩建有关的资料：1940 年，派购建筑衢州机场原木 800 株，径 10 厘米长 1 米原木 61405 株，派民夫至衢 32372 工，木匠 13160 工。

杭州市淳安县档案馆，存有时任遂安县（后并入杭州市淳安县）县长高德中1942 年 3 月发出的密报和紧急命令。

密报是发给浙江省主席黄绍竑的："本县奉征衢州机场木料业已征送 34400 余株。前电呈报被大水冲去 3000 株，请准以寿昌县余额 2447 株拨补，以恤民困。"

"紧急命令"是发给遂安各乡镇的："查本县奉征衢州机场配征，每乡镇两千株。

截至三月二十三日，该乡尚欠（　）株，殊属延误。处分令外，合亟令仰该乡长遂至于四月五日前征运足额……"

> 各县动员了全县丁壮，开山伐木，随伐随运，几十万人冒风顶雪，踏着坚冰形成人流，向衢县涌来。有的县长、县党部书记在大雪纷飞、泥泞载道的人流中与老百姓一起背木头。寿昌县县长林希岳，背木头跌倒受伤，久治不愈。民工之冻伤、跌伤、淹死者，日有所闻。……黄绍竑不时到衢县巡视工程进行情况，他在回忆中说："我们到那里去巡视，只见竹木如山，少见人头，真不胜其沉痛与悲感。"
>
> 　　　　　　（汪振国：《衢州机场的抢修与破坏》，见《衢州抗战》）

原淳安县县长沈松林回忆说："淳安民众的爱国热情很高。无数的农民爬上大雪覆盖的山上砍下大木头，有的用船载，沿新安江转入婺江向衢州去；有的只好肩抬步行，翻山越岭，由遂安方向直送衢州。农民们自带玉米粿番薯做干粮，领队的插上标明乡镇的小旗子，一路上高唱《大刀向鬼子们的头上砍去！》等抗日歌曲。"

一位毕业于伦敦大学的英国军官见此情景，竖起大拇指，用中文对沈松林说："中国不会亡！""你们中国人用这种原始的方式，长途运送巨木，是多么坚强啊！胜利一定属于你们！"

征工和征料同时进行。民工的征集按各县的人口丁壮数字分配，自带干粮，自备炊具，抬石头、平壕堑、扩场基、修跑道，日夜赶工。现场工人经常达2万以上，最紧张时达4万多人。日军侦知机场在扩建，经常前来轰炸；日机到来时，民工们无处躲避，时有死伤。有一次，50余名民工躲在一个壕沟里被炸中，死亡40多人。

最悲催之处在于，除了日机轰炸，自己也是前边修建，后边破坏。闻日军逼近，即下令破坏，日军远走，又下令修复。1942年5月中旬，日军调集10余万兵力沿浙赣线进袭，第三战区司令部下令立即破坏衢州机场。2万多名民工上午还在填平日机轰炸留下的弹坑，下午即接到命令，限3天内完成破坏任务。

6月6日，日军占领衢州，当即驱使被俘军民7000余人，贯以长绳，掘地雷，填壕堑，修复机场。稍不如意，即鞭抽刀劈，弃尸沟中。到了8月下旬，日军撤退，又集合上万民工，对衢州机场进行了彻底破坏。日军一边驱使民工日夜挥锄，一边残杀，血流遍地，泥浆为殷。

衢州机场耗费甚大，流血流汗流泪最多，但在抗战期间，其作用甚微；本为起降美军大型机而建，却从未有一架美军轰炸机降落。

1945年秋，曾任浙江省常山县县长的汪振国前往衢州机场凭吊，但见"荒烟蔓草，满目凄凉，沙碛丛中，黄土垄中，骷髅白骨，触目惊心"。

1937年12月，杭州沦陷后，中国空军总指挥部命令将杭州空军总站"着即"改为衢州空军总站，并监理玉山机场场务。命令要求将衢州机场建成中美空军出袭台湾及日本本岛的重要基地。

1942年1月，史迪威出任中缅印战区美国陆军司令兼中国战区参谋长，他一到中国，陈纳德即向他建议，将空军的主要力量转移到中国东部沿海地区，以便于对日本的反攻。但史迪威没有采纳，而是继续把重兵力，尤其是空军投放到中缅边境。

在杜立特突袭队到来之前，美方事先已告知了中国最高层。1942年2月，蒋介石在日记中提及"美国有轰炸机将在中国降落"。4月1日、18日，他又在日记中写道，"美军将于4月19日、20日使用衢州和丽水两机场跑道"，"美军计划轰炸东京，怎么提早一日迫降，如此不慎……"。

但从蒋的日记也可以看出，在18日晚之前，他并不知道行动提前了。

十多年前，衢州杜立特行动历史研究会副会长郑伟勇，在福建找到一位名叫周隽的知情人。90多岁的周隽说，衢州完全做好了迎接美国飞行员的准备。当时军事委员会战地服务团衢州空军招待所门前的草坪上，已经写上了"欢迎美国志愿飞行员"的标语，餐厅里甚至准备了西式餐点。

美机所需油料也已准备足量。1942年3月，麻境兴从成都被派来衢州，他带领着47辆油罐车。

15架飞临中国的轰炸机全部坠毁，航空总站面对的压力可想而知。

家住衢州市衢江区长柱乡的吴老四，曾经在衢州机场当过兵。他有一段回忆：

> 第二天，我们当兵的听说美国的轰炸机摔掉了，后来还听说这些飞机是轰炸日本后飞过来的。大家一听都难过死了，花了那么多的人力财力把

机场修起来，死伤了那么多的民工和士兵，可最后一架飞机也没有降落下来，就从我们头顶飞过去了！怎么会这样呢？有人说事先美国方面没有和我们联系好，长官还以为飞来的是日本飞机；有人说美国飞机飞来的时机不对，比原定的提早了，也有人说可能有人搞破坏。

过了几天，我押车出城。回来时守城的士兵把我们拦住了，大声喝问："你们是哪一部分的？"我们回答是空军十三总站的。陆军士兵大骂起来："你们十三总站是干什么吃的！修了飞机场又不让飞机降落，摔掉了那么多。你们到底搞什么？"他们骂个不停，我们也不回嘴，开车走了。本来大家都是当兵的，不存在谁怕谁的问题。我们心里本来就难过，再被别人指着鼻子骂，都快抬不起头来了。

（郑伟勇：《非常营救——衢州与杜立特突袭行动》）

在行动策划阶段，美军更多考虑的是怎样把轰炸机弄到航空母舰上去、怎样保密等，而忽略了轰炸之后飞到中国的安排。

陈纳德无比遗憾地说："如果他通知了我，飞虎队的地面指挥电台就可能引导大多数空袭队员安全着陆。"

在制订轰炸东京计划的时候，杜立特曾经建议与飞虎队协作，但被阿诺德拒绝了。阿诺德不喜欢陈纳德，认为他只是一个雇佣兵，一个"狂想家"，对他在中国取得的战绩视而不见。

关于降落地，说法不一，有说衢州，有说处州（今丽水）。而朱利卡少校所教的用于求救的中国话，竟然没有一个中国人能听懂；处理起来其实很简单，在飞离航母前给每个飞行员佩戴上中文胸章或袖章即可，就像后来飞虎队所做的那样。

抵达重庆后，一位美军军官对 11 号机副驾驶肯尼斯·雷迪说，他们一直无法告诉中国人民会有一些美国飞行员飞过来，即使在我们轰炸了东京之后，他们也不能让这件事广为人知。

1995 年，衢州老报人庄月江认识了从台湾回来的知情人戴铭允先生，向他了解 1942 年 4 月 18 日衢州机场关闭之事。

戴铭允说，那天晚上下雨，但衢州的雨并不大，有警报声，也有飞机声，但这飞机声不同于日本蚊式飞机的声音，而且日本飞机晚上一般不出动。翌日才知道是美国飞机。机场接到的通知，是这些飞机将于 19 日晨飞抵衢州机场加油。

戴铭允与第 13 航空总站站长陈又超是好朋友，陈曾经告诉他，当时总站官兵凭经验判断不是日本飞机，但没有重庆最高指挥部的命令，即使知道是美国飞机，也不敢擅自开放机场。

曾在第 13 航空总站任工程师的钱南欣回忆说，总站官兵 19 日凌晨 3 点多，从收音机里听到轰炸东京的消息。早晨 5 点，陈又超才接到美机将降落衢州机场的通知，并命令通信、导航、消防、警卫等各部门各就各位，等候美机的到来。

据知情人回忆，突袭队的飞机是下午 6 点前后到达衢州附近的。

原金兰司令部参谋阮捷成说："这天我吃了晚饭，准备休息，这时我听见了防空警报。平时金华也受到日军飞机的轰炸，但都是在白天进行。"

吴老四说："4 月 18 日夜，我们仍旧和往常一样带着灯到机场上去。到了后来，雨越下越大，大家都用各种各样的东西把灯遮住不让雨淋湿……就在大家准备等长官下命令回去的时候，天空中传来隐隐约约的飞机马达声。大家仔细听，声音越来越近越来越响。没错，是飞机来了！大家一起看总信号灯，可是灯没有亮。转眼飞机已经飞过去了，灯还是没亮。"

麻境兴说："下午 6 点，发生了空袭警报，我们都在跑警报。天下了一阵雨。约 8 点，听到上面机声隆隆，盘旋不已，飞机越来越多。不久，逐渐减少以至消失。将近 10 点，听说航委会来电报了，美国空军要在这里的机场降落。这时才明白，在空中盘旋的飞机是美国飞机。"

杜立特也未将飞机坠毁的责任推给中方。在他和浙西行署秘书赵福基之间曾有一段对话，杜立特说："亦许他们（衢州机场）没有预备好，因为我们到达较他们想定的时间为早。"杜立特承认，他们手中连一张好一些的中国地图都没有。"已通知史迪威将军，吾等即将于 4 月 20 日左右到达衢州。我想他会通知蒋介石将军。"

造成 15 架轰炸机坠毁的主要原因是提前起飞，这一点没有疑问。但提前起飞后未能采取及时有效的措施，问题出在哪里呢？

最后一架 B-25 飞离大黄蜂号航母的时间，为东京 9 点 24 分，相当于中国的 8 点 30 分。按 10 号机领航员克劳奇的说法，从大黄蜂号航母到遂安上空，他们总共飞行了 14 小时。就算给舰队 10 小时的撤离时间，还有 4 小时可供信息联络和机场准备。

在珍珠港遭到偷袭之后，美国海军十分注意保护海军力量，因此在大黄蜂号航母撤离到安全距离之前，是不会发报的，以免电文被日军截获、破译。但安全距离到底是多远呢？海军的处理是否过于谨慎，从而导致了灾难？

问题会不会出在史迪威身上？史迪威对自己的评价是"不讲理、没耐心、臭脾气、阴沉、疯狂、严厉、不敬、粗俗"。他还是一个彻底的种族主义者，称黑人为"黑鬼"，称德国人为"野蛮人"，称中国人为"布衫佬"，他尤其蔑视日本人，说他就想把那些"罗圈腿的蟑螂"的肠子，绕到亚洲的每一个街灯柱上。

史迪威极端瞧不起蒋介石，认为他"在一切军事事务上都是业余等级"。他与委员长一直矛盾不断，直到他被撤换。在收到突袭队提前行动的通报后，史迪威是否及时告知了中方呢？

——不仅是史迪威，整个美国军方对蒋介石都抱着不信任的态度，认为他身边有很多汉奸，难以保守秘密。

一个例子表明，史迪威对空军的行动，要么带有几分傲慢，要么未领会其急迫性：3 月 16 日，阿诺德发电报要求史迪威"在中国东部机场安排燃油和炸弹补给"，史迪威竟然 6 天之后才给阿诺德回话。

郑伟勇认为，中美第一次联合作战，美国飞机全部坠毁，飞行员或死或伤或被俘，后果十分严重，如果责任在第三战区或第 13 航空总站，蒋介石会以军法论处。但事实上，不但没有任何人需要担责，相关人员之后还得以升迁：1943 年，陈又超升任航空委员会航政处处长，狄志扬先任航空委员会人事处铨叙科科长，后又接替陈又超任第 13 航空总站站长。

位于江西上饶的玉山机场，与衢州机场一样，多次进行扩建。1941 年的那次扩建，采用碎石结构，要求将跑道延长 1500 米，拓宽 50 米，同时在直线跑道两端构筑了两道保险道。玉山机场的规模虽远不及衢州机场，但也能够备降中型轰炸机。在 20 世纪 40 年代，它是华东地区为数不多的控制在中国军队手中的机场。

1938 年 5 月 19 日，中国空军派出两架战机飞临日本上空，投放了 100 余万份反战传单，任务完成后，其中的一架——1405 号机，曾在玉山机场停留加油。

如今，玉山机场已经变成了菜地、树林，甚至杂草丛生。在离机场约 2 公里的岩瑞镇五里洋村，几排当年的空军营房，在樟树枝叶的掩映下，门窗破碎，蛛网暗结。

浙赣战役期间，日军占领玉山，除了将机场周围的民房烧光外，还在跑道等处埋设地雷，将整个机场炸得满目疮痍。

五里洋村支书赵斌就住在机场旁边，他说小时候，机场的这片土地有很多弹坑和壕沟，后来逐渐被村民填平了。前几年，一家广告公司在竖立广告牌的时候，还挖出了一颗日军的炸弹。他听老人说，日军每次轰炸后，跑道上就会留下几十个弹坑。由驻军和当地百姓组成了 4 支抢修队伍，由保长任组长，每组 100 人，轮流进行抢修。

一位名叫比尔·斯坦的传教士曾经目睹玉山被烧杀的悲惨状况。"玉山曾经是一个满是优良建筑的大型城镇，现在你走过一条条街道，看到的只有废墟。有些地方你走上几英里都找不到没被烧毁的房子。可怜的人们！"

这位传教士说，日军如此残忍地对待玉山人民，一是因为玉山机场，二是因为玉山曾经在县长的带领下，举行了"向突击队员戴维·琼斯和罗德尼·威尔德致敬"的活动。

日军投降后，玉山机场很快得以修复，而它也曾经无限接近风光的时刻。

1945 年 8 月 15 日，日本宣布投降的当天，蒋介石致电日本中国派遣军总司令冈村宁次，要求他"通令所属日本军停止一切军事行动，委派代表至玉山接受中国陆军总司令何应钦将军的命令"。冈村宁次复电："请准予本月 18 日乘飞机至杭州等候尊令再起飞玉山，并请玉山机场派员接见。"

然而，玉山遭遇连日暴雨，机场跑道被冲毁，虽经全力抢修，仍未达到降落飞机的要求。

8 月 17 日，蒋介石再致电冈村宁次："南京驻华日军最高指挥官冈村宁次将军：……玉山机场目前不能使用，改为芷江机场，何时起飞，另行通知。中国战区最高统帅蒋中正。"

于是，中国战区中日洽降仪式举办地，由玉山改为湖南芷江。

我们听到的好消息是：按照江西省和中国民航局的规划，这里将重建一座通用机场，命名为上饶玉山机场。

仙霞岭的清晨

也许你从他的眼睛里、面孔上，能看出一种深深的羡慕和渴望。

我是在清晨 7 点多到达保安乡的。日光初照，一派沉苍的仙霞岭正沐浴在迷人的金色中。风过无痕，众鸟喧鸣，远处时而传来水牛哞哞的叫声。

保安是一个人口不足万人的小镇，却修建了一个颇大的游客中心。停车场空无一车，售票窗口前也是静悄悄的，店铺早已开门，店主们在房里一边收拾、准备，一边等待着第一辆旅游大巴的到来。

保安乡原称仙霞乡、仙霞里，不知为何改为保安乡；不过这名字也好——一方山水，万千乡镇和村庄，最渴望的就是平安。

保安乡旅游资源富集，乡里乡外有仙霞关和戴笠故居，向南 10 公里有古镇廿八都，向北二三十公里有江郎山、浮盖山。

我是第二次来保安乡。记得第一次来时，女乡长王超对我说，论古镇风物，保安曾经也不输廿八都，但浙赣会战时都被日军放火烧掉了；仙霞岭之战挡住了日军的铁蹄，廿八都才得以幸存。

我迎着霞光，沿山路走向仙霞关。从 11 月 1 日至次年 3 月 31 日，衢州境内核心景点全部免收门票，但仙霞关正在维修，不对外开放。站在入口处的长廊里，我看见左侧的墙头后面有一辆车在卸竹子，旁边几个人正往尼龙袋里装沙子，装好后让马驮走。

我猜想这些材料一定是运往工地的，于是跟着一匹背驮 4 包黄沙的马上山。这是一匹栗色马，没有牵马人，马独自不紧不慢地行走着，它的头一仰一俯，身子如律动的弓，蹄掌踏在青石阶上发出有节奏的嗒嗒声。

栗色马显然感觉到我的存在和陌生，因为它曾经回头看我两眼。我想它是在看我是否跟上了，或者是心有疑问：这个人是谁？他想干什么？

越往高处走，石阶越发陡峭。山回路转之际，松树在清风和霞光中低语，恍若那些镇守箭垛的战士，那些高举义旗的战士，那些抵御外辱的战士……是否也曾拥有过清风和霞光？

山行1.5公里，仙霞关终于出现在眼前，但它已经被脚手架和网子完全包裹，只有关门左侧的碑刻全无遮挡。

仙霞关与剑门关、函谷关、雁门关，并列中国四大古关隘，素有"两浙之锁钥，入闽之咽喉"之形容。唐乾符五年，黄巢义军筚路蓝缕，为入闽辟径700余里，遂致高山深谷成为兵家必争之地。

"闽浙咽喉"残碑的霜迹依然，关帝庙的檐角挑破晨雾。南宋士卒的剑痕，明清商旅的屐齿，挑盐汉子歇脚时烟袋窝敲出的焦斑……仿佛一切仍是那么清晰。

1942年5月，为摧毁可能用于轰炸日本本土的衢州等航空基地，日军发动浙赣战役。7月，衢州、常山、江山先后沦陷，日军逼近仙霞岭。

据国军第105师副师长刘汉玉回忆，当该师抵达保安乡时，接第49军军长王铁汉命令，要求在保安、仙霞岭一带阻止敌军。于是105师"以一部在保安街南方高地占领一线阵地，又一部在仙霞岭顶峰占领第三线阵地。第二线阵地守备部队为第314团和附315团的一个营，占领仙霞岭北方公路两侧路口，用纵深的配备对公路构成火力网，并利用丛竹林的隐蔽，构成侧防的秘密火力点，阻止敌人前进"。

105师在廿八都金氏祠堂召开誓师大会，师长应鸿纶带领将士们高喊："有105师就有廿八都，有廿八都就有105师，誓与廿八都共存亡！"

日军有飞机掩护，又携大炮10余门，战车15辆，兵力优势明显；国军唯一的优势是居高临下，且士气高昂。

从7月31日起，第49军将士与7000名日军展开了近10天的血战，以伤亡500多人的代价，毙伤敌军1000余人。8月9日，望仙霞关而生畏的日军向北撤退。

民间传说，眼见日军即将攻破关隘，连山上的竹子都变身为千军万马，日军的子弹、炮弹一打出去，就会飞回来落到自己的阵地上。

仙霞关下有黄巢塑像，还有一座古石桥。1942年8月9日，日军联队指挥龟田大佐被国军炮火击中，在这座桥上落马而死。国军趁机冲杀，日军无力抵抗，四处溃逃。此后人们便将这座桥称为"落马桥"。

保安乡另一可看处是戴笠故居。这栋带小院落的建筑，粉墙黛瓦，红柱泥地，外观普通但内部机关重重，设有暗岗和藏兵器的密室。此宅由戴笠亲自审定设计图，1943年由其弟戴春榜督建而成。

院内有一棵金钱松，是由美国海军少将梅乐斯从大洋彼岸运来并亲手栽下的。金钱松原为两棵，象征两国友谊，但另一棵树不知为何死掉了。

在廿八都文昌阁右侧，有一栋建筑，牌匾上书"中美技术合作所"。所谓"技术"，指的是特工设备和手段。在这里，戴笠培养出了30多名女特工。破译珍珠港偷袭密码的女特工姜毅英即出自戴笠手下。

姜毅英出生于江山县一个木匠家庭，从浙江警察学校毕业后入军统。她在无线电通信和密码破译方面独具才能，最终晋升为上将。她是军统中唯一一位女将军。

上午8点，我来到中美联手抗日纪念馆。这是国内第一座杜立特行动主题展馆。

在1942年那场大营救中，江山一共向6位美国飞行员提供了救助——

4月19日晨，5号机机枪手兼机械师曼斯克、投弹手特鲁洛夫在贺陈际村得到了校长周仁贵、学生朱王富、村民徐尚志等人的救助，并送往江山县城。

4月19日晨，5号机领航员麦克格尔在湖前村得到徐明哲、周玉环等人的救助，并送往江山县城。

4月19日，5号机副驾驶威尔德在江山与玉山交界处，遇江山芳源村裁缝毛光孝，毛光孝将其带至玉山县双元村，再由双元村村民送至下镇火车站。

4月20日，3号机副驾驶曼奇中尉在东积尾村被村民曾高阳、毛继富等人营救，于次日送往遂昌县北洋村。后经王村口从水路到达衢州。

4月20日，受伤严重的3号机领航员奥扎克，在张村乡龙头店村获救。村民廖诗原等把他抬到家中疗伤、休养，5天后送往长台镇。

江山民众受到的报复也尤为猛烈。1942年5月日军占领江山后，烧杀抢掠，造成4812人死亡，5329人伤残，房屋被毁坏69605间。据江山市档案馆档案，曾营救过美国飞行员的湖前村被杀13人，被毁房屋455间；贺陈村被杀14人，被毁房屋11间。

江山与附近各县还遭受日军的细菌战攻击。据侵华日军中国派遣军作战主任参谋井本熊男日记，1942年8月22日，日军在浙江江山、常山，江西广信、广丰和玉山等地，将毒化跳蚤、注射了鼠疫的老鼠和掺有干燥细菌的米，或投入井中，或注射入水果中。日军把3000个注射了伤寒和副伤寒杆菌的烧饼，分发给中国战俘吃，然后把战俘放回家，以达到大面积传染的目的。

江口圭一在《日本帝国主义史研究》一书中，有这样的记述：

> 当终于要返回（撤退）时，在第11军团所属第34师团（师团长大贺茂中将），师团命令"烧毁敌人能够利用的一切"。有人向师团司令部询问，"一切"是否包括干活的中国人？还是仅指物品而言？回答称包括人在内，"除了用于搬运货物的壮工以外，中国人都要杀死"。一个一个地杀死过于麻烦，于是又想出了好主意：在村子的上风处点火，火势顺风而下，老人和孩子跑出来的时候，等待在上风处的轻机枪嗒嗒嗒嗒……惊恐的人们又跑回村中，被卷入大火烧死。

江山市档案馆是最早收集和整理与杜立特行动有关的遗物、资料的县级档案馆。2002年10月至2004年6月，国务院新闻办在华盛顿、俄亥俄州代顿等地举办大型展览"历史的记忆"，展出图片700余幅，实物50余件，其中有江山提供的图片7张、B-25轰炸机残片1件。这些档案和实物，已于2010年2月22日入选第三批《中国档案文献遗产名录》。

2012年4月18日，美国军方在代顿隆重举行杜立特行动70周年纪念活动，邀请了两位江山人参加，他们是廖诗原之子廖明发和杜立特行动研究者郑伟勇。

2016年4月28日，中美联手抗日纪念馆在保安乡落成。江山成为第一个拥有杜立特行动纪念设施的城市。

在馆前的青铜色雕像上，中美军民并肩前行，他们中还有提篮抱衣的妇女和少年；军民们神态毅然，脚步沉稳，相互投以期许和鼓励的目光。

该馆占地900多平方米，为一栋四合院式的建筑。展览分为"日军偷袭珍珠港""美军反击东京湾""军民秘密修机场""军民营救飞行员""军民浴血抗战""中美友谊长存"等7个部分，完整地再现了杜立特行动以及中国军民救助的过程。

纪念馆对面是保安小学。从建馆时起，这所小学的学生便轮流到这里担任讲解员。

太阳升高，金色的阳光洒向屋顶和道路，把保安小学的大铁门照耀得闪闪发光。纪念馆前群雕里的那个男孩，目送着小学生们跨进校园；也许你从他眼睛里、面孔上，还能看出一种深深的羡慕和渴望。

是谁出卖了飞行员

"日本人的搜索显然是有计划的，好像事先已经知道了什么。"

*

当领航员蔡斯·尼尔森在海滩上醒来时，他抬头看见两只秃鹰正蹲在礁岩上等待着什么。他倒抽了一口冷气，心说：大日本的最高指挥部已经在这里了。

他知道，秃鹰正等待着他死去。

这是 4 月 19 日上午 8 点，头天晚上，他们的 6 号机就坠毁在附近。

6 号机在坠落前 4 分钟，燃油就已经耗尽，飞行员完全没有跳伞的机会。驾驶员迪安·霍尔马克用通话器呼叫，让大家赶紧穿上救生衣，同时把安全带系紧。

当飞机在投弹手威廉·迪特尔的尖叫声中俯冲向海面时，接着便发生了爆炸，一个机翼被切断，海水瞬间涌入机舱。

在飞机沉没之前，飞行员急忙爬到了机顶。尼尔森头部、鼻子和胳臂都被撞伤，血流不止；机枪手唐纳德·菲茨莫里斯撞到了炮塔上，额头上有一个很大的血窟窿；迪特尔的严重损伤在脑部，说话已经语无伦次……所有人都受伤了，只有副驾驶米德尔伤势稍轻。

当米德尔去拉充气阀的拉绳时，绳子断了，霍尔马克和尼尔森开始找手摇泵，但一个大浪打来，把他们全都掀入海中。

米德尔一把死死地抓住菲茨莫里斯，霍尔马克伸手去抓迪特尔，但没有抓住。5 名飞行员在黑暗的波涛中挣扎着。几分钟后，海水便将他们冲散，相互再也听不见呼喊声。

> 米德尔上尉凭着令人难以置信的勇气和耐力，紧紧抓住他的同伴，在冰冷的水中游动，直到天亮。显然同伴已经完全不省人事，但米德尔不愿放弃。同伴的身体已经彻底瘫痪，毫无疑问已失去了生命。米德尔上尉最终还是游到了海岸，同伴的尸体也随他而到。米德尔精疲力竭，他瘫倒在

海滩上，差点拖不出水域，但不知怎么的，他突然一振，聚集了足够的气力，爬到了更高的海滩上。令他吃惊的是，投弹手的尸体已经躺在了海滩上——浪涛把他冲到海岸的速度，快于米德尔托出射击手的速度。米德尔竭尽全力尝试让两位同伴复活，但为时已晚。

（詹姆斯·斯科特：《轰炸东京——1942，美国人的珍珠港复仇之战》）

在宁波附近一共落下 4 架杜立特突袭队的 B-25，均为迫降，且没有一名飞行员提前跳伞。

胡佛驾驶的 2 号机迫降在一块棉田里，营救十分顺利。7 号机、15 号机迫降于象山与三门之间的海上或海滩，虽几经波折，甚至一度面临险境，但飞行员全部被营救，伤员也得到了及时治疗。只有迫降于象山港附近海面的 6 号机，营救结果令人失望。

投弹手迪特尔、机枪手菲茨莫里斯因不会游泳，溺毙于海。但驾驶员霍尔马克、副驾驶米德尔和领航员尼尔森，曾经十分接近获救，但最终却被日军抓获。

他们没有遇见陈镕和郑财富，麻良水和赵小宝。

到底是哪个环节出了问题？他们是否被什么人出卖了？

1942 年 4 月 20 日，爵溪乡公所有一封写给象山县县长的呈文：

"查本月 18 日下午 6 时许，有飞机一架在空中经过爵溪牛门屿洋面，突然降落海中。职闻讯后即雇民船分头营救，当救得驾驶员及观测兼机枪手各一员，并手枪 4 支。经加询问，当据该驾驶员绘具美国国徽并出英文两币，始悉该机共有 5 人，由潮州回来，尚有助手两人不知下落。复雇民船四出营救，不幸在周家湾及灰窑沙滩捞获男尸两具，涂棺殓厝北门外沙头，雇工看管外，正期设法护送钧座，听凭处置。无奈职乡原有伪军第二连驻防，该连连长何宗武竟率队将职围住，同时宁台伪民生队亦率队来乡，迫将美员交出，连同手枪 4 支任其提送县城。"

爵溪乡乡长杨世淼应该是第一时间赶到了现场，因为写于 20 日的报告，叙述详细、准确：飞行员的国籍，死亡及殓厝，所带枪支等物品……

有一份中英两种文字的求救信，就来自 6 号机，不知道飞行员是写给杨世淼看的，还是给别的什么人看的：

> "我是一个美国人。我需要到处州机场或者到中国的（其他）飞机场。然后我能得到一架飞机到达重庆。假使有人能领我到飞机场，那么我们到那边的时候，此人将得到赏格。倘使飞机场离此远的话，那么领我到最近（的）中国兵那里去。"

1943 年，象山县政府给第六专署的呈文，却多出了一段煽情文字。

> 4 月 18 日下午 6 时许，有飞机一架落牛门礁附近洋面，离爵溪海岸约 2 华里。其时该处乡长杨世淼闻讯出而沿海探视，见有外籍男子 3 人，佝偻涂上，满身淋漓，状极狼狈，知为泅水而来，相与咨询情由，则因语言不通，款曲难知。不得已遂各以指画沙，明示国籍，始知系美籍驾驶员，由东京遄返，失事落海。同行 5 人，其中 2 人因不谙游泳，沉溺中流。
>
> 杨乡长因事关重大，及引与同归，殷切款待，并于翌日上午 9 时密派壮丁 10 名，绕道护送来府，以期脱险，不意事被占驻该处伪军得悉。查爵溪于上年"三一五"事变失陷，驻有伪军一连，密报敌军，故于行至白沙湾附近，突遭敌兵四五十人，蜂拥而来，狭路相逢，无可避匿，悉数被获。敌军强迫被虏壮丁排列成行，用机枪扫射，密弹之下，无一幸免，断头折臂，横尸向道，伤心惨目，不忍卒睹。

象山县政府的呈文，具体说法显然也来自杨世淼。它首先自我打脸：前面说是"雇民船四出营救"，后面说"知为泅水而来"；前面说伪军"将职围住"，后面说10 名护送壮丁被杀……

明明知道爵溪为沦陷区，却要在"上午 9 时"护送出行，且声势浩大，这不是把飞行员往日伪军的手里送吗？为何不将 3 人分头藏匿、转移？

象山县政府在呈文后，还列出了 10 名壮丁的姓名和家庭状况，但事后经访查，这些人在爵溪根本就没存在过，那个悲惨故事完全是编造出来的。

——民国之弊，由此可窥一斑。

是为冒功领赏，还是要掩盖某种不光彩的，甚至是出卖的行为？

《象山文史资料》第 7 辑有篇文章，指明出卖飞行员的人是"驻乡伪军第二连连长何宗武"。这太勉强——日伪本一家，搜捕飞行员是何宗武和伪民生队的"职责"，何来出卖一说？

记述被俘飞行员遭遇的图书，有卡罗尔·格林的《四人回国》、查尔斯·沃特森的《德谢泽——一位转为传教士的杜立特突袭者》等，它们写作的依据只能是来自被俘飞行员的回忆和日记。

而它们讲述的故事也有两种版本。

尼尔森不仅看见了等待啄食他的秃鹫，还看见了象山码头上几艘系在一起的巡逻船，上面飘着膏药旗。

> 6 个带武器的人走上码头，尼尔森断定是日本兵，他们忙乱了 15 分钟，似乎没有发现什么，登舰向南驶去。卵石路上传来马蹄声，骑兵们在谈话、唱歌。他们的服装不同于离去的敌兵，扎绑腿而不是高筒及膝的靴子，帽徽蓝底色，环绕着 10~12 个星角，而日军帽徽五角，黄色。他认为是中国兵，但敌占区有伪军，这些兵为什么不去抗日？他疑虑起来。
>
> 骑兵们的马背上驮着两只篮子，一只里装着猪，另一只里装着鸡。来到村边，骑兵招招手，一位村民出来迎接。两个士兵和村民边走向海滩边说，那里躺着两个人。尼尔森的心一沉：莫非是自己的同伴？几分钟后，士兵原路返回村庄。尼尔森注意到，篮子里的猪和鸡换成了鱼、面包、柴火和大米，还有飞行员的救生衣。
>
> （王国林：《1942：轰炸东京》）

等骑兵离去后，尼尔森沿着海滩往前走。他看见了两具被海水冲上岸的尸体，正是菲茨莫里斯和迪特尔。

他想从灌木丛中钻过去看看同伴,但当他拨开树枝时,他却发现了一双帆布胶鞋和破布缠起的绑腿,一支来复枪正指着他的头。两个人用英语对话。

"你,日本人还是美国人?"士兵问。

"你,中国人还是日本人?"尼尔森反问。

"我,中国人。"士兵回答。

"我,美国人。"尼尔森回答。

尼尔森正在查看两位同伴的尸首时,一艘巡逻船向这边开过来了。

"快跑,往那边!"那人喊道,"要是被抓住,我们俩都得死。"

那人拉起尼尔森,沿着灌木丛中的一条小路,跑进一片茂密的竹林。两人一边跑,一边说话。

"你从哪儿学的英语?"

"我在上海当过出租车司机。"

当尼尔森被带到游击队驻地时,他看见中国国旗在一根木柱上飘扬,充满腥臭味的军营里有二三十个士兵,个个衣衫褴褛,破旧的枪支锈迹斑斑。米德尔和霍尔马克已经在那里了。霍尔马克腿部受伤,有人正在给他包扎。一个头目告诉飞行员,他们同伴的尸体已经转移到隐蔽处。

当天夜里,游击队带着3名飞行员来到一处高坡。已经准备两具棺材,菲茨莫里斯和迪特尔的遗体将被安葬在这里。飞行员为两位战友念了祈祷文。

迪特尔,29岁,来自艾奥瓦州的韦尔市。

菲茨莫里兹,23岁,来自内布拉斯加的林肯市。

此刻,他们躺在离家乡10000公里的海滩上。没有葬礼,没有墓碑。

多年后,尼尔森在写给迪特尔母亲的信中说:"之后我也曾为此多次流泪,后悔我们没能用更多的时间为他们举行更好的葬礼。但当时日本鬼子到处搜捕我们,耽搁就意味着被捕。"

按尼尔森的说法,飞行员在游击队驻地待了3天。他们要求游击队尽快安排前往衢州或丽水,但每一次小头目都是说"快了,快了"。

离开了中国人,飞行员寸步难行,他们只好耐心地等候发落。

4月21日中午,突然有上百名日伪军将游击队驻地包围。游击队员带飞行员躲进房里，但很快便听见了一个日本人的声音：

"你们现在被大日本皇军俘虏了。你们放心吧，我们会善待你们。"

这是第一个版本。

第二个版本前半段基本相同，后半段则完全不一样。

飞行员在游击队驻地见到了一个年轻的队长，姓凌，他长相英俊，衣着考究，飞行员称他为"凌上尉"。凌上尉告诉他们，游击队将尽力帮助他们到达"自由中国"（指非日占区）。

4月20日早上，凌上尉和陈翻译带领飞行员登上一艘舢板，行驶在内河中。途中遇日军巡逻艇登船搜查，凌上尉把飞行员转移到夹板下，潜入船底的暗舱。日军一无所获。

船又行驶了一个多小时，在一个村庄旁停下。凌上尉独自上岸，把飞行员留在船上过夜。

21日，船行至一个城镇。凌上尉先上岸，回来后说，日伪军在四处搜索，他不能陪同飞行员继续前行了。他们登岸进城，来到一座铁皮顶的房屋，凌上尉把飞行员交给了一位能说一口流利英语的白发老人。老人姓王，曾在被称为"东方哈佛"的上海圣约翰大学读过书，还到伦敦留过学。

凌上尉把陈翻译留下，自己离去。王先生为飞行员准备了一顿丰盛的晚餐。

没过多久，有一个十几岁的男孩冲进来，匆匆与王先生说几句话，又离开了。王先生告诉飞行员，日军正在这一带搜查，必须赶紧转移。"河边有很多船，如果能到那里，你们就安全了。"王先生说。

他们一出门，就看见几十名手持机枪的日本兵出现在街道上。王先生喊来几位邻居把飞行员围在中间，让他们脱下长袍给飞行员换上。

王先生带着飞行员走进街边的另一栋房子，然后出门查看。几分钟后他回来了，说日本兵正在追踪他们，没地方可去，只能在房里藏身了。

米德尔和尼尔森让霍尔马克躲到房间的一个角落，用麻袋、毯子和垫子盖起来，他们则爬上了房梁上。王先生在房子中间点燃了一个火盆。

靴子踏在鹅卵石路上的声音越来越近。门被推开，一名日本兵走进来，四处看了看便离开了。

飞行员刚刚松了一口气，发现凌队长带着一名日军军官和两名士兵进来了。门口已经架起了机枪。

凌向王先生问话，老人耸耸肩，凌扇了他一耳光。

一名士兵直奔那个角落，踢开遮盖物，喝令道："站起来，不服从命令就枪毙了你！"

"另外两个人在哪里？"军官用英语问道。

"什么另外的人？"霍尔马克问。

日军军官拔出手枪，一边大骂，一边用手枪砸王先生。当王先生试图用手遮挡时，一名士兵把他推到墙角，挥拳狠狠地打他。满脸恐惧的王先生抬头望向房梁，正好与尼尔森的眼睛形成了对视。

米德尔和尼尔森只好跳了下来。

日军将飞行员双手反剪，戴上手铐，又加上绳索，绳索的一端拴在敌兵的腰带上，以防止逃跑。日本军官与凌上尉谈话，凌和他争执几句。军官端起机枪，对准凌的胸部，凌上尉意味深长地看了飞行员一眼，然后将手枪插入皮套，向日本军官行个礼，弯腰鞠躬，一言不发地走了。

押解飞行员的士兵有30多人，尼尔森试图与那位会说英语的日军军官交谈，牵绳子的士兵上来就是一脚，将他踢倒在地，然后用带钉子的皮鞋踩住他的胸口。

三人被押回日军兵营。

第二天，他们又被押上船，经过两个昼夜的航行，于4月24日到达上海……

回顾抓捕飞行员的经过，有几个细节很值得琢磨——

当日军离去时，飞行员听见王先生高喊："美国万岁！中国万岁！我希望他们消灭一切日本侵略者！"在日军的枪口下，喊这样的口号是可能要命的，因此这不像是一种表演。说明王也被利用了——先带到这里，再抓走。

日军为何会那么快就来了？而且在搜到霍尔马克后，就问另外两个在哪里？说明他们提前知道了一共有3名飞行员。

凌为何出去又回来？他为什么会向日军军官鞠躬行礼？凌上尉与日军军官"争执了两三分钟"，他们说了什么？

其实飞行员也心存疑问。

尼尔森后来说："我现在陷入沉思，考虑日军怎么会发现我们在那儿，而根本不理会周围那些地方。日本人的搜索显然是有计划的，好像事先已经知道了什么。日军一发现迪安（霍尔马克），就问他另两人在哪里，因此他们已经明白我们共3人。从这些想法得出结论，我相信我们被出卖了。我们的船停在河里，凌单独进城安排行程，能够很容易地与日军合谋捕捉我们，在河里时我们就被出卖了。还有，他坚持要我们进入这个围有城墙的小镇，而不是继续留在舢板上。"

飞行员真是太单纯太善良了。直到这时，他们还相信"凌上尉是日本的敌人，我们的盟友"。他们忘记了刚进门时，王说的一句话："他们（中国武装人员）也不会更好，双方都在鱼肉百姓！"

也许有人会问：是否飞行员把伪军错认成了抗日游击队？

显然不是！当飞行员到达游击队驻地时，那里分明飘扬着中国国旗。而且如果他们是伪军，完全不必费力去殓厝死难者，并带着幸存的飞行员到处绕圈子，直接抓起来就可能有赏钱或赏脸。

根据上述细节和推想，只能有一个结论：是凌上尉出卖了飞行员！凌上尉把飞行员留住，可能是利用这段时间与日军讨价还价去了。

有几个问题无法弄清：杨世淼确实到过现场，而且声称曾把飞行员带到了自己家里，为什么飞行员后来对此只字未提？杨世淼不会不知道日军是如何抓住飞行员的，他为什么不及时报告？

凌上尉的确够狡猾。他心里清楚，如果公开把飞行员交给日军，换一笔钱，政府绝不会饶了他，因而他花几天的时间导演了一出拙劣的丑剧。

美国飞行员后来获知：那位出卖6号机飞行员的汉奸，很快便被中国人除掉了；但不知被除掉的，究竟是何宗武还是凌上尉。

如果是后者，因为它关系到蒋介石的脸面，关系到中美同盟的大局，自然不会如实地公布出来。

那个凌上尉到底是什么人，也就再也搞不清了。

三烈士

"请告诉人们，我们死得无所畏惧！"

*

法罗："我们死得无所畏惧"

威廉·法罗出生于南卡罗来纳，一个名叫达灵顿的小镇。

童年的阴影来自酒鬼父亲，他经常喝得烂醉，在家里发酒疯，而且人到中年，一事无成。父亲曾经抱怨说，他生活在"一个生硬、冷酷的世界里"，但他并不明白，这种冷恰恰源自他灌满一肚子的酒精。

法罗正好走向了他的反面。他很爱母亲和小妹妹，曾经发誓为保护妹妹，"愿意去决斗或者赴汤蹈火"。离家之后，他所有的信都是写给母亲和妹妹，还有一向对他关爱有加的姑姑玛格丽特·斯坦姆的。法罗亲热地喊姑姑"玛姬"，正是这位姑姑给了他"如河底磐石般"的信仰。

1940 年，入伍之初，法罗在笔记本上写下自己的宣言："我该为自己的日常行为立下规矩，必须列举出我的弱点，并消除它们。然后我必须培养出具备这项工作所需的品质。"

法罗在给自己订立的 21 条自勉信条中说："什么也不要怕——无论是疯狂、疾病还是失败——保持正直——观察这个世界。"

1942 年 2 月，法罗在参军近两年后，重回南卡罗来纳。他对新基地一无好感。"我们住在地面的帐篷里——我们的帐篷漏得像筛子，这简直是对'阳光明媚的南方'的巨大讽刺——早晨起床的时候，我们差不多都冻上了。有时候气温会降到 0℃以下。你知道那种温度能把人冻得麻木。相比之下，俄勒冈的天气就是夏日和风。"法罗说。

此时法罗的母亲远离家乡，正在华盛顿的战争经济委员会做速记员，她体验着另一种冷：每天挤公交车，还经常要去排队领取食品。法罗给她写信说："你也在为国家出力。记住，如果生活变得艰难，要知道你是在为国家工作，任何事情都值得为国家去做。记住——任何事情！"

法罗一直感到内疚，他认为是自己使飞机偏离到日军占领的南昌，从而导致战友们被捕。当海特说出"也许当初不应该跟你走"这句话时，他的心里更加难受。

日本人判处法罗死刑，是依据法罗本人的证词：

"我看到学校的孩子们在玩耍，看起来像是一所文法学校。当飞机从他们上空飞过时，我觉得我应该让小日本的孩子们尝尝子弹的味道。于是我冲下去，用机枪扫射了他们。我对他们表示抱歉。但是见鬼，他们难道不是敌人的孩子？"

法罗接到的命令是轰炸大阪或名古屋，他选择了后者。16 号机携带了 4 枚燃烧弹，它们分别命中了东邦天然气公司和生产零式战斗机的三菱重工名古屋航空制造厂，炸弹是从 500 英尺的高度投下的。战后日本公布的伤亡情况，名古屋的死亡者中并没有小学生，何来扫射学校之说？

一位美国将军说，日本人以一个孩子的死为理由，杀掉了 3 名飞行员。而他们的飞机，不知炸死了多少中国孩子！

获知死刑判决后，法罗十分平静。他想起生命中那些美好的时光：斯波坎，冰川公园，俄勒冈洞窟，火山湖，巨杉和金门海峡……它们都将不再了。

他的那位红头发蓝眼睛，并相约一起找到"完整幸福"的女友也将不再了。

他在写给女友伊丽莎白·西姆斯的诀别信中说："你是唯一决定我生活状态的女孩。我已经意识到和你结婚后会有怎样的生活，遗憾的是我们生活在这个年代。但至少我们曾拥有过那幸福的一部分。"

他曾经在西姆斯家壁炉前，听她弹俄式三弦琴；他曾经拉着西姆斯的手，"呼吸着植物的气息"，在树林中一同散步……

法罗留给女友的最后一句话是："找到与你相称的好男友，因为你值得拥有。"

他给母亲——"一位真正的天使"，妹妹——他的保护对象，姑妈——"了不起的圣徒"，都写了很长的信。

法罗的遗物包括一张社会保障卡，一张美国红十字卡，11 张面额 10 美元的旅行支票——他一分钱也没机会花。还有一张女孩的照片——不知是他的女友还是他的妹妹。

1942年10月15日上午10点，法罗、霍尔马克和斯帕茨被带上法庭，审判长中条丰马向他们宣读了死刑判决书。

刑场设在上海市第一公墓。江湾监狱狱长辰太外次郎提前派人清理场地，他让侵华第13军的木匠铺打造了3个十字架。

押解飞行员的卡车来到刑场时，空气中充满了被割断的草的气息。

刽子手让飞行员跪下，把他们的双臂绑在十字架上。每人的眼睛都用白布蒙着，在额头的位置用墨水画了一个圆点。行刑队分为两组，第一组先开枪，第二组负责补枪。

田岛少尉为行刑执行官，辰太为监督官。辰太走到飞行员面前，对他们说道：

"你们的一生虽然短暂，但你们的名字将永世长存！你们死后将被誉为神！"辰太说。

他说这话不知是出于敬佩，还是因为内心的恐惧——这位4个孩子的父亲，已经参与杀害了50多名盟军战士和无辜平民。

"请告诉人们，我们死得无所畏惧！"这是法罗最后的遗言。

田岛发出口令后，3名刽子手各开一枪，均射中了目标。

这时是下午5点多，天光突然暗淡下来，洒落在十字架和青草上的鲜血，像凋萎的花朵……

得悉法罗等人被枪杀的消息，法罗的母亲杰西说："不管我的孩子发生了什么，我知道在这场战争中他是为了伟大的目标而战。我儿子是一个普通的美国人，他无畏地面对生活，愿意为了权利和自由理想而献身。"

杰西·法罗对儿子的结局早有预感。在获悉儿子牺牲之前，他在写给杜立特的信中说："如果上帝想让我的儿子献出他的生命，我会非常自豪地说，他已经准备好了。他很高兴为保卫祖国崇高的事业献出生命。他出发时就知道他将要去执行一项危险任务，可能再也回不来了。"

7天后，一位专栏作家把法罗的21条自勉信条见诸报端，法罗的名字开始四处传扬。美国很多教堂把这21条写到了周日公告上，让信徒们诵读。南卡罗来纳大学还把它确定为毕业演讲的主题。

1945 年年底，驻华美军在上海殡仪馆找到了法罗等人的骨灰。为了掩盖罪行，日军将斯帕茨和霍尔马克的名字，分别改为布里斯特、史密斯，法罗的名字则被改为甘地——也许日本人知道，法罗和那位印度圣雄一样，都拥有一个"伟大的灵魂"。

飞行员的骨灰运回美国后，法罗等人被安葬在阿灵顿国家公墓。

那一天，赫布·马西亚带上从自家花园里采摘的鲜花，前往阿灵顿公墓祭奠。他看见 3 位战友的墓碑并排立在一棵美丽的树下，霍尔马克居中，左边是米德尔，右边是法罗。

斯帕茨："我像一名战士那样为国捐躯"

4 月 18 日晚间 12 时许，有美机一架坠于南昌市，距章江门外 3 华里之潮王洲一家村附近。彼时，美机航员 3 人均安全着陆，只以地形不熟，奔匿瓦窑内。事后驻南昌市敌宪兵 30 余人赶抵该地寻找机骸。发觉航员在逃，即四处搜捕。当时幸有当地瓦工王水根，予便服以航员，更换化装潜逃，并导引路线绕道脱离虎口。

岂知到圆常寺附近，得悉有敌堵截，遂折回官州徐村，至下新洲某渔户家（王水根舅父家）躲藏。待至 19 日拂晓，分乘卖菜小划（该小划之菜系送至滕王洲小菜场供给敌军采买），偷过中正桥下。到达滕王洲后，经敌发觉，而该航员等则匿伏于东溪村附近村落。敌 34 师团第 218 连队第 37 大队第 10 中队吉田中尉率队搜获。

这是 1943 年 12 月 24 日，江西省南昌县政府写给江西省主席曹浩森的报告。此时距法罗和斯帕茨被枪杀已经一年多。

报告写得草率、敷衍。是 1 名飞行员，还是 3 名（"该航员等"属于不规范表述）？如果是 3 人，王水根是从哪儿弄来 3 套便服的？飞行员是怎么"经敌发觉"的？……这些，报告中均语焉不详。

但从所叙详情（人名、地名、经过）看，事实应该存在。那么，王水根营救的飞行员是谁呢？

肯定不是巴尔、海特和德谢泽，因为他们从未在任何文字和场合里提及此事，也不像是法罗。那就只能是哈罗德·斯帕茨了。

斯帕茨曾经离获救很近。

在生命的最后一刻，斯帕茨只写了一封信，而且只有六句话，100个单词。他对父亲说："我想要你知道，我像一名战士那样为国捐躯！"

日本人判他死刑，依据是他的一句供词："我瞄准学校操场上的孩子开始扫射。我当时的个人感受就是要好好治治这些小日本。"

那年，斯帕茨刚满21周岁。

斯帕茨的骨灰被运回国后，葬于火奴鲁鲁岛上的太平洋国家公墓。

霍尔马克："我几乎不能相信"

达拉斯维恩大街808号。这一天，海特走进了霍尔马克的家。他一坐下，霍尔马克的父亲就问道："为什么坐在这里的是你，而不是我的儿子？"

海特无言以对。他也不明白日本人为什么要枪杀霍尔马克。

在房桥监狱，迪安·霍尔马克患了严重的痢疾，上厕所都得由伙伴们抬进去，他的腿脚也浮肿得厉害。他盼着能够给送到正规的战俘营，那样他的病也许能有所好转。

那一天，他听说要让他们转移了。霍尔马克十分高兴，他没想到的是，日本人把他们转移到江湾监狱，是为了送他们上断头台。

"他们刚刚告诉我，我将被处决。我几乎不能相信。我完全不知道该说什么好！"霍尔马克说。

其实，在大黄蜂号上，朱利卡少校已经告诉大家，如果轰炸东京后被抓获，你们存活的机会将"非常非常渺茫"。

"日本人将会拉你去游街示众，然后在'袋鼠法庭'上审判你，甚至可能公开斩首。"朱利卡说。

他的话应验了。

6号机"青蜂"一接近东京，便遭到高射炮和战列舰的攻击，头顶还有6架战机，一发炮弹打到了副驾驶一侧的防风玻璃上。领航员尼尔森终于找到了目标——日本富士钢铁厂和日本冶金，迪特尔投出的炸弹，在两家工厂炸出了几十平方米的大坑，并波及周围的住宅，69 枚小炸弹落入居民家里。

日本人指控 6 号机"扫射平民"，理由是学龄前儿童中村喜郎系中弹身亡。尼尔森在法庭上说，他们的机枪在东京上空根本就没有使用过。

对法西斯分子来说，杀死一个人不需要什么理由。

虽然同样满怀仇恨，但在处理被俘飞行员的问题上，日本政界和军方也分为两派。

一派以东条英机等"温和派"为代表。东条英机说："这是日本第一次被轰炸，产生了巨大的心理压力，公众情绪激烈。"尽管持有这样的看法，东条英机还是主张以战犯身份对待飞行员。站在他一边的还有天皇裕仁等。这一派担心的，是同盟国可能以同样的手段杀掉日军战俘，而且还有上 10 万美籍日裔可能成为牺牲品。

另一派以陆军参谋长杉山元为代表，他们不仅坚持要审判飞行员，而且要求将 8 名飞行员全部处以极刑。

或许他们觉得只有这样，才能平复日本人突然脆弱的心，才能稍稍减轻陆军官兵们因"不设防"而产生的羞辱感。

1929 年签订的《日内瓦公约》，规定了飞行员作为战俘所享有的基本权利，但直到 10 多年后日本也未批准参加。

杉山元提出的审判并判处死刑，在日本国内的法律条文中也找不到任何依据。无相关法律规定没关系，可以根据权力集团的需求现起草。日本军方和"法律专家"们用了两个多月，终于炮制出了《关于惩治敌人空军的军事法律》（简称"敌人空军法案"），并立即生效。

杉山元捧着法律条文去找东条英机，东条英机准备把球踢给天皇裕仁。10 月 3 日，东条英机觐见天皇。天皇听完汇报后，基本同意东条英机的意见，但他玩了一个折中，只对 5 名飞行员予以减刑，改判无期徒刑。

急不可耐的杉山元，命令手下立即对飞行员执行死刑……

突袭队员被处死的消息传到美国，舆论哗然，公众掀起了声讨日本法西斯的新浪潮。

罗斯福总统在声明中说："带着最深的惊骇，我知道所有文明的民族都会对此感到惊骇，我不得不宣布日本政府的野蛮行径，他们处决了我国被俘的军人。我们的敌人用这样的办法来震慑对手是野蛮残暴的。日本军阀想要恐吓我们的企图将会彻底失败。它只会让美国人民比以往任何时候都更加坚定地消灭日本军国主义。"

陆军航空兵司令阿诺德说："我们不能停下，我们必须加倍努力，直到彻底摧毁那些犯下战争罪行的军阀。当日本的零式战斗机出现在你的视线中时，想想那些同志——已经献出了自己的生命，然后将你们的瞄准器对准日本的基地。"

东京突袭特遣舰队总指挥哈尔西表示："我们会让那群混蛋付出代价！我们会让他们血债血偿！"

密西西比州众议员约翰·兰金说："我们正在与一群野兽作战，而不是与一个人类国家战斗。"

田纳西州参议员汤姆·斯图尔特提出法案，要求政府扣留所有在美国的日本人，剥夺那些"黄色魔鬼"的公民身份。"他们不能，也永远不会诚实。他们不配拥有美国公民的身份！"斯图尔特说。

无数人给白宫写信、发电报，表达心中的愤慨。

里诺市民麦克马洪写道："我们听说了消息，杜立特的几个手下被处决了，被该死的日本鬼子。我鄙视他们。他们只是一群异教徒、食人族和老鼠。就应该把他们全都杀光！"

杜立特和他的突袭队员们反应最为激烈。正在北非指挥作战的杜立特发誓，美国将继续轰炸日本，直到将整个日本化为齑粉。

"我们将用投下的每一个炸弹来纪念我们被杀害的伙伴。"罗德尼·威尔德说。

"终有一天，我们会为死去的战友报仇雪恨。我希望我就是复仇者中的一员。"

数年后，正是法罗、霍尔马克和斯帕茨的这些战友，将东京，将整个日本，化为一片废墟。

杜立特突袭队16架轰炸机总共携带了16吨炸弹，而李梅指挥的行动，一次便向东京投下5000吨炸弹和凝固汽油弹。

走出监狱的人

"不用再祷告了，我们胜利了！"

*

代号为"喜鹊"的行动

日本即将投降的消息,1945 年 8 月 14 日便从北大红楼里传出,但人们半信半疑,当夜北平城仍像以往那样平静。

那时候,从西单到王府井,每个店铺都有一台收音机,那是日伪军强逼店家花 20 元购买的。

那是北平最热的一天,家家房门大开,人们挥着扇子,在知了的聒噪声中等待一个声音。

临近中午,像是接到了指令,所有工作着的手都突然停住,所有的头都抬了起来——收音机传出日本天皇裕仁的声音。

日本宣布无条件投降!

十几分钟的静止。接着,整个北平城处处响起了鞭炮声和欢呼声。

六国饭店附近一家纸行的学徒工王鸿儒,哭着跑到了街上,他看见很多人和他一样满脸泪水。

那天傍晚,一个伙计告诉他:"快去看看吧,日本兵也在哭呢。"他们一起跑到位于崇外大街的日本宪兵队驻地,看见八九十个鬼子面朝东单腿下跪,哭成一片。

8 月 17 日傍晚,日本投降的第 3 天,居住在南苑一带的市民,看见一架轰炸机出现在上空。和雪片一样的传单一同飘落的,是 7 顶白色的降落伞。地面上的日本兵蔫蔫地低头站立,用手攥住枪口。

自天而降的是代号为"喜鹊"的美军营救小组,指挥官为雷·尼克尔斯上校,成员包括另两位军官、随军医生、中文翻译、日语翻译和无线电操作员。

尼克尔斯身上装着 5 万美元，其他人各带 1 万美元，都是现钞。

战争结束时，预计有 22000 名美军战俘被关押在中国和东南亚，4 名突袭队员只是零头的零头。

一位彬彬有礼的日军军官，以"需要请示南京"为借口，拖延营救小组与战俘见面。他认为"战争还没结束"，大概他们虐待战俘的瘾还没过够。

拖了一天，他们终于明白大日本帝国是由天皇，而不是由他说了算——而此时天皇也和他们一样，正在战战兢兢地等待盟军的发落。

9 月 19 日下午，日军终于把营救人员带到了几个集合点。营救人员每到一处，都能听见里面传来欢呼声和《上帝保佑美国》的歌声，十几种语言汇集成胜利的合唱。

在丰台集合点，日军打开大门。在释放出一批战俘后，日军指挥官告诉营救人员，所有战俘均已释放。几名战俘当即揭穿了日本人的谎言，他们说还有 4 个人没放，都是杜立特突袭队队员。

原来日军正忙着给飞行员剃发、剪胡子、修指甲，甚至让他们洗了个热水澡——飞行员已经 3 年零 4 个月没洗过一次热水澡了。洗完澡后，看守让飞行员脱下囚服，换上了在中国降落时穿的服装。

巴尔身体十分虚弱，走不动路，两名看守把他从囚室里搀扶出来。4 位飞行员聚齐后，一个日军头目说：

"战争结束了。现在你们可以回家了。"

一辆崭新的卡车把突袭队员送到了六国饭店。六国饭店又称瓦贡利兹大酒店（Grand Hotel des Wagons-Lits），位于北京东交民巷附近，是当时北京档次最高的饭店。

一路上，突袭队员看到每个人的脸上都洋溢着快乐的微笑。

杜立特晋升为将军了，突袭队员都得到了飞行十字勋章奖章，柯蒂斯·李梅把东京烧成了废墟，陆军航空队向广岛和长崎投下了"超级炸弹"，麦克阿瑟的部队占领着日本……

"每一个人都来看望我们，都急于告诉我们一些新闻，"德谢泽说，"一切都来得太突然，我一时难以接受。我甚至记不住他们说的是什么。我的思维不正常了……"

晚餐十分丰富，地道的西餐。"一个满脸笑容的中国小个子厨师给我们端来了

4份看起来就很诱人的，在盘子里堆得高高的爱尔兰炖肉，没有什么比得上它的美味。"海特说。

突袭队员狼吞虎咽，也不顾自己的吃相是否难看。营救人员发现德谢泽悄悄地往口袋里塞进食物——他给饿怕了，而且不相信自己已经得救。

"你再也不会挨饿了。"营救人员对德谢泽说。

巴尔极度虚弱，不得不用担架把他抬上楼。一进房间，医生就给他输上了血，并让他服用了帮助睡眠的药物。当他一觉醒来时，他看见一位中国护士正在一旁看护着他。

营救人员向昆明报告了突袭队员获救的消息，魏德迈也在第一时间告知了杜立特。

火红色的长发

走出监牢的飞行员，从身体到精神都受到了极大的损害，受损害最严重的是巴尔——他一头火一样的红发，让同监狱的囚犯印象深刻。

巴尔有着不屈的性格。囚犯受到日军的凌虐和戏弄时，往往忍气吞声，但巴尔不。有一次，一名看守罚他用雪水洗脚，巴尔不从，看守拔出剑来往巴尔腿上捅了一下。愤怒的巴尔一拳打过去，把那个看守打得鼻孔出血，倒在地上。事后巴尔几乎被看守整死。

巴尔也是最忍受不了孤独的，3年多的关押使他几乎精神崩溃。

8月25日，尼尔森、海特和德谢泽被送往昆明，巴尔则留在北京继续接受治疗。

巴尔的体重由登上大黄蜂号时的187磅降到了97磅，浮肿的双脚几乎失去知觉。他精神错乱，常常处于恍惚的状态。医生认为，这是长期单独监禁、饥饿和缺少维生素等营养成分导致的。

一个星期后，巴尔可以拄着拐杖行走了，但他的妄想症却未见明显好转。

9月12日，美国空军派专机将巴尔接到昆明，送进了一家精神病院。他一个人住一间病房，巴尔认为他仍被关在牢房里。

一位名叫维尔纳·图尔特的上尉负责给他治疗。

巴尔：你一个美国人，为什么在日本人的监狱里工作？

图尔特：这里是美军的医院，不是监狱。

巴尔：不是监狱，为什么窗户上装着铁栏杆？

图尔特让人把铁栏杆拆掉了。

过了几天，巴尔又说："我不是囚犯，为什么不让我和其他人接触？"

图尔特把他带进了休息室："你看，在这里你可以和任何人聊天。"

图尔特的"干预疗法"很见效，但只维持了一个多星期，巴尔的病情很快又恶化了。有一天，巴尔恳求护士杀死他："你们不要再耍诡计了！"——他把中国护士看成了日本人。医院负责人建议尽快送他回国，住院长期治疗。

10月9日，由一名勤务兵护送，巴尔被送往机场。登机时，巴尔趁勤务兵不注意，发疯似的往空旷的地方奔跑——他对自由的渴望太强烈了！他挨了一击，昏了过去。等醒来的时候，他发现自己身穿紧身衣，被人用担架抬上了飞机。

他问同样躺在担架上的一个伤兵："我们这是要去哪儿？"那人笑了笑，没说话。

10月12日，飞机在旧金山降落。其他伤兵都被送往莱特曼医院，只有巴尔被单独送到汉密尔顿野战医院。

身份证、行李、钱、治疗记录……巴尔什么都没有，医护人员不知道该怎么给他办住院手续，就问他最后一次执行的是什么任务，什么时间，在什么地方。

"1942年4月18日，轰炸东京。"巴尔回答。

医护人员感觉他的妄想症很严重。

换上病号服后，巴尔被送进病房。他一眼就看见桌上放着一把刀子——那是同室病友出门时留下的。巴尔拿起刀子刺向自己的胸膛，但他发现没流血。"小日本鬼子，连自杀都不让！"巴尔心想。

自出狱后，巴尔由求生，一变而为求死，目的是摆脱"日本鬼子的诡计"。

第二次自杀，他把电灯线一端套在脖子上，另一端系到吊灯上，然后他把椅子踢倒，灯具爆炸后稀里哗啦地和他一起掉落在地板上……

一个星期后，巴尔再次被套上紧身衣，乘火车来到艾奥瓦州克林顿市的另一家军队医院——希克将军医院。军方以为那家医院离巴尔的家乡威斯康星最近，但巴尔并不出生在那里，只是他报考飞行员前就读的学院位于威斯康星的阿什兰市。

军方找不到巴尔的家乡，家乡也找不到巴尔。

有一天，一个男人走进了病房，巴尔认出是他的姐夫比尔。但巴尔表现得十分冷淡，他把比尔看成了一个整了形的日本间谍。"日本人也不搞得更像一些，把比尔化装得那么老。"巴尔心想。

姐姐格蕾丝因为巴尔的事长期焦虑、忧伤，此时又怀有 8 个月的身孕，身体十分虚弱，怕她见到弟弟后承受不住打击，丈夫没让她一起来。

巴尔 6 个月大的时候就失去了父亲，他是在一次划船事故中溺水身亡的。母亲无力抚养他们，他和大他 4 岁的姐姐格蕾丝被纽约扬克思的社工埃莉诺·唐斯非正式收养。埃莉诺一直在打听巴尔的消息，战争结束后，她疯狂地四处打电话、发电报，最终通过杜立特打听到了巴尔的下落。

几天后，巴尔迎来了一个惊喜——杜立特专程看他来了！

"陆军调查员找到乔治·巴尔后，我立刻飞往克林顿。由于不知道乔治的真实情况，我必须谨慎行事。当我像老朋友一样向他问候的时候，乔治流下了眼泪。他看上去很正常，于是我们一起到庭院里散步。他尽可能地把一切都告诉了我……我震惊了，很难相信没有医生给他看过病，他没有钱，没有衣服，没有身份证，而且多年的欠薪也没补发给他。"

杜立特怒气冲冲地闯入指挥官办公室大发雷霆，并声言要向上面控告他，那位指挥官吓得一句话也不敢说。

告别时，杜立特问巴尔："你是否还记得，我说过要开一个大派对？"

巴尔回答："记得。"

"这个派对还没开，就是为了等你。12 月 14 日，我生日那天，我们全体到迈阿密聚会。我会派飞机来接你……"

过了不久，巴尔最渴望看见的面孔都出现了：姐姐格蕾丝、"养母"埃莉诺……"那个时候我才知道这一切都是真的。我知道我自由了，我知道我的恐惧彻底结束了！"巴尔说。

自杜立特发飙以后，医院开始对巴尔认真起来。但杜立特仍不放心，很快将他转到保林空军医院，由一位准将级的医学专家亲自为他治疗。那里离埃莉诺·唐斯的家也很近，便于照顾。巴尔拿到了补发的 7000 美元工资。

巴尔的身体状况明显好转，"体重又回到了 170 磅，噩梦也减少了"。1946 年 4 月，他还为《国际新闻》撰写了一篇文章，介绍自己与病痛做斗争的过程。

1946 年年底，巴尔结了婚。两年后，在"狱友"海特的帮助下，他晋升为上尉。

1967 年，备受折磨的巴尔因心脏病去世，年仅 50 岁。

美国退伍军人管理局竟然认定他的死亡与服役经历无关。杜立特又一次愤怒了，经过反复交涉，他终于迫使退伍军人管理局做出了让步。

"他使我灵魂苏醒……"

那一天，大队指挥官威廉·米尔斯陪同杜立特前来招募突袭队员。

"米尔斯上校已经推荐希尔格为我的副手。我还需要 24 个机组，每个机组 5 人。这个行动将要离开美国大约 6 周的时间。有自愿参加的，到你们中队长那里报名。"杜立特说。

那天，29 岁的投弹手德谢泽正在机库里干活，突然接到电话，让他开车去见队长。"我以前从未接过这样的电话，我不知道是否遇到了什么麻烦。"德谢泽说。

德谢泽走进那个房间，看见有近 20 个人在那里。

中队长说："我们要去执行一项危险的任务，现在开始报名。需要说明的是，你们中的一些人可能会牺牲。这是一个自愿参与的行动，你们谁也不会因为不报名受到什么影响。"

> 我对自己说，嗯，男孩，你不要去吧。大家都在房间里走动，互相问："你会去吗？你会去吗？你会去吗？"他们都说会去，我就也说"会去"。
>
> （德谢泽：《我是日本人的战俘》）

"我这个人太懦弱，以至于不敢说'不'。"德谢泽说。

报名开始了。德谢泽排在队尾，当中队长问到他时，他把手举了起来。

自从报名参加了突袭队之后，德谢泽一直处于恐惧之中。在大黄蜂号上，有一次轮到他夜间站岗，他的孤独和恐惧达到了顶峰。那一夜，他计算着他还能在这个世界上活多少天，并用第一次世界大战士兵的死亡率较低来安慰自己。

"想到我可能要死在我要去的地方，我开始浑身战栗不止。"德谢泽在日记中写道。

复活节那天，随军牧师爱德华·哈普在大黄蜂号航母上布道，带领大家唱赞美诗，他大讲品格和永生，这让德谢泽听起来更像是在预言他们的死亡。

"看着这些年轻人，我不知道该对他们说什么好，我知道他们中有些人可能永远也回不来了。"哈普说。

30多名听布道的飞行员，有7位向牧师索要了《新约全书》，但德谢泽不在其列。那时候他还不知道他会进监狱，而待在监狱里很需要一本《圣经》。

在16号机升空之前，德谢泽发现飞机前端的树脂整流罩，被前一架飞机扎穿了一个直径达1英尺的大窟窿。杜立特曾经命令，把任何有缺陷的轰炸机都推入大海，如果及时报告，"地狱蝙蝠"有可能退出突袭行动。

德谢泽想，不能因为一个破了的整流罩，而影响我们几个月来的努力。他选择了沉默，选择了坚持。

直到飞机飞离大黄蜂号很远，他才通过对讲机将这一情况报告了机长法罗。

飞行员脱下外衣去堵那个洞，但风太大，根本堵不住。

16号机有足够的燃油，到达衢州附近时，"地狱蝙蝠"还在空中盘旋了一个多小时。领航员巴尔拼命搜寻"57"归航信号，但毫无回应。这时法罗看见前方出现了一个云洞，就问巴尔："下面是哪个城市？""南昌。"巴尔回答。

但燃油表已经亮起了红灯，只能弃机跳伞了。

> 法罗在电话中说："我们没油了，必须跳伞。"
>
> 我问："我们是飞到了'自由中国'，还是沦陷的中国？"
>
> 他说："我不知道。你必须爬到驾驶舱的下面。"
>
> 我爬到那个位置时，他们已经把机身底部的门踢开了，我可以往下看。在离开机头之前，我看了看高度计，上面显示的是3000英尺。
>
> 罗伯特·海特说："杰克，你是第一个。"我当时想："天哪，我还是想先看看别人跳下去。"我已经系好了降落伞，并拔脚伸进那个大洞。风

非常强，我想大概有 160 英里 / 小时。我不得不抓住底部猛推，因为风把我牢牢地固定住了。我一用力，然后看见飞机从我的头顶飞过。风呼啸着吹着我，我把帽子丢了。

他们对我说，在你拉伞绳之前倒数十，我数了 10 下，降落伞立刻打开。我看着灯光从机身的开口处消失了，很快发动机的声音也消失了。周围的雾很浓，我有一种奇怪的孤独感……

（德谢泽：《我是日本战俘》）

德谢泽跳落到一个坟堆上。他向四周看，远近不见一点儿灯火。他扯开嗓子大喊同伴的名字，他从腰间拔出手枪，向天连鸣几枪，也没有任何回应。

德谢泽想找个避雨的地方。他向前走出不远，发现了一座没有门的小房子，外面用矮墙围住。他用手电筒照照里面，看见一个用青石搭起的小供桌，桌上放着一件生锈的铁器，他知道这是一个神社，那铁器是烧香用的。他把房子里的东西挪开，清理出一小片地方。一躺下，他便进入了沉沉梦乡。

天亮时，德谢泽沿着神社旁边的小路，来到一个村庄。那里有一排低矮的房子，泥土墙，茅草顶，鸡、鸭、猪和孩子们都滚爬在一起，在院子里走来走去的成年人满面皱纹，脑袋只有美国四五岁的孩子那样大。

德谢泽走进一家小商店，在纸上写了几行字，给柜台后面的那个男人看，但那人一脸的迷惑，头摇得像拨浪鼓。德谢泽感觉无望与他交流，便出门继续向西走。

村前有一条小溪，他看见有几个士兵蹲在树下洗衣服。他们洗的是制服。德谢泽后悔功课做得不够——出发前他应该找本画报看看，记住日军和中国军人的服装有什么不同。

他记得朱利卡少校还说过，区分日本人和中国人的办法是看脚趾，日本人穿厚短袜，大脚指和其他四个脚趾是分开的，中国人的脚趾都是在一起的。

"把鞋子脱下来，让我看看你的脚趾——难道可以这样？"德谢泽心中暗笑。

德谢泽心中没底，不敢上前说话，便继续往前走。

不远处有一个院子，里面传来了欢笑声。原来是两个小兵正在和一群孩子打闹。两个小兵看上去十四五岁，头戴军帽，稚嫩的脸上充满灿烂的微笑。

走出监狱的人

德谢泽又观察了一会儿，确信那两个小兵是中国友军。他走上前去，拍拍自己的胸口说："Lushu hoo megwa fugi ."

两个小兵看见他颇为吃惊，但很快就换成一副笑脸。孩子们也围过来看这个碧眼棕发的外国人。

他的中国话两个小兵听不懂。德谢泽还记得几个中文单词：

"中国？日本？"

"中国。"高个子小兵回答。

"中国？"德谢泽很高兴，他又拍拍自己，"美国，美国。"

德谢泽待了一会儿，一抬头，发现那个矮个子士兵不见了。德谢泽感觉情况不对，准备离开。小兵上前拉住他的胳臂，笑嘻嘻地说："中国，中国。"

德谢泽掏出烟，递一支给小兵，刚给他点上火，就看见十几个士兵向这边跑来，他们都端着带刺刀的步枪。

德谢泽举起手枪，手指扣在扳机上。

一个小头目友好地上前和他握手，嘴里不住地说"中国，中国"，并示意要德谢泽跟他们走。

德谢泽跟着士兵来到军营。他看见墙上贴满了照片，照片上都是东方面孔。他看着照片，问这问那。这时一名翻译用英语对他说：

"你目前在大日本陆军的手里。"

1942 年 2 月 20 日。南京。

飞行员被关进单人牢房。他们发现牢房里只有两样东西：一条又脏又湿的毯子，一个屎尿罐子。

也没给他们吃晚饭，审讯就开始了。德谢泽是第一个被提审的。进入审讯室后，士兵把蒙眼的黑布取下来，被捂了一天一夜，突然遇见光，过了好一会儿，德谢泽才能睁开眼睛。审讯室内有好几个日本军官，还有一位翻译。他们正凶狠地瞪着他。

"你们不要审了。我立下过誓言，什么也不会招供！"德谢泽说。

静默，然后突然爆发出一阵大笑。一名军官指着德谢泽对另一名军官说："他准备什么也不招，哈哈哈……"

等笑够了，那名军官站起来，对着德谢泽的面部，狠狠地打了一拳，接着又连抽了他十几记耳光。

德谢泽倒在地上，眼冒金星。另外几名军官则一齐用脚踢他。

> "士兵把我带到另一个房间。一个抽着雪茄的矮胖老头站在桌子前，两手揉搓着，用日语快速地说话……他通过翻译对我说：'我是全中国最仁慈的审讯官，轮到我审问，你很幸运。你说出真相，我们会给你一杯加糖的热牛奶。'"
>
> 审判官："杜立特是你们的指挥官，这是真的吗？"
>
> 德谢泽："我是不会说的。"
>
> 审判官："H-O-R-N-E-T 怎么念？"
>
> 德谢泽："大黄蜂。"
>
> 审判官："你们从大黄蜂号航母上起飞去轰炸东京，是这样吗？"
>
> 德谢泽："我是不会说的。"
>
> 审判官："杜立特中校是你们的指挥官，是不是？"
>
> 德谢泽："我是不会说的。"……
>
> （克雷格·尼尔森：《最初的英雄》）

矮胖子突然站起身，恶狠狠地说："明天太阳出来的时候，我就砍掉你的头！"

"好吧，被全中国最仁慈的审讯官砍头，将是我最大的荣幸！"德谢泽说。

他听见一阵哄堂大笑。

在东京审判期间，德谢泽发现日本人已经知道很多：大黄蜂号，B-25；法罗是机长，他是一名投弹手……他们甚至能够准确地画出诺顿投弹瞄准器。

飞行员在日本的监狱里苦熬了 50 多天，于 6 月 19 日乘船回到上海。他们被关押在房桥监狱。

被称为"黄泉鬼洞"的房桥监狱臭名昭著。位于四川路的这栋建筑原为公寓，1937 年被日军强占后，变成了宪兵特务组织的总部。这里关押着很多中国人和外国人，每间囚室像装沙丁鱼一样地装进三四十名囚犯，他们身体相互挨着，冬天忍受着湿冷，夏天如同被蒸烤。这里无比肮脏，无法洗澡、理发，伙食少而差，经常有人被饿死。

飞行员发现，日本兵有很多折磨囚犯的手段，他们殴打中国囚犯时最狠，而且经常克扣他们的食物。

8名飞行员和十几个不同国家的囚犯挤在一间牢房里。飞行员发现，躺在地上的一个日本人和一个中国人，因患严重的痢疾得不到治疗，已经奄奄一息。

"这座监狱爬满了老鼠、蜈蚣、虱子、臭虫、跳蚤和各种爬虫。我们每天晚上要留一个人来守护，防止老鼠咬我们。它们个头儿大而且胆子大。我们不去杀死它们，因为怕它们受伤后死掉，使这里的恶臭更加严重。"尼尔森回忆说。

飞行员大多出现了腹泻和脚气病，那是营养不良引起的。海特出现了严重的浮肿，腿上的肌肉用手一按就会出现一个窝，那是脚气病的症状之一。

8月28日，日军将他们移往江湾监狱。从此，德谢泽再也没看见过法罗等3位同伴。

几天以后，剩下的5人被带进军事法庭。一位日本军官说："你们因为对学校进行轰炸和扫射而被判为死刑，但仁慈的天皇将你们改判为终身监禁。"

他们在江湾监狱待了一年半。1943年4月17日，一架运输机将他们送到了南京。

盟军的节节胜利使日本兵稍微变得温和一些，也许他们知道末日审判终将到来，害怕了。他们开始改善监狱的条件，甚至给每间牢房配备了一张桌子和一把椅子。

没有了日本兵的折磨，一种新的痛苦来袭，那就是孤独。为了摆脱孤独，飞行员想出了很多办法：尼尔森在脑子里盖起了一栋房子；海特建起了一个牧场，里面养着大群的牛羊和兔子；巴尔把一个流动的霓虹灯设计得十分复杂；米德尔写出了一篇哲学论文；德谢泽写出了几首诗。

严重的营养不良影响着想象力。于是米德尔想出了很多简单的游戏，比如，让大家说出总统的名字、联邦各州的首府和主要城市；比赛看谁捉到的虱子和跳蚤最多，每天在墙上记录下来；以米饭和汤为筹码，玩彩票游戏……

监狱里有一种消息传递方式。有一天，尼尔森偶然把公用的铝质杯子翻过来，发现上面有字。他把杯底的字擦掉，写上了自己的名字，并将此事告诉了同伴。在犯人间传来传去的消息，大多来自一个名叫康尼·巴特斯的人，他是1941年12月在威克岛被日军俘虏的。

有一天，飞行员在杯底上看到了一条自入狱后最让他们高兴的新闻——"苏联人兵临德国边境"。

他们中最乐观的就是米德尔，他始终相信自己能够活着走出去。他计划出狱后，在俄亥俄州的莱克伍德市开一家主要面向男士的家具店。

但他却最先倒下。半年后，他死了。

他患了严重的痢疾，接着脚气病也严重起来。"他瘦得像一根牙签。"伙伴们形容道。只要稍微治疗一下，他就能好。

一个士兵过来骚扰他，米德尔直面挑战。"听着，"他的话里夹杂着英语和日语，"虽然我病了，但我仍然可以撕碎你们这群该死的家伙！"他猛地一挥拳，没有打中卫兵，自己却跌倒了。

"这一幕看起来让人感到悲哀！"海特说。

米德尔留下一封信，是写给父母和妹妹的。德谢泽发现，这封信写于珍珠港遭偷袭的那一天。

"我于1941年12月7日写下这封信——在那命中注定的一天，日本人引燃了熊熊战火。遵从上帝的旨意，我应征入伍……在这段时间里，所有人都卷入冲突中，而你们这些不得不牺牲所爱之人的人，是斗争中真正的英雄。记住，一个人的灵魂大于他的躯体，因此你们没有失去我，我的精神将永远与你们同在。

原来他早已预感到自己将会在这场战争中献身。

——1945年9月的一天，一位名叫艾琳·库恩的美国女记者，抱着一个木盒子走出上海江湾监狱。她紧紧地抱着，像抱着自己的孩子。为了不让日本人看见她的脆弱，她把脸贴在盒子上，泪水把包裹木盒的丝绸都湿透了。她怀抱着的，就是米德尔的骨灰。

米德尔的遗物装在一个小箱子里，有一本旅行支票，每张面额10美元；一本个人支票，一张社安卡，一个指南针，一把梳子；在发霉的皮夹里，有一张已经发黄的照片，上面是一个很漂亮的女孩……

那天，海特和德谢泽以举办葬礼为由，向狱长提出要一本《圣经》。让他没想到的是，第二天书竟然真的送来了。

这本《圣经》在各个牢房传看着，受触动最大的是德谢泽，他说："日本人对待我的方式，使我不得不向基督求助。我祈祷活下去的力量。"

那一天，德谢泽又听见了上帝的召唤。他祈祷了很长时间，这时他听见了一个声音：

"不用再祷告了！我们胜利了！"

"耶和华是我的牧者，我必不致缺乏。他使我躺卧在青草上，领我安歇在水边。他使我的灵魂苏醒，为自己的名号引导我走上正义之路……"

从东京的一座教堂里传出了诵经声，那个诵经的牧师就是德谢泽。

德谢泽和海特、尼尔森一起，于1945年9月5日回到华盛顿，他们被送进沃特·里德医院接受全面检查。他们再次成为媒体和公众关注的焦点人物。一家报社为得到德谢泽的故事，开出了2250美元的价码；一家电台准备了一句话，让德谢泽读出来，付给他400美元。

德谢泽终于见到了母亲、继父和妹妹海伦。那时，海伦正在西雅图太平洋学院读书。

德谢泽的生父是一位农场主兼上帝会牧师，在他2岁的时候，父亲就去世了。母亲带着他，改嫁到俄勒冈州的马德拉斯，那是一个不到300人的小镇，继父有一个种植小麦的农场，还有一个经营乳制品的小店。1931年，德谢泽高中毕业后，想到波特兰的一所学校学习柴油机技术，但他筹不到50美元的学费。于是他跑到内华达州，在一个拥有三四千头羊的牧场做牧羊人。

两年后，德谢泽挣了一笔钱，在俄勒冈州的梅德福找了一个地方养火鸡，当他把500只火鸡养大时，火鸡肉价格大跌，从每磅22美分，降到13~14美分。1940年的一天，他看到了一个招聘飞行员的广告……

出狱后，德谢泽拿到了补发的工资，加上其他收入，他也有了一笔钱。谈到未来的打算，家人期望他像在监狱里想的那样，去经营一家农场。但德谢泽已经改变了想法，他准备去学习神学，当一名传教士。

"我最好的选择就是回到东京，让日本人认识耶稣。"德谢泽说。

亲友们都觉得德谢泽疯了，只有妹妹海伦坚定地站在他一边。

回到学校后，海伦向神学院咨询，得知那里有一种"加速"学制，可以在3年内修完4年的课程。她带着哥哥去报了名。

德谢泽入校后，发现自己已经成为明星级的人物，很多大学生围在他身边问这问那，一个名叫弗罗伦丝·马西尼的女孩引起了他的注意。"她是我见过的最漂亮的女孩，而且她和我目标一致，打算全职为上帝服务。"

交往了几个月后，德谢泽向马西尼求婚，她答应了。德谢泽感觉到，是上帝让他们走到一起的。

一年后，他们生下一个男孩。德谢泽以基督教第一位传教士的名字，给儿子命名保罗。

德谢泽修完全部课程，成为一名传教士，受卫理公会的委派，他偕夫人和孩子于1948年8月14日动身，乘船从旧金山出发，经火奴鲁鲁，半个月后到达东京。

"当我们走下舷梯时，突然有人通过播音器喊道：'雅各布·德谢泽在吗？'我大声回答：'我在这里。'他们说：'请你们回到船舱里，我们想和你谈谈，外面太冷。'我和妻子以及我们14个月大的孩子回到船舱，那些新闻记者来了，一大群人，我想大概有40个。他们问：'现在你怎么样了？你在日本监狱里，他们踢你，吐你口水，还有虱子和臭虫。你为什么还要回到日本？'他们问了我很多问题……"德谢泽回忆说。

在东京，他惊奇地发现日本人为杜立特修建了一个纪念公园。

1949年的一天，一个军人走进教堂。他自我介绍说："我是渊田美津雄。"

德谢泽知道这个人。当年日本偷袭珍珠港，带领战斗机发起第一次攻击的就是渊田，"托拉、托拉、托拉"和"虎、虎、虎"的电文，也是由他发出的。

渊田出生于奈良一个农民家庭。太平洋战争爆发时，他任赤城号航母的飞行大队长。后官至大佐。

此后，每到礼拜天，渊田都会来这个教堂。1949年，在德谢泽的劝谕下，他受洗成为基督徒。

"我曾经深陷迷途，是德谢泽影响了我。"渊田说。

在渊田的帮助下，德谢泽在日本各地，包括他当年轰炸过的名古屋，建起了23座教堂。直到1978年他才回到美国。

2008 年，德谢泽以 96 岁高龄在家乡俄勒冈去世。

从 1966 年起，渊田学着德谢泽，开始到美国各地传教。渊田于 1976 年去世，遵照他的遗愿，教友和家人将他葬在了美国。

"我控告！我做证！"

在东京的上空时，尼尔森最想炸的是皇宫。"我们都想炸掉它！对小日本我们没有任何爱。此外，我们认为天皇是这件事情的始作俑者，我们想来个釜底抽薪。"

但这恰恰是杜立特坚决反对的。杜立特认为，轰炸皇宫只会使日本人更加团结。

在象山海边的土山上，他和霍尔马克、米德尔草草掩埋了投弹手迪特尔、机枪手菲茨莫里斯。

在上海江湾监狱，他和米德尔看着驾驶员霍尔马克被带走，一去不回。

在南京军事监狱，他看着米德尔瘦成骷髅，最后被装进一口棺材抬走。

于是，6 号机组就剩下他一个人了。

尼尔森曾经这样计算过："我们认为从大黄蜂号上成功起飞的概率是 50%；如果我们成功起飞，在日本上空被击落的概率 50%。而且，如果我们能走到这一步，完成了空袭，能飞到中国的概率也是一半；如果我们到了中国，还有一半的概率会被俘虏。我们认为这样的概率真的对我们很不利。"尼尔森早已预感到自己有成为俘虏的可能。

尼尔森记得，在接近东京上空时，机舱里突然陷入可怕的寂静。"我们都忙着考虑问题，我们的神经都是拉紧的。我在想我的妻子，托拉。我和她于 1941 年 12 月 8 日结婚，正是国家宣战的那一天。我们一起度过了快乐的 40 天，然后我就自愿参加了杜立特的飞行队。"尼尔森说。

尼尔森生性刚烈，不屈不挠。日军让他体验了很多"美妙的日式刑具"。

尼尔森说："4 月 24 日下午 3 点日本人把我从牢房里拉出来，开始盘问我任务信息。他们把笔放在我的手指间，捏紧我的手，然后上下拉动笔杆，我手指的皮肤被生生地磨掉，上面带着肌肉。"

> 尼尔森被迫躺在地上，四个日本兵分别坐在他的四肢上，第五个士兵把湿毛巾捂在他的脸上，并往上面不停地倒水。每次他想呼吸，都会吸进更多的水。尼尔森有一种要窒息的感觉。
>
> （卡罗尔·格林斯：《杜立特突袭者》）

还有一种"膝盖刑"。两人各拿一鞋底抽你的膝盖，长时间地抽……

那天，尼尔森被带进审讯室，当卫兵把他的眼罩摘下时，他看到了一位不到30岁的审讯官。

"我叫奥哈拉，毕业于哥伦比亚大学。"那人说，他的日本名字叫大原。

"奥哈拉应该是个爱尔兰名字。"尼尔森说。

"我知道，但我就是这个名字。"那人说，"我猜你知道上个星期东京被轰炸了。"

"被炸了？谁干的？"

"你要是不知道那才叫怪。"

"你对罗斯福总统怎么看？"尼尔森故意转移话题。

"我想用烂西红柿砸他的脸！"

"现在你敢这样说了，因为你已经回到了东京。"

"在日本，你不会受到虐待。你可以打棒球和高尔夫球，还可以享受温泉浴。"

大原出去后，一位60多岁的秃头翻译走进来，他也是先做自我介绍：毕业于斯坦福大学，曾在加州首府萨克拉门托生活过35年。

"那为什么又回日本了？"尼尔森问。

"我挣了一笔钱，回日本养老。但他们希望我能够发挥余热……"

这种闲聊只是"前奏曲"。尼尔森很快便明白，这两个美国名校培养出来的"精英"，一个唱红脸，一个唱白脸——穷凶极恶的白脸。

审讯持续了4个多小时，中间尼尔森多次受到拳打脚踢，士兵多次故意踢他腿上的伤口。

"士兵拿来一根直径约3英寸的竹竿，把它放在我的膝盖后面。我被命令像是跪着那样蹲在地上。一名士兵抓住我的两只手臂，另一名士兵用脚踩在我的大腿上，上下跳动。我的膝盖剧烈地疼痛，我感到我的关节在裂开，但大约5分钟后，我的膝盖变得麻木，我就什么也感觉不到了。"尼尔森回忆说。

他曾经被带到刑场上假枪毙过，他曾经被脚尖半着地，吊在木桩上整整一夜，直至昏死过去……

可是，一旦伤痛稍稍减轻，他就会和伙伴们谈论足球和棒球，谈论那些好吃的东西。

3 位飞行员是 1945 年 6 月 12 日被转移到北平监押的，两个月后他们就迎来了解放。

参与营救的美军士兵在检查牢房的时候，发现有个囚犯很像美国人，就问他。

那个人张了几下口，老半天才说出话来：

"我叫蔡斯·尼尔森，3 年前我跟随一个叫吉米·杜立特的人，从大黄蜂号上起飞轰炸了东京。"

"你们不是都被日本人枪毙了吗？"士兵不敢相信。

"是的，我也以为我已经死了，我们 4 个人都死了。"

"那其他 3 个突袭队员呢？"

"你去看看吧，他们现在就站在大厅里……"

尼尔森出狱时体重只剩下 103 磅，由于 40 个月没刷牙，他有 19 颗牙齿出现龋空。

回国后，尼尔森给每一位牺牲的战友的家人都写了信。作为唯一一位见证者，他向军方报告了埋葬迪特尔和菲茨莫里斯的情况。而此前，菲茨莫里斯的母亲一直深信，她的儿子正在中国与游击队并肩抗击日本侵略者。

1946 年春天，尼尔森又一次来到中国。他协助墓地登记局在象山海岸找到了迪特尔和菲茨莫里斯的墓地。尸骨保存完整，飞行夹克上的胸牌还在。

> 至（3月）10日下午6时，美搜查组包朗、魏达、徐东海等由西泽来城，巡官唐卫昌等即赴东门外迎接。先伴送县长公馆休息，后送镇山旅馆住宿。随同搜查组前来的，尚有鄞县护送员警8人。次晨，局长葛乃荃率领警长邱凤山先赴爵溪，通知爵溪乡乡长准备午膳，并征雇民夫，待搜查组到过即开展工作。未几搜查组到达，在乡长家休息片刻，即至埋葬地点

挖掘，但挖掘多时未发现尸体。时因天下大雨，搜查组随返乡长家休息。一面仍敕民夫挖掘。大雨不止，民夫衣服均被淋湿，先后也各自返家。

后与乡公所洽商，乡队附愿出筹资雇人员负责挖掘。即雇得陈根泉等8人再赴埋葬地点挖掘。不及片刻，即发现美尸二具，报请搜查组前来确认。确认系美尸后，由搜查组组员亲自将枯骨二具拾起，分为两包，由该乡派民夫挑运县城。

（周义华：《营救美国飞行员》，见《象山文史资料》第7辑）

尸骨运回美国后，两位烈士家长请求说，迪特尔和菲茨莫里斯在中国的土地上并肩躺了4年，希望葬在阿灵顿公墓时，不要将他们分开。

战争结束后，远东国际法庭逮捕了参与杀害、迫害飞行员的日本战犯，尼尔森作为重要证人，代表4名幸存者专程到上海出庭做证。这是尼尔森第四次来到中国，第三次走进上海。

海特和德谢泽提供了书面证词。

"我坐在这里，眼里充满泪水。我一想到被关押在日本人监狱中的痛苦经历，就觉得要尽我所能帮助那些活着回来的人，去指控那些处决飞行员的罪魁祸首。"尼尔森说。

公诉人依据事实，要求判处日本囚犯死刑。但日本律师极力为他们开脱，辩护说"他们只是提线木偶""每一个细节都是东京决定下来的"……他们甚至搬出了《圣经》在审判庭大念特念："我告诉你们，要爱你们的敌人，祝福诅咒你的人，善待憎恨你的人。为那些凌辱和迫害你们的人祈祷吧！"

审判五人委员会对律师的胡说八道竟然予以采信，宣布判处泽田、冈田、辰太服5年苦役，只有和光被判了9年。

得知判决结果的尼尔森非常愤怒："我以为亲自到上海去做证，对案子的判决会有帮助。现在看来，我被他们愚弄了！"

当年日本人审判飞行员，只花了半小时，而这次审判竟然用了一个多月。

1948年，法庭发现和光还曾参与杀害了8名B-29远程轰炸机的飞行员，将其改判死刑，但这一判决被麦克阿瑟改为终身监禁。战争罪行调查员准备逮捕另两名相关的罪犯，也被麦克阿瑟阻止。1950 年 1 月 9 日，又是在麦克阿瑟的主导下，泽田、冈田和辰太从监狱被放出。

麦克阿瑟这个日本人的敌人，转眼变成了鬼子的朋友和恩人。

在远东国际法庭的庭审中，留下了一张原江湾监狱狱长辰太向尼尔森谢罪的照片，他毕恭毕敬地鞠躬，两眼却在向上偷看，好像是在观察尼尔森的表情。

辰太最应该向麦克阿瑟鞠躬。这个刽子手可能有所不知：为讨好麦克阿瑟，日本高层早已把他们的"第一女星""昭和女神"原节子献上。

麦克阿瑟一边笑纳，一边摇身一变成为日本的"国父"。

"你站在最高端……"

海特跳伞落进稻田里，当他爬起来时，满脸泥浆，一身精湿。他撩水洗了一把脸，然后迈步走上田埂。

走了一大段路，他看见一座封堆很高的坟墓，被树丛围拢着。他在背风的一侧躺下，用降落伞把身体盖起来。

清晨醒来后，海特在雨中愣愣地站立了老半天。奇怪的是，有一支小曲儿一直在他的耳畔回响。但很快他意识到，此时他离歌声有 10000 公里之远。

小时候在学校里，他还常常听到另一首歌——《得克萨斯，我们的得克萨斯》。

> 得克萨斯，我们的得克萨斯！
> ……哦，帝国广阔而又光荣，
> 你站在最高端。
> 天佑得克萨斯！
> 保持你的勇敢和坚强，
> 愿你在岁月里获得力量和财富。

海特身上已经毫无"力量"，但他还有一笔小小的"财富"：几盒"好彩"牌香烟，一些"土墩"牌巧克力棒，5 美元的银币。谁要是帮助他，他准备全部奉献出来。

"清晨，雄鸡啼鸣，东方破晓。我在一栋栋房屋前徘徊，希望能够找到一家友好的中国人。开始看见的那两三栋房子，里面都传出狗叫声，我想进去，但又退了回来……后来我终于发现了一个没养狗的人家。"海特回忆道。

海特一进门，便把香烟和巧克力都拿了出来。这家有三四个孩子，他们很高兴地吃起了巧克力。"我不知道中国女人也抽烟。那位太太猛抽起好彩香烟，好像生怕它给放过期了。"

海特连说带比画，男主人好像明白了他的意思：他要找兵营。男主人戴上草帽，趿拉着一双小小的木屐，示意让海特跟他走。

男主人带着海特穿过稻田，走了约30分钟，来到一座房子前。一名中国士兵在墙边站着，男主人上前和他说了几句什么。那名士兵身上没有刀子和枪。海特发现士兵会说英语。"士兵问我是什么人，我告诉他我是一个美国人，是来帮助蒋介石的。他十分友好，说好吧，我先带你去吃点儿什么。"

当两人走近一排平房时，突然有15名端着上了刺刀的步枪的日本兵跑了出来。日本兵从海特膝盖的口袋里搜出了点45手枪，然后将他捆绑起来，押上了一辆卡车。

看见那是一辆1938年出厂的福特卡车，海特的心中有点儿疼。

海特被带到1.5公里外的一个小镇，走进一栋门口飘着膏药旗的房子。

"房子里有地图。他们想弄清我要去哪里，我说我要去重庆。一名日本军官走进来，通过翻译告诉我：你现在是日本的战俘，不要试图逃跑。"

在大黄蜂号上，海特只是一名替补队员。他渴望参加突袭行动。

杜立特把海特排除在突袭队员之外，可能是因为他的父亲1941年7月刚刚去世，他的母亲尚未从痛苦的心境中走出来。杜立特不想让一个女人在一年之内同时失去丈夫和儿子。

海特向好友法罗抱怨说："我训练了自己的机组成员，做好了一切准备。我想去。"

法罗问："如果做我的副驾驶，你愿意吗？"

从机长到副驾驶，地位降低了，但海特不在乎，他高兴地回答："我愿意，不要说做副驾驶，做投弹手或机枪手都可以，只要让我参加。"

于是预备机组的机长海特，成了16号机的副驾驶。16号机原来的副驾驶很不情愿地退出了。

也许你看到过那张照片：一个身材高大的美国飞行员，被两名比他矮一头的日本宪兵架着，从飞机上走下来。飞行员的眼睛被一块黑布蒙着，没戴脚镣和手铐。日本兵看上去很温和，似带关照之意，其中一人带着眼镜，文质彬彬，好像刚刚从大学校门里走出来。

那名飞行员就是出身于得克萨斯州一个棉农家庭的罗伯特·海特。

这张照片很快便为人所熟知，因为它当时便在日本的《战时航空》杂志上刊发了。

日本人刊发这张照片，看似聪明，其实很愚蠢。

——你看，美国鬼子被我们抓到了，我们以文明甚至是关怀的态度对待他。

但选照片的人没有意识到，飞行员豪迈、威猛、英俊的形象，把猥琐、鄙陋，惯会耍小诡计的日本人彻底比了下去。

它似乎就是那场战争的终极预言——只需 3 年，日本人就开始对美国大兵点头哈腰了！

英雄归处

英雄们各有归处，直到"安息号"最终吹响。

*

轰炸东京的任务完成后，降落在中国的突袭队员，有的人把遗体或骨灰留在了中国，有的人被关进日军设在上海和南京的监狱里。那些为幸运之星照耀的人，满心喜悦地戴上了罗斯福和蒋介石颁发的勋章，但这种喜悦是短暂的，很快他们又掉入黑暗的现实。

大萧条和在太平洋、南亚的减员，致使美国空军合格的飞行员严重缺少，而此时美军又不得不开辟新的战场。于是，许多突袭队员在离开中国后，又被派往中缅印战区。

由于美国的优先事项是战胜希特勒，这一战区配备的飞机数量有限，其他物资也严重不足。

"取消回国"

13 号机副驾驶理查德·诺布洛克，是留下来的 14 名突袭队员之一。

"有一段时间我们就像孤儿。我们没有飞机。我们闲坐在阿拉哈巴德英军和印军的兵营里。欧洲在进行一场战争，我们在等待世界末日。很少有飞机、设备和炸弹过来。"诺布洛克说，"我们最终去了靠近缅甸的阿萨姆邦，从那里起飞执行了 50 多个迎战日本人的任务。"

20 世纪 50 年代，诺布洛克由爱德华·约克推荐，出任美国驻意大利空军武官。后在五角大楼、伦道夫空军基地和安德鲁斯空军基地工作，以准将军衔退役。他还曾任职于联合技术公司、巴克莱银行，并担任杜立特突袭者协会主席 15 年。

一次，他驾机带副驾驶卡罗尔·格林斯上校去空军学院看"圣餐杯"，格林斯对杜立特行动产生了浓厚的兴趣。

格林斯退役后成为一名作家，共写了 30 多本书，其中有 5 本涉及杜立特行动，包括《杜立特突袭队员们》《杜立特突袭》和《四个回家的人》等。

正在加尔各答等待回国航班的 4 号机领航员麦库尔，也接到了"取消回国"的命令。

"盟军正在印度建立空军，他们派我到阿拉哈巴德空军基地接受训练。最终我又被派回中国帮助蒋介石。"麦库尔说。

后来，美军派 3 架 B-25 执行缅甸上空的侦察任务，麦库尔主动请缨，返回了加尔各答。

在缅甸，麦库尔又经历了一次弃机跳伞，又一次被营救。

"我执行的第 13 次任务，飞行员是得克萨斯人约翰逊，外号'歌唱男孩'。我们发现有一艘日本军舰停泊在缅甸阿拉巴的港口里。约翰逊架机俯冲下去，进行扫射。当我们第二次转头时，军舰开火了，我们的投弹手被打死。我们不得不迫降在离海岸（日军控制）约 50 英里的印度洋上。"

"我们有 1 人死亡，6 人受伤。飞机正在下沉。我们取出两只救生艇，爬进去开始漂流。到达海岸外的牡蛎岛后，我们在那里待了 3 天。那里有充足的淡水，但没有食物。"

"我们继续向北漂流了 6 天。一天晚上，一阵台风把我们冲上了岸。我们在海滩上睡着了，等醒来时，发现有 20 多个缅甸人正在注视着我们。"

"我们留下 3 人在海滩上，另外 3 人走进灌木丛和水稻田。在丛林中我们遇见了廓尔喀人的队伍。他们帮我们包扎伤口，并发报给加尔各答。我们的指挥官亲自驾驶 DC-2 来接我们，飞机在沙滩上降落后，战友们用一品脱苏格兰威士忌来欢迎我们。经过两个多小时的飞行，几名醉醺醺的美国飞行员在印度降落。几天的时间，我瘦了 20 多磅……"

离开中缅印战区后，他又到欧洲参战。

战争结束后，麦库尔于 1947 年进入莱特－帕特森空军基地理工学院学习，两年后毕业。在接下来的 12 年中，他先后在中央情报局和参谋长联席会议任职。1966 年退役后，成为珍珠港海军基地的文职人员，直到 1983 年"第二次退休"。

"我永远不会忘记的一件事，是拍摄电影《托拉！托拉！托拉！》时的场景。我们住在一栋小房子里，看着那些被炸毁的飞机编队飞过我们的屋顶，然后降落到模拟的战舰上。我感觉十分诡异！"

1988年，麦库尔与妻子搬迁至圣安东尼奥，住进了空军退休公寓，直到2003年逝世。

最早牺牲的突袭队员是5号机领航员尤金·麦克格尔、11号机机枪手麦尔文·加德纳和12号机机枪手奥摩·杜奎特，他们于1942年6月3日同机战死。

这个时间离他们在江山、歙县和遂安被营救，只有40多天。

"1942年5月15日，拉金中士和我收到了新德里的命令。"11号机投弹手威廉姆·伯奇说，"我们在新德里见到了格兰宁上尉，他告诉我突袭队已经解散，一些军官前往各州，根据需要被吸收到其他中队。对我来说，则是卡拉奇，然后是阿拉哈巴德。在那里我再次遇见了加德纳中士。"

1942年6月，克莱顿·比塞尔少将命令从印度出动6架B-25去轰炸缅甸腊戌，然后降落到昆明。考虑到天气状况和复杂的地形，陈纳德认为不可行，但比塞尔没有采纳他的意见。

伯奇说，6架飞机是6月2日离开的，加德纳担任雷兰少校的枪炮手。9天之后，他得知只有一架飞机到达了中国，另外5架飞机或者被日军的炮火射入了地狱，或者坠毁。只有11号机领航员卡普勒到达了昆明。

1943年2月，在阿灵顿市政厅举行了追念麦克格尔的仪式，约翰·摩尔上校代表陆军航空队，将紫心勋章递到了麦克格尔父亲欧文的手上。

杜立特回到美国后，很多突袭队员的家人给他写信询问亲人的情况，写信人中就包括加德纳的未婚妻。她说："我希望他一回国我们就能结婚。我希望得到一些眉目，以便知道是否需要提前准备婚礼。"

令人遗憾的是，加德纳永远也不可能和她一起走上红毯了。

早在突袭队员集训的时候，加德纳已经逃过一劫。

一次，他与格兰宁、雷迪进行飞越墨西哥湾的训练。拆除飞机底部的旋转炮台时，留下了一个大洞，用一块内置板盖着。在飞行过程中，它嘎啦嘎啦直响，听起来很烦人，加德纳拿两个工具箱把它压住，自己则坐在箱子上。这时格兰宁喊他去给领航员拿耳机，他刚起身，那两个工具箱和盖板一起掉了下去，落入大海。加德纳和同伴都惊出了一身冷汗。

他逃过了第一次，却逃不过第二次。

5月30日，加德纳给未婚妻写了最后一封信。3天之后，他就与那个美丽的女孩永诀了。

比缅甸上空更为凶险的是驼峰航线。日军完全控制了缅甸之后，援华物资的运送只剩下一条通道，就是从阿萨姆邦或列多邦起飞，越过喜马拉雅山到达重庆。1942年，美国第10航空队和中国航空公司共同开辟了驼峰航线。

驼峰航线全长800多公里，平均海拔4500~5500米，最高海拔7000米，飞越驼峰意味着将飞机提升到制造商设计高度的一倍，直到机翼被冰雪覆盖。该地区气候变化无常，常常能见度很低。而且，中间要在日占区飞行45分钟。

从1942年至1945年，在这条"死亡航线"上损失的飞机为468架，平均每月损失13架，死亡或失踪的中美飞行员达1659人，死亡率超过90%。

驼峰的冰雪切割着晨昏，切割着生命的分野，那些凝视着仪表盘的面孔和微笑，一一闪过，或者凝固，或者化为碎片。

3号机驾驶员罗伯特·格雷和10号机投弹手、年仅23岁的埃尔默·拉金，一起牺牲在驼峰航线上。

格雷的钱夹里永远装着妻子的照片，他不时地拿出来看看。他渴望回国，渴望与妻子团聚。

格雷与劳森关系甚好，经常有书信往来。他告诉劳森："我有预感，我们圣诞节就能回家。"但1942年圣诞节到来之前，他的妻子迎来的却是他的骨灰盒。

8月，他从印度的汀江写信给劳森说，他已经开着B-25对驻缅日军进行了6次空袭，还驾驶P-40去过一趟中国。他的体重下降很多，"只剩下影子了"。

9月，雅各布·曼奇再度成为格雷的搭档，任副驾驶。这让格雷十分高兴，他说两人在一起总能找到乐子。但他也颇为郁闷：完成轰炸东京的任务后，几乎所有人都升职了，但"曼奇还是少尉，我还是中尉。因为我们属于借调使用，无法升职"。他希望劳森能找机会和杜立特说说这事。

一定是杜立特出面进行了干预。10月16日，格雷终于拿到了上尉的聘书，而且是从8月21日算起。曼奇同时升为中尉。

但格雷的上尉只当了一个多月。在牺牲的两天前，他在写给劳森的信中，请求给他寄一面美国国旗，小小的国旗……

格雷1939年10月在得克萨斯州的布利斯应征入伍。他牺牲后，美国陆军航空队将位于该州的一个基地，命名为格雷空军基地。

"离开重庆后，我被留在亚洲，我是14个人中的一个。我被分配到第5318临时空中分队，驾驶C-47执行驼峰航线运输任务，一年多以后回国。"1号机副驾驶科尔说，"1943年10月至1944年7月，我又被派往中缅印战区，身份是道格拉斯飞机的试飞员。我总共服役26年。"

科尔曾经驾驶过30种不同的飞机，飞行时间超过5000小时，战斗飞行500小时，执行了250多次战斗任务。

1966年退役后，科尔中校与妻子玛莎居住在得克萨斯。"退役后，我又种了14年的柑橘。我养育了5个孩子，盖了5栋房子。"

2005年，科尔受邀来中国参加了抗日战争暨世界反法西斯战争胜利60周年纪念活动。

2019年，科尔以103岁高龄在家乡圣安东尼奥逝世。他是突袭队成员中最后一个离开这个世界的。

在欧洲与北非

回到美国的突袭队员，一部分人开始向西转，去对付希特勒和墨索里尼。

"我被分配到一个由B-25组成的新中队——这些年轻的，未经训练的家伙，我被要求训练他们，并随时做好战斗准备。"杜立特说。

"他们说，是时候让你们走了。所以我飞越大西洋，降落在英国，然后从英国到北非，开始轰炸隆美尔指挥的坦克部队。"胡佛说。

"我们四五个人接到命令，要参加北非的入侵行动。我驾驶B-26，带着12架P-38战斗机降落到阿尔及利亚的奥兰，当时战斗正在进行。天哪，到处都是炸弹坑和飞机残骸，机场上一片混乱。我肯定那里停放着200~300架飞机。我们住在飞机的旁边。"琼斯说。

琼斯的机队待了几天，于 1942 年 11 月转移到阿尔及尔。他在那里见到了第 12 航空队指挥官杜立特。

在欧洲和北非参战的突袭队员还有格兰宁、鲍尔、史密斯、约克、特鲁洛夫、米勒和格里芬等，当然还有伦纳德。

半年前，在皖南的豪天关，保罗·伦纳德对满脸沮丧的杜立特说：

"中校，你放心吧！我认为他们会再给你一架飞机。到那时，我还是要求做你的机组成员，与你一起再度遨游蓝天！"

杜立特答应了。

后来杜立特兑现了承诺，当他开始领导新的航空队时，他把他的机枪手调到了身边。

伦纳德在北非与德国法西斯战斗了近两年。

1943 年的一天，伦纳德随杜立特飞到阿尔及利亚处理地面事务。

"我让保罗·伦纳德负责照看飞机。那天午夜时分，德国人来了。我看见保罗一直在操作着飞机顶部的机枪，朝轰炸和扫射机场的德军飞机开火，尽可能长时间地坚持，然后他跳进附近的炸弹坑寻找掩护。一颗投向飞机的炸弹偏离了目标，落到了那个弹坑。"伦纳德被炸得粉碎，现场只找到了他的一只手臂。

"我找到了保罗的遗体，他的左手从手腕处被切断，手表还戴在手上。当我在中国最困难的时候，这个好男孩试图让我振作起来……"

直到几十年后，杜立特对伦纳德之死依然耿耿于怀。"保罗的牺牲是我在这场战争中的最大悲剧。唯一使人感到好受一些的，是他不知道炸弹要来，也永远不知道是什么击中了他。他死得干净利落，毫无痛苦。"

伦纳德只是黑色泪水中的一滴。其实，悲剧一直在上演。

1942 年 9 月 3 日，11 号机副驾驶肯尼斯·雷迪在阿肯色州小石城的一次飞行事故中丧生。

1942 年 11 月 20 日，7 号机投弹手罗伯特·克莱弗在印第安纳州维恩堡起飞后坠机身亡。

1942 年 11 月，15 号机驾驶员唐纳德·史密斯在英国的一次飞行事故中丧生。

1943 年 7 月 4 日，9 号机领航员托马斯·格里芬在西西里岛执行任务时，飞机被击落，与执行同一任务的 13 号机机枪手亚当·威廉姆斯同时被俘。

1943 年 7 月 7 日，2 号机投弹手理查德·米勒在北非执行"水漂式轰炸"任务，炸弹击中了敌军的弹药库，爆炸引发的冲击波导致飞机坠毁，米勒罹难。

1943 年 7 月 7 日，5 号机投弹手丹佛·特鲁洛夫牺牲于西西里岛。

1943 年 7 月 19 日，14 号机机枪手埃德温·贝恩参与对罗马的轰炸，返航途中飞机坠毁于第勒尼安海，贝恩牺牲。

3 号机领航员查尔斯·奥扎克、7 号机机枪手戴维·撒切尔因飞行事故受伤，结束了飞行生涯。

1942 年 12 月 4 日，戴维·琼斯驾驶的飞机在突尼斯的比塞塔被地面炮火击中，琼斯跳伞后被俘。

"我沿着两座沙丘之间的开阔地带向前走，还没走出 200 码，就遇见了一排散兵，是德国人。我指指我的枪，一个德国人上来把它抽走，说道：'对你来说，战争结束了。'"琼斯说。

"他们把我和另一个人带到指挥所。指挥官是一名金发的中校，能说一口流利的英语。他给了我一张躺椅，还有奶酪和葡萄酒。那天晚上他对我说：'好吧，你睡在这里，请不要逃跑。'"

琼斯被押上一列开往西里西亚的火车，到达位于波兰境内的战俘营，那里关押着 1000 多名战俘，大多为英国飞行员。战俘们很快便以"东京琼斯"来称呼他。

后来，他们被强令去挖隧道。曾经有过一次越狱，但逃跑的 75 人被德军抓回了 73 人，其中 50 人被枪毙。琼斯庆幸自己没能逃出去。

直到德国战败，琼斯才走出战俘营。

让他没想到的是，20 年后，他不再驾驶飞机，而是被派去搞另一个东西：宇宙飞船和航天飞机。

"1964 年，我接到命令后前往华盛顿，走进 NASA（国家航空航天局）总部。当时双子座计划刚刚启动，阿波罗计划也处于起步阶段。我被任命为载人航天计划的副助理署长。虽然我不明白这意味着什么，但我有一个很好的车位。"

1964 年，琼斯来到卡纳维拉尔角，他目睹了阿波罗飞船升空和进入月球轨道的全过程。

琼斯于 2008 年去世。

1943 年 7 月 17 日，查尔斯·格兰宁从摩洛哥马拉喀什起飞，前去轰炸那不勒斯铁路场。在地中海上巡航时，他点燃了一支雪茄，一边抽一边读着妻子多特的来信。

当他飞过飘浮在维苏威火山上空的"炮弹云"，即将到达目标的时候，高射炮开火了，一发炮弹击中了飞机尾部。格兰宁靠尾翼保持平衡，继续飞行。投弹完成后，格兰宁迅速返航，这时另一发炮弹直接击中了右侧引擎，他看见飞机的碎片纷纷飘落。

跳伞后，地面高炮、机枪开始向他的降落伞射击，降落伞被炸出一个洞，伞绳没断，但他的膝盖中弹了。他不停地拉扯伞绳调整方向，最后掉进了冒烟的火山口。

格兰宁昏迷过去，当他醒来时，一个红脸膛的男子正用枪指着他。格兰宁指指自己的腿，另外几个戴头盔的人出现了。一个男子背他走出了火山口。

他被摩托车带到镇上一座房子里，士兵给他倒了一杯啤酒，并用酒精为他擦拭了伤口。夜幕降临时，一群那不勒斯人聚集在房子外面叫嚷着，要求处死轰炸他们城市的敌人。当他走上押解他的卡车时，那些人纷纷向他吐口水，扔石头。被俘的飞行员被送往基耶蒂。

1943 年 9 月 8 日，意大利宣布投降，指挥官把战俘营移交给战俘自我管理，格兰宁以为自由指日可待。但 23 天后，一个德军小分队到来，将他们往位于柏林以北 150 公里的博尔扎诺镇转移。盟军飞机追着他们乘坐的火车轰炸，格兰宁被自己人击中了，在混乱中，他跟随一群人逃走。

那一天是 1943 年 10 月 3 日。重获自由的格兰宁东躲西藏，最后他和两名新西兰战俘一起，在罗马附近的山谷里找到了一个隐身的山洞。在过了半年多的流落生活后，1944 年 3 月 23 日，他们被巡逻的德军再次抓获。

1944 年 4 月 18 日，轰炸东京两周年纪念日那天，他被押送到斯塔格勒空军基地。那里已经有 9000 名盟军战俘，大多是飞行员。

入伍前，格兰宁是一位学艺术的大学生。在战俘营里，他的专业派上了用场，他开始给战俘上艺术课，并组织他们制作手工艺品。

战争结束前，格兰宁为北区一号的指挥官，为了避免与苏联人打交道，纳粹监狱长选择了向格兰宁投降。战俘和监管互换了位置。

格兰宁出狱后做的第一件事，是组织一个特殊的展览，展品均为纳粹战俘制作的手工艺品。

战后，他曾在五角大楼工作，并被派往澳大利亚和新西兰任空军武官。

1957 年 3 月 29 日，格兰宁因在战俘营感染疾病去世。

在病重期间，他口述录音了自己的回忆录。他的妻子菲斯波娜花了一年多的时间，将其整理成书，书名《不完全的简报》。2001 年，该书由华盛顿州立大学出版社出版。

在得知琼斯和格兰宁被俘后，美国军方担心纳粹会把突袭队员引渡到日本，下令把他们召回国。之后，除胡佛和鲍尔等人外，突袭队员提前结束了他们的第二次世界大战。

"在意大利的任务完成后，他们需要一个新的小组指挥官，所以我自愿驾驶 B-24 轰炸机，执行罗马尼亚普洛耶什蒂油田的轰炸任务，那里是纳粹燃料的主要来源。"

在执行了 50 次任务后，指挥官准备将他送回国，但胡佛主动要求留下，并转为战斗机飞行员。

"战后，我被派往日本冲绳，主要负责后勤保障，确保基地内每个人都能随时出发。回到美国后，我先在部队参谋学院学习，然后被派到土耳其一段时间。后来，担任过拉伯克空军基地飞行员训练组指挥官、凯斯勒空军基地技术学校指挥官。"胡佛说。

"1969 年，我从军队退役。我和几个朋友一起，在圣安东尼奥盖了几栋公寓楼。我一直在奥格兰德河谷收购柑橘。"

"我的妻子患了绝症后，她希望能与孙子、孙女在一起，于是我们把房子卖掉，搬到了密苏里州的乔普林。在与孙辈们共度了 3 年的时光后，她就去世了。"

"他像我们的父亲"

有死亡，有伤残，有心灵中挥之不去的魔魇，但硝烟弥漫中，大多数突袭队员实现了生活的回归，他们娶妻生子，或者继续服役，或者成为飞行教练、承包商、销售员、工程师、养牛和种植柑橘的人……

在 15 号机上"临时"当了一回投弹手的怀特，回国后干回老本行。他先是被送进医学院深造，专注于航空医学研究。在 1943 年正式发布的突袭公告中，专门提到了怀特：

"怀特中尉搭乘史密斯中尉的飞机，是此次行动的外科医生。他的勇气也受到了嘉奖。怀特冒着巨大的个人风险，表现出超凡的勇气，留在正在沉没的飞机中，抢救出了手术设备和医疗箱。他逃脱后不久，飞机就沉入 100 多英尺的海水中。之后，怀特医生留在危险地区，为劳森中尉机上的重伤员进行护理治疗。"

1950 年，怀特加入美国空军医学部门，参与制定了飞行员健康与安全标准。退役后，在加利福尼亚开了一家私人诊所。

2002 年 4 月，怀特在加州去世，葬于阿灵顿国家公墓。

8 号机副驾驶埃蒙斯退役后，和妻子贾斯汀一起回到家乡俄勒冈州梅德福德经营水果。他的梨园很大，远近闻名。

与他同机组的领航员赫尔顿，则与妻子茉莉亚在南卡罗来纳从事畜牧养殖并经营食品批发。

11 号机领航员卡普勒 1966 年退役后，先开了几年校车，之后当了 18 年的房地产经纪人。

13 号机投弹手布尔凯斯 1946 年退役后，回到家乡路易斯安那，与妻子贝蒂经营植物病虫害防治业务。

6 号机领航员尼尔森 1962 年退役，到一家导弹生产企业担任工程师。退休后回到家乡犹他州，协助妻子菲利斯从事景观设计。他们拥有犹他州最美的花园之一。

10 号机领航员克劳奇从 20 世纪 50 年代初开始在战略空军司令部服役。退役后回到南卡罗来纳州哥伦比亚，当了 19 年的数学教师。

克劳奇与 14 号机领航员詹姆斯·马西亚是密友，他给女儿也取名马西亚。

15 号机领航员赛斯勒从中缅印战区服役返回后，又被派往欧洲和地中海。回国后，进入南加州大学学习土木工程，后成为一家建筑工程公司的总裁……

他们中没有一个人成为流浪汉，没有一个人因不遵纪守法或不检点而被二次"曝光"。

在平凡的生活中，与普通百姓不同的是，他们的头上始终罩着一圈光环，而且他们拥有一位堪称模范，并且像父亲一般关照他们的老首长、老模范。很多突袭队员后来受到过杜立特的关照。

从大黄蜂号上起飞前，杜立特曾经许诺："等到了重庆后，我要给你们举办一场终生难忘的聚会。"

在重庆，他们没能聚成。在北非，他们有一个小型聚会。但在战争期间，聚会都是非正式的。

巴尔等4人出狱之后，1945年12月14日，杜立特借自己生日的机会，在迈阿密举办了第一次正式聚会。杜立特自掏2000美元，并派飞机把巴尔接来。

1947年，第二次聚会。"从那以后，我们每年都团聚一次，除了朝鲜战争和越南战争期间。"

"他们就像我的儿子——那一群男孩。我珍视我们多年来在团聚时度过的时光。"杜立特说，"我知道指挥官不应该有任何偏爱，但这些人是我的。我深切地关心着他们。"

机枪手亚当·威廉姆斯说，这些人之所以特别亲密，是因为他们做了每个人都认为是不可能做的事情。罗伯特·海特经历了人类所能承受的一切，当他回忆往事，他不禁热泪盈眶："我认为杜立特突袭队员都是最优秀的人。吉米是一个非常特别的人。我怀疑是否还有另一个领导者，能像他这样使我们发展出同志情谊。"

突袭任务完成后，杜立特晋升两级，成为准将。此后，杜立特先后任第12航空军（1942年，北非）、第15航空军（1943年，意大利）、第8航空军（1944—1945年，英国—日本）最高指挥官。他的第8航空军拥有42000架作战飞机。

1959年，杜立特以中将军衔退役，重回壳牌石油公司担任职务。

1985年，罗纳德·里根总统晋升他为四星上将。

1988年，曾在太平洋舰队当过鱼雷轰炸机飞行员的乔治·布什总统，晋升杜立特为五星上将，并向他颁发了总统自由勋章，这是美国平民所能获得的最高荣誉。

晚年，杜立特居住在北加州，过着平静的生活。他的妻子乔于1988年去世。

1993年9月27日，杜立特在位于加利福尼亚圆石滩儿子约翰的家中逝世，终年96岁。临终前，他对记者说："我对自己完全满意。"

举行葬礼那天，美国空军所有处于飞行状态的 B-25 全部升空，向一个伟大的灵魂致敬。

望着万里晴空，悠悠白云，不知道坐在驾驶座上的飞行员，会不会想起 50 年前中国的那场大雨……

杜立特与先他去世的夫人乔并排安葬于阿灵顿国家公墓。他的私人文件被捐赠给得克萨斯大学图书馆。

杜立特的儿子约翰、孙子詹姆斯三世都曾在美国空军服役。

吹响了"安息号"

突袭队员每年聚会，但参加人数也逐年减少。

他们能够抗拒战争和苦难，但无法抗拒自然规律。

他们各有归处，直到"安息号"最终吹响。

据艾伦·劳森介绍："在生命的最后几年，劳森承受着巨大的痛苦，但他的头脑依然清晰。他做事受到了限制，因为只要一移动，他就会感到疼痛。他认为截肢就只能忍受痛苦，但实际上他摔断了背部，这在很多年里我们都不知道。他接受了一次手术，效果很好。但后来又开始疼痛了。他接受了海军医院的背部手术，但这次手术不成功。他再也没有恢复健康。"

劳森与艾伦晚年居住在北加州。1992 年 1 月 19 日，劳森因肺动脉瘤去世，他被安葬在加州的奇柯公墓。

13 号机驾驶员迈克尔罗伊留在中缅印战区，驾驶 DC-3 执行驼峰航线运输任务。几个月后，他开始驾驶 B-25 执行对驻缅日军的轰炸。

从印度回国后，他又被派往太平洋上的马里亚纳群岛，驾驶 B-29 执行对日轰炸任务。迈克尔罗伊是唯一一位再次参与轰炸日本本土的突袭队员。

退役后，迈克尔罗伊曾在一家石油公司工作多年。1985 年 3 月 3 日，他在家乡得克萨斯去世，终年 70 岁。

"突袭任务完成后，我们 5 个人向路易斯安那州哈丁机场的 B-26 机组报到，时间是 1942 年 7 月。到 1943 年 7 月，我们 5 个人中已有两人死亡，3 人被关进纳粹集中营,包括我自己。"这是 9 号机领航员格里芬的经历。

退役后,格里芬与妻子艾斯特居住在俄亥俄州。

格里芬于 1983 年和 2005 年两度来到中国。

2013 年 2 月 26 日,格里芬在俄亥俄州的辛辛那提逝世,享年 96 岁。

外号为"砖头"的 4 号机驾驶员霍尔斯特罗姆于 2000 年 12 月去世,享年 84 岁。

"战后,我继续在军队服役 30 年。除了那次突袭,我最自豪的时刻是获得了 B-58,那是我们的第一架超声速轰炸机,也是美国战略空军司令部的重要装备。"

"退休后,我和我的妻子哈蒂幸运地拥有资产去旅行。我们去了欧洲大约 15 次,还去了南美和远东,包括中国。"

20 世纪五六十年代,7 号机副驾驶达文波特先后驾驶过 6 种喷气式战斗机。他曾担任过廷德尔防空联队队长,最后以半自动环境系统总管的身份退役。

米高梅公司在拍摄《一个名叫乔的男孩》时,想找一位特技飞行员,军方推荐了达文波特。在南卡罗来纳拍摄现场,他结识了玛丽并同她结婚。米高梅还聘请他任影片《东京上空 30 秒》的技术顾问。

11 号机投弹手伯奇早就渴望飞行。突袭任务完成后,他申请成为一名飞行学员。被录取后,他在圣安东尼奥、斯威特沃特、丹尼森、拉伯克等地接受各种训练。1943 年毕业后,他被分配到一个 B-24 小组。因为一次事故,他受了重伤,在医院里一直住到战争结束。

20 世纪 60 年代,他获得了旋翼飞行教练执照,开始教学生涯,他培养出了两位宇航员,其中的一位杰克·斯威格特参与了阿波罗 13 号的登月飞行。

"在大黄蜂号上,我结识了首席航空机械师查尔斯·梅泽夫。离开空军后,我回到拉古纳海滩,发现他的妹妹芭芭拉就住在那里。我去拜访她,结果我们一见钟情。我们于 1947 年 7 月 14 日结婚。"这是伯奇最喜欢提及的事。

伯奇于 1992 年去世,终年 77 岁。

从俄罗斯回国后,8 号机驾驶员约克被派往意大利执飞 B-17。1945 年,他在华沙和哥本哈根任空军武官。之后,先后担任空军军官候选学校的指挥官、五角大楼武官处参谋长和美国空军安全局参谋长。1966 年退役后居住在加州圣迭戈。

"1946 年,我回到图森,成为一名预备役军官。1951 年,我进入一所专业学校学习，之后被派往欧洲。我担任空军欧洲司令部的参谋规划官。晋升为上校后，我参与了洛克希德 U-2 和早期的卫星侦察项目。在战略空军司令部，我先后担任了情报室主任、第二空军司令，后进入空军安全局工作，担任副参谋长（作战）、欧洲安全区指挥官和参谋长。" 14 号机领航员马西亚说。

他是突袭队员中最后一位退役的（1973 年）。后来，他在圣安东尼奥的阿桑普森神学院担任业务经理，到 70 多岁才真正退休。

马西亚于 2009 年去世，终年 93 岁。

1 号机领航员波特先后在密歇根、华盛顿、佛罗里达和加利福尼亚等州执行任务。20 世纪 50 年代到德国服役。

20 世纪 90 年代，他曾经随团两次到中国访问。

波特退休后一直居住在得克萨斯州，2002 年 5 月 26 日去世。

3 号机领航员奥扎克在一次飞行事故中受伤，结束了飞行生涯。

奥扎克是来自格鲁吉亚的新移民后代。退役后，他长期在摩托罗拉公司任技术员。他与妻子生活在圣安东尼奥的空军村，直至 2009 年去世。

他的女儿苏珊·奥扎克曾两次应邀来中国访问。

16 号机副驾驶海特 1955 年从美国空军退役后，与妻子波西亚一起开酒店，他们的两家酒店分别位于阿肯色和俄克拉何马。

波西亚去世后，海特在参加突袭者聚会时结识了 2 号机副驾驶威廉·菲茨夫的遗孀，两人于数年后结婚。

与他同机组又一起蹲过监狱的德谢泽，与妻子弗罗伦丝于 1978 年结束了在日本的传教，回到美国。

他的回忆录《我是日本战俘》，被翻译成 20 多种文字，总发行量达 3000 万册……

第二次世界大战结束时，活着回到美国的突袭队员一共为 61 人。

1956 年，突袭队成员在亚利桑那州图森举行年度聚会时，一个民间团体向飞行员赠送了 80 只银质高脚酒杯，装在精美的便携式胡桃木箱里。每只酒杯上刻着一位突袭队员的名字。活动结束后，这套酒杯被移送到位于科罗拉多州斯普林市的美国空军学院长期展示。

每一年，在世的突袭队相聚时，都会把逝者的高脚杯倒置过来。1992 年，当浙江 5 位老人到访美国空军学院时，倒置的酒杯为 39 只。

杜立特拿出了一瓶产于 1896 年（他出生的年份）的轩尼诗白兰地。大家约定，这瓶酒由活到最后的两名突袭者开启，用来缅怀所有的战友。

2013 年，在世的 4 名突袭队员共同修改约定，并建议于 11 月 9 日在代顿美国空军国家博物馆举行最后一次纪念仪式。

这 4 人是——

理查德·科尔，1 号机副驾驶；

托马斯·格里芬，9 号机领航员；

爱德华·塞勒，15 号机机枪手；

罗伯特·海特，16 号机副驾驶。

他们的年龄均已超过 90 周岁。

那一天，除海特因身体原因不能前来外，其余 3 位突袭队员都来到现场。

历史学家卡罗尔·格兰斯大声地念出了 80 名突袭队员的名字。之后，98 岁的科尔站起身，向 76 名逝者最后一次祝酒。3 位老英雄同时举起了酒杯。

英雄们各自归去，他们的英魂像片片白云，永远飘在我们头顶的蓝天上。

没有形体，没有重量，只有光在寂静中摇晃、震荡……

未能实现的访问

他渴望再回江西广丰，再回那座山和那个村庄。

$*$

很多年过去了。当年参加杜立特行动的飞行员和上百位营救过他们的中国百姓，音信阻隔半个世纪，他们多么想再见一面！

幸运者如刘芳桥，他在 85 岁高龄时被邀请访美，得以一偿心愿，回国后的第二年便仙逝了。

但还有更多的人，因为种种原因未能遂愿。比如，杜立特突袭队副总指挥、14 号机机长约翰·希尔格。

希尔格是突袭队员中最早来华的。他渴望再回江西广丰，再回那座山和那个村庄，再去见那些恩人，但他最终带着遗憾离去。

在上饶市广丰区档案馆里存有两组案卷，一组关于美国《新闻周刊》驻北京办事处转来的照片，一组关于希尔格的访问请求。

先看第一组。

这张照片是 1942 年 4 月 19 日下午在广丰府前街游行时拍摄的。走在中间的希尔格，右臂由一位中国人挎着。但照片里只有 4 位飞行员，没有贝恩，此刻他还未被送到县城。照片曾经在美国《国际新闻》周刊上发表过，是由希尔格提供给媒体的。

同样的照片洗了 3 张，上面都有在广丰获救的 4 位美国飞行员的签名，希尔格的名字签在最后面。照片右上方，都有用繁体中文竖写的 4 行字："1942 年 4 月 18 日轰炸东京后，广丰友人帮助到达安全地带。特此致谢！"

随照片附有一张显然是托人写的字条，除了与照片上相同的文字外，还有这样一段话："再者：请分赠其他照片与广丰友人，如能寻得照片中人士最佳。多谢！"后面盖有何立格（希尔格）的中文名章。

1987 年 3 月 7 日，《新闻周刊》在转交照片时，行函一封，致江西省外事办。

美国《新闻周刊》北京分社在旧的卷宗里发现一份材料，材料说 1942 年 4 月，美国空军在飞往浙江衢县执行任务中，何立格（John Hilger）等 5 人乘坐的飞机坠毁于江西广丰县，机组人员得到当地群众救援。当时机组中一人曾拍下了一张照片。现何立格夫妇希望有关方面能将这些有 4 人签名的 3 张同样的照片赠给广丰人民，特别是那些当年曾帮助过那 5 位美国人的人。

美国《新闻周刊》北京分社现将材料和照片附上，请江西省外事办处理此事，并对贵省外办可能提供的帮助谨表谢意。

第二组材料包括一封英文信件和一份调查报告，均写于 1981 年。前者应为希尔格夫妇托人（大使馆或《新闻周刊》驻北京办事处）所写。所附用“广丰县县志编撰委员会用笺”写的译文，显然不是当时翻译的。

1981 年 6 月，希尔格夫妇来到中国。他们“很希望有机会访问江西省广丰县，以感谢广大人民在 1942 年 4 月对他的殷殷款待”，“如有可能，让他们做一次私人访问，并愿意支付从上海至广丰来回旅行和帮助他们的翻译人员一切必要的费用。如不可能，他们希望有某些安排，以便将照片能赠送给广丰人民，特别是要送到曾经帮助过 5 个美国空军人员的广丰人民手中”。

信中同时告知了希尔格夫妇在中国的日程安排：1981 年 6 月 14 日乘火车由无锡到上海，18 日从上海乘飞机去日本东京。

广丰县政府侨务办公室《关于 1942 年美国飞机机组人员在我县降落后送达安全地带的情况汇报》（以下简称《汇报》），写于 1987 年 6 月 22 日，与希尔格夫妇访华时隔整整 6 年。

《汇报》得出的结论是：“照片的拍摄地点是现在的人民政府门前。照片上的人物由于年代久远，经找十几个有关人员辨认均无结果。因为此事距今 40 余年，当时的小青年现已成老人……无法找到直接参与接待者。”

《汇报》完全忽视了普通百姓在营救美军飞行员过程中的所作所为，虽文尾表示“县人民政府欢迎何立格先生等机组人员到我县访问，旧地重游，会见现尚健在的当年帮助过他们的友人”，但其实是婉拒了。

尽管如此，广丰县是第一个对 1942 年营救美军飞行员事件进行官方调查的，这一点难能可贵。

希尔格是以准将军衔退役的。他和夫人 1981 年来华，是受邀访问还是家庭旅行，完全查不到相关信息。如果不是他留下了信件和照片，谁会知道他曾经来过？

9 号机领航员格里芬 1983 年来华，同样被拒绝前往坠机地，同样找不到任何文字记载。

在杜立特突袭队队员中，希尔格与中国的缘分最深。如果不是美国军方计划有变，他有可能留在中国参与对日本本土的轰炸。

在重庆送别杜立特时，希尔格说："我想我将去印度，参加他们的战斗。我会喜欢的。"

从一次"必死"的行动中逃生后，希尔格并不急于回国与亲人相见，他渴望投入新的战斗。

他在日记中写道："我们将于明天前往加尔各答。我们每个人都急切地想回到在缅甸发生的战斗中去。盟友的战局看起来令人失望，但我们可以帮助改变。"

5 月 14 日，希尔格与格兰宁等人一起抵达新德里，迈克尔罗伊、格雷、乔伊斯和诺布洛克等人自愿留在了第 10 航空队。希尔格则接到命令，要求他和琼斯返回中国，继续参与对日本本土的轰炸。

第二次突袭计划由"哈泼乐大队"负责执行，23 架 B-24 轰炸机将于 5 月 15 日从成都机场起飞，对日本本土进行战略攻击。

5 月 11 日，比塞尔打报告给蒋介石，请求批准，并请中国空军予以配合。

三月廿八日经以临时空袭计划——以四发动轰炸机空袭日本，报告阁下，乃荷阁下在原则上予以同意，惟以延至五月底实施条件。敝军部对此时间亦予以同意。

现悉特备之廿三架，B-24 轰炸机业将准备完毕，拟于五月十五日于哈维逊上校指挥之下，飞离美国，经非洲、印度前赴成都，而以成都为基地，最多利用不超过三次以上。由成都出发，于空袭日本目的地前，在衢州加油。如能以桂林为基地，实施轰炸一次，甚为适当。

军部并请求与美志愿队合作，予以主要驱逐机之保护。

塞奉命如上项计划，蒙阁下赞同，其详细事项，可与陈纳德将军及阁下指定之贵国空军之代表会同商定之。

关于实施此次空袭所需之初步准备，敬恳阁下决定实施为祷。

按照计划，从 5 月中旬开始，将对日本本土实施 4 次轰炸，使用成都机场三次，使用桂林机场一次，中途在衢州加油。

5 月 15 日，希尔格和琼斯刚抵达新德里，便接到了要求他们尽快返回中国的命令。

5 月 21 日，希尔格和琼斯、格兰宁从新德里出发，在汀江转机后飞抵成都。中途在昆明加油时，他们见到了陈纳德将军。将军带着他们参观了飞虎队的地面指挥所，并希望他们能留下来一起战斗；陈纳德不知道希尔格等人有新的任务，被婉言谢绝后，他颇为失望。

"哈泼乐大队"由哈维逊上校指挥，希尔格等人的任务是为将要使用的 B-24 轰炸机配备炸弹和燃料。

希尔格等人被安排住在成都机场附近，和指挥所在同一栋大楼内。

在参观机场时，他们看到了惊人的一幕：正在扩建的机场上，十几万民工像蚂蚁一样地蠕动着，有人告诉他们，仅做饭的伙夫即达 3 万人。民工们头戴草帽，衣衫褴褛，很多人甚至赤着双脚；他们碎石、挖方、填土、拖拉石碾……

见此情景，格兰宁深有感触："看来，当中国人想要移动一座山时，他们将会把这些苦力带到山上，每个苦力将尽可能多地搬运石头和泥土，直到把山移走。"格兰宁也许不知道中国有一则寓言，叫作《愚公移山》。

希尔格等人要做的第一件事，是选择适配炸弹，因为从美国空运炸弹过来，不仅成本高，而且很危险。

他们发现由中国人设计的炸弹，大小、形状各异，有的仿苏联和美国，有的仿德国和意大利。有的很重，有的很长，有的带单挂环，有的带双挂环。

希尔格等人在 B-24 飞机上装了很多炸弹去附近的轰炸靶场。他们告诉中国人要为他们的轰炸测试做好准备。中国空军司令毛邦初将军乘坐他们的 B-24 飞机陪同进行第一次试验轰炸，希尔格等人把每种类型的炸弹都装了一颗到炸弹舱里，他们用装了水的练习弹作为他们的第一发。在测试当天，轰炸试验目标区域附近挤满了老百姓。试验的 B-24 飞机正盘旋在 7000 英尺高度准备第一次投弹。希尔格注意到中国人已经拥入目标区域，他们建议毛邦初放弃任务。毛邦初回答说："我建议你们继续并投弹，因为我们已经通知他们离开这个地区。我们不认为会伤到很多人。"希尔格等人私下里决定不能投高能炸弹，只投装水的练习弹。

（郑伟勇：《非常营救——衢州与杜立特行动》）

1942 年 4 月 21 日，日军参谋本部向中国派遣军发出命令："一、必须集中航空队力量，对浙江就近地区之衢州、丽水、玉山等机场进行攻击、轰炸，将其彻底破坏而无法使用。二、为使上述地区的机场完全失去作用，确定由地面部队予以攻击，进行彻底破坏，然后视情况撤回。派遣军应依此从速定出进攻作战计划和兵力使用方案。"

1942 年 5 月 15 日，浙赣战役打响，日军在向衢州机场投下无数炸弹后，地面部队开始向衢州推进。为防止日军占领并使用机场，5 月 24 日，重庆命令浙江省征集民工毁掉衢州、丽水和玉山等机场。

第二次轰炸东京的计划，因为战局的变化被华盛顿叫停了。

5 月 26 日，比塞尔面见蒋介石并递交了一份备忘录："浙东战事发生，目前运用中国根据地，出动 B-24 式飞机轰炸日本之计划，暂难实行。业已奉华盛顿令，该计划之准备暂予以延期，以待后命……二公（宋美龄、周至柔）意见，皆以为局势既有转变，B-24 式机耗油既多，亏损机件速率亦大，过后修配亦感困难，暂时以不用为佳。"

因任务取消，希尔格等人于 6 月初返回印度。希尔格继续担任中缅印战区轰炸小组的指挥官。而琼斯和格兰宁，则分别被派遣到北非和欧洲战场。

离开成都时，希尔格不会想到，两年后，一个狠角色来到了成都。他就是卡基斯·勒梅伊。他的心中，有一个毁灭日本的计划。

1944 年 6 月 16 日，再次轰炸日本本土的"马特霍恩计划"终于得以实施，也是从成都机场起飞，而机型则改用 B-29 超级堡垒战斗机。

B-29 为一种远程战略轰炸机，其威力远超 B-25。B-29 机身重 60 吨，航速最高 350 英里，续航里程为 5000 英里，载弹量可达 10 吨。

从成都起飞的第一次轰炸，共出动飞机 68 架，目标是位于日本九州的八幡钢铁厂。

——这是后话。

希尔格于 1909 年出生于得克萨斯州谢尔曼，1926 年 6 月中学毕业后，入得克萨斯农工学院就读，1932 年毕业。1933 年 2 月，他辞去步兵少尉的职务，进入陆军航空队学习飞行。1934 年 2 月，开始作为飞行员服现役。1935 年 2 月获授少尉军衔。

在"二战"最后的 18 个月里，希尔格在太平洋战区总司令切斯特·尼米兹上将的参谋部服役。战后，他到空军学院和国家战争学院学习。

从 20 世纪 50 年代起，希尔格先后在日本、土耳其和挪威服役。1966 年 8 月，他在得克萨斯州兰多夫空军基地空军训练司令部参谋长任上退休。

希尔格来与不来，也许并不重要，但那次拒访肯定在他的心中留下了刻骨铭心的痛。

1982 年 2 月 3 日，在访问中国后不到 8 个月，希尔格在家乡得克萨斯溘然长逝。

他再也无法回到江西广丰，再也见不到那些纯朴而又友善的人。

| 后辈们的选择 |

父辈们已经远去，中美友谊的接力棒传到了后人的手中。

*

自 20 世纪 40 年代末起，突袭者们每年都要举行一次聚会，并成立了杜立特突袭者协会。

开始几年，聚会仅限于突袭者本人，但杜立特的妻子乔说服了丈夫，终于家属们也可以参加了。

2013 年，因所剩无几的突袭队员已失去活动能力，杜立特突袭者协会宣告解散，杜立特突袭者子女协会成立。

接力棒传到了后辈们的手中。其中最活跃的是詹姆斯·马西亚的儿子托马斯，查尔斯·奥扎克的女儿苏珊，戴维·撒切尔的儿子杰夫，刘同声的女儿刘美远等。

马西亚中校的水彩画

当年，14 号机领航员詹姆斯·马西亚获救后，保存了副驾驶西姆斯中尉在广丰给村民拍下的几张照片，但广丰人谁也没机会看到。

直到 76 年后，它才被詹姆斯·马西亚的儿子托马斯带回广丰。

2018 年 10 月 28 日，他在衢州参观杜立特行动纪念馆的时候，结识了罗时平，双方互留了电话号码和邮箱。

罗时平，江西上饶人，历史学家，现任上饶市抗战文化研究会名誉会长。他的研究方向是地方史和区域经济等，长期从事杜立特行动等抗战文化的研究，专著有《上饶救援杜立特——"二战"往事》等，并撰写了《上饶营救美国杜立特行动飞行员的史实》《鄱阳营救杜立特行动 13 号机组飞行员考察报告》《美国杜立特行动 12 号飞机在婺源县坠机地点考察》等文章。

在邮件中，马西亚对罗时平说："1960 年我上高中的时候，父亲指着地图上的一处告诉我，他曾于 1942 年 4 月在中国上饶广丰被中国人营救。他说他的生命是被善良的中国军民们拯救的。因为种种原因，父亲无法来上饶寻找救命恩人，但他保存了很多当年在上饶的照片和名片。直到 2009 年父亲去世，我才意识到必须真正去了解父亲的过去以及对他人生中最重要的一些事情。"

2018 年 10 月 22 日至 24 日，马西亚独自到上饶寻找父亲的救命恩人，他登上了父亲跳伞降落的那个山头，但他带来的照片和名片上的那些人，他一个也没见到。深感遗憾的他，在现场采集了一些泥土和石子，用降落伞的残片包裹起来，准备带回国收藏在家族博物馆里。

2019 年 7 月 11 日，罗时平与上饶市抗战文化研究会执行会长苏刚青等一行，到鄱阳县朗埠村考察。他们在村民卢邦启的后代家里，发现了当年诺布洛克跳伞时遗落的军用水壶和水杯。罗时平将水壶和水杯的图片发给马西亚。

马西亚很兴奋，因为他的父亲与诺布洛克是密友，他们 20 世纪 90 年代同住在得克萨斯州的圣安东尼奥。马西亚回复道："这是美国陆军二战时期使用的，水壶可以折叠，盖子就放在杯子里。水壶装在一个带宽皮带的布袋里。水杯则是野战火炉的一部分。"

2021 年 6 月，美国纽约电影学院导演比尔·因里诺弗（Bill Einreinhofer）开始拍摄纪录片《动荡的历史：美国、中国和杜立特突袭东京行动》，邀请托马斯·马西亚、杰夫·撒切尔、苏珊·奥扎克、鲍比·布凯尔斯、刘美远等人为主要采访对象。当马西亚得知罗时平也在受访者之列后，他给罗时平发来了两张照片，供他做参考。

马西亚很想知道，照片上的人，是否还有活着的。

收到由西姆斯中尉拍摄的那两张密良坞村民的照片，上饶抗战文化研究会进行了调查。

其中一张照片上共有 15 人，但有的人只照出半张脸，有的人站在远处，只留下一个模糊的身影，有个孩子在快门按下的一瞬间，把头扭了过去。苦难的时代，贫穷的乡村……当镜头对准村民时，他们脸上阴云密布，几乎没有一人显露出欢乐的神情。

罗时平等人认定，这张照片是在官文清家里拍摄的。他们通过"查户口"，终于找到了官文清的后人。

大女儿官冬香。1934年出生，1949年后在广丰县几个乡担任过妇女主任，直至退休。

儿子官献贵。1941年出生，1949年后参加工作，担任广丰县（区）检察院检察官，2003年退休。

小女儿官美秀。1946年出生，1949年后担任过大队妇女主任、村医务所护士和人大代表，后因病辞去工作回家养病。

——1942年，官冬香9岁，官献贵不到2岁。

官冬香很快认出了照片中的人物：父亲官文清、母亲徐笋花、奶奶纪秀弯、三爷爷官为峰、三奶奶徐爱清……

官冬香小时候听到的故事是这样的：

天刚亮，有个叫官文才的老人上山砍柴，发现了西姆斯留在山上的降落伞，他跑到官文清家报告。官文清是村里少有的识字人，在村里很有威望。他和村民们一起上山，半道上遇见了西姆斯，便把他带回了家。

官文清在手心里写了"中国"两个字给西姆斯看，西姆斯看不懂。官文清又让西姆斯写字，西姆斯写的英文他也不认识。官文清烧面条给西姆斯吃，西姆斯不会用筷子，只吃自己随身携带的干粮。

官文清跑到两公里外的观音桥汽车站，把电话打到了下溪的一个汽车修理厂。有一位做铜匠的本家在修理厂干活，他能说几句英语。

铜匠赶到村里后，西姆斯见他会说英语，十分高兴……

有一件事官冬香记忆犹新，且至今耿耿于怀：西姆斯从随身携带的饭盒里，抓了一把糖给孩子们吃，大家你看我我看你，谁也不敢吃。于是大人们叫女儿官冬香先吃，见官冬香吃着没事，其他人才放心地吃了起来。

官冬香回忆说，密良坳村子很小，只有几户人家。官家是一栋四合院的房子，与三爷爷官为峰家一前一后。父亲官文清，1905年出生，1949年后担任了第一任村主任。1955年因病辞去职务，1967年去世。徐笋花是官文清的续弦，生于1923年，逝于2006年。

因为罗时平等人的寻找，官冬香和纪英杰、纪云大等村民成为采访的对象。2022年12月10日，《动荡的历史：美国、中国和杜立特突袭东京行动》在上饶的洋口镇举行首映式，官冬香第一次看到银幕上的自己，听到自己用上饶方言讲述80年前父辈们的故事。

这是一部由纽约电影学院导演比尔·因里诺弗拍摄的纪录片，它借助细节表现、口述历史和情景再现三种叙事方式，还原了1942年的那段历史。

纽约电影学院院长迈克尔·杨说，《动荡的历史：美国、中国和杜立特突袭东京行动》不仅是一部纪录片，更是连接两个国家、两种文化、两段历史的纽带。"因里诺弗是备受推崇的电影制片人和导演，他对中国的历史和文化一直有着浓厚的兴趣，其最知名的国际项目之一《超越北京》曾经在全球43个国家的电视台播放。"

《动荡的历史：美国、中国和杜立特突袭东京行动》同样获得了成功。该片于2022年5月30日登上美国公共电视台世界频道，在全美200家电视台播放。法国、德国和瑞典购买了在欧洲的播放权。

马西亚、罗时平和官冬香，通过一部片子联系到了一起。

马西亚与罗时平经常互通信息。6年多来，他们来往的信件、邮件多达600封，话题永远离不开杜立特行动和江西人民的营救。

2019年7月12日，罗时平收到了马西亚画的纪氏祠堂水彩画。

> 《广丰纪氏祠堂》的建筑绘画构图精妙，马头墙的屋顶与土墙、砖墙的立面形成对比，前后直立的树干向上挑起，与主体建筑相呼应，画作的色彩由上下绿色衬托黄色建筑的主色，画面从平凡的事物中找到了美的元素……这栋皇帝敕封的宗族祠堂，被营造出画栋飞甍的感觉，由此寄托出画者对营救美国飞行员的感恩心情。
>
> （罗时平：《美国退役陆军中校马西亚的上饶情怀》）

2021年6月10日，罗时平发邮件告诉马西亚："参与营救美国飞行员的村民们没想到，两个月后，广丰便被攻陷。在占领广丰的两个月里，残忍的日本兵杀害了2211个普通百姓，包括失踪人员5311人，烧毁房屋8005栋。由于山高林密，日军没有到达密良坳村，官文清等救助美国飞行员的村民才幸免于难。"

收到邮件后，马西亚既高兴又难过。高兴的是，他托罗教授寻找的村民终于找到了，那些影像终于有了具体的、活生生的人；难过的是，为了营救他的父辈，中国人付出了如此大的代价。

马西亚还告诉罗时平，为纪念杜立特行动 80 周年，他打算再创作一幅水彩画，开始他想画 14 号机轰炸名古屋，后来改为以"父亲与营救他们的村民"为题材。他把水彩画的初稿发了来，希望罗教授能提一些意见和建议。

马西亚询问道：

"画中的衣服对吗？"

"男人们穿多长时间的棉被夹克？这些女夹克衫穿了多长时间？"

"带领我父亲的那个人会不会因为一直在田里干活，就穿着短裤，不穿鞋子？"

"孩子们的衣服对吗？"……

罗时平认真地看过后，查了一些资料，然后回复马西亚：

"我很赞赏你创作一幅你父亲与村民在一起的油画。你提的问题很有趣。因为 20 世纪 40 年代中国农村老百姓的服饰已是古董，现在的中国人都不知道了。

"你照片上村民穿的衣服不是夹克，叫长袍。冬天穿的长袍要加棉花，春秋季穿的长袍是不加棉花的单衣。长袍的长度要过膝盖，长袍的开扣不是在中间，而是左侧开扣。当时村民很穷，没有羊绒衣，都是内穿着一件粗布单衣，外穿一件加棉的长袍。

"1942 年 4 月 19 日，天下着雨，这个时候广丰山区气温在 10℃左右，村民穿的长袍是加棉花的。5 月以后，气温变暖，男人就换穿没有棉花的长袍，或者是半身短衣服。女人也穿没有棉花的半身短衣服。

"4 月 19 日在田里干活的人肯定不穿鞋子，一般是把长裤脚卷到膝盖下面的位置……"

——5 月 11 日，马西亚发来第二稿，5 月 15 日又发来第三稿……

出自一位退役军官之手的油画终于画出来了，题为《父亲和营救他们的村民们》。

这一年，为与上饶市抗战文化研究会互动，马西亚制作了有关家庭博物馆的短视频。上饶人通过这个视频，对 14 号机领航员有了更深的了解。

詹姆斯·马西亚于 1916 年出生于亚利桑那州的墓碑镇。墓碑镇是 19 世纪八九十年代美国"西部拓荒"时期最著名的城镇之一。詹姆斯在那里上了 14 年的学，于 1934 年离开去读大学。1940 年加入美国陆军航空队。

詹姆斯的父亲于 1920 年购买了一个酒店，20 世纪 60 年代，他把酒店改为家庭博物馆。馆里收藏着 1942 年詹姆斯从中国带回去的、在跳伞时撕破的皮夹克，还有一块降落伞的残片。

詹姆斯·马西亚于 2009 年去世，终年 93 岁。

但他活在儿子的一幅水彩画里——与广丰人民一起。

一把铜钥匙

廖诗原兄弟救助美国飞行员之事，被遗忘了很多年。直到 1996 年，江山市有关部门上门问起此事，廖诗原才把保存多年的那枚硬币找出来，给工作人员看。

10 多年后，当郑伟勇带着市外事办工作人员和记者，再次走进廖家的大门时，一个感人的故事才逐渐完整起来。

郑伟勇等人多次来到小南口村调查核实，并把有关情况写信告知远在美国的奥扎克先生。根据郑伟勇等人所拍照片和所述细节，奥扎克确认当年救助他的，就是廖氏兄弟。由于他年事已高，身体虚弱，便委托女儿苏珊写来回信。

> 我父亲让我回复你的来信，并且感谢你以及所有还记得他的人，也很感谢你寄来照片。我父亲确定他就是当年廖先生和村里人所救助的那个人。这些照片使我父亲回忆起许多往事，他让我转达对廖先生儿子们以及家人的谢意……
> 我父亲是一个沉默寡言的人，很少跟我们分享他的经历。这些照片让我意识到父亲曾经经历过什么，也让我们了解到那些日子里是谁给予了他同情和关心。我们，他的孩子们，难以回报你们的大恩大德。

廖诗原于 2000 年去世。9 年后，奥扎克也在太平洋的彼岸与世长辞。

于是，接续这一故事的人，换成了苏珊和廖明发。

2012 年，杜立特行动 70 周年时，突袭者只剩下了 5 人。但美国空军当时组织了隆重的纪念活动，并邀请营救者的后代廖明发和贺绍英参加。

4 月 18 日下午，美国空军博物馆。在记者招待会上，第一次穿上西装的廖明发，向记者展示了那枚面值 1 美分的硬币。虽然历经岁月，但硬币上的林肯头像和"1937"依然清晰。

2018 年，苏珊作为美国杜立特突袭者子女协会的一员，来访中国。她走进了父亲养伤的小院，走进了汪村和杜立特行动纪念馆……于是 70 多年前的旧事被续写，并增添了亲情的色彩。

在衢州参观杜立特行动纪念馆时，苏珊看到了父亲的照片，长跪不起。

她还和其他突袭队员子女一起，向纪念馆捐赠了一些展品，其中包括 1942 年战后报告复制件，1942 年报道突袭行动的 *Look* 杂志、《波士顿环球日报》，B-25 轰炸机签名海报等。

"如果没有江山人民对我父亲的营救，就不会有我和我的兄弟姐妹。我真的无法用言语来形容我对江山人民的感激之情！"苏珊说。

苏珊到来的时候，村民们都搬走了，廖家的房子也已空置多年，面临坍塌的危险。苏珊提出，愿意捐赠 1.5 万美元，用于房屋的维修。

离开廖家的时候，苏珊从门前的小路上捡了几块小石子，包裹起来带走了。她想象着父亲走过这条小路时，一定踩过这些石子。

2024 年 4 月，一场春雨使仙霞岭透出新绿，溪流也欢畅起来。几只小鸟鸣叫着，在屋檐上飞来飞去，它们好像和这房屋的主人一样，正心急地期待着远道而来的客人。

门前拉着大红的横幅，上面用中英两种文字写着："欢迎苏珊·奥扎克回家！"

一辆大巴在门前停下来，第一个跳下车的苏珊，和等在门口的"哥哥"廖诗原，来了一个长时间的拥抱。

一走进客厅，家人便给苏珊和每位美国客人端上来一碗鸡蛋面。那是他父亲吃过的面。苏珊吃得很香。

她说，可惜父亲没能把这种鸡蛋面的做法带回去，要不我们就能经常吃到了。

侄子廖群雄上前喊了一声"姑姑"。他和苏珊早就加了微信，老宅修好以后，他拍了好几张照片发给了"姑姑"。

苏珊给每一位家人都带了礼物。送给廖明发孙子的，是美国军方的一枚勋章。这是她和小家伙第一次见面。

坐在父亲睡过的床上，她拉着"哥哥"的手，共同回忆往事；躺在父亲躺过的竹椅上，她凝神静思……

这是苏珊第三次来到中国。这一次，当她离开廖家时，"哥哥"把一把钥匙递给她。这是他们共同的家，她当然应该拥有一把钥匙。

苏珊锁好门后，扬了扬手上的钥匙。"我还会回来的！我们见面的机会还有很多。"她看着廖明发说，"1942年的那个晚上，当我的父亲被找到并带到廖家时，他就变成了我的兄弟和朋友！"

"石碣赋"

杰夫·撒切尔给自己取了一个中文名字："石碣赋"。

碣，特立之石，古人铭文其上，用于记功、祭祀或划分界域。秦始皇东巡，于渤海边、泰山顶勒石以记。曹操跃马乌桓，东临碣石，见"秋风萧瑟，洪波涌起"，赋《观沧海》以明己志。一部《水浒传》，起于碣石，终于碣石，象征着108将的"天命所归"。

杰夫显然明白这个词的含义。他要为父辈们记录一些什么，弘扬一些什么。

杰夫·撒切尔现任杜立特突袭者子女协会主席。

戴维1921年出生于蒙大拿州，1940年加入美国陆军航空队，接受机械师和机枪手的训练。7号机在象山海上坠机后，5位飞行员均受伤，伤势稍轻的戴维肩负起救助和照顾队友的责任。

> 漫长的等待似乎没有边际。灰暗而寒冷的黎明伴着大雨，像鬼魂一样飘进了屋里。我稍微挪动了一下嘴上那层膏药的位置，吩咐撒切尔再到海滩上，看能不能找到飞机，有没有漂在水上的仍可利用的物资。撒切尔朝着我望好一会儿，我知道他心里在盘算着被俘的概率。但他依然回答：

"是，长官。"随后，他便走出门去。我无法想象，要是没有撒切尔，我们该如何是好。

（泰德·劳森：《东京上空 30 秒》）

在美国战争部 1943 年 4 月发布的正式公报中，对戴维也是赞赏有加：

"撒切尔上士在飞机坠入水中后，主动照顾同伴，表现得英勇无畏。这架由劳森上尉驾驶的飞机降落于东海洋面后，造成的冲击使机上人员严重受伤。撒切尔虽然头部受伤，且在坠机翻转时一度昏迷，但仍游泳回到现场……由于撒切尔上士的果断决定，并不分昼夜地亲自为同伴护理伤口，安排撤离过程中的交通，机上人员都免于被俘虏，无一遇难。"

他和随队医生怀特同时获得紫心勋章和银星勋章（注）。

东京行动后，戴维留在陆军航空队，参加了北非和欧洲的战斗。退役后他在家乡的邮政局工作了近 30 年。

戴维一直保持着对中国人民的深情。2012 年，在接受《钱江晚报》记者采访时，戴维说："我永远忘不了中国朋友对我们的无私帮助。因为我当年落在海里几乎绝望了，是那些匆匆赶来的中国人给了我生命。"

2015 年，美国参众两院授予杜立特突袭队全体人员国会金质奖章，戴维作为最后在世的成员之一出席了颁奖仪式。

同年，中国政府邀请戴维来华参加中国人民抗日战争暨世界反法西斯战争胜利 70 周年纪念活动，93 岁高龄的父亲行动不便，便委托儿子作为他的代表。

杰夫带着中文名片，第一次踏上了中国的土地；名片的后面，印有 15 号机全体成员的合影。

9 月 3 日，杰夫在天安门观礼台上观看了阅兵式，他和陈香梅等人还受到了习近平主席的接见。之后，按照约定，他前往宁波与刘美远、郑伟勇等人会合，开始重走父亲当年走过的路。

在石浦，杰夫与赵小宝之子麻才兴见了面，然后乘船至高塘岛，走进了紫竹庵。在游击队的护卫下，15 号机成员就是在这个庙宇的地下室里躲过了日军的搜捕。

9 月 5 日一早，杰夫终于来到南田岛大沙村的海滩。7 号机坠毁在这里，机组成员全体受伤，父亲和战友们经历了人生中最恐慌和苦痛的时刻。

杰夫捡了几枚贝壳，抓了一把沙子，一起装进瓶子里，准备带回美国。大沙村村民纷纷跑来，热情地和杰夫打招呼。蒋财弟、林善兰夫妇把收藏了70多年的飞机残片，找出来送给了杰夫。杰夫要付钱，但他们说什么也不收。

在临海，杰夫参观了恩泽医院，他走进曾经为泰德·劳森截肢的手术室，走进了父亲曾经住过的病房，不禁感慨万千。他还与陈慎言之女陈禾见了面，双方合影并互赠礼物。杰夫将父亲签名的B-25轰炸机图片和纪念章等礼品送给了恩泽医院。

在衢州，杰夫来到汪村防空洞。他的父亲1942年4月30日来到第13航空总站，5月3日离开，他在汪村防空洞里只住了3天。杰夫说，我知道这个防空洞，但没想到它里面这么大。

此刻，杰夫一定还会想起法克特。父亲是法克特的好友，他向伯奇提供了一些有关法克特的情况。

杰夫还参观了衢州市博物馆和侵华日军细菌战陈列馆等地，此时博物馆里正在举办"杜立特突袭与衢州"特展。

在衢州二中，陈列室内滚动播放着中美"二战"友谊纪念片。杰夫与学校师生一起座谈交流，一起栽下了一棵象征友谊的花梨树。树下的石碑上刻写着"续'杜立特突袭'传奇　谱中美友谊新篇章"。

> 从大沙村海滩到离开衢州，当年撒切尔用了16天，同样的路，杰夫只用了36小时。杰夫沿着父亲73年前走过的路，到了每一个有纪念意义的地点，见到了帮助过飞行员的中国人的后代。一路上，杰夫更多的是静静地听，默默地拍照留念，从拘谨到慢慢放松。中国人的善良、热情和友好给他留下了深刻的印象。
>
> （郑伟勇：《非常营救——衢州与杜立特突袭行动》）

担任杜立特突袭者子女协会主席的杰夫回到美国后，给衢州外事和侨务办公室写信，希望能在衢州建立一个纪念杜立特行动的永久设施。

杰夫的来访，使双方的联系变得更加紧密。10年来，杜立特突袭者子女协会成员多次访问衢州，并提供奖学金在衢州二中每年举办一次英语征文比赛。

2015 年 11 月，在浙江省和衢州市的高度重视下，杜立特行动纪念馆选址和展陈方案确定。展馆于 3 年后建成。

2018 年 8 月，杰夫专程来华参加杜立特行动纪念馆开馆仪式。他在致辞中说："这座建筑是我们祖先的见证，也是 1942 年 4 月 18 日以来，我们两国之间合作和友谊的象征。我们希望杜立特行动纪念馆能成为那些前来参观者的教育基地，让更多的人了解 80 名勇敢的美国飞行员和数千名勇敢的中国人，是如何团结在一起的故事。"

"追寻父辈们的的足迹，是为他们当年的勇气而自豪，是对中国人营救美国飞行员的感谢。感谢中国人民的无私和慷慨。"杰夫说。

注释：

紫心勋章：紫心勋章（Purple Heart）是美国授予在军事行动中牺牲或受伤的军人的荣誉勋章，原称"军功勋章"，1782 年由乔治·华盛顿设立，但仅颁发了 3 年。在 1932 年，华盛顿诞辰 200 周年时重新设立，改称"紫心勋章"。勋章为紫色心形，材料为珐琅，图案中央为华盛顿总统的侧面浮雕，顶部为白底红心的纹章。在第二次世界大战期间，总共颁发了 100 多万枚。

银星勋章：银星勋章（Silver Star Medal）是用于表彰美国军人在战斗中"英勇行为"的一种奖章，低于卓越服务十字勋章、荣誉勋章，高于铜星勋章。1918 年第一次世界大战期间设立，初称"嘉奖星章"，1932 年更名，颁奖对象扩展至医疗和后勤等兵种。

布莱恩·穆恩先生

"美国人民还从来没有对中国人民为他们所做过的事说声'谢谢'！"

20 世纪 90 年代初，布莱恩·穆恩先生组织了几次与杜立特行动有关的活动，他先后联络并组团互访，使突袭队员与营救者之间中断了 50 余年的联系得以重新续接，为中美友好谱写出新的篇章。

暌违 40 余年

1981 年 6 月，杜立特行动副总指挥、14 号机机长约翰·希尔格来到中国。虽然访问江西广丰未能如愿，但他成为第一个重返中国的突袭队员。

1983 年，9 号机领航员托马斯·格里芬访华。他想再到江西宜黄看看。"我在重庆对向导说，我想到那里去拍张照片，那儿有许多值得怀念的地方。但他们拒绝了——非常礼貌地拒绝了"。

1984 年，美国总统里根访华。4 月 30 日，他在复旦大学发表讲演。他在讲演中说：

"当法西斯军队席卷亚洲之时，我们和你们并肩抗敌。在座的有些人应该记得当时的情形，会记得美国的杜立特将军率领轰炸机队，飞越半个地球助战的事迹。那些飞行员在中国机毁人伤，你们还记得那些勇敢的小伙子吧？你们把他们藏起来，照料他们，给他们包扎伤口。你们救了他们中很多人的命。"

在浙江嘉兴，退休老人曾健培在关注着这些消息。40 多年过去了，美国飞行员的面孔在他的脑海里依然清晰，那个发明了马克·吐温瞄准器的格林宁，那个被营救后两个多月即战死的加德纳，那个要啤酒喝的伯奇……他想念那几个小伙子。

又是 5 年过去了。1989 年 7 月，曾健培终于等来另一则新闻：美国总统布什将国家最高文职奖——总统自由奖授予杜立特将军。

新闻是刊发在新华社《参考消息》上的。曾健培认为，这或许是一个信号。

为续上与美国朋友中断了 47 年的联系，曾健培提笔给杜立特写了一封长信。没有杜立特的通信地址，但作为一个老军邮，曾健培自有办法。"美国·华盛顿邮政总局转杜立特将军收"——他相信这样写，信一定能够送到杜立特手中。

果然，不到一个月，他便收到了杜立特热情洋溢的回信。信中说："谢谢你们已经为时过晚。在 1942 年 4 月间，由于中国人民的勇敢，我们中间有许多人的生命才得以保存下来。"

杜立特告诉曾健培，歙县人营救出的那 5 名飞行员，加德纳和雷迪在 1942 年的晚些时候即已战死，格兰宁于 1957 年病逝，但卡普勒和伯奇依然健在。杜立特在信末写下了两个人的地址和电话号码。

很快，曾健培又收到卡普勒、伯奇和格兰宁遗孀的来信。卡普勒说，他 1966 年退役，当时是空军中校。后来经营房地产业务。

菲斯波娜·格兰宁把丈夫"对日本空战之后所写的日记"抄给了曾健培，她还告诉曾健培，美国将有人到中国寻找飞机坠落地点，寻找中国恩人。

伯奇的信里还附寄了一张明信片，那是当年浙江地方银行驻浙西办事处经理张振华送给 1 号机组的。

1990 年 4 月，浙江临安县於潜工商银行收到一封写给张振华的信。信中说：

"你的名字是亨利·波特校官告诉我的。第二次世界大战期间，美国首次轰炸东京，波特校官原为吉米·杜立特中校的领航员。1942 年 4 月，美国轰炸机队人员降落中国，我知道，中国人民救护和帮助这些人，使他们返回美国。你是救助者中的一员。

"今年 9 月，我将率一个由 6 人组成的考察团从美国到中国，重访中国浙江境内的美国飞机坠落点。这一目的还须获得浙江省政府的批准。波特先生极有可能加入我们的行列。"

署名是"布莱恩·穆恩"。

这封信与一段往事有关。

浙江地方银行於潜分行经理张振华曾担任翻译，接待过杜立特。1947 年，他的小儿子张生达感染了结核性脑膜炎，国内买不到有疗效的药，他写信向杜立特求助。杜立特很快以特急邮件把药品寄来，使孩子得以康复。

"1992 年，大哥（张振华长子）写了一封信给杜立特。当时杜立特已经 90 多岁了，但还是亲自回信。"张生达说。

一封 45 年前的回信

布莱恩·穆恩出生于英国，曾在皇家空军服役。后移居美国，曾担任美国西北航空公司副总裁。

穆恩与杜立特来往密切。有一次，他去拜会杜立特，杜立特拿出曾健培的信，谈及往事，他说非常想邀请当年营救他们的中国人，来美国参加轰炸东京 50 周年纪念。

穆恩当即表示，他愿意出面组织，并承担一切费用。

"美国还从来没有对中国人民为他们所做过的事说声'谢谢'！"穆恩在接受哥伦比亚广播公司记者采访时说。

"杜立特飞虎队"90—中国考察团很快组成，共有 6 人。我们在浙江遂昌县档案馆查到了考察团成员的简介。

布莱恩·穆恩先生，1928 年出生于英国南安普顿市，后加入美国籍。穆恩曾在英国皇家空军服役，继在英航公司工作多年。曾在美国夏威夷阿罗哈航空公司和西北航空公司任副总裁，1987 年退休。穆恩酷爱绘画艺术和探险活动。

其余 5 人为：

杜立特行动 1 号机成员波特，美国海雷出版公司副总裁、明尼苏达人乔斯·奥珊女士，原英国皇家空军飞行员、摄影师阿瑟·杰布逊，美国军方代表汤姆·威尔先生，乔斯的女儿海蒂·奥珊小姐。

在出发前，穆恩做足了功课，他通过走访在世的突袭队员，了解到各机组迫降和跳伞点附近城市或村庄的名称，还基本确定了 1、3、5、10 和 11 号机坠毁的大概位置。

为了迎接美国客人的到来，浙江省外事部门积极征集资料，并派人到各市县以及毗邻的安徽歙县，进行实地调查，找到了很多当事人，弄清了包括坠机点在内的一些情况。

考察团于 9 月 8 日抵达杭州，次日开始了第一站西天目山的访问。

等候在临安的朱学三，一眼就认出了波特。老友相见，紧紧拥抱。波特从口袋里掏出一封信递给朱学三。

——1947 年 9 月，朱学三曾经接到一封来自美国的信件，信末署名"劳昂埃特（亨利·波特）夫妇"。"信的内容除热情洋溢地感谢临安人民对他的营救之情外，还把我喻为'救命恩人'，这是过誉之词。"朱学三在 1983 年写的一篇文章里回忆说，他当即请人写了回信，但始终不见回复。两个人的联系就此中断。

朱学三没想到，44 年后，波特亲自把那封回信送来了。已经泛黄的信封上，贴着 40 多年前的邮票，说明他不是忘了寄，而是寄不出去。

又是一个雨天，在碧淙村。波特很想看看当年的水碓和曾经关押过他的吴家祠堂，但它们均已无存。

他提出到朱学三家看看。"我曾向波特解释，那幢走马楼大房子，前几年已被我的几个侄子拆掉改建成钢骨水泥的新式房子，不去也罢。但他说，那是我当年到中国后吃到第一顿早餐的地方。他坚持非去看一下不可。陪去那里后，他独自一人东闯西突地转了一圈，似乎在追忆什么，也许是因为我父母早已去逝，当年曾给他以款待的人已不复存在，致使他在兴奋之余不免有点儿怅然。"

波特向朱学三赠送了由 44 位杜立特突袭队员签名的，写有"多谢"两个汉字的牌匾和一本画册《目标东京》。朱学三则拿出当年波特送给他的腕章，波特说，同样的腕章，他家里也保存着一个。

据朱学三回忆，波特还讲述了一个故事：当天跳伞降落在大山里后，夜色已深，又下着蒙蒙细雨，但见山下亮起点点灯火。他想借灯光看手表，可光线很暗，根本看不清。到重庆后，他听人说，中国的知识分子是在煤油灯下成长的。"于是我就想到了你。"波特转身对朱学三说。朱学三听了十分感动，他告诉波特，当时我们连煤油灯都没有。

在西天目，大家的话题绕不开杜立特和贺扬灵。当波特听说贺扬灵 40 年前就已去世时，他神情黯然。

在留椿屋，波特又看见了那棵枫树，它高大、粗壮了很多。波特记得，当年机组全体成员与贺扬灵合影时，他正好站在枫树下面。他紧紧抱住枫树，老泪纵横，口里喃喃地说："我回来了！我回来了！"

在安徽宁国，72岁高龄的波特不顾山高坡陡，满地泥泞，坚持要徒步登上豪天关对面的那个山头。当年他因身体不适未能陪同杜立特一同前来"凭吊"那架 B-25，现在他终于来了。

在歙县小洲村，他们来到张振华家，与张振华的儿子张善根合影留念。1942年张善根已经18岁，他对格兰宁和雷迪在他家吃饭的事记忆犹新。

北洋村的收获

1990年9月15日，考察团来到浙江遂昌的北洋村。他们在北洋小学里见到了参与营救飞行员的黄富根、黄富海等人，两人讲述了守护法克特遗体的情况。因天下大雨，无法登山，波特便站在大坞山下凭吊昔日的战友。

为了让考察团成员体验中国农民的生活，午饭安排在村民项云华家，有腊肉、刚采来的春笋、竹鼠，还有土豆烧牛肉。饭菜是村民们你家一碗我家一盘子端过来的。

由于连日奔走，穆恩略感不适，中午便在屋外的石板上躺下，一位村民赶紧搬来了躺椅。他小睡片刻醒来，发现身上盖着被子，头顶罩着一把遮阳伞。

9月16日，刘芳桥早早起床，准备好茶水、瓜子和水果，他专门把小孙子接了过来，要让他也来见见世面。

几天前他接到乡里通知，说是当年的飞行员要来看他了。后来得知考察团里没有格雷机长，他若有所失。

老人家哪里知道，他们分手不到半年，1942年10月18日，格雷机长就牺牲了。

考察团在刘家待了一个多小时，他们看这看那，问这问那。他们给刘芳桥和老伴每人戴上了一朵大白花——那是美丽、纯洁的象征。每一位考察团成员都上前拥抱了他们。

在刘芳桥的引领下，考察团又走访了刘氏祠堂和村民廖天星家。看见孩子们在溪边打水漂，美国人跑过来和他们一起玩，还拍下了录像。

这时有人告知，考察团想要的东西找到了。它们都来自3号机：两件私人物品——剃须刀和军人的帽徽，用飞机铝片改制的大碗和汤勺，还有一块长1.35米，宽0.5米，重量达130多公斤的护钢板。

——那把剃须刀是法克特的遗物。当穆恩把它送给法克特的弟弟时，他流泪了。

"这是最有收获的两天。"穆恩说，"我们得到了见证历史的重要物件飞机残骸，切身体会到了中国村民的热情好客，还沿途领略了美丽的风光。"

考察团离开湖岱口村时，200多名村民出门相送，送出很远。

在浙江三门，当地为考察团召开了一个座谈会，并从象山把赵小宝、王小富和许尚宝等人接来。美国客人说，赵小宝长得真漂亮真年轻，根本不像67岁的人。

临海恩泽医院是此行的最后一站。在欢迎会上，陈慎言用英语致欢迎词。

参观之后，穆恩团长见医院条件仍较差，表示回美国后将购置一台X光机相赠。

考察团的中国之行，带走了飞机残骸14件，有飞机起落架、油箱铝盖、仪表壳、帽徽、纪念章等。

在离开中国的时候，杰布逊深有感触地说，我一生周游世界，坦诚地说，中国是我所到过的国家中最美丽最好客的。让奥珊小姐最满意的，是她接触了很多中国青年，并且从他们的身上看到了希望。

1994年，穆恩先生又组织了一支19人的探险队，到浙江象山打捞沉没海底50多年的15号机。

探险队由19人组成，其中包括波特和布莱恩·穆恩之子克里斯托弗。

从4月26日开始，探险队用了6天的时间，探测出被淤泥掩埋的15号机的具体位置，但最终未能打捞上来。

5月4日，探险队员在象山与赵小宝、王小富、葛友法等10位当年参与营救美国飞行员的村民或其子女相聚，并向他们赠送了纪念牌，上写着："杜立特轰炸机队飞行员及美国人民，谨以此向1942年勇敢地救护过杜立特飞行员的中国人民致意。你们的勇敢将永远留在我们的脑海里。"

当日下午，探险队来到临海。在欢迎仪式上，当介绍到陈慎言时，美国朋友全都站了起来，向老人表示崇高的敬意。陈慎言老人与波特共叙往事，心情格外激动。

台州市市长朱福初代表台州人民向访问团赠送了一只木质工艺品雄鹰，穆恩先生则以一幅自作的，描绘家乡美好风光的油画回赠。

克里斯托弗激情满怀地用中国普通话，朗诵了自己创作的一首诗：

在那个我们不曾去过的地方，
那里鲜花开放，
那里孩子们在欢笑，
她的名字——中国。

5月9日，探险队到达临安。与专程从上海赶来的朱学三见面后，访问团随即前往西天目山下的盛村。

村民们早已在村头迎候外宾。来到纪永信家，波特站在杜立特敲门的地方，顽童般地再次敲起门来，录像机、摄影机都对准这一镜头。

> 相见时难别亦难，嘉兴的曾健培已经去世，无缘这次重逢，老人的世界里不会有太多的再会，救命恩人、老飞行员扬起重重的手。事实上，这是最后一次团聚，此后不久朱学三、刘芳桥、陈慎言离开人世，互访画上一个句号。
>
> 一片热心的穆恩抓住机会，促成了中美朋友的三度聚会。
>
> （章宏超：《海岛大救援》）

跨越半个世纪的记忆

"你让我们喝到了一生中最好喝的啤酒，我就以这 50 瓶啤酒来报答你。"

*

　　半个世纪，对人生来说足够漫长。它意味着许多当年的老人墓木已拱，当年的少年鬓发如霜。在如梭的时光里，人们同时学会了遗忘和铭记。

　　1942 年，赵小宝是一个 19 岁的新嫁娘。1978 年，她的丈夫麻良水因病去世。丈夫得了胃溃疡，医生一再地嘱咐他忌食辛辣，但他吃辣椒有瘾，怎么也忍不住，病情因此而恶化……

　　赵小宝和儿孙们搬离海岛，在古镇石浦安下了家。

　　据她的长子麻才兴说，母亲一看到飞行员馈赠的纪念品，眼睛就湿润了，她嘴里还念叨着："不知他们是不是都平安回家了。"

　　1990 年的一天，正在带孙子的赵小宝突然接到通知，说是美国人看她来了。赵小宝先是一愣，接着便泪流满面："敢情他们还记得我们！"

　　同时她又颇感遗憾：当年冒着生命危险护送美国飞行员的丈夫，看不到这一切了。

　　"母亲听说当年的飞行员要来，激动得好几天都没睡好觉。"麻才兴说。

　　赵小宝终于见到了美国人。虽然他们并非那几位飞行员，但赵小宝从他们的口中得知，在她家住过的那 5 名飞行员，有 4 人依然健在。赵小宝十分高兴，她想，也许什么时候能再见上他们一面。

　　果然有这么一天……

来自大洋彼岸的邀请

　　1991 年 9 月，中国驻芝加哥领事馆领事赵相林收到布莱恩·穆恩的一封信。

敬爱的赵领事：

　　你知道，1942年4月举世闻名的杜立特机队在"二战"中轰炸东京，明年1992年是50周年纪念的日子。我想邀请贵国一些勇敢的人士，他们曾在1942年救护了杜立特轰炸机队的飞行员。他们将让美国电视和新闻界一睹风采，受到敬重，并登上明尼苏达亮丽的舞台。我当然会一路伴随。一项建议已送交哥伦比亚广播公司和电视网，当勇敢的中国人与前来明尼苏达州的杜立特轰炸机队飞行员重聚时，它们将跟踪报道。

　　由于这一事件的历史意义，这次50周年的重聚，全美数百万人都将看到。此外，我受委托代表"杜立特轰炸机探险队"（我们1990年的中国考察团），将在1992年3月20日这一天，登上明尼苏达州雷德温市的希尔顿剧院，你的人民和轰炸机队飞行员将在这个地方亮相。假如总领事王立和你本人能够光临，我将感到十分荣幸。

　　你的人民从上海到明尼阿波利斯的往返机票，我已安排西北航空公司免费提供。轰炸机队飞行员也要飞往明尼阿波利斯。如果国家电视台要求中美两国团体再到芝加哥、纽约和华盛顿，机票也将提供。在明尼苏达州，你的人民就是我的宾客。除了领取美国入境通行证和护照外，他们不需要什么开支。

　　1990年带领考察团访问中国时，我与你的人民相聚过，他们保护过杜立特轰炸机队5个机组的飞行员。他们是这一群体的代表，我将邀请他们来到美国。我真想全部邀请，但这不现实。因此，特将邀请名单列在下一页……

　　经外交部批准，浙江省政府决定由省对外友好协会负责组团，完成这次访问。

　　正是江南草长莺飞时节，5位素不相识的浙江老人，因为半个世纪前的一个偶然事件，在西子湖畔相见了。应杜立特突袭者协会的邀请，他们将于3月13日前往美国访问。

　　他们中唯——一位女性就是赵小宝。另外4人是陈慎言、曾健培、刘芳桥和朱学三。

上海市粮食局退休干部朱学三发现，他虽然已经 67 岁，却是地地道道的"小弟弟"——赵小宝比他大两岁，年龄最大的刘芳桥比他大 17 岁。他们的平均年龄为 77 岁。

朱学三已经与 1 号机组领航员波特两次在西天目山下会面。

通过杜立特，曾健培得知格兰宁、雷迪和加德纳都已不在人世，但他与 11 号机领航员卡普勒、投弹手伯奇以及格兰宁的遗孀建立了联系。

陈慎言也与劳森夫妇恢复了通信。1991 年 12 月，艾伦·劳森来信说："我们有 3 个孩子，他们都已成婚，并有 10 个孙子、孙女。"她还告诉陈慎言，劳森的身体还好，但无法亲自写信。

陈慎言期盼着与劳森再次相见，然而很快便传来了噩耗：1992 年 1 月 19 日，劳森因肺动脉瘤去世。这一天离陈慎言抵达美国的日子，只有 1 个月零 24 天……

1992 年 3 月 13 日，晴朗的天空飘着白云，海水湛蓝。一架银鹰载着 5 位老人飞过太平洋，抵达西雅图，然后转机前往明尼阿波利斯。

转机时，机场工作人员听说几位老人是营救过美国飞行员的英雄，立刻走上前去，帮老人们提行李，并优先给他们办理转机手续。来来往往的乘客也纷纷向老人们投来热情的目光。

在圣保罗机场，朱学三找行李时与访问团走散了。机场工作人员见他十分着急，便把他带进办公室，一边安慰他，一边与代表团联系。穆恩先生的儿子开车两小时，赶回来接朱学三。

到达雷德温市后，代表团下榻于肖伯乐宾馆。他们一共在那里住了 8 天。有两位中年妇女每天开车赶来为他们准备早餐，而且是义务的。

老人们发现，他们的中餐和晚餐总是换地方。原来当地人都以能请他们吃饭为荣，因此接待人员不得不尽量安排。接送的车辆也不断变换，驾驶员中有农民、工人，也有退役军人，他们都是义务服务的。还有 100 名志愿医师，随时准备为中国老人们提供医疗服务。

那一天，又换了一位行动有些不便的驾驶员。他对刘芳桥说："我也是农民，养牛的。为你们开车，是我争取来的。我家离这里很远，但我的夫人很想见见你们。"

第二天，他果然把夫人带来了。

雷德温市军人俱乐部在宾馆摆设了一个 500 人的豪华宴席，招待了访问团。

在宴会上，朱学三见到科尔和他的夫人。多年后，他在《五老人访美》一文中回忆起当时的情景：

> 当晚，我们被邀请参加本市军人俱乐部举办的自助餐宴会，在那里我又与科尔及他的夫人见面。
>
> 我好奇地问科尔："你还认得我吗？"
>
> 他笑着回答："怎么会不认得呢，你还是当年的那个模样。"
>
> 我说："你是出于礼貌才这样说的吧？说句老实话，我可认不出你了。当年你是那么英俊，如今却变成了个光头，连一根头发也没有了。"
>
> 他扮鬼脸指着旁边的夫人说："我的一头好发，全是被我老婆揪光的。"
>
> 他的夫人很风趣，接口说："可我现在是什么也揪不住你了！"

自抵达雷德温后，波特一直陪伴在中国老人身边。在湖城中学，他对师生们说："50 年前中国人救了我的命，他们保护我，并把我送到安全的地方。48 年后我访问中国，见到了非常朴实的中国人，他们对我还是那样的热情好客。我希望你们，我的孩子们，也能热情地对待中国客人。"

一时间，5 位中国老人成为美国报纸和电视上的明星。美联社、哥伦比亚广播公司、《华盛顿邮报》和 CNN 等主流媒体，均派出记者跟踪报道。在一次晚宴上，竟有 19 架摄像机对准了中国老人。

对不识字的赵小宝和刘芳桥来说，签名是一件难事。偏偏是每到一处，总有人排队等着他们签名。穆恩团队提前准备了 300 张折叠式卡片，上面印有 5 位老人和被营救的 8 位飞行员的照片，穆恩请求中国老人签名。面对美国友人期许的目光，赵小宝咬咬牙，在 300 张卡片上一张张描画出百家姓第一姓——赵。

中国老人还得到了政府和议会给予的荣誉。罗彻斯特市授予他们"人类杰出服务"奖牌和荣誉市民证章。明尼苏达州众议院审议表彰中国老人，并提出授予他们明尼苏达州荣誉公民的议案，议案以全票通过后，议员们长时间地站立鼓掌。

在飞往丹佛的飞机上，空姐一眼就认出了他们。机舱内的广播响了："各位乘客：在我们的飞机上有一批中国客人，他们是当年营救美国飞行员的英雄……"全体乘客以热烈的掌声向中国老人致以敬意。在飞往华盛顿的航班上，也出现了同样的情况。

"夕阳下闪耀着金光"

密西西比河不舍昼夜地流淌，小城雷德温像镶嵌在河畔的一颗珍珠。黑人诗人兰斯顿·休斯曾经这样歌咏道：

> 我听见密西西比河的歌声，
> 我瞧见了它那混浊的胸膛
> 在夕阳下闪耀着金光。
> 古老的黝黑的河流，
> 我的灵魂变得像它一般深邃。

而此刻，在"无限好"的夕阳下闪光的，是中国老人的银发；深邃而又明亮的，是中国老人的眼睛。

3月20日，在雷德温的詹姆斯酒店，中国老人终于和盼望已久的突袭队员见面了。

那一年，有41名杜立特突袭队员依然健在。他们能来的都来了。

远在南加州卡梅尔的杜立特已是95岁高龄，行动不便，无法亲临现场，但他写来了一封热情洋溢的信。

"我代表杜立特突袭者协会的全体成员，尤其是今晚在场的杜立特突袭队员以及他们的家属，向我们的中国朋友——那些不惜自己和全家承担巨大风险而搭救和照顾我们的人——表示衷心的感谢……为你们的家庭、你们的村庄和你们的国家50年前所表现出来的勇敢行为而感到骄傲。我要向你们所有的人说一声：好样的！"

上午11点开始的见面会，以记者招待会的形式进行。波特和科尔最先登上主席台，在他们讲完故事之后，朱学三从另一侧登上主席台，波特和科尔张开双臂，迎上前去与他紧紧拥抱。

当行动不便的刘芳桥在门口出现时，布德·法克特和夫人立刻迎上前去搀扶他。50年前，正是刘芳桥的老乡们，守护并收殓了他哥哥利兰·法克特的遗体。布德失声痛哭，他的手里还拿着一把哥哥使用过的剃须刀，那是1990年在浙江遂昌找到的。——在此后的5天里，布德·法克特夫妇和他们的女儿，一直陪同着老人们。

查尔斯·奥扎克的女儿乔治奥娜读了父亲写的感谢信。她声音颤抖地说："要不是中国人救了我父亲，今天就不会有我站在这里讲话。我从心底里感激中国人，感激营救我父亲的恩人。"

刘芳桥瞪大眼睛，嘴唇嗫嚅着，老半天才说出话来："过去的事情你们还记得？我记不起了啊。我到了美国，你们待我很好，我谢谢你们！"

赵小宝刚在主席台上站定，两位老人走到赵小宝面前，问她还认识他们吗？赵小宝仔细地端详着，尽管他们鬓发染霜，脸上爬满沟壑般的皱纹，她还是认出来了：威廉姆斯和塞勒。三双苍老的手紧紧地握在了一起。

72岁的塞勒对69岁的赵小宝说："那个晚上，你做的饭菜是我一生中吃得最香的。"

"你们当时不怕日本人报复吗？"威廉姆斯问。

"知道你们是打日本鬼子的，也就没有想到遭报复。"赵小宝答道。

威廉姆斯把提前写好的一封充满深情的信，当场递给了赵小宝。

> 那天晚上，我们落入海中，游上岸时已经筋疲力尽。虽然语言不通，但中国人看到美国国旗，认定是反抗共同敌人的朋友，就毅然地接我们到家中，换衣，进餐，帮我们逃过了灾难。次日晚上，勇敢的中国人又为我们乔装打扮，冒险将我们送出日寇的封锁线，使我们能够重返战场，对抗敌人，并最终取得了胜利。我们的子孙将永远铭记中国人民给予我们的友爱和帮助。

接着"亮相"的是卡普勒和曾健培。卡普勒从口袋里掏出了一个易拉罐，用双手捧给曾健培。卡普勒代表伯奇和全体机组成员，一共准备了50瓶特制的BUSCH牌啤酒。

"50 年前，你让我们喝到了一生中最好喝的啤酒，我就以这 50 瓶啤酒来报答你。一年加一瓶的利息！"卡普勒幽默地说。

于是，现场观众听到了这样一个故事：1942 年 4 月 19 日晚，11 号机组成员被护送到歙县县城，曾健培等人安排他们在宾馆里住下。晚餐时，曾健培问他们是否还有什么需要，伯奇随口说道："我想要一瓶啤酒。"飞行员哪里知道，在那个年代皖南山区的一个小县城，要想弄一瓶啤酒得有多难。没想到的是，曾健培竟然真的弄来了一瓶上海牌啤酒。只有一瓶，他找不到更多的了！

陈慎言再次见到了达文波特、麦克卢尔和撒切尔。达文波特挽起裤管，手指腿上的伤疤动情地说："我不会忘记它。是中国医生治好了我的伤，他是最出色的医生，他挽救了我的生命。"提及劳森，4 人不禁黯然神伤。

当天下午，几十名记者分组采访了中国老人和飞行员。达文波特对记者说，杜立特突袭队队员是英雄，中国人民也是英雄，我们一定要感谢他们做出的贡献。虽然已经过去了 50 年，但说声道谢的话从来也不会晚。

"21 日的活动安排和前一天大致相同，不过今天的与会对象是本市的普通市民。为了把会见搞得有条不紊和生动，主持人穆恩一早就把我们和飞行员们（包括他们的家属）集合起来，到本市的一家剧场进行彩排。"朱学三说。

21 日的活动也增加了项目。

——当老人们一一登场后，飞行员代表将系在三色绶带上的奖牌挂在了他们的脖子上，奖牌的正反两面分别刻着"美国人民感谢你"字样和两面交叉的美国国旗。

——当灯光暗下来后，穆恩夫人推出了一个带有"Doolitle Tokyo Raid 50 周年纪念"的奶油裱花的蛋糕，上面插着 50 根点亮的红烛。

活动结束后，台上的全体人员挥动着荧光棒，向久久不愿离去的观众告别。

老人们到达美国后，便得知有一封布什总统写给他们的感谢信，但直到 3 月 22 日，穆恩才予以宣读。

布什总统在信中说："在这样一个特殊的场合，我也要向那些心地善良的中国人民致敬！他们在轰炸以后义无反顾地为受伤的飞行员提供保护，正是由于这种人道主义的贡献，这些战斗员才能踏上重回安全的道路。

"尽管为自由而实施的打击已经过去了半个世纪，杜立特突袭队成员依然受到美国人民的敬仰和尊重。我们不会忘记他们为自由和正义事业所做出的突出贡献，同样不会忘记他们的中国营救者。"

3月23日，《参考消息》以《布什总统写信热烈祝贺浙江老人和被营救的美国飞行员重逢》为题进行了报道。报道说，布什总统和杜立特将军的信，分别写于3月17日和1月28日。

布什同时向中国老人发出了访问华盛顿和白宫的邀请。

3月23日，访问团和突袭队员抵达华盛顿后，得到了一个消息：总统将接见他们。

访问团在游览了林肯纪念塔等景点后，被带到五角大楼。他们发现在长长的走廊里，悬挂着以珍珠港海军基地和轰炸东京为题材的巨幅油画。坐在敞开大门的办公室里的军官看见老人们走过，纷纷起身敬礼。

访问团成员和突袭队员在接待室刚刚坐下，国防部长切尼便走了进来。翻译把中国老人一一介绍给切尼，当介绍到刘芳桥时，他说："我从《华盛顿邮报》上已经认识你了。"

在发表了一番讲话后，切尼亲自带领访问团和突袭队员参观五角大楼，并兴致勃勃地向大家讲解。

当代表团到达白宫时，负责亚洲事务的总统特别助理帕尔告诉他们，因为代表团的行程延误，一直在等候的布什总统因有急事要处理，5分钟前刚刚离去。总统委托帕尔代他向中国老人表达谢意和敬意。帕尔说，布什总统主张发展中美关系，但在国会里遭到一些议员的指责，压力很大。

老人们得到了布什总统的签名照和他在白宫工作的画册。

下一站是国会大厦。来自明尼苏达州的国会议员吉姆·兰姆斯特在那里为代表团安排了记者招待会。朱学三代表中国老人发言，他说："在第二次世界大战期间，中美两国是同一战壕里的战友。在美国飞行员遇到困难的时候，我们浙江人民，还有安徽和江西人民营救了他们，那是战斗友谊的体现。纪念轰炸东京本土的活动很有意义，目的是要我们记住历史的教训，不要再犯战争的错误……"

终于到了说"再见"的时刻。中美两国的老人在后辈们关切的目光下依依惜别。

赵相林领事、穆恩夫妇、奥珊母女等，以及突袭队员们，赶到圣保罗机场为中国老人送行。

开普勒把 8 岁孙女的照片送给了曾健培，曾健培表示他回国后，马上就把小孙子的照片寄来。他们愿望是一致的：把中美友谊世世代代传下去。两人还约定：以后每隔一两个月，必须相互通一次信。

"最醇的美酒"

10 年并不漫长，但它带走了很多美好的东西。

1992 年访美归来后，刘芳桥、陈慎言、曾健培、朱学三相继离世，唯有 79 岁的赵小宝，依然守护着一川枫红、两岸芦白。

2002 年，是杜立特行动 60 周年，也是尼克松访华、《中美上海公报》签署 30 周年，中国国家主席江泽民应邀访美。

10 月 17 日，国务院新闻办公室在美国华盛顿等地举办了"历史的记忆"大型图片实物展。

展览由 3 个部分组成：一、驼峰航线；二、陈纳德飞虎队；三、营救杜立特突袭队。第三部分由浙江代表团负责布展。

于是，赵小宝随团第二次飞越太平洋。

10 月 8 日，在威尔逊国际学者中心的聚会上，坐在轮椅里的西姆斯进场时，不停地向赵小宝招手致意，紧随其后的是另两名突袭队员撒切尔和格里芬。

赵小宝得知曾在她家住过的飞行员，有 4 人已经去世，仅存一人也因身体状况无法前来，她喃喃地道："心里好难过，心里好难过……"

由女儿、女婿陪同和照料的刘同声，也坐在轮椅里。

10 年前访美时，穆恩夫人一直陪伴着赵小宝。临别时，两人泪水涟涟。

再次相见，当灯光和摄像头一齐对准赵小宝时，穆恩夫妇走上前来，一个怀抱鲜花，一个手握香槟酒。

"这是一瓶香槟酒。当你回到中国打开香槟时，你就会想起美国朋友。"穆恩说。

赵小宝激动得不知该说什么，千言万语归为一句："我盼望我们两国人民继续友好下去。"

展览期间，国务院新闻办主任赵启正见到了穆恩夫妇。说起那瓶香槟酒，他以英国哲学家培根的名言相赠："老树最好烧，老酒最好喝，老友最可信，老书最好读。"

"你们的国际主义精神，你们的勇气和正直，无疑酿就了最醇的美酒，也写成了最好的书，在中国人民的心中，你们是伟大的朋友。由你们点燃的中美友谊之炬，必将照亮两国关系的前程，尽管未来的道路也许坎坷曲折，但终将通向光明。"赵启正热情洋溢的话语，赢得了长时间的掌声。

衢州—雷德温

"通过她的笑容和善意，我能感受到一种纯洁的友谊。"

*

2025 年 2 月 18 日，在"我们衢州见"中美民间友好交流活动中，展示了一幅以杜立特行动为主题的巨幅画卷。画卷作者、衢州市柯城区余东村农民画家郑位良说："杜立特行动大救援的故事在衢州广为流传，我的很多创作灵感来源于杜立特行动纪念馆。"

而在我们眼前，还有一幅更长更为灿烂的画卷，它始于东京大轰炸，终于栖息着银色和平鸽的友谊树。

这一天，在明丽的春光里，在埋葬过美国飞行员的汪村三角地，中美民间人士共同植下了一片"友谊林"。

"在中国文化中，植树代表着传承。希望这段经历血与火考验的友谊，能和种下的树苗一样，在岁月里扎根、生长，代代相传。"清华大学苏世民书院教授、美国陆军退役中将艾江山说。

美中航空遗产基金会主席杰夫·格林，带来了百岁飞虎队老兵哈里·莫耶、罗伯特·摩尔的贺信。

美国大黄蜂号航母博物馆代表乔治·雷特拉斯，带来了一卷记录杜立特突袭队员训练场景的 16 毫米原始胶片。

它们都将被珍藏在杜立特行动纪念馆。而纪念馆馈赠给美国友人的，是 1942 年 4 月 19 日《解放日报》的复印件。

"那一天，全球各大报纸争相报道杜立特行动。中国共产党机关报《解放日报》不仅在头版头条进行了报道，还配发了社论。"衢州市杜立特行动历史研究会代表郑伟勇说。

"友谊树"

在衢州的两所中学里，另有"友谊树"，它们早已枝繁叶茂，摇曳生姿。

2015 年 9 月，杜立特突袭者子女协会主席杰夫·撒切尔，在出席了北京的阅兵式后来到衢州，他与衢州二中的师生们共同植下一株花梨木。树下的石碑上，镌刻着"续'杜立特突袭'传奇—谱中美友谊新篇章"的寄语。

2024 年 4 月 17 日，来衢州参加活动的苏珊·奥扎克、威廉·康特伯格、乔治·康特伯格等突袭者的后代，与江山中学的师生们，共同植下一株红豆杉树。

衢州二中和江山中学，从此融入杜立特行动的故事里。

2016 年，杜立特突袭者子女协会在衢州二中设立奖学金和主题英文征文比赛。

在 2024 年的比赛中，获得一等奖的学生胡文心讲述了一个美国女孩的故事。明尼苏达州雷德温市的泰莎，因一个机缘来到衢州，她一下子爱上了这里。她在衢州生活了很长一段时间。

"虽然我和泰莎相处只有短短两个月，而且存在语言障碍，但在交往中，通过她的笑容和善意，我能感受到纯洁的友谊，我们因此走到了一起。"胡文心说。

参加颁奖的苏珊·奥扎克向同学们提出一个问题：如何理解"鲜活的历史"？

一位同学用英语答道："我想我们参加征文比赛就是一个很好的方式。我们查阅资料，研究历史，通过写作表达自己的理解，这个过程让我们融入了历史，对这段历史的讲述也得以延续。"

"青年代表着未来和希望。包括我在内的许多杜立特突袭者子女协会成员已是老人，需要青年继续讲述故事、传承友谊。我也在不断地寻找创新的方式来实现这一愿望。"苏珊·奥扎克说。

1994 年 10 月，衢州与雷德温结为友好城市。30 多年来，两市交往不断，已实现了数百人次的互访。

1995 年，两市开始互派教师和艺术家。潘志强是第一位被派往雷德温的中学教师。

那年 10 月，潘志强来到秋色宜人的雷德温。在《此岸·彼岸》一书中，潘志强回忆道：

> 在雷德温上课，我的讲课内容有汉语拼音、简单汉语和中国名胜古迹。我用幻灯片播放了衢州的古城门、烂柯山、衢州南宗孔氏家庙、江郎山等。
>
> 后来我转到小学四年级。前往衢州交流的美国老师黛茜在雷德温教的正是四年级的学生，所谓的交换就是这样交换。雷德温所有的小学四年级都专门开了一门课程"CHINA"，教材厚厚的，还是精装本。

潘志强发现，学校教室里所挂的地图，在中国版图里只标注了4个地名：北京、上海、香港和衢州。

1996年8月，潘志强的交流结束，雷德温市为他举办了一个简短的欢送仪式。市长罗密欧·希尔向他颁发了荣誉市民证书。

接替潘志强的英语教师刘小萍，多才多艺，她动手能力很强。在教学和互动中，范围包括水彩画、毛笔字、折纸船、跳扇子舞、练气功等。闲暇的时候，学生和家长会把刘小萍拉回家，让她教他们做中国菜。

与潘志强相对而行，黛茜·霍夫最先来到中国。她在衢州二中教了两年的英语课。回国后，她以自己的亲身经历做了32场报告，向雷德温等城市的居民介绍中国的历史和文化。

"4年前在（衢州）第二中学的教学，有许多令人愉快的经历，它一直激荡在我的心底。热情、勤奋的学生，平易、乐于助人的教师，令人难以忘怀。衢州和雷德温互派教师，有助于丰富中美两国的文化生活。"黛茜说。

1997年9月，黛茜再次来访时，带走了一名中国孤儿，她给孩子取名朱莉雅。

在黛茜之后，当娜·麦考莉、丽莎·迪尔、拉里·戴维森和苏珊·克朗茨等雷德温市教师，相继跨进衢州二中美丽的校园。

1997年交流到衢州二中的丽莎·迪尔，在一个特殊的日子别离了中国。她有幸成为一个重大事件的见证者。

"我是在一个非常有历史意义的时刻来到中国的。它不仅对中国而且对世界都有着重要意义。我目睹了人民怀着喜悦的心情为迎接香港回归所做的各项准备工作。我看着回归倒计时的天数一天天减少，伴随着回归之日的临近，我的两种心情交织在一起，既为中国感到高兴，也为自己即将离开中国而难受。1997年7月1日那天，我再一次眼含泪水登上飞机，因为我将要离开我深爱的国家和亲爱的朋友了。我永远不会忘记中国之行，不会忘记衢州和我的朋友。谢谢你们！"丽莎在一篇文章中写道。

2025年3月19日，衢州二中迎来了美国新泽西州品格瑞中学代表团。护送杜立特突袭队的特遣舰队总指挥威廉·哈尔西，曾就读于品格瑞中学。两校于2011年结为国际友好学校。

在衢州二中的教育国际陈列室，我看到了杜立特行动所带来的一张张名片、一道道风景，它们共同折射出衢州二中独创的国际理解。

青简社

在衢州孔庙附近，有一家名叫青简社的旧书店，店主王汉龙19岁那年从皖北来到衢州，以开旧书摊为业。

在这家书店里，你能找见各种各样的"旧货"，除了数千册图书，还有戏谱、账本、契约、药方、家谱和地方志等。

曾经，有一群人为了一个共同的目标——"寻找杜立特"，在这里相聚。他们中有姜宁馨、庄月江、郑伟勇、韩强、巫少飞、钟睿、徐青、俞俊、王全心和许强等。

2023年，在评选"最美浙江人"时，"杜立特行动大救援衢州志愿团队"入围——

> 以郑伟勇、韩强、徐青等人为主要成员的志愿团队，长期致力于杜立特行动史实的收集与研究，为中国方面的作用与贡献收集和保护实证，考证补充参与救援美国飞行员的中国人名单，挖掘还原了救援细节，为杜立特行动纪念馆的建设提供了大量史料和馆藏。

> 郑伟勇历时20多年，确认了杜立特行动15架飞机的坠落点，到飞

行员降落地点进行实证调查，4次受邀前往美国参加杜立特行动纪念活动……

最初，正是经由他们之手，杜立特和相关的那些人事，开始被"打捞"起来；而衢州和雷德温之间友谊的桥梁，也开始了最初的架设。

上中学的时候，郑伟勇从父亲拿回家的一本《衢州文史资料》上，了解到杜立特行动，从此他开始了对那段历史的质证。

他先是在浙江淳安找到了10号机的坠毁点和5名飞行员的跳伞点，并花50元从附近农民家中收购到两块机身铁皮。

他把自己的发现分享到一个论坛上后，一位名叫杰米·鲍尔的美国人和他联系，说自己的父亲就是12号机的驾驶员。他希望郑伟勇能够帮他父亲威廉·鲍尔找一块12号机的残片。当郑伟勇赶到遂安（后并入杭州淳安县）时，他得知那个坠机点已经因修水库沉入了千岛湖。

5名飞行员的跳落点，郑伟勇一一走遍，他终于弄清了12号机的坠毁点不在遂安，而是在江西婺源。他从婺源农家收购了一根飞机上用的钢丝绳，把它寄给了太平洋彼岸的鲍尔父子。

为了寻找，郑伟勇买了一辆铃木雨燕，这辆小车不到两年就开了3万多公里。有时他孤身一人，有时由理解他的妻子陪同……

在郑伟勇家客厅的墙上长期挂着一张华东地区地图，每找到一处坠机点和飞行员跳落点，他就在地图上做一个标记。20多年过去了，100多个地点全部标齐。

在收集一些铁皮和各种小零件的同时，郑伟勇更重视对人的寻找——那些飞行员"在哪里，被谁救下，过程怎样，又是怎样转移的"。

2012年4月，郑伟勇与贺扬灵之女贺绍英、廖诗原之子廖明发，一同应邀赴美参加杜立特行动70周年纪念活动。

一次，他与15号机的爱德华·塞勒同桌用餐，塞勒委托他找一个名叫Yu-Fu-An的人，并给了他一个地址。郑伟勇按地址找到了上海，却最终没有找到。这样的遗憾经常有。

但更有惊喜——他"拨乱反正"，为3号机领航员查尔斯·奥扎克找到了救命恩人廖诗原，为副驾驶雅各布·曼奇找到了"贝利尔山羊"……

2013 年 11 月 9 日，"最后的"突袭者在俄亥俄州的代顿，举行"最后的"祝酒仪式，郑伟勇成为唯一一位在现场的中国人。

"71 年过去了，没有一位杜立特突袭者再回到衢州；除了波特，没有一位突袭者再回到当年的降落点！"郑伟勇说。为了弥补这种缺憾，郑伟勇给依然在世的突袭队员带去了礼物。

送给撒切尔的，是来自 7 号机迫降点的一瓶海沙；

送给塞勒的，是来自 15 号机迫降点的 16 枚贝壳；

送给科尔的，是一小块 1 号机的碎片。

当他把镶嵌在镜框中的碎片交给科尔时，全场响起"衢州！衢州！"的呼喊声。

2016 年 4 月 15 日，郑伟勇来到美国得克萨斯州弗雷德里克斯堡，参加杜立特行动 74 周年活动。

2017 年，他又赴美参加了杜立特行动 75 周年纪念。这是他第四次应邀访美。

"相知无远近"

衢州与雷德温的牵手，也是布莱恩·穆恩先生穿针引线的结果。1993 年 3 月，雷德温市委派穆恩为代表，专程前往他上次未来得及造访的衢州。

穆恩回国后，向雷德温市政府汇报了有关情况。10 月，衢州市代表团即应邀访问了雷德温市。经过协商，双方签订了建立友好交流关系的协议。

"今天，我们将带给两个城市和人民的主题是友谊。这颗友谊的种子在许多年前就已经种下，直到不久之前，在布莱恩·穆恩先生的努力下，得以栽培并成长起来。所有这些努力把我们带到了这个非常的事件中来，它将是一个让我们两个城市走向世界的范例。"雷德温市市长希尔说。

1994 年 10 月 5 日，雷德温市代表团来到衢州。在 4 天的时间里，他们参观了许多地方。

1998 年 10 月 14 日，希尔市长亲率代表团访问衢州。他在欢迎仪式上致辞说："现在雷德温许多市民都知道衢州，他们看到了一个伟大的国家，一个美丽的城市及其友好的人民。我们之间的相似，远远超过我们之间的差异。"

互访的层级在提高。同年12月，衢州市委书记茅临生率团再访雷德温。

2014年，衢州举办了建立姐妹城市20周年纪念活动。已经卸任市长职务的希尔率代表团参加了纪念活动。

"70多年前，衢州人民演绎了一段营救美国飞行员的感人故事；20年前，衢州市与雷德温市成为'相交无远近'的友好城市；今天，友谊的纽带把两个美丽的城市更加紧密地连接在一起。在友好交往中，两地人民结下了深厚情谊，两地合作结出了丰硕的成果。"时任衢州市代市长杜世源说。

从杜世源手中接过了衢州市荣誉市民证书后，希尔激动地说："20年来，衢州和雷德温两市克服语言、意识形态等各种障碍，把杜立特行动传承下来的中美深厚友谊发扬光大，通过一系列扎实有效的举措，推动双方深化合作交流，取得了卓有成效的成就。期待未来两市有更多的友好交流。"

希尔把一块B-25飞机的残片当作礼物，赠送给了衢州……

衢州与杜立特突袭者的后代更是来往频繁。杜立特行动纪念馆于2018年建成时，10月25日，24位突袭者的子女和朋友前来参加了开馆仪式。

| 一个都不能忘记 |

它在叮嘱我们，要时刻牢记那种勇气和牺牲，那份友情和信任。

*

日色向晚，微雨飘零。苍松翠柏掩映下的南京抗日航空烈士纪念馆，在阴雨天显得更为凝重和肃穆。

倚山而立的英烈碑，分国籍列出了那些以身殉国者的名字，那些用中文、英文、俄文和韩文在黑色大理石上镌刻的名字，像一朵朵白花，永远开在紫金山下，开在阳光下的瞳仁里。

它在告诉我们，在那场人类历史上最残酷的战争中，在中国人民前赴后继的征程中，我们拥有坚定的盟友，而它们的儿女，也曾在我们的土地上抛头颅，洒鲜血。

它在叮嘱我们，要时刻牢记那种勇气和牺牲，那份友情和信任。

1945年7月25日，美国飞行员杰克·哈梅尔驾驶北美P-51D"野马"战斗机参加空战，在江西上饶被日军地面炮火击中，壮烈牺牲。2017年，哈梅尔的亲友在参观南京抗日航空烈士纪念馆时，在英烈碑上没有找见哈梅尔的名字，他们颇感失落。中国驻美大使馆获悉此事后，多方奔走，寻找证明材料，最终确认哈梅尔符合补刻条件。

2024年9月3日，南京抗日航空烈士纪念馆举行了杰克·哈梅尔中尉的补名仪式。美籍华人黄华享先生受托代表哈梅尔的家人向英烈碑敬献了花圈。

黄华享说："虽然我没有见过哈梅尔中尉，但我非常感激他。如果没有他和战友们的牺牲，就不会有我们后来的生活。我认为补刻姓名很有意义，它再次提醒我们，在抗击日本侵略者的那场战争中，中国和美国曾经是亲密无间的伙伴。"

黄华享的叔父曾经是陈纳德手下的飞虎队成员。

一个名字的补刻，表明了中国人民的态度：对于民族的恩人，我们一个也不会遗忘！

南京抗日航空烈士纪念馆由3个部分组成：烈士公墓、纪念碑和展馆。其前身为始建于 1932 年的南京航空烈士公墓，建筑包括牌坊、左右庑、碑亭和祭堂等。此后，这里陆续安葬了 170 余名在援华期间牺牲的美国、苏联和韩国航空战士。

纪念碑于 1995 年 9 月竖起，高 15 米，碑身上巨大的英文字母"V"字，代表着胜利，由张爱萍将军题字。

我们到来的时候，正逢上"铭记英雄——飞虎队主题历史图片展巡展"南京站开展。在英雄们的图像下摆满了杜鹃花。

英烈碑共 30 块，呈扇形排列，至 2024 年 8 月底，上面总共镌刻了 4296 名中外烈士的英名，其中美国 2590 名，中国 1468 名，苏联 236 名，韩国 2 名。

哈梅尔是美国航空英烈第 2591 人。

我们看看美国飞行员的战绩：在整个抗日战争期间，第 14 航空队（包括飞虎队）共击落日军飞机 2600 架，击伤 1500 架，击沉或重创 223 万吨敌商船和 44 艘日本海军舰只，击毙日军 66700 人。

这里还记录了另一群英雄的事迹。当那些国际战士翱翔蓝天，浴血奋战之时，万里长城就在他们身后——抗日战争期间，从浙江、安徽、江西，到云南、四川、湖南，中国军民救助美国飞行员达数百人。

数据显示：飞行员因迫降或坠机跳伞，平均生存率为 20% 多，但在抗战时期的中国，因迫降和坠机跳伞的美国飞行员，生存率高达 90%！

陈纳德将军曾经深情地回忆说："今天仍有数百名活着的飞行员的生命，是那些帮助过他们的中国农民、游击队员和军人赐予的。他们冒着自己被杀，甚至自己的家族、邻居被株连的危险，把美国飞行员带到了安全地带。"

在这里，既有陈纳德和德米特里耶维奇，驼峰航线和马特霍恩计划，也有廖诗原和赵小宝，芷江受降地和杜立特行动纪念馆……

在杜立特行动大营救中，参战的 80 名美国飞行员，除 3 人因跳伞或溺水身亡，8 人误入敌占区被俘虏外，其余均被中国军民成功营救，并安全地转移到衢州、重庆。

在展馆里，我们还看到了几幅"血的便条"。

"血的便条"（Blood Chits），又叫"血符""救命符"和"血少女"，它是由国民政府航空委员会制作的一种布幅，上书"来华助战洋人，军民一体救护""美国空军来华助战，仰我军民一体救护"。抗战时期，每一名出征的外国飞行员，都会戴上这张"血的便条"。

2023 年 4 月，南京抗日航空烈士纪念馆开始了抗日航空文史资料全球征集活动，社会反响热烈，收到了大批捐赠品。

2024 年 9 月，南京大学历史学博士卢彦名提议：将美国飞行员迪安·霍尔马克、威廉·法罗、哈罗德·斯帕茨等 4 位飞行员的名字，补刻到英烈碑上。这 4 人均为杜立特突袭队成员，他们在南昌和宁波被日军逮捕，其中 3 人于 1942 年 8 月，由日本驻上海第 13 军组成的军事法庭判处死刑，并于 10 月 15 日在上海郊区一处公墓执行死刑。另有一人在监狱中被虐待致死。

卢彦名的依据是 1945 年 8 月 20 日和 9 月 24 日的《巴尔的摩新闻邮报》，这两份报纸现为侵华日军南京大屠杀遇难同胞纪念馆所收藏。

卢彦名说："我们认为现在是一个非常好的历史时机。杜立特行动见证着中美两国人民血与火筑造的友谊，希望学界可以更多地关注杜立特突袭队被俘以及遇难的飞行员，在前期研究的基础上更多地挖掘。这对于我们研究抗战和世界反法西斯同盟的历史，具有非常重要的意义……"

即将离开纪念馆的时候，我们看见一对男女青年，男的手握相机，女的怀抱黄白花束，在广场西侧的梯形墓地上，由下向上寻找。

"你确定在这个地方？"女的问。

"肯定是这里。小时候，清明节，我跟爷爷一起来过。"男的回答。

终于，他们在坡上第二排右侧第二座坟墓前停下了。

雨水打湿了他们的额头、睫毛和眼睛……

附录

| 杜立特行动大事记 |

*

1941 年

1 月 7 日

国民政府电令浙江，要求扩建衢州机场跑道，标准为可容 50 架美制重型轰炸机的起降。

直到 1942 年 3 月底，衢州机场的扩建工程才基本完工。玉山、丽水等机场也同时扩建。

7 月 26 日

在日军入侵法属印度支那后，美国总统罗斯福下令冻结日本在美国的全部资产，同时宣布与英国、荷兰等国家一起停止对日本的石油出口。

太平洋战争爆发前，日本的石油 90% 依赖进口，主要供应国是美国，钢铁和汽车零部件的依赖度更是达到了 90% 以上。以中国抗日战争全面爆发的 1937 年为例，美国对日出口额为 2.89 亿元，其中 1.42 亿元为战略物资。

1939 年日军开始轰炸重庆后，美国民众强烈要求政府停止对日出口，但罗斯福总统担心激怒日本，仍维持着与日本的贸易。

8 月 1 日

蒋介石签署第 5987 号令，由美国退役上校陈纳德领导的飞虎队（中国空军美国志愿援华航空队）宣告成立。

早在 4 月 14 日，罗斯福总统即签署秘密协议，允许美国军人以退役人员的身份赴中国参战。

飞虎队成立之初，拥有 43 架处于作战状态的 P-40B 战斗机、110 名飞行员、150 名机械师和地勤人员。

11 月 26 日

美国国务卿赫尔召集日本大使，向日本政府发出照会，要求日本无条件地从中国（包括东北三省）和印度支那撤军。东条英机把《赫尔备忘录》的这份文件视为美国即将参战的信号，因此加紧了与美国开战的准备。

12 月 7 日

在晨雾的掩护下，一支幽灵般的庞大舰队以 24 节的速度，悄然接近位于夏威夷的珍珠港。

这支舰队包括 6 艘航空母舰——赤城、加贺、苍龙、飞龙、翔鹤和瑞鹤，以及 20 多艘战列舰、巡洋舰和潜艇。舰载作战飞机多达 350 架，官兵 15000 人。

在旗舰赤城号上，指挥官南云忠一眉头紧锁，坐卧不安。他率领着帝国几乎全部的海空力量，去给敌人致命一击或者送死。在特遣舰队开始全程静默之前，南云收到了行动总指挥山本五十六发的最后一份电报：

"我们帝国的命运就取决于这次远征！"

南云忠一将面对 993 门防空火炮，400 架战斗机、轰炸机以及各种军舰。

南云忠一的第一个不知道，是美国太平洋舰队的 3 艘航母企业号、列克星敦号和萨拉托加号，都不在珍珠港。

就在 5 天前，太平洋舰队司令金梅尔把情报官莱顿叫来，问他日本的航母在哪里。莱顿回答"不知道"。

"什么？你一个情报官，竟然不知道日本的航母在什么地方？"金梅尔愤怒了。

"它们也许在日本本土水域里。"

"你的意思是说，它们可能已经在'钻石头'（指到达夏威夷），而你不知道？"

"是的，长官。"莱顿说，"但愿它们会被发现。"……

南云忠一的第二个不知道，是美军如此大意，几乎完全不设防。

在瓦胡岛北端奥帕纳山上的雷达站上,洛克哈特和埃利奥特两名士兵正在执勤。夏威夷时间 7 点 02 分,埃利奥特从荧光屏上发现在北 3°东,大约 250 公里处,有一大群飞机。他和谢福特情报中心联系,回答是"不用担心"。

洛克哈特急了:"就这样行吗?至少有 50 架飞机,7 点 08 分离这里 180 公里,7 点 15 分 150 公里,这群飞机正向瓦胡岛飞来!"

接电话的泰勒中尉说:"那不是我们航空母舰上的飞机,就是从西海岸飞来的 B-17,用不着担心。"

埃利奥特操纵雷达继续观察。100 公里,75 公里,35 公里……

夏威夷时间 7 点 58 分,南云忠一下达了攻击令。由渊田美津雄带领 183 架战斗机、轰炸机和鱼雷机陆续从航空母舰上起飞,发动第一次攻击……

渊田命水木上士发出"托拉、托拉、托拉(突袭开始)"的暗语。见珍珠港内的军舰和大炮如睡着一般,也无飞机升空,渊田接着又命令水木发出"虎、虎、虎(突袭成功)"的暗语。

太平洋战争爆发了……

华盛顿时间下午 1 点 40 分,罗斯福从电话里得知珍珠港遭袭的消息。

下午 2 点 28 分,海军作战部长斯塔克接到报告:包括 8 艘战列舰、3 艘巡洋舰的 18 艘舰艇在珍珠港被摧毁,损失飞机 188 架,官兵伤亡 3581 人。

下午 3 点,罗斯福召集国务卿赫尔、陆军参谋长马歇尔等人紧急开会。

接着传来的消息是:日本向香港、关岛、菲律宾、中途岛和威克岛同时发动了攻击。

傍晚时分,成千上万的美国人高唱国歌和《上帝保佑美国》等歌曲,沿宾夕法尼亚大道拥向白宫,群情激愤。

晚上 8 点 30 分,罗斯福召开内阁会议。在海军部部长诺克斯汇报完情况后,罗斯福向他咆哮:"给我查清楚,为什么要把船挤成一排?"

"这是正常的泊船方式。"斯塔克低声回答。

罗斯福不听他的解释:"给我查清楚,为什么船要挤成一排停放?"

伦敦时间晚 9 点,正在与美国特使哈里曼、美国驻英大使魏南特共进晚餐的丘吉尔总统,从便携式收音机里收听到珍珠港遇袭的消息,他把收音机往地上一摔,大声喊道："我们应该向日本宣战！"

12 月 8 日

中午 12 点 30 分，罗斯福在国会发表讲话。全国近一半的人口——6200 万人从广播里收听了他的讲话。

> 昨天，1941 年 12 月 7 日——我们必须永远记住这个耻辱的日子。在这一天，
> 美利坚合众国受到日本帝国海空军突如其来的蓄意攻击……
>
> 昨天，日本政府发动了对马来亚的进攻。
>
> 昨晚，日本军队进攻了香港。
>
> 昨晚，日本军队进攻了关岛。
>
> 昨晚，日本军队进攻了菲律宾群岛。
>
> 昨天晚上，日本人袭击了威克岛。
>
> 今天早上，日本人袭击了中途岛……

罗斯福要求国会宣布："自 1941 年 12 月 7 日星期日，日本发动无端的、卑鄙的进攻时起，美国和日本已处于战争状态。"

继美国之后，英国、加拿大、澳大利亚等 20 多个国家对日宣战。

罗斯福致电蒋介石，建议召开反轴心国会议："我考虑，现在最重要的是应立即着手准备针对共同敌人所采取的共同行动，为与阁下相互交换日本及其盟国的情报，研究陆海军最有效的行动，希望于 12 月 27 日之前召开联合军事会议。"

丘吉尔致电蒋介石："英帝国和美国也遭到了日本的进攻，我们一向是朋友，现在我们面临共同的敌人。"

12 月 9 日

中国发布《中国政府对日宣战公告》，同时向德意两国宣战，正式成为世界反法西斯同盟的一员。

中国的抗日战争已经坚持了 10 年。

12 月 10 日

由海军中将汤姆·菲利普斯率领的英国东方舰队在马来半岛的关丹遭到日军攻击。经过将近 4 小时的激战，威尔士亲王号战列舰和反击号巡洋舰被击沉，菲利普斯与 800 余名官兵阵亡。

日军攻陷马里亚纳群岛中最大的岛屿关岛，指挥官麦克米伦上校被俘。

日军 10 架三菱轰炸机从河内起飞，准备轰炸昆明。当日机飞至距昆明东南三四十公里的宜良上空时，突然遭到 4 架 P-40 战机的攻击。日机正要逃离，又有 10 架 P-40 升空拦截，火力全开。日军飞行员惊恐地发现，P-40 战机上涂着张开血盆大口的鲨鱼。

这是飞虎队首次出战，以零损失击落日军轰炸机 4 架，击伤多架。

12 月 21 日

下午 2 点 55 分，罗斯福把顾问们召集到椭圆形办公室，商讨尽快向日本人复仇并提升士气的方案。

阿诺德回忆说，总统的态度明确而又坚定，"要我们拿出办法来，以空袭的方式，给日本本土带去真正意义上的战争"。

关岛失守，复活节岛正在被围攻，机场均不能使用；离东京 675 英里的海参崴是一个选择，但由于苏日于 1941 年 4 月签订了"中立条约"，斯大林肯定不会接受美军使用基地的要求。

海军上将斯塔克提出从中国的机场出动轰炸东京。阿诺德指出，那样最少需要 50 架轰炸机，美国在中国没有足够的轰炸机。

12 月 22 日

日军踏上威克岛。威克岛水塔上插起了用拖把和白布制作的降旗，守岛美军官兵成为俘虏。在下午的受降仪式上，日本海军以裕仁天皇的名义，将该岛更名为"鸟岛"。

日军从 12 月 7 日开始进攻威克岛，岛上 500 名海军陆战队官兵和 1200 名建筑工人，共同抵抗了 15 天。太平洋舰队派萨拉托加号和列克星敦号航母前来驰援，但行至中途，接威克岛指挥官温菲尔德·坎宁安所发"可疑信号"。得知威克岛失陷，萨拉托加号航母上的海军士兵痛哭失声。

罗斯福认为，威克岛的失陷，比珍珠港事件对美国人的打击更大。

12 月 23 日

按照罗斯福的建议，蒋介石在重庆主持召开联合国关于亚洲的联合军事会议。中、美、英、澳等同盟国代表参加，会议研究了对付日本的共同战略。

苏联以不准备参加太平洋战争为由没派代表参加。

丘吉尔到达华盛顿，与罗斯福会晤。双方均认为，应尽力支持中国的抗战，加大武器和物资的援助，双方同意从缅甸开辟一条支援蒋介石的路线。

1942 年

1 月 2 日

日军攻陷马尼拉，指挥官道格拉斯·麦克阿瑟指挥的 11 万美菲联军退守巴丹，在科雷吉多尔岛上加强了防御工事。

日本的广播对麦克阿瑟极尽嘲笑之能事："以公平竞争和骑士精神的名义，日本国要求美国给麦克阿瑟将军提供他所需要的增援，那样无论胜败他都能心满意足地打上一仗。"

1 月 4 日

在白宫讨论北非问题的会议上，美国舰队总司令欧内斯特·金建议用航母运送陆军轰炸机前往北非参战，阿诺德受到触发，在笔记本上写下这样几句话：

"要用航母运输这些陆军轰炸机，我们就需要从航母上起飞，这是从未有过的做法，但我们必须尝试，看这需要多长时间。"

1月10日

晚上，在开完第八次阿卡迪亚会议后，金上将回到他的泼妇号游艇上。他的助手、海军上校弗朗西斯·洛随后来到。洛是纽约人，毕业于美国海军学院。

见到金以后，洛说他去诺福克机场看了正在试航的新航母大黄蜂号。

"长官，他们在机场上画出了一条与航母甲板同样大小的区域，在上面不断地练习起飞。"洛说。

"那是训练舰载机飞行的常规操作。"金说。

"如果携带炸弹的飞机，也可以在那么短的距离起飞，为什么不可以放一些到航空母舰上去轰炸东京？"

金是个暴躁的人，洛等待着他的训斥或不屑一顾的表示。没想到上将吃惊地瞪大了眼睛，老半天才说出话来："洛，这可能是个好主意。"

金让洛去和唐纳德·邓肯商议，并要求他们严格保密。

邓肯毕业于美国海军学院，后又获得哈佛大学硕士学位。他是一位优秀飞行员，目前为海军的空中作战指挥官。

1月11日

早上，洛在海军部与邓肯见面后，谈了自己的想法。邓肯聚精会神地听着。

洛提出了两个问题：陆军的中型轰炸机能否登上航母的甲板？加载后能否从甲板上起飞？

邓肯认为最难解决的问题是降落，航母的舰尾无法承受轰炸机停机的冲击，航母的升降机也无法将飞机收入舱底，为后面的飞机腾出空地。邓肯说，他想想办法。

在航母的选择上，两人不约而同地瞄上了大黄蜂号。

约克城级的大黄蜂号为当时美国最新、最大的航母，造价3200万美元。该舰排水量为19800吨，最大航速34节，舰载机81架，舰员2072人。大黄蜂号航母于1940年12月14日下水，目前正在弗吉尼亚州进行试航。

1月16日

邓肯用了5天的时间，写出了一个长达30页的可行性报告，然后与洛一起向金报告。

报告要点为：

一、B-25双引擎中型轰炸机是唯一可选择的机型，其大小、起飞距离、载弹量和航程等各方面，都比较适合航母。B-25无法放入航母的机库，可以将其摆列在甲板上。

二、要对B-25进行改装，拆除此次任务不需要的装备，以增加载油量和载弹量，并使航程尽可能地延长。

三、使用大黄蜂号航母搭载轰炸机和飞行员，另派一支特遣舰队一路护航。

四、任务完成后，轰炸机飞往中国的机场降落，并留在中国继续对日本进行轰炸。

金认为方案做得很好，他让两人尽快去征求阿诺德的意见。

1月17日

阿诺德对总统"教训日本"的渴望感受深切，白宫会议后他寝食难安，一直在思考怎样发挥陆军航空兵的作用。

阿诺德，宾夕法尼亚人。1907年从西点军校毕业后，他开始跟随莱特兄弟学习航空，为美国首批飞行员之一。从1938年9月起，阿诺德任美国陆军航空队司令。

听完邓肯的报告后，阿诺德感觉和自己的想法一致。他当即给金打电话，两人决定各派一人负责计划的完善。海军那边当然是派邓肯，陆军航空队这边，阿诺德想到了杜立特。

他当即召见杜立特，让他选择一种轰炸机，条件是：可以负载2000磅重的炸弹和机组人员，在500英尺内起飞，且航程不低于2000英里。

1月18日

杜立特经过研究，向阿诺德报告说，B-23和B-25加装油箱后都可以使用。

阿诺德问："如果再加一条，要求机翼能够在75英尺的宽度起飞呢？"

杜立特回答："那就只能选择B-25了。"

B-25全称B-25米切尔式轰炸机，为一种双引擎中程轰炸机，它于1939年由北美航空公司研制，总共有零部件 165000 个，但完成初始设计方案只用了 40 天。

B-25 最大时速 300 英里，最大载弹重量 5000 磅，最大巡航距离为 1300 英里，满载乘员 5 人。1940 年 8 月，B-25 首飞，很多测试都没做便开始量产，造价高达 18 万美元。自 1941 年起，该机开始在第 17 轰炸机大队服役。

1 月 19 日

阿诺德再次召见杜立特，告诉他在内阁会议上，已将这个行动列为"特殊航空项目 1 号"计划。

"我需要有一个人来负责这件事。"阿诺德说。

"你肯定知道到哪儿能找到这个人。"杜立特说。

"好吧，那就是你了。"阿诺德说。

杜立特回忆说："阿诺德向我强调这是一项顶级绝密计划，只有 5 个人（阿诺德司令、金上将、邓肯上校、洛上校和我）能谈论此事。""快乐"将军又对我说："为完成这项计划，你在各方面都享有第一优先权。如果有谁妨碍了你，你直接和我联系。"

1 月 23 日

杜立特来到位于俄亥俄州的莱特 – 帕特森空军基地，与基地司令乔治·肯尼准将见面，商讨 B-25 改装事宜。

杜立特进行了计算：轰炸机要在东京以东 500 英里起飞，飞到中国衢州再加 1200 英里，总航程将超过 1700 英里，而 B-25 设计的最大巡航距离为 1300 英里。因此改装的重点是拆除不需要的设备，增加副油箱以延长航程。要求每架飞机能携带 4 枚 500 磅的炸弹（2 枚高爆炸弹和 2 枚燃烧弹），机上燃油至少要增加一倍。

1 月 31 日

按照阿诺德"轰炸应覆盖东京以南任何部分"的指示，陆军航空队参谋长卡尔·斯帕茨准将提交了一份报告，列出了拟轰炸目标：

东京及附近地区：4 个飞机制造厂、2 个钢铁厂、6 个炼油厂和 13 个发电厂等。

名古屋：4个飞机制造厂，重点是三菱重工。

神户：4个飞机制造厂、2个造船厂和2个发电厂等。

2月1日

邓肯到停泊于诺福克海军基地的大黄蜂号上报到。他生怕因为计算错误导致行动无法实施，甚或酿成灾难。他爬上航母舷梯，走进舰长马克·米切尔的驾驶舱。

"满载的 B-25 轰炸机能够放到甲板的跑道上吗？"邓肯问。

"要放多少架？"

"15 架，并且要从甲板上起飞。"

"可以。"

"好吧，明天我带两架飞机来试试。"

2月2日

上午9点35分，大黄蜂号航母在两艘驱逐舰的护卫下起航，于中午12点55分抵达测试海面。

大黄蜂号转到迎风的位置后，莱特－帕特森基地的测试官约翰·菲茨杰拉德第一飞，他的 B-25 执飞时间已超过 400 小时；陆军飞行员詹姆斯·麦卡锡第二飞。两架飞机均顺利升空。

米切尔很恼火，因为邓肯不告诉他要执行什么任务。但他转而又宽慰自己："知道得越少，就越好。"

晚上，邓肯向金报告了测试结果。

2月3日

第 17 轰炸机大队接到命令：所有 B-25 飞机和机组人员全部调往南卡罗来纳州的哥伦比亚基地；途经明尼阿波利斯时，将由中大陆航空公司对飞机进行改装。

B-25 是新机型，除了第 17 轰炸机大队，全美没有几个部队使用过，因此杜立特只能从这里选拔飞行员。

此前，第 17 轰炸机大队已经对 B-25 的速度、火力和耗油量，以及战斗模拟、夜间编队飞行等，进行了无数次测试。

2月15日

经过一周的激战，日军强渡柔佛海峡，马来亚和新加坡相继沦陷。

下午 6 点 40 分，驻马来西亚英军总司令珀西瓦（白思华）等 4 名军官肩扛白旗和英国国旗，来到日军司令部。

日本电台宣布："驻马来西亚日军宣布：马来西亚日军于 2 月 15 日下午 7 点 50 分迫使敌人无条件投降。"

这是英军有史以来最大规模的投降，严重影响了盟军的士气，同时也标志着英国在东南亚殖民的结束。

占领新加坡后，日军将其改名为"昭南岛"，同时进行所谓的"大验证"，以清除反日分子为名屠杀了数万华人。

2月19日

罗斯福利用"战时总统"的权力，签署了第 9066 号令，依据这一命令，10 多万日裔公民和日本人将被迁往"难民营"。

罗斯福这一决定遭到了司法部的反对，但司法部部长弗朗西斯·比德尔说："我不认为宪法会对他（罗斯福）造成任何困扰——宪法从未困扰过任何战时总统。"

2月27日

第 17 轰炸机大队指挥官米尔斯召集开会，告知志愿者：由第 95 侦察中队队长约翰·希尔格率领，24 架 B-25 将于 3 月 3 日前分批转场至艾格林。

艾格林空军基地位于佛罗里达州，以"一战"时期美国著名飞行员弗里德里克·艾格林的名字命名，于 1935 年启用。

此前，采取自愿报名方式，杜立特已经在第 17 轰炸机大队筛选出 24 个机组，一共 120 名志愿者。

3月1日

亨利·米勒中尉抵达艾格林空军基地。

米勒毕业于美国海军学院，从 1940 年 11 月起，他在海军的埃里克森空军基地担任飞行教官。

米勒后来得知，他的任务是训练机组人员"驾驶重载的飞机从航母的甲板上起飞"，还有每架飞机 14 小时的水上飞行。

3月3日

杜立特在艾格林基地召集全体志愿者开会。他说："我们将去执行一项非常危险的任务，我只要志愿者，任何人现在都可以退出，不需要任何理由。"

无人要求退出。

杜立特接着说："你们也许在猜测我们到底要去干什么，但这个任务是最高机密，你们彼此不应该议论此事，甚至不能告诉妻子。因为任何疏漏都可能危及千百人的生命。"杜立特补充说，"我只能告诉你们，整个行动大约需要 3 周时间。"

他的话音刚落，两名 FBI（联邦调查局）的特工出现在门口。

最后，杜立特宣布了任命：

约翰·希尔格少校，执行官

爱德华·约克少校，作战官

戴维·琼斯上尉，领航兼情报官

查尔斯·格兰宁上尉，枪炮和炸弹官

威廉·鲍尔中尉，工程师

特拉维斯·胡佛中尉，军需官

路易登·斯托克中尉，摄影师

托马斯·怀特中尉，随队医生（后补）

3 月 4 日

米勒开始了他的工作。

B-25 一般以 110 英里的时速起飞，米尔斯要求的起飞时速为 65 英里，起飞距离不超过 350 英尺。志愿者们认为"那是疯了"。从未见过 B-25 的米勒，连续示范了两次，起飞时速为 70 英尺左右。志愿者们终于服了。

杜立特要求每个机组都要练习这种短距离起飞——4 次空机，4 次载重 28000 磅，最后两次载重 31000 磅。

仅仅练习了几小时，琼斯的起飞时速即达到 50 英里，携带 26000 磅炸弹的沃森起飞时速为 62 英里；最厉害的是史密斯，他将起飞距离缩短至 294 英尺。

华盛顿和重庆同时宣布：史迪威出任中缅印战区美国陆军司令兼中国战区参谋长，他将负责协调盟军在缅甸、印度和中国的军事行动。

约瑟夫·史迪威，1883 年出生于佛罗里达。1904 年毕业于美国军事学院。1935 年 7 月至 1939 年 8 月任美国驻华大使馆武官。1941 年 7 月，出任美国陆军第 3 军军长。他能够流利地进行汉语对话，是美国军界有名的"中国通"。

3 月 20 日

邓肯抵达夏威夷，一下飞机，他便直奔切斯特·尼米兹的办公室。

尼米兹，得克萨斯人，四星上将。他 1905 年毕业于美国海军学院。珍珠港事件后第三周，他被任命为太平洋舰队司令。

冰冷的水面上仍遗留着日军袭击留下的残骸，整个海湾里都漂浮着两英尺厚的油膜。邓肯看到后心里十分难过。

尼米兹在听邓肯的介绍时，一直阴沉着脸。B-25 太大了，只能摆列在甲板上，一旦遇到攻击，舰载战机无法升空作战。美国在太平洋上的航母只有 5 艘，是日本航母数量的一半，不能再有大的损失了。

邓肯说："金上将让我转告你，这不是给你考虑的提议，而是要你执行的计划。"

尼米兹唯有执行命令。他叫来海军中将威廉·哈尔西、参谋长迈尔斯·布朗宁共同商议，最后决定：由米切尔率领大黄蜂号航母和第 18 特遣舰队从旧金山出发，由哈尔西率领企业号航母和第 16 特遣舰队从夏威夷出发，两支舰队于 4 月 12 日在北纬 30°、东经 180° 会合，一同将轰炸机送到距日本以东 500 海里处。

3 月 22 日

阿诺德电令杜立特：率全部人员和轰炸机，先到位于萨克拉门托的麦克莱伦航空补给站做最后检修，并于 3 月 31 日前赶到旧金山阿拉米达海军航空站。

两架 B-25 因受损伤退出了行动，现在还剩下 22 架。

杜立特说，从明天开始，进行最后一次飞行训练，从艾格林起飞，越过墨西哥湾到达休斯敦，再飞回来。

3 月 16 日，阿诺德发电给史迪威，催问："在中国东部的机场安排和燃油、炸弹补给一事进展如何？机场方面的进展如何？把燃油运送到位，时间不多了！"

史迪威因未能领会意图，拖延了 10 天才回电告知阿诺德：加尔各答的美孚石油公司有 3 万加仑 100 号汽油。

史迪威：请告知使用目的，并请求将这些燃料运往中国的权限。

阿诺德：请立即将燃料运至桂林，我会派 10 架运输机协助。在你出发前，我和你讨论过的那个至关重要的计划是否能成功，就取决于这次空运能否按时完成。

3 月 28 日

邓肯飞到圣迭戈，亲手将金的命令送给米切尔舰长。命令要求大黄蜂号航母不再去珍珠港，而是掉头赶往旧金山。

3 月 30 日

接阿诺德密令，杜立特赶到旧金山与哈尔西见面。哈尔西还带上了布朗宁和邓肯。

哈尔西说明了海军的方案：两艘潜艇——多特号和长尾鲨号负责侦察天气情况和水面上的敌情；由马克·米切尔指挥的第一支特遣舰队 4 月 2 日离开阿拉米达；哈尔西本人将率领第二支特遣舰队 4 月 7 日自珍珠港出发。两支特遣舰队于 4 月 12 日在海上会合。

杜立特回忆道："我们从每一个角度讨论了这次行动，我们试着把每一种可能出现的紧急情况都考虑了一遍，并想好了应急方案。一旦特遣舰队接近日本，轰炸机将立刻起飞执行任务，然后到达中国或落入海中被潜艇收起。如果特遣舰队在夏威夷或中途岛的飞行范围内被发现，这些轰炸机将飞去那边；在最坏的情况下，工作人员可以将 B-25 推下大黄蜂号的甲板，让海军的战机在舰上着陆。"

4 月 1 日

下午，大黄蜂号航母抵达旧金山，泊靠于海军航空基地一号码头。它是 3 月 4 日从诺福克出发的，航行了 28 天。

米切尔舰长下令在航母的烟囱上书写着标语："铭记珍珠港。"

米切尔把自己带大型会议室的套房让给杜立特住。

飞机和机组人员陆续来到阿拉米达。约克在中途玩了一次心跳，他降低飞行高度，让飞机贴着海水从金门大桥下穿过。

劳森学着约克做了一遍，当他把机头拉起时，突然被眼前的一幕惊呆了："一艘美国航母就在下面，我们的 B-25 已经有 3 架在它的甲板上了。"

西姆斯说："看到一架架轰炸机被海军船坞的起重机举起再放到航母上，我猜想所有的突袭队员都感到了忧虑。"

船员们在航母的甲板上为每架飞机标记了位置，然后将它们首尾交错地排放在一起，并在轮子下面垫上了木楔，以防止它们移动。

蒋介石在日记中写道："美军将于 4 月 19 日、20 日使用衢州和丽水两机场跑道。"

4 月 2 日

凌晨 3 点 40 分，大黄蜂号航母就开始加油，将近 3 小时才完成——它的油箱能盛 140 万加仑燃油。早上 8 点，各个锅炉同时开始点火。

杜立特与妻子乔在酒店里一起住了一夜。早晨告别的时候，乔强忍住泪水说，"我想的是我们能否再见面"。

航母启程之前，杜立特突然接到命令，让他上岸接电话。他万万没想到的是，电话竟然是美国陆军的最高长官马歇尔打来的。

马歇尔说："我打电话来是要亲自祝你好运。我们的关心和祷告将与你同在。

再见！祝你好运，平安归来！"

从 7 点 42 分开始，一艘艘驱逐舰、巡洋舰开动，直到 11 点 13 分，大黄蜂号才驶出旧金山湾。

终于，加州的海岸线从视野里消失。杜立特知道是时候了！

他召集突袭队员，对他们说："我告诉你们，我们会直接去日本！我们将轰炸东京、横滨、大阪、神户和名古屋！"

片刻的宁静，接着爆发出雷鸣般的掌声和欢呼声。

杜立特说："这是一次重大的、空前的任务，但危险性很高，机毁人亡、被敌人俘虏和各种难以预料的事情，都有可能发生。因此我再次强调那句话：我只要志愿者，现在任何人都可以选择退出，不需要理由，过后也不会遭歧视。想退出的请举手!"

没有一个人举手。

稍晚一些，航母上的广播响了，里面传来米切尔的声音。"这艘船要带着陆军的轰炸机前往日本海岸，"米切尔停顿了一下，接着大声说道，"去轰炸东京！"

航母上立刻响起欢呼声和跺脚声。大家现编了一首歌唱了起来：

嘿哦，嘿哦，
我们去东京；
我们会轰炸、猛攻，
我们会回来。

海军将士们做的第二件事，是把自己的好铺位让给突袭队员。

4 月 4 日

杜立特开始落实任务，他告诉突袭队员们：特遣舰队将把我们送到距东京 500 英里区域，预定起飞时间为 4 月 19 日下午，1 号机第一个起飞，并用轰炸的火焰指示航向和目标。间隔 3 小时后，其他 15 架飞机按序号相继起飞。投弹完成后迅速飞离日本上空，先向南再向西，于 20 日白天到达中国，在衢州机场降落加油；坐标为北纬 30°、东经 119°，归航信号识别码为 57。

杜立特将除 1 号机外的 15 架轰炸机，分为 5 个小组，每队 3 架飞机，分别由胡佛、琼斯、约克、格兰宁、希尔格带队。第 1、2、3 小组，目标东京；第 4 小组，目标神奈川和横滨；第 5 小组，目标名古屋、神户和大阪。

杜立特再次强调，不准轰炸皇宫和平民目标。

史蒂芬·朱利卡少校开始给突袭队员"上课"。

朱利卡出生于洛杉矶，随父亲在菲律宾长大，他在中国和日本都上过学，精通日语，略懂汉语。他 15 岁时虚报年龄入伍，1933 年从海军学院毕业后，开始在海军服役。1939 年，他被派往东京担任海军武官助理，负责收集日本的各种情报，珍珠港事件前夕回国。

朱利卡详细介绍了日本，特别是东京的情况，与各小队共同研究出入线和目标的寻找，并教会了突袭队员一些汉语词句，比如，"衢州""重庆""蒋介石""日本""我是美国人"等。

7 号机领航员麦克卢尔说，跟着朱利卡，"我们每个小组都认真学习和记忆了要飞过的海岸线，以及特定工厂、铁路场站和其他要袭击的军事目标的轮廓"。

4 月 5 日

4 月 2 日，山本五十六派渡边安次、黑岛龟人去东京参加一个为期 3 天的会议，力求攻击中途岛的计划得到批准。

这个计划是按照山本的设想做出的。山本深信，"通过对中途岛实施既定行动，可以成功地引出敌人的航母力量，并在决战中予以摧毁"。

但山本的计划遭到了一些将官的发难，他们认为中途岛并非像山本所说的那样重要，而且要维持这个孤岛，十分困难，且代价高昂。

双方争执了 3 天也毫无结果，于是渡边打电话向山本报告。山本的回答是：这是命令，而不是商议；日本要么夺取中途岛，要么我就辞职。

山本又赢了。但两个月后，他的帝国因此而输得很惨。

4 月 9 日

在麦克阿瑟逃至澳大利亚后，菲律宾巴丹失守，7.5 万名官兵被俘。一次被敌军俘虏如此多的官兵，在美国历史上从未有过。

在日军押解战俘前往 100 公里外的圣费尔南多的路上，7000 多名美军战俘被杀害或被饿死。这就是"巴丹死亡行军"。

4 月 13 日

第 16 特遣舰队在预定海域（北纬 38°、东经 180°）与第 18 特遣舰队会合。直到这时，哈尔西才向全体人员宣布："本舰队驶往日本，任务是护卫陆军航空队去轰炸东京。"

第 16 特遣舰队是 4 月 8 日从夏威夷出发的，中间因为天气原因延迟了一天。

而越过 180° 子午线后，日期又向前"跳"了一天。

驻华美军派亚历山大中校、巴克斯少校驾驶 DC-3 型运输机从重庆起飞，前往桂林、开安、衢州、玉山和丽水等地机场检查准备情况。到达桂林后，因衢州等地机场遭到日军轰炸，他们未能继续前行。

他们了解到，燃油、照明弹和无线电发射机等均已准备完毕，约定的归航信号为：数字 57，压低 1 分钟，数字 57，压低 1 分钟，数字 57，关闭 1 分钟。这个信号将在指定日（20 日）日出前连续重复 2 小时。

4 月 14 日

史迪威拜会蒋介石，随后电告马歇尔称，蒋介石要求推迟任务。

马歇尔回电要求再向蒋介石解释："看来我们一定是没能让委员长理解我们的意图，因为几周来，我们一直让他认为该项目是出于他的意愿，绝对保密的必要性不允许该任务被提及，除非用最机密的语言。"

4 月 15 日

下午 1 点 30 分，突袭队收听到日本电台的英语广播，女播音员"东京玫瑰"说："据路透通讯社报道，3 架美国轰炸机轰炸了东京。这是最可笑的故事。日本人民知道，敌人的轰炸机绝不可能出现在东京海岸 500 英里之内。日本人民不会为这些愚蠢的事情担心，我们正在沐浴春天的阳光，呼吸着樱花的芳香。"

4月16日

蒋介石的态度使美国人焦虑。阿诺德情急之下，给罗斯福总统发去一份备忘录，希望他出面与中国方面协调。

按总统指示，马歇尔再电蒋介石："总统完全理解你的困难处境……自从他得知你认为这个任务现在不合时宜起，他很乐于取消它——如果可能的话；而现在他为无法取消任务而后悔，因为任务的完成已经迫在眉睫。"

4月17日

到达离日本1000海里水域时，哈尔西命令给舰船第二次加油，之后油船和驱逐舰返回。留下的巡洋舰跟随两艘航母，以20～25节的航速继续向西。

在大黄蜂号甲板上，水手们开始为轰炸机起飞做准备，用升降机把炸弹和燃烧弹运到甲板上，同时为机头和旋转炮塔上的机枪装填弹药。

米切尔告诉杜立特，海军部部长诺克斯和3位海军老兵，把1908年访日时获赠的纪念奖章拿了来，要求"送还"给日本人。朱利卡又加上一枚，那是他几年前获赠的。

杜立特在甲板上召集全体突袭队员，在米切尔宣读了马歇尔、金和阿诺德的祝词后，杜立特将纪念奖章绑到了一颗炸弹上。"要把它们送还给日本人！"杜立特说。

杜立特要求突袭队员将个人物品，包括照片、文件、日记、信件等，整理好留在大黄蜂号上，"海军将会把这些东西寄到你们的家中"。

"记住，当我们在中国重庆再次相聚时，我将为你们举行一个盛大的庆功宴会！"

这一夜，狂风骤起，暴雨如注，波涛汹涌……

4月18日

子夜时分，两支特遣舰队灯火全熄，在黑暗的波涛中疾速前进。纳什维尔号、盐湖城号在左，北安普敦号、文森尼斯号在右，紧紧护卫着大黄蜂号。

3点10分，企业号的雷达发现在12英里外有两艘船舶。2分钟后广播通知："发现两艘敌船。"哈尔西命令舰队向右绕90度以避开敌船。

天刚蒙蒙亮，3架侦察机和8架战斗机从企业号航母甲板上起飞，在200英里之内巡逻。

暴雨一直在下，海上能见度很低。11 号机副驾驶肯尼斯·雷迪走上甲板，他看到这样一幕："海面上波涛汹涌，甲板上的飞机不断地拉扯着固定它们的绳索，就像马戏团里的大象正试图挣脱锁链。"

5 点 58 分，飞行巡逻的海军飞行员奥斯本·怀斯曼发现海上有一艘渔船，距企业号大约 42 英里。他立刻飞回航母报告。哈尔西再次选择了绕开。

7 点 38 分，大黄蜂号瞭望塔发现一艘敌方巡逻船出现在 8 英里处。那是被日本海军征用的 90 吨位的日东丸，它已经向东京发出了警报："发现 3 艘敌人航母。位置：犬吠埼以东 600 海里。"

7 点 52 分，哈尔西下令纳什维尔号将其击沉。纳什维尔号加速靠近日东丸，15 门火炮同时开火，8 架战机升空，同时发动俯冲攻击。

这时，又发现了另一艘巡逻船南欣丸，一架战机在发射了 1200 发子弹后将其击沉。

8 点 21 分，被围攻的日东丸终于爆炸起火，两分钟后沉入大海。这艘渔船消耗了纳什维尔号的 928 发炮弹。

特遣舰队已经暴露，哈尔西别无选择，他向大黄蜂号发出命令："轰炸机起飞。杜立特中校和勇敢的突袭队，祝你们好运！上帝保佑你们！"

接着，大黄蜂号的广播里传出米切尔的声音："陆军飞行员，登机！陆军飞行员，登机！"

这里离东京还有 824 英里，比计划起飞距离多出 300 英里，时间则提前了 10 小时。突袭队员意识到，任务结束后，他们只能在离中国海岸 250 ~ 300 英里的海上跳伞。

第一架，杜立特的 1 号机，8 点 25 分；最后一架，法罗的 16 号机，9 点 29 分——16 架轰炸机在 59 分钟内全部起飞。

"那天上午，风在吼，海在哮，海浪拍击着船舷，卷起簇簇浪花。吉姆率领他的勇士们起飞了……"哈尔西在回忆录中写道。

"轰炸机布满天空。"在《生活》杂志记者约翰·菲尔德的报道中，有这样一句话。

"我们大声欢呼起来，眼泪含着爱国主义的眼泪。"企业号的一名船员说。

早上 7 点 30 分，山本五十六接到日东丸的报告，再联系日东丸，却怎么也联系不上了。山本认为美国太平洋的全部航母力量正在接近日本。他下令迎战美国舰队。海军参谋部认为，他们至少还有 1 天的准备时间。

中午 11 点 30 分，日军 3 架中程轰炸机起飞。12 点 45 分，29 架轰炸机和 24 架舰载战斗机起飞。在横须贺和广岛湾的可用舰艇，也做好了作战准备。南云忠一命令赤城号、苍龙号和飞龙号 3 艘航母从巴士海峡和台湾向东行驶。

两支特遣舰队正急速向珍珠港回撤。下午 1 点 45 分，舰上官兵收听到东京广播电台播送的消息：

"今天中午一群敌人的轰炸机出现在东京上空，对非军事目标进行了狂轰滥炸，工厂也部分受损。截至目前，已知死亡人数在 3000 至 4000 之间。东京上空没有飞机被击落的情况。大阪也遭到轰炸。东京有几场大火仍在燃烧。"

日本女播音员的声音嘶哑中略带颤抖。

而美国海军的官兵们则在欢呼！——这是日本本土有史以来第一次遭到直接轰炸。

1 点 15 分，1 号机投下了向日本复仇的第一枚炸弹。几分钟之内，弗雷德·布雷默又 3 次按下投弹按钮。突袭队携带的燃烧弹，由 128 枚 4 磅重的子弹组成。1 号机的袭击造成 21 人死伤，36 座建筑被摧毁。

2 号机轰炸了朝日电机制造公司附近的建筑群，造成数人死亡，48 人受伤。"所有 4 枚炸弹击中同一目标，整个区域都在冒烟。"机枪手道格拉斯·雷德尼说。

3 号机击中了柴油机厂、天然气公司等目标，巨大的爆炸致使 12 名工人丧生，近百人受伤。

5 号机击中了两座建筑，导致 27 人死亡，是这次行动造成死亡人数最多的轰炸机……

美国驻日大使约瑟夫·格鲁正打算回住宅吃午饭，突然一架轰炸机从他的头顶呼啸而过，防空高炮同时开火。"天哪，我希望那不是一架美国飞机！"格鲁惊呼道。

战后统计表明，杜立特行动给日本带来的损失有限，但心理阴影面积很大。日本人承认，空袭制造了该国"自 1923 年大地震以来的最大恐慌"。

完成投弹后，突袭队按计划先向南，再加速向中国衢州方向飞去。

1 号机领航员亨利·波特一直在紧张地盯着油表。他对杜立特说："飞机预计将在距离中国海岸 135 英里处耗尽燃油。"波特说："我看见下面的鲨鱼正在水里晒太阳。我可不认为在它们上方迫降是个好主意。"

他的话音刚落，突然发现逆风变成了顺风。

"我们高兴得像小孩子一样，因为我们知道终于有机会绝处逢生，活着去讲述这段英勇事迹了。"希尔格说。

突袭队顺利到达中国。由于天气和行动提前等原因，除迫降于海参崴的 8 号机外，其余 15 架轰炸机均在浙江、江西、安徽和福建境内坠毁或迫降。

4 月 19 日

抵达中国的 15 架轰炸机，在华东 500 公里的区域内坠毁或迫降，75 名突袭队员中，有 3 人在跳伞或迫降时牺牲。

霍尔马克驾驶的 6 号机、法罗驾驶的 16 号机在日占区弃机，10 名突袭队员中，有 2 人溺水身亡，8 人被日军俘虏。

杜立特获救后，与科尔一起被送至西天目山。下午，1 号机另外 3 人赶到。晚上，浙西行署主任贺扬灵设宴招待杜立特等 5 名突袭队员。

5 号机投弹手特鲁洛夫、机枪手曼斯克率先到达衢州，驾驶员琼斯等 3 人随后赶到。

日军飞机开始对衢州机场进行新一轮轰炸。至 5 月下旬，衢州机场共遭到 59 次轰炸。

4 月 20 日

在南昌被捕的 16 号机 5 名飞行员被押上一架运输机送到南京。晚上，日军开始对他们进行审讯。

4 月 22 日

马歇尔和阿诺德给杜立特和突袭队发来贺电。

马歇尔说："你以极高的勇气和坚定的决心指挥你的团队完成了这次危险的任

务，你为国家和盟军做出了巨大的贡献。总统向你表示感谢和祝贺，你的准将提名今天早上已送到参议院。于我而言，你的领导力一直是一种巨大的鼓舞，让我对未来充满了信心。"

阿诺德说："对你们这次真正了不起的飞行，我要以整个陆军航空部队和我个人的名义向你及你们团体的全体成员表示祝贺。我已经完全获悉那些不可预见的突发情况，几乎让你的这次任务变得不可能完成，而你克服了所有这些突发情况，这使得你的成就更加辉煌。"

4月25日

在各地被营救的突袭队员陆续抵达衢州，汪村防空洞里已经聚集了35人。

晚上，第一批20人开始撤离，他们将乘火车到衡阳，再飞往重庆。

下午，在象山爵溪被捕的6号机飞行员被押往东京。

他们是24日下午乘船到达上海的。在机场附近的一个军营里，日军对他们进行了严刑拷打。

4月26日

杜立特等1号机组成员到达兰溪，第13航空总站派车将他们接至衢州。下午，总站安排杜立特和其他突袭队员参观了衢州机场。

4月27日

杜立特带希尔格等人前往上饶拜会第三战区司令长官顾祝同，商讨突袭队员的转移和营救被俘人员的措施。

史密斯率15号机的威廉姆斯、赛斯勒、塞勒和7号机的撒切尔前往衢州，怀特和受伤的飞行员继续留在临海。

"他们走后，我觉得十分孤独。"怀特在日记中写道。

晚上7点，又有15位突袭队员离开衢州。

4月29日

第一批离开衢州的 20 名突袭队员从衡阳乘 C-47 运输机到达重庆。

他们被安排住在国府路大溪别墅 2 号美国军事代表团总办事处。美国军事代表团团长马格鲁德少将设晚宴招待了他们。

自 1939 年以来，重庆已遭受日军 268 次轰炸。飞行员看见的，是一个像庞贝遗址一样的，满目疮痍的城市，到处是深深的弹坑和坍塌的房屋。正如弗兰克·多恩描写的那样："重庆市区一片混乱。狭窄的街道满是步履迟缓的人，像一群饥饿的乌鸦发出乞哀的叫声。多年的挣扎使他们看上去疲惫不堪，这座犹如蚁丘一般的城市就是他们最后的避难所，绝望的深谷烙印在他们的眼神、表情和垂下的双肩上。"

4月30日

上午 9 点，马格鲁德、比塞尔来到大溪别墅，由比塞尔宣读了授予杰出飞行十字勋章的决定。飞行员都十分兴奋。格兰宁说："这是我一生中最激动的事情。"

突袭者们得悉，杜立特已经由中校直接跳升为准将。

5月1日

上午 10 点，突袭者们接到通知：蒋介石、宋美龄夫妇将邀请他们到家里共进午餐。1 小时后，他们被接到蒋介石家里。

雷迪在日记中写道："他（蒋介石）的家里非常好看，有着中式设计的简单照明。屋里摆设着柔软的现代风格的椅子和没有靠背的厚坐垫，供每个人单独使用的银质烟灰缸，鲱鱼骨硬木地板和光线柔和的壁炉。"

飞行员都很喜欢宋美龄，他们得知，宋美龄 10 岁时便被送到美国上寄宿学校，之后入波士顿的韦尔斯利学院学习英国文学。

雷迪写道："夫人是我有幸见到过的最令人印象深刻的人物。她说一口流利的英语，更棒的是她还掌握美国俚语。她聪明、机智而又美丽。"

午宴开始后好长时间蒋介石才出现。"他进入房间，显得既疲倦又匆忙，做了简单的演说，"格兰宁回忆说，"他走过来，把我作为突袭队的代表和我握了握手，然后就离去了。”

午宴结束后，宋美龄带飞行员来到客厅。比塞尔和突袭队员们送给宋美龄一枚飞翼徽章、一枚第 17 轰炸机大队队徽和一顶空军飞行帽。

晚 9 点，宋美龄在空军部长周至柔将军的陪同下，来到大溪别墅，向突袭队员颁授勋章和奖章。

宋美龄给每位飞行员送上了自己的亲笔信。她在信中写道：“全中国人民感谢你们……愿你们继续维护自由和正义，凭借你们的努力，当我们胜利时，将会逐步建成一个更加快乐、无私的国际社会。”

5 月 3 日

杜立特率第二批 19 位突袭队员抵达重庆，戴维·琼斯和霍尔斯特罗姆则被留在衡阳等待其他飞行员。

杜立特一行住在一个空军基地，他们见到了传说中的飞虎队。

下午 5 点 30 分，第一批突袭队员乘飞机到达靠近滇缅公路的云南驿。

5 月 4 日

中午，蒋介石、宋美龄在家中宴请杜立特等人，之后举办了一个授勋仪式。中国政府授予杜立特四星云麾勋章，授予希尔格三星云麾勋章，授予其他突袭队员陆海空甲种一等奖章。

科尔终于向父母发出了他到达中国后的第一封平安家信：“我想你们可能正在担心，想知道我的行踪和是否安全。我的杳无音信是部队的命令，并且终有一天你们会知道这是为什么。写信却不能说明自己在忙什么，这很难做到，但我想我可以说的是，我第一次参加了实战，感觉还不错。幸运女神目前仍在我的头上，我希望她一直待在我这儿。”

杜立特接华盛顿电，要他尽快“以任何可能的方式返回美国”，留在中国的突袭队员由希尔格领导。

在临海，由怀特医生主刀，陈慎言辅助，为劳森实施了截肢手术。

5月15日

日军从奉化和余杭向国军发动攻击，浙赣战役开始。

浙赣战役以摧毁衢州等地机场、打通浙赣铁路为目的，日军总共调动了10万兵力，包括驻上海的第13军和驻武汉的第11军。

日本军部命令："攻占的区域要占领一个月左右。机场、军事设施和重要的通信线路要完全摧毁。"

1942年7月初，臭名昭著的日军731部队携带136公斤鼠疫、霍乱、炭疽、伤寒和副伤寒细菌，对衢州、上饶和福清等地进行攻击。

浙赣战役为时3个月，至8月底结束。中国军队伤亡70000余人，日军伤亡36000余人，其中日军死于己方生化攻击的士兵多达1700余人。

5月17日

中午12点30分，第三批突袭队员受邀与蒋介石、宋美龄共进午餐，并获颁奖章。这18位飞行员是5月14日飞抵重庆的。

美国军方要求到达重庆的突袭队员每人写一份有关突袭行动的详细报告，由梅里安·库帕上校指导他们完成这一任务。48岁的库帕是第一次世界大战时的传奇飞行员。

希尔格抱怨说："我所做的一切，就是整天不停地写写写，写报告的时间比我们执行这项任务的飞行时间还要长。"

库帕借给身无分文的杜立特100美元，以备归国途中使用。

5月18日

杜立特回到华盛顿。一辆指挥车载他直奔陆军部。见到阿诺德后，杜立特汇报了完成任务的情况，然后他们一起走进了马歇尔的办公室。

阿诺德命令杜立特回寓所待着，在没有接到新的命令前不得在公共场所露面。

5月19日

马歇尔和阿诺德亲自到寓所接杜立特，于下午1点带他走进椭圆形办公室。

坐在轮椅上的罗斯福总统将荣誉奖章别到了杜立特上衣的口袋上，马歇尔同时宣读了嘉奖令：

"美国陆军准将詹姆斯·杜立特，卓越的领导能力远超使命的要求，在生命受到极大威胁时表现出了个人的英勇和无畏。尽管明知飞机会在敌占区迫降或在海上坠毁，杜立特将军仍亲自率领由志愿人员组成的陆军轰炸机中队，对日本本土进行了突袭并造成了巨大的破坏……"

陆军部向在场的记者发放了一份几页纸的新闻稿。

5月27日

日本舰队倾巢出动，驶往太平洋上的中途岛。这支舰队包括4艘航母，300多艘驱逐舰和巡洋舰，1000多架作战飞机。

山本五十六的计划是：一支舰队佯攻阿留申群岛，吸引美军注意力，由南云忠一率领的主攻部队，于6月7日攻占中途岛。

中途岛是太平洋上一个5平方公里的珊瑚礁岛，东西距美国旧金山和日本横滨都是2800海里。1939年，美军在岛上建立了机场和潜艇基地。

5月28日

尼米兹上将率领第16特混舰队驶出珍珠港，迎战日本海军。这支舰队包括大黄蜂号和企业号航母，15艘巡洋舰和驱逐舰。

之前，美国情报人员破译了日军的通信密码，认定日军攻击的目标是中途岛。

5月30日

弗莱彻少将率领的第17特混舰队驶出珍珠港，前往预定海域，以配合尼米兹作战。这支舰队包括约克城号航母，11艘巡洋舰和驱逐舰。

第17特混舰队刚刚参加了珊瑚海之战，与日军打了个平手，美军的列克星敦号航母被击沉。

英国对德国第三大城市科隆进行第106次轰炸。此次轰炸，英国派出了1000架飞机，投下1455吨炸弹和燃烧弹，创造了战争史上的一个纪录。轰炸使2.4平方公里的区域化为灰烬，18432栋房屋被毁。

6月6日

在遭受致命打击后，山本五十六下令撤出中途岛。

在过去的两天里，日本舰队损失惨重，赤城号、加贺号和苍龙号3艘航母被击沉，损失飞机322架，3500人丧生，其中包括200名作战经验丰富的飞行员。

美军方面约克城号航母被击沉，损失飞机147架，死亡307人。

中途岛之战，美军以少胜多，以弱胜强，彻底扭转了太平洋战争的形势。日本海军不可战胜的神话被打破，从此走向衰落。

7月4日

美国志愿航空队宣布解散。在当天举行的晚会上，主持人公布了其战绩和战损——

美国志愿航空队共击落日机299架，击伤153架；自己在空战中共损失飞机12架，在地面上损失飞机61架（包括撤退时自毁的22架），损失26名飞行员。

美国志愿航空队一共存在了7个月，后被并入了中缅印战区空军，由志愿军变为正规军。

10月15日

下午，迪安·霍尔马克、威廉·法罗、机枪手哈罗德·斯帕茨在上海1号公墓被枪杀。

依照1942年夏天起草的《关于惩治敌人空军的军事法律》（8月13日生效），日本以"事后追溯"的方式，判处3名飞行员死刑。

1943年

3月25日

两位苏联军官告诉爱德华·约克，按照他们所提要求，将给他们安排一份工作。

1小时后，一辆卡车来接，把他们拉到莫洛托夫，然后改乘飞机前往一个离伊朗不远的城市阿什哈巴德。

他们被安排在一个双翼训练机大修车间工作。约克和副驾驶罗伯特·埃蒙斯负责拆卸外壳，领航员诺兰·赫尔顿和机枪手大卫·波尔负责仪器的清洗，投弹手兼机械师西奥多·拉本负责修理引擎。

5 月 29 日

8 号机 5 名飞行员回到美国。

他们于 1942 年 4 月 18 日在海参崴降落，被苏联方面扣押了 1 年多。在苏方的安排下，飞行员花了 300 美元，以偷渡的方式被送到伊朗，再从那里辗转回国。

1945 年

8 月 17 日

美军人员空降北京，执行代号为"喜鹊"的营救行动。被判处终身监禁的杜立特突袭队成员——6 号机领航员蔡斯·尼尔森，16 号机副驾驶罗伯特·海特和领航员乔治·巴尔被营救。

|杜立特突袭队全员名单|

1 号机

机　长　詹姆斯·杜立特（James H. Doolittle）中校

副驾驶　理查德·科尔（Richard E. Cole）中尉

领航员　亨利·波特（Henry A.Potter）中尉

投弹手　弗雷德·布雷默（Ferd A. Braemer）下士

机枪手　保罗·伦纳德（Paul J.Leonard）下士

2 号机

机　长　特拉维斯·胡佛（Travis Hoover）中尉

副驾驶　威廉·菲茨夫（William N. Fitzhugh）中尉

领航员　卡尔·魏德纳（Carl R. Wildner）中尉

投弹手　理查德·米勒（Richard E.Miller）下士

机枪手　道格拉斯·雷德尼（Deouglas V.Radney）下士

3 号机

机　长　罗伯特·格雷（Robert M. Gray）中尉

副驾驶　雅各布·曼奇（Jacob E.Manch）少尉

领航员　查尔斯·奥扎克（Charles J.Ozuk）中尉

投弹手　阿登·琼斯（Aden E.Jones）中尉

机枪手　利兰·法克特（Leland D.Faktor）下士

4 号机

机　长　埃弗雷特·霍尔斯特罗姆（Everett W. Holstrom）中尉

副驾驶　　鲁维恩·扬布拉德（Luvien N. Youngblood）中尉

领航员　　亨利·麦库尔（Harry C. McCool）中尉

投弹手　　罗伯特·斯蒂芬（Robert J. Stephens）下士

机枪手　　博特·乔丹（Bert M.Jordan）下士

5 号机

机　长　　戴维·琼斯（David M.Jones）上尉

副驾驶　　罗德尼·威尔德（Rodney R.Wilder）中尉

领航员　　尤金·麦克格尔（Eugene F.McGurl）中尉

投弹手　　丹佛·特鲁洛夫（Denver V.Trulove）下士

机枪手　　约瑟夫·曼斯克（Joseph W.Manske）下士

6 号机

机　长　　迪安·霍尔马克（Dean E.Hallmark）上尉

副驾驶　　罗伯特·米德尔（Robert J.Meder）中尉

领航员　　蔡斯·尼尔森（Chase J.Nielsen）中尉

投弹手　　威廉·迪特尔（William J.Dieter）中士

机枪手　　唐纳德·菲茨莫里斯（Donald E.Fitzmaurice）下士

7 号机

机　长　　泰德·劳森（Ted W. Lawson）上尉

副驾驶　　迪安·达文波特（Deana D.venport）中尉

领航员　　查尔斯·麦克卢尔（Charles L.Meclure）中尉

投弹手　　罗伯特·克莱弗（Robert S.Clever）中尉

机枪手　　戴维·撒切尔（David J.Zhateher）上士

8 号机

机　长　　爱德华·约克（Edward J.York）上尉

副驾驶　　罗伯特·埃蒙斯（Robert G. Emmems）中尉

领航员　　诺兰·赫尔顿（Noian A.Herdon）中尉

投弹手　　西奥多·拉本（Theodore H.Laban）上士

机枪手　　大卫·波尔（David W.Pohl）中士

9 号机

机　长　　哈罗德·沃森（Harold F. Watson）中尉

副驾驶　　詹姆斯·帕克（Jamas N. Parker）中尉

领航员　　托马斯·格里芬（Thomas C. Griffin）中尉

投弹手　　维恩·比热尔（Wayne M. Bssell）中士

机枪手　　埃尔德雷·斯科特（Eldred V.Ccott）中士

10 号机

机　长　　理查德·乔伊斯（Richard D.Joyce）中尉

副驾驶　　路易登·斯托克（Royden J. Stork）中尉

领航员　　霍姆斯·克劳奇（Horace E.Crouch）中尉

投弹手　　埃尔默·拉金（Elmer I. Larkin）中士

机枪手　　埃德温·霍顿（Edwin W.Horton）中士

11 号机

机　长　　查尔斯·格兰宁（Charles R. Greening）上尉

副驾驶　　肯尼斯·雷迪（Kenneth E. Reddy）中尉

领航员　　阿尔伯特·卡普勒（Alert K. Kappeler）中尉

投弹手　　威廉姆·伯奇（William L. Birch）中士

机枪手　　麦尔文·加德纳（Melvin J. Gardner）中士

12 号机

机　长　　威廉·鲍尔（William M.Bower）中尉

副驾驶　　萨德·布兰顿（Zherd H.Blanton）中尉

领航员　　威廉·庞德（William R.Pound）中尉

投弹手　　沃尔多·比热尔（Waldo J.Bither）中士

机枪手　　奥摩·杜奎特（Omer A.Duguette）中士

13 号机

机　长　　埃德加·迈克尔罗伊（Edgar E. McElroy）中尉

副驾驶　　理查德·诺布洛克（Richard A. Knoblok）中尉

领航员　　克莱顿·坎贝尔（Clayton J.Campbell）中尉

投弹手　　罗伯特·布凯尔斯（Robert C. Bourgeois）中士

机枪手　　亚当·威廉姆斯（Adam R.Wiliams）中士

14 号机

机　长　　约翰·希尔格（John A.Hilger）少校

副驾驶　　杰克·西姆斯（Jack A.Sims）中尉

领航员　　詹姆斯·马西亚（James H. Macia）中尉

投弹手　　雅各布·艾尔曼（Jacob Eierman）中士

机枪手　　埃德温·贝恩（Edwen V. Bain）中士

15 号机

机　长　　唐纳德·史密斯（Donald G. Smith）中尉

副驾驶　　格里芬·威廉姆斯（Griffiyh P. Williams）中尉

领航员　　霍华德·赛斯勒（Howard A.Swssler）中尉

投弹手　　托马斯·怀特（Thomas G. White）中尉

机枪手　　爱德华·塞勒（Edward J. Saylor）中士

16 号机

机　长　　威廉·法罗（William G. Farrow）中尉

副驾驶　　罗伯特·海特（Robert A. Hite）中尉

领航员　　乔治·巴尔（Geoege Barr）中尉

投弹手　　雅各布·德谢泽（Jacob D. Deshazer）下士

机枪手　　哈罗德·斯帕茨（Harold A.Spatz）中士

（注：各机机枪手或投弹手同时兼任机械师。）

| 后 记 |

当我接触杜立特行动这一事件时，所有的当事人都已不在人世。我在江西鄱阳的朗埠村见到过两位 95 岁的老人，而在 1942 年的那个清晨，他们只是挤在人堆里看热闹的孩子。如果我行动得更早一些，也许能够与那些当事人面对面，但我所能得到的，恐怕也将是一些散碎的片段和无法证实其真实性的传言。

由于众所周知的原因，这一事件沉入水底。无论是当时还是后来，那场大营救给很多参与者带来的，可能都是负面的东西。因此在很长一段时间里，人们不愿谈及此事，甚至希望将它从记忆中抹掉。

但我还是渴望走到那些地方，亲眼看看此时的此地。2024 年秋冬之间，我租了一辆车，从南昌经上饶到达衢州，中间还向北到达皖南；这是一条重要线路，留下了很多精彩的故事。另一条重要线路是从浙江鄞州，经象山、三门到临海，这里曾经有过惊心动魄，有过伤亡和被捕。

在临海恩泽医局，我看到了陈慎言的全部档案，其中有一份写于 1952 年的材料，叙述了他赴美学习的经过。我发现，在最后一页纸的边角上，陈慎言写下了"事如云烟了无痕"这 7 个字，字写得很小很小。那两天，我一直在琢磨他写这句话时的心态。

在上饶广信区，我见到了营救过 4 号机机长霍尔斯特罗姆的甲长韩成龙的儿子。根据霍尔斯特罗姆本人的叙述，他在绵羊关遭到过土匪的抢劫。从土匪窝到韩成龙的家，这中间到底发生了什么，我们再也无法得知了。连韩成龙的名字，也仅仅留存于历史学家罗时平先生的笔记本上。

当我行走于浙赣皖闽的山水之间时，我浮想联翩。我意识到，虽然英雄们已经离去，但他们曾经守护的山河依然完整、清晰地存在着。这是曾经深陷苦难的土地，这是英雄们流过鲜血的土地；这里曾经野兽横行，也遍布着慈悲和善良。正因如此，我把书名确定为《英雄山河》。

杜立特行动分为两个阶段,第一阶段是轰炸的策划、组织和实施,第二阶段是中国军民的营救和安全转移。如果突袭队的轰炸机在东京上空被击落,这并不在意料之外,但如果在他们抵达中国之后机毁人亡,或大部分人被日军抓获,则这一行动将会大为失色,可以用"失败"来形容。第二阶段的意义十分重大。

衢州作为突袭队员约定的降落点和集合地,在第二阶段起到了至关重要的作用。因此,我把这部纪实文学的副标题确定为"1942年的衢州之约"。

在写作《英雄山河——1942年的衢州之约》的过程中,我读了一些书籍。在《东京上空30秒》之后,美国陆续出版了十几种相关的图书。空军上校卡罗尔·格林斯一个人就写了5本,包括《杜立特突袭队员们》《杜立特突袭》和《四个回家的人》等,其他著作还有詹姆斯·梅林的《轰炸东京》,都安·舒尔茨的《杜立特突袭》,詹姆斯·斯科特的《轰炸东京——1942,美国人的珍珠港复仇之战》,克雷格·尼尔森的《最初的英雄》等。还有两部传记,一部是关于杜立特的,一部是关于德谢泽的。但至今翻译成中文的,只有《东京上空30秒》和《轰炸东京——1942,美国人的珍珠港复仇之战》两种。

所有这些著作,其基本素材除了档案和解密文件外,大部分来源于突袭队员们的报告、回忆和日记。这些著作,除了《东京上空30秒》外,很少叙述中国军民的营救过程,即使有也是支离破碎,错漏百出。这既是"白人至上"和"西方中心"意识的傲慢体现,也源于文化和社会的巨大差异。无数中国军民参与了那场大营救,但在美国人的笔下,我们能找见的只有陈慎言、朱学三、刘同声等几个人的名字,几个人的共同点是会说英语,能够和飞行员对话。

现在,我们已经无法完整地还原那场大营救,尤其是民间行动的全过程。文学创作最重视场景和细节,但往往最容易为大众遗忘的就是场景和细节。

纪实文学与历史和新闻报道的不同之处,在于以下几方面。一是叙事艺术的真实重构,它可以使用视觉的诗学选择(如"限知视觉")和时空的蒙太奇(多声部效果)等多种手法。二是语言的美学追求,比如,细节的象征化处理、文体越界等,均是增强文字张力的有效手段。三是赋予人物和事件以人文的深度。

美国作家、《冷血》的作者杜鲁门·卡波蒂如是说:"真正的艺术不在于你说了什么谎,而在于你如何说出真相。"

我试图以另一种方式叙说故事，而不是臆造故事，我认为自己做到了。之前所有关于杜立特行动的著作，都是非文学的，我尝试着去赋予它以"文学意义"，同时尽力去增强文字的张力。

在内容上，我以中国因素为主，更多地呈现中国场景和对话，而对轰炸东京本身不做过多的叙述。为方便对这一事件所知甚少的读者阅读，我列出了一个《杜立特行动大事记》。

查找资料很不容易。我在国家图书馆查阅了很多当年的报刊，发现关于轰炸东京的报道并不多，涉及中国军民营救的报道，更是一篇也找不到。

幸好各地档案馆所存民国资料并未尽毁，幸好从20世纪90年代开始，出现了一批搜寻者和研究者，他们为我的写作提供了巨大的帮助。

衢州杜立特行动历史研究会副会长郑伟勇先生，30多年来一直关注着杜立特行动，他几乎走遍了每一个坠机点，收集了大量的实物和第一手资料。他拥有所有突袭队员的日记和回忆录。每当我产生疑问时，总能从他那里得到答案。他撰写的《非常营救——衢州与杜立特突袭行动》，内容翔实而又准确。本书中"在汪村的日子里"等篇章，即主要来自郑伟勇的叙述。

罗时平先生，历史学家，上饶市委党校原副校长。他撰写过多篇有关文章，对上饶境内坠机和营救的情况，他了如指掌。他陪同我走进五府山、第三战区长官司令部旧址皂头镇和玉山机场等地。在本书完稿之际，我请罗教授审读了有关江西的篇章，他提出了宝贵的意见。

王国林，浙江农业大学教授。我曾经冒雨前往他在临安的寓所去拜访他，通过对话，受益匪浅。王教授的《1942：轰炸东京》初版于2002年，已经印了第二版。王教授精通英语，在写作《1942：轰炸东京》时，他主要参考了6本英文著作。但从书中看，他本人也收集、整理了许多第一手资料。他告诉我，关于坠落于南昌的16号机和飞行员被捕的情况，他花了很长时间才从南昌县档案馆查找到资料。

三门县的专家章宏晓先生。早在2015年，他便组织拍摄了一部纪录片《大义无疆》。他向我提供了很多有关7号机和15号机的珍贵材料。他本人也正在撰写一部反映浙东地区营救美国飞行员的纪实文学作品。

美国人的著作，我较多地参考了詹姆斯·斯科特的《轰炸东京：1942，美国人的珍珠港复仇之战》和克雷格·尼尔森的《最初的英雄》。

在采访过程中，我得到了各地宣传部、文旅局、档案馆和乡村干部们的支持和帮助。

光明日报社地方记者站的同事——浙江站的严红枫、陆健，江西站的胡晓军、李玉兰，安徽站的常河，福建站的高建进，都为我的采访提供了很大的帮助。

在此，我向所有支持过我的朋友表示衷心的感谢！

我特别要感谢衢州市。作为杜立特行动的主要"节点"之一，衢州市所做的工作有目共睹。早在2016年，衢州即建起了第一个杜立特行动纪念设施——位于江山市保安乡的"中美联手抗日纪念馆"。2018年，衢州又建起了经中美双方共同认证的杜立特行动纪念馆，2023年11月15日，习近平总书记在旧金山演讲时向美国友人做了介绍。而衢州市与美国雷德温市，则缔结为友好城市。杜立特行动，通过衢州的努力，已经成为连接中美两国人民友谊的纽带和桥梁之一。

2025年是中国人民抗日战争暨世界反法西斯战争胜利80周年。在这一背景下，讲好营救美国飞行员的故事，意义重大。2024年初，衢州市委宣传部和我联系，希望能用文字把这段历史真实地记录下来。我们不谋而合。这是一个有关勇气、牺牲和友谊的故事，它将深刻影响一代又一代的中国人和美国人。

作为一位普通的作者，能为此尽一点绵薄之力，我感到无比自豪和光荣！

作者

2025年4月26日

参考书目

《东京上空 30 秒》
［美］泰德·劳森著 法律出版社 2012 年 7 月第一版

《轰炸东京——1942，美国人的珍珠港复仇之战》
［美］詹姆斯·斯科特著 民主与建设出版社 2016 年 9 月第一版

《1942：轰炸东京》
王国林著 生活·读书·新知三联书店 2016 年 10 月第一版

《非常营救——衢州与杜立特突袭行动》
郑伟勇著 九州出版社 2024 年 3 月第一版

《航母来了——从珍珠港到东京湾》
甘本祓著 科学普及出版社 2014 年 1 月第一版

《杜立特 B-25 轰炸东京的故事》
［美］傅中著 上海人民出版社 2012 年 3 月第一版

《中日战争史研究（1931—1945）》
胡德坤著 商务印书馆 2010 年 11 月第一版

《太平洋战争》
［英］道格拉斯·福特著 北京联合出版公司 2014 年 11 月第一版

《太平洋战争》

［日］山冈庄八著 金城出版社 2011 年 6 月第一版

《衢州抗战》

衢州市政协文史资料委员会编 中国文史出版社 2015 年 9 月第一版

《飞虎将军陈纳德回忆录》

［美］陈纳德著 浙江文艺出版社 1998 年 3 月第一版

《林徽因传》

张清平著 百花文艺出版社 2007 年 8 月第一版

《无鸟的夏天》

韩素音著 生活·读书·新知三联书店 1984 年 3 月第一版

《从重庆通往伦敦、东京、广岛的道路——二战时期的战略大轰炸》

［日］前田哲男著 中华书局 2008 年 8 月第一版

《第二次国共合作在浙江》

浙江省政协文史资料研究委员会编 浙江人民出版社 1987 年 7 月第一版

《东京大轰炸——1942 年杜立特的故事》

陈军著 中国社会科学出版社 2018 年 6 月第一版

I Could Never Be So Lucky Again（《我不可能再那么幸运——杜立特回忆录》）

The First Herros（《最初的英雄》）

克雷格·尼尔森著